大台宫戏

下

王和平 著

时代文艺出版社
SHIDAI WENYI CHUBANSHE

下卷

正月十五雪打灯

第四十五章

午夜时分,寒风凛冽。风从结冰的湖面上掠过,带着呼哨之声。

内城西南隅太平湖畔太平街。醇亲王府门前,一众紫禁城的禁军侍卫出警入跸,沿街道两侧向外排开,禁军侍卫手里举着的松明火把,照亮了半条街。

王府内总管祁慧苘正在吩咐府里的下人忙着铺排红毡条,红毡条足有六尺宽,由王府大门沿着府内长长甬道一直铺到大书房九思堂前。府里闲散拜唐阿松九被派出打探消息,此刻骑马疾驰而归,将次驰到王府大门,松九滚鞍下马,急步上前,向着祁慧苘大声报信儿说接驾的銮仗已进街口。

一个时辰前,同治帝载淳龙驭上宾,两宫震悼。紫禁城内好一阵忙乱,摘缨子、卸宫灯,哭号之声,响彻宫掖。不足一个时辰,紫禁城内已是一片玄素。

养心殿西暖阁,素蜡高烧,两宫太后垂泪召集满汉二十九位已经摘了缨子举哀的朝廷重臣,紧急会商由谁承继大统?

西暖阁内,众臣工各抒己见,莫衷一是。最后由圣母皇太后慈禧一锤定音"永无更移",决定由醇亲王奕譞之子载湉承嗣大统继皇帝位。

在养心殿西暖阁谢恩时因惶恐昏厥而后被救醒的醇亲王,急速派跟班回府报信。接信后，醇亲王府一片慌乱，幸亏祁慧芮提调有方，阖府上下这才渐渐镇定从容起来。

祁慧芮安排好一切事宜，独自一人伫立在府门前等候前来接驾的銮仗。

不一刻，前引大臣、仪仗侍卫一拨一拨都到了王府门前。最后，年轻的孚敬郡王奕谟骑高头大马，率八人轿班抬一乘明黄色暖轿，缓缓从街口来到府门前。

祁慧芮给九爷奕谟请安后，直接将孚敬郡王让到大书房九思堂。

孚敬郡王奕谟先读懿旨，后叙家常。嫡福晋接旨后，九爷奕谟抢前一步，伏身请安后首先给七嫂贺喜，趁着给四岁的载湉在内堂更换蟒袍补褂之际，孚敬郡王向嫡福晋简明扼要粗略交代了一下宫内的情形。

灯光下，看着已经换好服饰的儿子，侧福晋拿来了精心改制的一品顶戴——那是载湉刚落生时皇上的赏赐之物。

醇亲王嫡福晋强忍泪水，将载湉紧紧搂抱在自己的怀中，声音哽咽："请九爷务要面奏两宫，载湉自小……"

"七嫂，是皇上！"

"请九爷务要面奏两宫，皇上自小起逢雨天怕打雷，离不得他那奶妈。"

"七嫂放心！"奕谟大声说，"奕谟一定代奏两宫太后，皇上怕打雷，离不得他那奶妈。"

嫡福晋依依难舍又万般无奈地将怀中的载湉交与嬷嬷麻婴姑，双眼只是注视着麻婴姑，嘴唇翕动着，似有千言万语要叮嘱，却又一句话也说不出来。麻婴姑心下明白，哽咽着，用极小的声音说："请福晋放宽心，有婴姑在，定不叫阿哥受一丁点儿的委屈！"

麻婴姑接过载湉，眼含热泪，拜辞王妃。

孚敬郡王奕谟向门外大喊一声："请轿！"

明黄色暖轿直抬到九思堂前的滴水檐下。

孚敬郡王面对嫡、侧两福晋退后一步，拱手告辞，说："进宫后，皇上住养心殿，内务府也已指派八名嬷嬷候在养心殿了，王府嬷嬷自然也一同在养心殿当差，请二位福晋放心！"

嬷嬷麻婴姑抱着还未完全醒来的小载湉坐进了明黄色暖轿。

母子分离在即，嫡福晋强忍住泪水。她真的是不知如何应对眼下的情势。王爷在宫里到底怎样了，她并不想多问，看样子就是问了，那个老九未必又能知道多少；但是长姐的心性她是从小就知道的，那就是长姐的意愿绝对不可拂逆。此刻，嫡福晋是百爪挠心。她暗暗告诫自己，要镇定，不能让眼泪流出来，而且就在这一刻，必须还应该再做点儿什么才好。嫡福晋下意识神色张皇地环顾屋内，侧福晋会意，情急当中突然端起条几上放着的一只点心碟子，向着嫡福晋递了过来，嫡福晋拿起点心碟子里的一块"搓条饽饽"，赶着赶着塞进了已经坐进轿中的儿子的手里。

这一夜，太平街上注定不太平。

街上灯火如白昼，听不见一句叫嚷，只有杂沓的步履声在不间断地响着，一切都在肃静中进行。住在街边的人们悄悄伏身扒着门缝儿、窗户缝儿向外张望，满街筒子的挎刀侍卫，虎视眈眈，戒卫森严，又有哪个敢开门出来看什么热闹。

一长溜火把在向东移动，杂沓的步履声渐渐变得整齐划一。

太平街尽东头的童家老宅，油漆鲜亮的大门如今已是斑驳灰暗，紧紧关闭。

金麟班三年前遭逢接二连三的变故，好端端的一个百年老班，仅在数月间，死伤残破，满目疮痍。自从三年前掌班师娘凌雪嫣辞世、正阳门外鲜鱼口内演出场子易手、班子里为生计每日不得不在天桥的杂吧地儿画圈儿卖艺，眼见颓势已起，一片风雨飘摇。

屋顶上的荒草在夜风中抖瑟。老宅院中死一样沉寂，败家之居，了无生气。

古麒凤所住二进院落的厢房，房门"咿呀"一声，推开了一道缝隙，一个小小身影溜了出来，悄无声息地径直走向前院，隐约可以听见外面太平街上队伍行进的步履声。

门洞内，小小身影踮起脚来，举小手使劲地向上够着慢慢将大门门闩拉开，推开了半扇大门，他站在门洞内颇有些好奇地向外看着，这个身影正是年仅四岁的麒麟儿。眼前行进队伍中火把的光影，映在他的小脸上一闪一闪。麒麟儿一动不动地站在那里，一双澄澈的大眼睛，目光沉静。

缓缓行进的队伍中，一顶八人轿班的明黄色暖轿经过眼前。就在这时，行进中的明黄色暖轿的轿帘儿被一只小手撩开，同样一双晶亮的大眼睛露了出来。就在暖轿走过去的一瞬间，天意使然，两个孩子四目相视，会心不远，一个坐在行进中的暖轿内，一个站在自家大门口，两个孩子不由得都笑了起来。

微微发亮的夜空中，片片雪花开始飘落，继而，雪花翻卷飞舞，洋洋洒洒充斥天地间。

醇亲王府内一片沉寂。府里阿哥去当皇上，阖府上下没有人说得清楚，这到底是一件让人高兴还是伤感的事情。

九思堂内，嫡福晋和侧福晋相对而坐。

嫡福晋看着案头玻璃灯罩内跳跃的灯花呆呆地出神。侧福晋抽出绢帕不时擦着眼泪。看见祁慧茵走了进来，侧福晋抬起头，哽咽着问道："老祁，也不知王爷什么时候回来？"

祁慧茵进来原想劝慰二位福晋，不知怎的，只是低声说了一句话："外面下雪了。"

一场大雪，洁白无垠，覆盖了整个京城。

雪后初霁，天蓝得透明。时近中午，童家大奶奶索万青携霞锦怀抱三岁的儿子童麟熹，不顾路滑难行，坐车回到夫家太平街老宅这边来，为的是庆贺班子里文武场大师傅查万响七十大寿。同治崩逝，虽有嗣皇继位，仍在治哀当中，按大清律，国丧三年，八音遏密。祝寿的堂会是不能办了，关起门来水酒一杯，聊以慰庆。

推开斑驳灰暗的大门，看见查万响和窦五乐正在院中扫雪。查万响上前与索万青互相见过礼后，欢喜地接过霞锦怀中的童麟熹，招呼大家一起来到三进院中正房。人多自然就有了生气，大人们说着闲话，霞锦带着孩子们在院中堆雪人嬉戏。

霞衣和窦五乐在厨房帮衬着给耿婶、文青嫂打下手，准备寿宴。

查万响七十大寿的寿宴酒席开在了二进院中古麒凤的上房内。众人团团围坐，查万响自然是居中上座。看着金麟班的新生一代，不由得热泪盈眶。

四岁的麒麟儿、三岁的童麟熹、两岁的陆盼儿，三个孩子班挨班、肩靠肩地跪在一起，恭恭敬敬给查万响磕头，祝响爷爷松柏长寿。

席间，童麒岫抱过亲生儿子童麟熹很是亲热，可是和索万青说起话时，仍不免提不起劲头来。查万响有意打破童麒岫夫妇间的尴尬，扳着童麟熹的小身板对大家说："小熹子的身板儿随了他爹，看样子也是棵唱戏的好苗子！"

索万青说："今儿个既然响爷说起来，倒是有这个意思，以后不但要看孩子自己的造化，最后还要看祖师爷赏不赏他这口饭吃。"

"熹儿。"索万青说完，叫过童麟熹，"比画几下招式，给你响爷爷和叔叔伯伯们瞧瞧。"

童麟熹很听娘亲的话，在厅中站定。起云手，双手划过，云手完了，抓靠牌子、放下来、上腿、踢腿接拉山膀。三岁的娃娃，小胳膊小腿，两个招式一气儿贯下来，有模又有样儿。

查万响乐得合不拢嘴，童麒岫面有得色，麒麟儿呆呆地看着，陆盼儿高兴地拍着两只小手。

自打三年前，慈禧九九万寿节庆梨园行里各戏班在漱芳斋承应，索家班为三义班"钻筒子"，童索两家以此事结怨，童麒岫夫妇失和。几年下来，童麒岫和索万青夫妻二人明面上虽说不吵不闹，过起日子来却是若即若离。索万青因索家班为三义班"钻筒子"一事，自觉对不起金麟班，幸而三年前为童麒岫添了一个大胖小子。索万青借此盖脸，带着霞锦和孩子便住在了娘家，无事不走动，有事即过老宅这边点个卯。孩子出生时，晨光熹微。童麒岫为自己的亲生儿子起名字，便取了这个"熹"字，按童家排序是麟字辈，得名童麟熹，对外行二，对内实是童家长子。

童麟熹落生，转过年，古麒凤也如期产下一女，母女平安，查万响起名一个"盼"字，盼孩子她爹陆麒铖早日归来，盼大家早日再起金麟班。

众人谈起往事，唏嘘不已，说起了远在西川寻找木植的陆麒铖三人，古麒凤不由得眼圈又红。查万响老当益壮，说起话来自是豪气干云，鼓励众人，金麟班虽说伤了些元气，但毕竟是百年老班，趁着这三年国丧期，好好将养，只待陆麒铖寻找到阴沉木，交了官差，还有大师兄慕麒涵说不定哪天也就回来了，假以时日，金麟班定可东山再起。

查万响一番话说得众人热血沸腾。班子里的人热热闹闹地为查万响庆寿，杯觥交错，笑声不断。看看天色已是不早，索万青带孩子要回娘家了。古麒凤、窦五乐、霞衣送至大门口，看得出来，大家其实都还有话要说，就是谁也不知如何开口。

索万青再一次叮嘱霞衣："好好照料班主，唉，你们班主曾经是那么一个俊秀倜傥之人，如今拖着一条伤腿，今生恐怕是要落了残疾。"

听索万青一番话，这哪是金麟班大奶奶应该说的，倒像是邻家大姐品头论足在说街坊的事。古麒凤来了气，碍于今儿个是查万响寿辰，不可煞风景，又把要说的话强咽了回去。

提到照顾班主，霞衣的脸倒是红了起来，霞衣赶忙低下头说："大奶奶放心，正是担心班主腿脚落残疾，以后唱不了戏，所以霞衣才要尽心伺候。"

索万青走下台阶，有些自怨自艾地说："难怪这么多年，掌班师娘将大台宫戏雪藏密封压在箱底儿，看来真是不祥，谁沾边儿谁倒霉，非死即伤。别的不说，就为了这大台宫戏，师爷凌怀亭当年命丧喀喇河屯行宫，熹子他爹摔断了腿……眼下，盼儿她爹带着人也是为了大台宫戏，舍命在外奔波，已然三年多了，死活都不知道……"

古麒凤对师嫂索万青之言不以为然，打断了索万青的牢骚话："师嫂，话可不能这么说，班主在《金钱豹》一戏上头，学艺不精，这在班子里大家伙儿都是知道的，这跟大台宫戏压根儿不挨着。盼儿她爹舍命在外，生死不知，就为他是金麟班的人！"

"好啦好啦，师嫂说话不是你说的那个意思，盼儿她爹一走就是三年，连个信儿也没有，想起来，确实叫人心焦，班子里任是谁的心里也不好过不是？"索万青自觉有些失言，采取了缓和的态度，转过话题叮嘱古麒凤，"麒麟儿长熹子一岁，孩子的身世早晚要让他知道才好，莫如找个适当的时机就说与他听。"

"火凤儿也是这么想的，响爷的意思是想等孩子再大一点儿的时候告诉他。"

"那也好，不妨再等等。"索万青意犹未尽，似乎还有话要交代给古麒凤，"火凤儿啊，师嫂不是跟你师兄怄气，原也是打算回来住的。只因这几年，皮黄已兴，渐成气候，大有压过昆腔之势。子承父业，将来金麟班自有师傅的骨血麒麟儿顶门立户挑大梁。师嫂是想让熹子弃傀傀戏一行改学皮黄，要吃这碗饭，幼功自是重要，趁当下我爹腿脚还利落，让熹子在索家班每日跟着他姥爷练功，师嫂在娘家得看着他不是？老宅这边儿，就劳你多费心了。"

霞锦插话说："二少爷已经开始练童子功了。"

古麒凤明白索万青的话真假参半，也听出刚才师嫂的一番话里还含着别的意思。目送索万青和霞锦坐上车子走远，古麒凤心里闪过一个强烈的念头，再苦再累，也一定要把麒麟儿培养成角儿。

索万青回老宅给查万响贺寿的第二天，古麒凤心里揣着事儿，手拉着麒麟儿，怀里抱着陆盼儿顶风踏雪串亲戚来看住在南锣鼓巷炒豆胡同的九岁红。

三年前，京城四大傀儡戏班子之一的金麟班遭逢遽变，不得已出让正阳门外鲜鱼口内的演出场子，场子大、地界好，真正的寸土寸金，在"扑买"大会上，九岁红不惜重金盘下了这个场子，随即自己起班，沿用师门班名"集雅"。她打发老家人靳伯回南料理变卖老家房产，筹措资金，又从苏州昆山招徕原集雅老班底十数人，自己做台柱，挑大梁登台唱戏。

九岁红在郭万里襄助下，购置了安定门内锣鼓巷炒豆胡同距僧王府不远的一处三进院落，作为总寓，前班后宅，用以安身立命。

南昆正宗名角儿，荟萃京城，集雅班唱得是风生水起，一时无两。

古麒凤到访，九岁红和阿玉亲自出迎，大家姐妹相称，显得很是亲热。看到前院戏班子里一众人等正在收拾行装，一副出远门的样子，古麒凤有些不解。九岁红对古麒凤说出了自己的安排，赶上国丧，八音遏密，索性让班子里的人趁此期间回南过年省亲，一举两得，待国丧期满，再返京城。

九岁红肃客，让至厅堂，哪知还有客人坐在那里，其实说起来并不是外人，是九岁红的亲娘舅沈芳城和二房舅母蓝红玉。

九岁红娘舅沈芳城悔恨自己当初的一念之差，不见容前来投亲的九岁红和老阿公。几年过去了，错进错出，九岁红反而在京城落脚起班，南昆一派，唱响京城，集雅班声名鹊起。如此一来，沈芳城更觉没有颜面，对外甥女心怀歉疚。尤其在大吉片那晚，说是与金麟班班主童麒岫成亲，外甥女却遭人设计陷害，被移花接木，险些嫁与大太监安德海。而自己为了所谓的脸面，竟置外甥女危险于不顾，不但未能挺身相护，反而悄然溜走，说穿了，是自己惧怕安德海的权势。所幸安德海伏法泰安，外甥女九岁红犹如在鬼门关上打了一回照面儿。思来想去，痛心外甥女受辱，憎恶自己的卑怯，以致终日无法心安，不能释怀。

蓝红玉倒是一副看得很开的样子，温声软语地劝慰沈芳城："南昆北昆原本一家，你又是九岁红亲娘舅，如今之计，你只顾前去修好，老话说得好，娘亲舅大，你是长辈，没有人会笑话，日后还怕九岁红不听你这亲娘舅的话？"

蓝红玉心思细密，踌躇着先将关系捋顺，日后瞅准机会慢慢再将集雅班并进集芳班，以求京城昆腔一统。

九岁红见舅舅找了来，心中自然高兴，不计前嫌，过来过去地将话尽数说开，重归于好。

舅舅沈芳城正要告辞回家，恰逢古麒凤到来。彼此行过礼，重又落座。古麒凤偷眼打量蓝红玉，果然名不虚传，穿戴齐整，容颜秀丽。略一寒暄，沈芳城再次站起，告辞回家。

送走了舅舅沈芳城，大家说笑着坐了下来，阿玉奉茶。古麒凤说此来有大事相求，九岁红爽快地一口答应下来："师姐吩咐，雅卿敢不从命！"

三进院子，正房三间，打通隔断，辟作班子里日常用来商议决定事情的场所。正房两边带耳房，耳房有门与厅堂相通。东西耳房分别用作九岁红与阿玉的睡房。

夜晚灯下，在阿玉这边的睡房中眼看着孩子们已经睡熟，霞衣和阿玉替麒麟儿和陆盼儿再次掖了掖被角儿，吹熄了灯盏。二人轻手轻脚走过厅堂，掀起门帘，来到九岁红这边的睡房中闲话。

霞衣和阿玉吹前脚儿刚刚走出睡房，在炕上装作熟睡的麒麟儿后脚儿跟着就溜下了炕。他提溜着鞋，光着脚丫，一头钻进厅堂的八仙桌子底下，藏身在桌围子里面，那边火凤儿姑姑讲话的声音听得是清清楚楚。

事所必至，天意使然，似乎冥冥之中自有安排。麒麟儿天生机悟，自幼聪颖。他从大火中被古麒凤抱出，喂羊奶、灌米汤、喝面糊糊，一把屎一把尿渐渐拉扯长大。让他叫娘的人跟他不亲，和他亲得像娘的人却让他叫姑姑。班子里颇多磨难，接踵而至，每每生活上也频仍动荡，在他幼小的心灵上，常常造成一种无端的紧张，对外部世界的人和事、对与错、好与坏便有了自己的一种评判、一些观察。最近一些日子，大人们说话的神情与眼色似乎都与自己有着一些什么关联。

靳伯端着灯盏走过厅堂，不提防八仙桌下桌围子后面一双晶亮的大眼睛正在注视着自己。

九岁红睡房中，大家围坐话家常。靳伯进来又给添了一盏灯，屋内瞬间明亮了起来。

古麒凤道明来意，欲请九岁红收麒麟儿为徒教习昆曲。九岁红有些奇怪："师姐，难道要孩子改行当？不过看这孩子的资质，倒是块大角儿的料。"

"这孩子这辈子就别想改行当，傀儡戏祖师爷赏下来的这口饭他不吃也得吃，咽不下去也得咽。老话儿说艺不压身，师姐也是怕糟践了这孩子身上的东西，耽误了孩子的前程，将来落埋怨不是。"

"师姐如此说,雅卿自当遵从!"九岁红竟然一口应承。

大家说起金麟班的际遇,为了一出大台宫戏,不得已,陆麒铖率人出川寻找木植,一晃三年过去了,竟然音信全无,山高水远,相隔万里,生死实是难以预料。说到这里,任凭古麒凤性格再是刚强,也禁不住落下泪来。九岁红陪着伤心,在旁边的阿玉和靳伯也是唏嘘不止。

古麒凤从大台宫戏半本残戏中的金麟童开始讲起,说到金麟班就为复刻当年西苑翔鸾阁承应后遽尔佚失的那只祖师爷遗泽,几代嫡亲传人费尽心力而不可得。掌班师娘在世时撑着这个班子,众人还不觉得有多难,眼下掌班师娘故去,金麟班就像一帮没了娘的孩子,简直是每况愈下。没了场子,也只有在天桥撂地卖艺。

说到天桥撂地卖艺,古麒凤瞪圆了秀目,气不打一处来。在天桥,金麟班每日用粉笔在地上画个大圆圈,标明卖艺的地场,天桥称为画锅,对这类卖艺为生的称为平地抠饼。但要抠出平地饼来并非易事,天桥那地方真的是"五方杂处、藏龙卧虎",撂地卖艺的还要忍受各种欺辱,应对地头蛇的骚扰。每日只能够挣些零钱,仅够勉强糊口而已。

慢慢说到了麒麟儿的身世。古麒凤说到了她的师傅童德栴,说到了她的大师兄慕麒涵和大师姐虞麒熤,也说到了大师姐虞麒熤临终前留下的那句话——叹茂陵、遗事凄凉。

"师姐,"九岁红问起古麒凤,"大师姐虞麒熤临终前的这句话,是怎么说出来的呢?"

古麒凤在极力思索,一脸的茫然:"不知道,记得那晚,我刚把麒麟儿从耿婶怀里接过,大师姐就悠悠地说了这句话……谁又能想得到,这竟是大师姐留在这世上的最后一句话。原先一直以为是哪个曲本里头的一句戏词,直到最后问了掌班师娘,才知道不是曲本里头的戏词。"

九岁红追问:"掌班师娘怎么说?"

古麒凤有些沮丧地低下了头:"终究还是问迟了些,那天眼看着师娘的大限就要到了……师娘只是说'是不是结缘者要看孩子自己个儿的造化,《金人捧露盘》,两截人唱隔江歌',老实说,这两句话到现在火凤儿都没明白是什么意思,只是记得师娘当时就是这么说的,要问的是'叹茂陵、遗事凄凉'这一句,师娘说,这句话说的是那只傀儡……"

九岁红含泪说:"你们祖师爷的遗泽玉麟锦。"

古麒凤惊觉:"师妹知道?"

"师姐不是刚才还在说,金麟班就为复刻佚失的祖师爷遗泽,几代嫡亲传人费尽心力而不可得,所以,班子后来才出的那档子事情。"

古麒凤没有细想,也不记得自己刚才聊天时是否提起过祖师爷的遗泽玉麟锦。她只是单纯地认为九岁红是出于姐妹情分的一种关心,随口应答而已。

此刻,中间厅堂的八仙桌子底下,藏身在桌围子里面的麒麟儿,偷听到凤儿姑姑的谈话,这才知道了自己的身世。麒麟儿用小手紧紧捂住嘴唇,尽量使自己憋住就要哭出的声音,一双晶亮的大眼睛已被泪水浸泡。

第二天早晨起来,大家看见麒麟儿两眼红红的有些奇怪,霞衣问起,麒麟儿答说昨晚睡觉梦见娘了。小儿信口雌黄,自是常有的事,大家便没有在意。不一会儿,见他又和陆盼儿去玩了。

事情决定下来,麒麟儿由九岁红教习昆曲,今日认姑姑在先,再挑日子磕头拜师学艺于后。

知道了麒麟儿的身世,九岁红拉过麒麟儿,从怀中取出一件极是精致的虾须镯,套在麒麟儿的手腕上,算作姑姑给麒麟儿的见面礼。虾须镯金丝拧股,带着扣,大小圆圈收放自如,镯上镶嵌一粒金刚子的圆珠。麒麟儿偎在九岁红双膝间,突然仰起小脸说:"众人都说红姑姑唱戏唱得和娘一样好,红姑姑见过我娘亲吗?"

众人暗自吃惊，九岁红不料麒麟儿有此一问，仓促间一时语塞。古麒凤也是一愣，不知麒麟儿此话因何而问起。霞衣机警，赶忙打岔说："你娘不是带着弟弟小熹子住在姥姥家了吗？"

麒麟儿断然说："那不是我娘，是小熹子的娘。"

众人听罢皆默然不语。

第四十六章

什刹海,海子里空空荡荡,只有寒风不时从冰面掠过,卷起细碎的冰屑。靠近岸边的地方,枯黄的莲茎挺立在结了冰碴儿的水面上。

什刹海北岸,京城八大饭庄之一的会贤堂。一间雅座,明灯亮烛。凌氏三兄弟今晚在此宴请李莲英,有意结交长春宫大总管,以备将来引为奥援。此间席位早在半月前就已订好,只为了会贤堂的一道菜品烛苗煨熊掌。此时,因为等人,大圆桌正中间,先上了一只热气腾腾的一品锅,算是一道压桌菜。

居中引见之人正是精忠庙管事秦二奎。秦二奎和李莲英同是直隶河间府大城县人氏,正因为有了李莲英这个同乡,秦二奎在精忠庙梨园公会混差事,说话办事儿腰杆儿也觉硬实了不少。

凌氏三兄弟向秦二奎问起了李大总管平日里都有些什么喜好,秦二奎也是知之不详,笼统地说只知道李莲英其人喜欢养鸟、抽鼻烟。

在宫门晚间下钥之前,李莲英换了常服,带一名长随小太监出宫直奔会贤堂匆匆而来。

戌时已过,李莲英进了雅间。凌氏三兄弟齐齐起身,规规矩矩给李莲英请了一个安。秦二奎招呼着大家落座,李莲英不用让,自然坐了主位。大家奉烟敬酒一通忙活,直到会贤堂的这道招牌菜上来,这才由口齿伶俐的凌子丙向大总管道明来意。

李莲英自恃身份,好整以暇,说出话来不疾不徐。凌氏三兄弟频频劝酒,曲意奉承。席间,李莲英居于有意与无意之间,谈些鲜为人知的宫内事情,暗含着告诉在座的诸位什么是慈禧太后面前的红人。李莲英吃捧,自己说到得意处,未免卖弄,对于凌氏兄弟很有些提调点拨的意思:"西边儿喜欢生旦的对儿戏,若想谋进身之阶,在坊间寻得古本秘本,加紧排演,俟国丧期满,进宫承应,若得天语褒奖,何愁没有前程。"

凌氏三兄弟连连点头,有如醍醐灌顶。

李莲英又说起了有关大台宫戏的事情,他告诉凌氏三兄弟,西边儿对这事儿压根就没忘,问精忠庙出去寻找木植之人有没有消息。凌子甲慌忙作答,西川万里,山高水远,这一走屈指算来,已有三年了,生死实是不知。本家班掌事边冷堂曾有用樟木料代刻大台宫戏中人物傀儡一说,无奈升平署庄亲王爷不同意,非要遵懿旨"原汁原味,一丝一毫不准差"。看来也只有等了。

出了会贤堂,凌氏三兄弟并排站立,恭恭敬敬目送李莲英乘坐的轿子远去。

年关将近,衙门封印,戏班封箱。这次又赶上了三年国丧,看来还得封场。三年光景,戏班子不能唱戏,这日子可真够难熬,班子里的弟兄还须妥善安置。

从会贤堂饭庄子连夜回到鲜鱼口自家的演出场子里,凌子甲吩咐班子里管场子的那老几位清点砌末箱笼等什物,准备连封箱带封场。召集班子里的所有人安排国丧三年的事情,愿意留下者,过完年跟二班主凌子乙的岳丈家去草原庙口赶运羊只,回京贩卖,挣个嚼裹。不愿意留下者,发包银三成,可自行回家省亲,待国丧期满再行回班。

忙活了大半夜，班子里的事情总算告一段落，凌氏三兄弟叫来馄饨消夜，边吃边谈。话题自然又说到了晚间会贤堂的饭局。

凌子乙向来粗中有细："老三啊，你有空儿还真得勤往琉璃厂跑几趟，踅摸踅摸，兴许就能碰上好的曲本。"

凌子甲想起李莲英有关曲本的提点，说道："刚才看李大总管说话的语气和神态，坊间一般的戏本还真不成，西边儿精通戏曲，这承应的戏不但要好看，还得是西边儿从没见过或是不知道的，演出来才透着新鲜，如此看来非秘本古本莫属。话又说回来，这古秘珍奇的曲本又到哪里去找？"

凌子丙说："现成的倒是有一曲本，兄弟曾亲眼得见，就在九岁红手里，曲本带着函套，看样子不是秘本就是古本。听在大吉片那边儿的丫鬟七巧说，九岁红阿公临终前，曾托付给九岁红一个长不足三尺的木匣子，如此推想，那只匣子里或许盛的全是传世的珍奇秘本？"

凌子甲眉头一皱计上心来，知道凌子丙至今不能忘却九岁红，于是表示了关切："老三，如果让你纳九岁红为妾，弟妹会不会吃醋？"

凌子乙因凌子丙不能娶所爱之人，替自己的弟弟感到惋惜，随声附和，粗声大嗓地说："老三，不要听你二嫂的，也不要顾忌人言。"

凌子丙被说中心事，重重地叹了一口气，想到九岁红那一副眼里不揉沙子的样子，心里发虚，含糊其辞地说："来日方长，当务之急还是如何设法先把这戏本弄到手。"

凌子乙说："治病得除根儿，最好是把人弄到手，其余自然不在话下。"

腊月二十四，朝廷里各个衙门封印的第二天，放牛陈和高月美手里提着点心、烧酒还有过年的一些嚼裹，登门造访升平署笔帖式陈登科。陈登科家住嵩祝寺旁边的水簸箕胡同，两进的一个小院，方方正正，干净利落中透着一种清贫的气息。

宾主落座，陈登科看着带来的礼物，略微客气了几句，也就收下了。家里的仆人进来为客人沏好茶，很有眼力见儿地顺手将礼物提了出去。

陈登科再次举手让茶："不知二位老板下顾寒舍，有何见教？"

放牛陈有些转弯抹角地说："趁着国丧期间，万喜班想改改戏路子，打算效仿三义班，用傀儡戏敷演御制的《昭代箫韶》皮黄戏本，再者说，雕作新戏人物傀儡也正是需要时日。"

高月美说："陈大人，鸿庆班也如是，估摸着国丧期满，升平署立马就会有承应戏的差遣，外学的已然都知道长春宫有个傀儡戏本家班，可是几年下来，掌事边冷堂眼高于顶，择人极其严苛，至今箫韶九成班人手还未凑齐。我二人想请庄亲王爷赏下戏本，也就是赏口饭吃。"

放牛陈近似乞求地说："万望陈大人在王爷面前，替我二人多美言几句。"

"二位老板，话说得不错，可这从漱芳斋拿来的御制戏本，升平署只管润色修改，誊写装订成安殿本，立即上呈，从来不敢延误，更何况是御用安殿本，哪敢随便处置。"陈登科沉吟着，猛然间想起一个人，"哎呀，兄弟想起一个人，他或许有办法，二位老板，过完年，由兄弟来给二位老板引见，那人或许有些办法。"

放牛陈、高月美二人脸上露出欣喜之色。

陈登科凑趣地说："听说二位老板在道儿北虎坊桥正在修建场子？"

提起场子，高月美很是高兴地说："啊，就在北昆集芳班演出场子的界壁儿，觅下了一处地方。"

放牛陈说："就要完工了，新起的戏园子用了我和高老板两个班子班名的头一个字，起名'万鸿园'。"

陈登科连声赞好。

高月美又说："也就是为了开台压住这新场子,所以才登门求教陈大人,想法子排些新戏才显得大吉大利。"

腊月二十八。

天刚一放亮,一身婆子气的养心殿首领太监范长禄领着年仅四岁的万岁爷出了养心殿。小载湉乘一顶明黄色暖轿,在一群太监的簇拥下,先去给两宫太后请安毕,而后来到观德殿,给先帝同治的梓宫叩头。一路上,范长禄跟在轿旁絮絮叨叨,告诉小载湉,这里磕完头,还要去奉先殿向列祖列宗牌位跪拜,再去寿皇殿祈雪,以后还要去大高殿祈雨,等万岁爷再长几年,每年春天还要去丰泽园行耕籍礼。

太阳晒在身上暖烘烘的让人有些发痒。

隆福寺头过年的最后一个庙会,虽在国丧期间,人们过年的心气儿不减,由于少了吹拉弹唱,赶着来买年货人挤人的庙会感觉上还是少了一层热闹,一切仿佛都是在默默地进行。

古麒凤偕同霞衣还有窦五乐,带着麒麟儿和陆盼儿来赶庙会置办年货。古麒凤带着大家坐进了卖油炒面的大布棚子底下,大铜壶里冒着"咝咝"的热气。古麒凤朝掌柜的招招手,给每人叫了一碗油炒面,就在大家找位子占座儿这一转身的工夫,霞衣发现麒麟儿不见了。

古麒凤心头一紧,窦五乐让师姐抱着陆盼儿千万别挪窝儿动地方,只在这里坐等,他和霞衣分头去找。

隆福寺栏杆殿前,老七头儿和九路车找了一块向阳的地方,占地为营,放下担子,架起木板,卖起了木刻的小玩意儿和手工上彩的兔儿爷以及各式各样的小泥人。担子刚刚支好,"呼啦"一下围上来一帮看新奇的小孩子。

老七头儿蹲在担子后面,抬眼忽然看到面前围观的孩子群里站着一个四岁左右的孩子,不声不响,只用一双晶亮的大眼睛注视着摆在木板上的木刻小玩意儿和手工上彩的兔儿爷、各式各样的小泥人。

九路车一看那孩子,心生喜欢:"那小孩儿,你喜欢这些木刻的玩意儿?"

那孩子并不说话,只是用力地点头。

老七头儿从箩筐里拿起一块也就是小孩儿拳头大小的木料,有意示范又有些炫耀似的将双手举高,当着孩子的面,左手拿着木料,右手开始用刀,由慢到快,木屑纷纷落地,转眼间,熟练简洁的刀法将那孩子的面庞惟妙惟肖地刻了出来。

九路车注意到那孩子一双晶亮的大眼睛始终不离老七头儿握着刻刀的右手。

九路车:"那小孩儿,你叫什么名字?"

"麒麟儿。"麒麟儿不错眼珠地继续盯着老七头儿木刻的双手,轻轻回答说。

九路车伸出手来在麒麟儿眼前晃了晃,意图将他注视老七头儿的目光转移到自己这边来:"嘿,麒麟儿,你这么喜欢木刻傀儡,长大后来隆福寺寻我们,给七爷做徒弟好不好?"

九路车话音刚落,谁知麒麟儿当胸抱起小拳头,突然张口朝着老七头儿爽快地叫了一声:"大师傅。"

老七头儿高兴得连连点头。

九路车满心欢喜地说:"那从今儿个起,你就是我的小师弟了。"

麒麟儿抱拳又朝着九路车叫了一声:"小师兄。"

九路车高兴得不知如何是好:"麒麟儿,记住了,你师兄叫九路车,有事儿就去大佛寺找小师兄,兹是到了大佛寺,一提京城小九爷,没有不知道的。"

老七头儿在玩偶人像头雕的底部阴刻出"麒麟儿"三字，伸手递给麒麟儿。谁知麒麟儿接了过来，转身跑到旁边一个算命批八字的桌子前，拿起放在桌子上的毛笔，在墨盒里蘸了些墨，在刚刚刻好的头雕眼眶内，为自己的木刻头雕画上了眼睛，眼珠的大小和眼眶正相匹配，木刻头雕仿佛活了起来。麒麟儿跑回担子这边来，举起头雕放在自己的脸旁一比试，两张面庞一大一小，眉眼五官却几乎一模一样，围观的人群中响起啧啧称奇声。

老七头儿颔首，心中暗喜，大声说："这个就送给你啦！"

麒麟儿拿着木刻头雕说："谢谢大师傅。"

九路车问道："小师弟，那你家在哪儿啊？"

麒麟儿没有回答，却突然转身跑去，一挤两挤，消失在人群里。

九路车起身刚要去追，老七头儿一把将九路车按住，老七头儿抬头看看天色，吩咐九路车："收拾担子，打道回府，你六如爷爷找我还有事儿呢。"

旁边有几个看热闹的知道底细，多嘴告诉老七头儿："这孩子的家跟七爷府在一条街上，是那金麟班里的孩子。"

"刚才还看见金麟班的人在前边儿那大布棚子底下喝油炒面呢。"

"他家班子里唱戏的傀儡都和那真人差不多一般大，你这担子上卖的木刻小玩意儿跟人家根本没法比。"

老七头儿没有言语，只是朝那几个看热闹多嘴的人拱了拱手，随后弯腰担起担子，后面跟着九路车走下了栏杆殿的台阶。

老七头儿刚刚离去，人群中，麒麟儿拉着霞衣挤了过来，麒麟儿小手里攥着几枚铜钱，站在栏杆殿前，不见了老七头儿的担子，心里发慌，四处张望起来。

霞衣问麒麟儿："你有没有记错地方啊？"

麒麟儿还未回答，旁边卖布老虎的大婶搭了腔："姑娘，是在找那卖木刻小玩意儿的担子吧，在栏杆殿这里没有错，那个卖木刻小玩意儿的老七头儿担着担子刚刚回去了。"

"老七头儿？"霞衣赶忙问道，"大婶儿，您知道他的家住在哪里吗？"

卖布老虎的大婶撇撇嘴说："京城大了，住哪儿可不知道，只知有时来赶庙会，担子就摆在这栏杆殿前。"

霞衣跟麒麟儿说："谁让你净瞎跑，以后赶庙会碰上那位老人家，一定要把钱给补上。"

醇亲王府。年根儿底下，又赶上国丧，张灯结彩看来是不行了，府里四处打扫清洁是年年的惯例。大院子里，府里的太监下人黑压压站了一片，祁慧苪坐在公事房内的书案后面，正在指派活计。嫡福晋贴身丫鬟夏莲匆匆走了进来，告诉祁慧苪，嫡福晋想阿哥，又在垂泪，还说侧福晋让祁慧苪尽早想个法子，虽说劝解不在当下，过年这几天无论怎样总得应付过去才好。祁慧苪一跺脚，这个年可怎么过。

自从府里的大阿哥被抱进宫，每日里嫡福晋是食不甘味，寝不安席。又逢国丧，八音遏密，醇亲王府的这个年节，可想而知，也就不同于往年了，眼看着过得是冷冷清清，凄惶恻然。

祁慧苪突然计上心来，叫过松九，耳语一番。松九听罢，立即转身而去。

除夕夜，已交子时，王爷进宫尚未回府。远远传来鞭炮的声响，此起彼伏，点缀着嫡福晋眼前的空旷寂寥。

槐荫斋。灯下，嫡福晋丝毫没有睡意，独自又在垂泪，厨房已经是第三次来请福晋的示下，什么时候饽饽下锅？忽然，贴身丫鬟夏莲兴冲冲跑了进来："请嫡福晋赶快到院子里，子时已到，府里的人都等着给嫡福晋拜年呢！"

嫡福晋拗不过夏莲的再三催促，用手帕擦去泪痕，走出槐荫斋，站在檐下抬眼一看，不由得满心欢喜，刹那间将一腔愁绪抛到九霄云外。

满院子都是四五岁上下的孩子，足有三四十个娃娃。男孩儿女孩儿约略各半，都穿着簇新的衣服，每个人的小手里都提着一盏红色的灯笼，抬眼望去，满院人影幢幢，光华灼灼。

祁慧苪见嫡福晋走出，高声喊着："子时已到，给王爷福晋拜年喽！"

阶下，侧福晋和祁慧苪还有府里下人、院中的孩子们齐齐伏身给嫡福晋磕头拜年。嫡福晋赶紧吩咐祁慧苪："老祁啊，快领孩子们去厨房拿点心吃，每个孩子临走前儿都要赏压岁钱！"

祁慧苪连声答应："老祁替孩子们谢福晋赏，这都是万岁爷的子民啊。"

嫡福晋掏出绢帕，又抹起了眼泪，这次应该是高兴的泪水。

这时，侧福晋手里拉着一个台阶下站在最前面的孩子带到嫡福晋面前："福晋啊，您看看，这个来给您拜年的孩子您还认得不？"

嫡福晋有些恍惚……

"这孩子就是街东口金麟班那个和皇上同时辰落生的，皇上过百日那天福晋还赏了他一枚严卯。"侧福晋喜滋滋地说，"就是从大火中抱出来的那个孩子。"

进了屋，麒麟儿乖巧懂事地又给嫡福晋磕了一个头。灯光下，嫡福晋看见麒麟儿长得眉清目秀，与载湉颇有几分相像，心中十分喜欢。

侧福晋看见嫡福晋心中高兴，凑趣地说："姐姐，我这半辈子膝下无子，老来注定清冷寂寞，莫如今儿个收这孩子为义子，养在府中，老来也能得几分济不是？"

"好，好，如此一来，你们娘儿俩也就个伴儿。"嫡福晋听罢，脸上现出十分欢喜的颜色，转过头来吩咐祁慧苪，"老祁，侧福晋说的话你可听见？过完年，抓空儿把这事儿给张罗了。"

祁慧茜答道："回福晋的话，过了破五，奴才叫松九去言语一声，想着那家人家巴不得呢，哪还有不愿意的道理。"

祁慧茜说完，和府里的下人纷纷给侧福晋贺喜。

嫡福晋紧接着吩咐祁慧茜："老祁，赶紧着去和厨房言语一声，我和侧福晋还有孩子一起吃饽饽，这饭就开在西花厅吧。"

祁慧茜说："请福晋的示下，等不等王爷回来一起吃？"

嫡福晋说："王爷进宫贺年，什么时候回来说不准，咱们只管自己先吃就是。这个时辰，估摸王爷在长姐那边一起吃了也是说不定的事情。"

醇亲王府大门口，孩子们小手攥着赏下的福袋依次走出，候在王府门口的各家孩子的爹娘依次接走了孩子，眼看着孩子们都被接走，始终不见麒麟儿出来，古麒凤和窦五乐不由得有些焦急起来。这时松九走了出来，拱手抱拳，连声道喜，说嫡福晋稀罕孩子，侧福晋已经收这孩子为义子了，择日行礼，以后就养在王府。眼下麒麟儿和两位福晋正在府里西花厅吃饽饽，等吃完饽饽就会出来，告诉古麒凤和窦五乐少安毋躁，估摸还得半个时辰。

正说话间，远远的两盏黄灯笼前导，醇亲王爷八人轿班的大轿眼看着抬了过来，松九赶快让古麒凤和窦五乐回避，自己紧走几步迎上。

醇亲王爷进宫庆贺除夕，照例两宫赐宴、群臣团拜、敷衍酬酢，但与往年已是大异其趣。

大轿落地，松九掀开轿帘，醇亲王低头钻出轿子，一副怏怏不乐的样子，快步走进王府。

醇亲王走进大书房，正在西花厅吃饽饽的二位福晋得知王爷回来，赶紧起身过来给王爷请安，询问进宫贺年的情形。

嫡福晋急问:"王爷在宫里见着阿哥……皇上没有?"

"没见着。"醇亲王摇摇头,一声叹息,"但是已经定规下皇上称东边儿为'皇额娘',西边儿为'亲爸爸'……在乾清宫散起儿时,听六哥说前几天上的开缺一切差事的折子上头已经准了。"

侧福晋说:"差事有没有不打紧,打紧的是以后你这个阿玛算是没有了。"

王爷斜瞟了一眼侧福晋,没有接话茬儿,实在地说根本没法接。王爷转过脸来加重了语气叮嘱嫡福晋:"尤其是你,以后万不可再提进宫看视皇上!"

嫡福晋含泪点着头。

醇亲王爷问起府里的情形,侧福晋眉飞色舞地讲述着今晚府里来了好多小孩子,穿着新衣、举着灯彩来给嫡福晋拜年,称赞祁慧苒独出心裁的好主意,府里一扫冷清氛围,热闹了许多。说到了金麟班的少班主,提起了皇上过百日那天,西边儿打发李莲英送来赏赉的礼品,嫡福晋将其中一只严卯赏给了那个孩子,夸奖今晚麒麟儿的懂事,自己已将麒麟儿收作义子,择日行过继礼,就可时常接来府中,以慰膝下寂寞。

王爷突然打断侧福晋的话,看得出,王爷想发脾气却又强压了下去:"你俩给我听好了,以后再也不比往日,一步都错不得!"

醇亲王挥手让两位福晋退下,叫进祁慧苒,问起那个孩子的事情。

祁慧苒说:"回王爷,那个孩子刚刚送出府。"

王爷正色说道:"此事非同小可,府里从此绝对不可再提一字,万一宫里知道,抱走一个当了皇上,府里还养着一个同年同月同日同时辰出生的义子,一样儿的八字儿……此事一旦传扬出去,碰见那些吃饱了撑的风闻言事,倘若两宫多了心,就是一个僭越之嫌也能要了醇亲王府上下千余口人的性命……这个颜扎氏,仗着当初是西边儿给指过来的,进府后福晋又是把她当作姊妹来看,都是平时把她惯坏了,遇事不用脑子，只顾率性而为。"

祁慧苘为侧福晋说情："王爷息怒，这么多年，侧福晋膝下无子，难免触景生情，侧福晋如此，实在也是为解嫡福晋一腔愁怀不是。"

醇亲王在九思堂匾额下抱肘面壁，突然转过身，似乎有所决定："老祁，事已至此，防微杜渐，肘腋之患，务要除根，想想也顾不得那许多了，此事宜早不宜迟。"

祁慧苘问道："王爷的意思是——"

醇亲王突然压低了声音说："本王知道你和街东头儿那傀儡戏班子里有些交情。老祁，本王丑话说在前头，这件事非同小可，只此一条道，咱们都得认命。你人老鬼大，别的主意不要想。西边儿的手段咱们又不是不知道，这可关乎王府上下近千人的性命，就是金麟班上下也是百余口人的性命。"

祁慧苘觑着王爷铁青的面孔，一声喟叹："这么说，这孩子可也真应了那句老话儿生不逢时。"

醇亲王紧绷着面孔看了看祁慧苘，没有再说话，转身向内堂走去，身后丢下一句话："只当那孩子病死罢，典恤从优。"

第四十七章

　　天色甚晚，天颐轩茶楼看情形就要打烊，大堂客人所剩无几，茶房伙计已经开始收拾归置桌椅板凳、擦抹茶具。

　　二楼雅间，童麒岫似乎在等什么人，瘸着腿脚，走到窗前向下张望。小茶房吕正来提着水壶进来续水，偷眼瞄着童麒岫。几年前的童老板，腰板儿挺直，虎步生风；那晚在大堂上为九岁红搭班具保，说出话来落地有声，英气逼人，不过才几年光景下来，如今在颓丧中已见老去。

　　天颐轩大堂门口，伙计们开始打烊上门板，门板上了一半的当口，松九骑马在前充作顶马引路，后面跟一乘皂顶全黑的暖轿急急走来，停在天颐轩门前。松九翻身下马，暖轿轿帘掀起，一个穿着黑色一裹圆斗篷遮挡严实的人径直走进大堂，举步向二楼走去，掌柜曾盼迎了过来，意在招呼客人，松九伸臂将掌柜曾盼拦在楼下。

　　二楼雅间，穿着黑色一裹圆斗篷遮挡严实的那个人走了进来，童麒岫立即上前一步请安。来人除去斗篷，正是醇亲王府内总管祁慧茜。

　　大清铁律，王府太监不得出府。偏又事出有因，醇亲王爷发下话来，关乎金麟班那个孩子的生死，不得已祁慧茜行此下策潜踪而至。

　　童麒岫因为不知何事，显得很是焦急。

祁慧芮大致将整件事情叙述一遍，还未等说完，童麒岫起身离座，上前双膝一弯，又给祁慧芮跪了下去，连声说道："请'里扇儿的'救救孩子！"

祁慧芮扶起童麒岫，缓缓说道："童老板，上次原是为救你出刑部大牢，不承想弄折你一条腿，算是咱家欠你的。你刚才这一跪，足见平日里你师傅师娘没有白疼你，更何况咱家曾受掌班师娘临终所托，为救你师傅的骨血，咱家就是豁出性命，也要保全这孩子。"

童麒岫一听，大惊失色，摸不清祁慧芮如何知道金麟班的底细，慌忙问道："'里扇儿的'您……您知道这孩子的身世？"

祁慧芮微微一笑，戏谑地说："不用担心，咱家是人老鬼大。眼下王爷较了真章儿，现而今的王府都已认命，更别说你们一个唱傀儡戏的小小金麟班啦。看来也只有对症下药，你回去先和班子里的人言语一声，就说是咱家说的，这孩子非'死'不可，如此方能躲过这一劫，剩下的咱家来安排就是了。时间所剩不多，想来再有个三四天的光景，醇亲王爷也还能通融……那就过了破五，让孩子临走前在家吃顿饺子。"

夜半三更，童家老宅前院，查万响屋内。一灯昏然。窗外北风呼啸。

童麒岫尽量将声音压低，一五一十地将半个时辰前醇亲王府"里扇儿的"紧急见召，会面天颐轩，醇亲王爷意欲追究麒麟儿生辰一事说与查万响、古麒凤。

太平街西口醇亲王府的阿哥如今已经进宫当了皇上，按理儿说，无论谁当皇上都与老百姓无干涉，可是事情却又偏偏出在了童家。

金麟班至今因大台宫戏被升平署究诘不止，一连串的事情接踵而来，受此种种磨难，幸好人心不散，班子仍在。童麒岫说出三年多以前去沙窝关帝庙合八字，无意间偷听了醇亲王府求卦问卜的事情。一时间人人沉默，将信将疑。看来当年皇陵尖儿上下来的瞎眼婆婆所说不虚，至少前一半已经应验，这又让人不由得不信。倘若以后别有用心之人知道麒麟儿是和醇亲王府的阿哥同年同月同日同时辰所生，厝火积薪，岂不又要招致灭班大祸。事情所关不细，说不得也只有行此下策。

查万响目光落在班主童麒岫身上，现在眼看着师傅的骨血朝不保夕，查万响心存侥幸，决定带麒麟儿远走他乡，因为他已收了麒麟儿这个徒弟，师徒相依，自然福祸与共。

此刻，古麒凤一反常态，表现出一种异乎寻常的冷静。麒麟儿为避祸，班子里是再不能露面，至少要远离太平湖一带，所幸孩子还小，存身藏匿甚易，只是不要走漏风声。想至此，心意已决，霍然起身，沉声说道："师娘在天之灵不远，麒麟儿是师傅的骨血，火凤儿已答应师娘，即使用命也要回护周全。请响爷不要担心，眼下麒麟儿是班主的长子这在京城梨园行已是人尽皆知，此事如果做得不真，又怎能瞒得过醇亲王府，看来只有听从醇亲王府'里扇儿的'安排为最妥，至于孩子'后事'如何安顿，火凤儿自有主张，绝不让麒麟儿连累金麟班就是了。"

童麒岫瘸着腿脚站起，向着古麒凤拱手一揖："感谢师妹有此大义！"

古麒凤一声叹息，天下没有不散的筵席，谁又能想到，这一天来得竟然如此之快而且突然。

索家班头牌武生武青羊来大吉片探望师妹索万红。武青羊手里提着两大匣子师妹平素喜欢吃的老字号的点心来到凌子丙家。

丫鬟七巧打开院门，接过点心，口称大舅爷，让进武青羊。

凌家三奶奶索万红将师兄武青羊迎进前厅。落座后，七巧奉茶的当口儿，用眼睛溜溜凌家三奶奶索万红，又用眼角偷偷瞄了瞄三奶奶的师兄武青羊，很是知趣地退了出去。

二人相对，反倒一时语塞。武青羊端起茶盏注视着杯中正在茶水中沉浮的茶叶梗儿，他没有喝，随手放下了茶盏，轻声说道："师妹，内廷本家班新近成立了一个箫韶九成班正在招募伶人，等到国丧期满，师兄就要去投箫韶九成班。"

索万红眼圈已经有些湿润，轻声说道："知道师兄背班是因了我爹娘将我嫁与凌家的缘故……"

武青羊赌气地说："一人一命，我不怨别人。"

"怨只怨我爹娘势利眼，攀高结贵。"索万红说不下去了，拿出绢帕开始拭泪，"我爹这么多年一脑门子就想为索家班置下一个场子……"

武青羊从小就见不得索万红哭，慌忙安慰说："好啦，好啦，不说了，师兄就是咽不下这口气不是，师妹嫁过来日子还好？"

索万红朝门外看了看，似乎担心有人在偷听，尽量压低了声音说："这凌家老三啊是他长嫂带大的，长嫂如母，凌子丙最听长嫂的话。这门亲事就是他长嫂做的主，那凌子丙自然无有不从……要说起来，凌子丙人还大方，就是对我不冷不热，平日里倒是相敬如宾，自我嫁过来后至今，仍是分房……"

"啊？"武青羊不明就里，憋红了脸，终于开口问道，"难不成凌子丙是'银样镴枪头'？"

"真要那样儿，我也认命。"索万红愤懑不平，"听凌家二奶奶说起过，凌子丙心里一直还记挂着南昆集雅班班主、当年在天颐轩唱清音桌的那个九岁红。"

索家班的过厅练功房铺一片氍毹，摔打武生罗震带领戏班里的几个孩子在练毯子功。童麟熹在孩子们当中年龄最小，却一招一式，有模有样,罗震守护在一旁"抄把子(京剧表演中使用的兵器道具统称把子。京剧里武生一行表演时称把子功。在练习把子功时,跌打扑翻,有师傅或有经验的人站在一旁要起到保护的作用,俗称抄把子)",很是专注。

梅香走进来说班主在找武师兄,罗震回说师兄有事出去了。正说着话,武青羊回来了。

武青羊回到班子里,索德琛将武青羊叫到上房,原来老班主是想让武青羊收外孙童麟熹为手把徒弟。武青羊知道索德琛此举,意在对他表示亲近。回想起刚才与师妹索万红见面的情形,不由得越想越生气,找借口说童麟熹身板太过柔弱,习大武生恐怕难有出息,莫如因材施教,就让童麟熹坐科旦角。索德琛心知肚明,又不好发作,只得隐忍着闷头不响地抽着旱烟。

武青羊辞了师傅的请求,索性拉着师弟罗震来天颐轩喝茶。武青羊向师弟罗震大发牢骚,责怪师傅嫌贫爱富势利眼,眼瞅着三义班家的老大是副庙首,有意巴结,竟然不顾自己亲生女儿的终身,狠着心将索万红许给了凌家老三。武青羊告诉罗震升平署箫韶九成班正在招人,他要去应募。

武青羊与罗震自小学戏,师从索德琛,二人朝夕相处,情同手足。罗震力劝武青羊不要背班,升平署内头学里也是人才济济,听说普天同庆班掌班就是当年梨园名宿、武生行里的泰斗孙福喜,长靠短打二十四招式,无人能及,就算进了升平署,在里面未必能唱头牌,再说平日里班主师娘待他们也不薄,为人要讲义气。武青羊思来想去终是咽不下这口气。

二人话不投机,越说越僵,罗震索性向师兄一抱拳,先行离去。

想着刚才与师弟罗震谈话的不快,武青羊心烦意乱,百无聊赖地在桌子上用茶杯叠罗汉,忽然听见隔壁雅座包间里隐隐有人说了一句"箫韶九成班",随即声音又低了下去。

武青羊这边刚刚说到"箫韶九成班",界壁儿也有人提到"箫韶九成班",由此一句话,引起了武青羊的注意,不由得动了一个心思,要一窥究竟。

武青羊索性悄悄贴近壁板找个缝隙偷窥过去,背对着他的那个人看不见面孔,不知何许人,隔着那个人的肩膀看见的却是金麟班班主童麒岫,武青羊心中好奇,更要接着偷窥下去。

武青羊所在雅座界壁儿的雅座。松九坐在童麒岫对面,端起茶杯,仰脖儿喝了一大口,有所警惕地回顾了一下雅座门口,从怀中掏出一包用油纸包裹的粉末递给童麒岫,郑重叮嘱道:"'里扇儿的'的再三交代,请童老板千万记住,时辰掐算上可是最最要紧,一丁点儿都不能错。"

武青羊隔着壁板的缝隙看见童麒岫与那人说话举止有些诡秘,隐约看见那人似乎给了童麒岫一样东西,武青羊觉得一定是有事情要发生,二人说些什么听的是隐隐约约,最后几句由于那人加重了语气,武青羊却是听得清清楚楚。

月西斜,四围沉寂。三进院落西跨院,空地一片,房基倒是已经清理完成。金麟班几年来内外交困,元气大伤,至今西跨院焚毁的房屋虽已清除了瓦砾残砖,却是无暇顾及重建,老实讲,从根本上也没有了那份心情。

空地几案上一尊博山香炉,高香三炷,轻烟袅袅。古麒凤携麒麟儿月下焚香拜祷。

不远处,查万响、霞衣静静站在阴影里,霞衣端着一只托盘,托盘上搁置一盅水酒。

香案前叩完头,古麒凤一招手,霞衣端着托盘走了过来,古麒凤取过酒盅,递给麒麟儿,麒麟儿接过酒盅,用一双清澈的大眼睛注视着站在自己面前的古麒凤、查万响和霞衣。

查万响目光沉凝,微微点了点头,霞衣则含着眼泪,咬着嘴唇,尽量不使自己的眼泪滴落下来。古麒凤声音哽咽,叮嘱麒麟儿:"麒麟儿,从今往后,无论在哪里,记住你娘说过的一句话,'叹茂陵、遗事凄凉'。"

麒麟儿忽闪着大眼睛问道:"凤姑姑,娘说的这句话'叹茂陵、遗事凄凉',是什么意思?"

古麒凤叹口气:"姑姑也不知道,反正这句话是你娘说的,你记下就是!"

麒麟儿一仰脖儿,将酒盅里的酒一口咽下,紧接着"哎呀"大叫一声,手一松,酒盅落地,身体随之后仰。古麒凤早有防备,上前一把托住揽在怀里,对霞衣吩咐道:"快把这儿收拾了,我和响爷先抱麟儿回房去,你去前院叫醒窦五乐,让他去请海淀关大郎中到宅诊治。"

月照中天,大郎中关杏林所居小院,门前杨柳枯枝垂拂。一辆骡车急急驰来,车把式勒车停在小院门前,金麟班窦五乐从车上跳下,举手拍门,很是急迫。关杏林的小徒举灯开门,正在询问来由,关杏林披着衣裳走出。窦五乐"扑通"跪倒,哀求大郎中关杏林救救金麟班少班主麒麟儿。关杏林扶起窦五乐,携药箱随窦五乐登车急急赶往城里。

老宅的二进院落,古麒凤房内,麒麟儿直挺挺躺在炕上,面色苍白,平静得跟睡着了一样。金麟班众人个个面有哀戚之色,围护在周围。外间屋,怀里搂着陆盼儿的霞衣和耿婶、文青嫂也不由得在啜泣。

大郎中关杏林坐在炕头前,伸出右手在为麒麟儿把脉,仰头闭目沉思,脸上不时变换着神色,由不解渐渐变为向更深处的一种思索。关杏林喃喃自语:"太阳为开,阳明为合,少阳所至为惊躁,瞀昧,少阳为枢,故而暴病起矣,此症,药石无灵。"

俄顷，关杏林慢慢睁开双眼，站起身来摇摇头，面现愧疚之色，向着查万响、童麒岫、古麒凤一揖，轻声说道："节哀顺变，准备后事吧。"

送大郎中关杏林至老宅大门口处登车，关杏林怅然自语，似乎又是在说给查万响和古麒凤听："虽说此病症为老朽平生之仅见，然终非老朽无能，医者只能治病，不能治事。"

古麒凤向着坐进车里的关杏林深鞠一躬，感激之情，溢于言表，由衷说道："大郎中关杏林医术超绝，名震京畿，谢大郎中曲意成全。"

麒麟儿为避祸假死，大郎中关杏林医者仁心有意回护，古麒凤深感于衷。

送走关杏林，为掩其他人耳目，尤其要做给醇亲王府看，有关发丧送葬的一切不得不按正经事来办，从而给醇亲王府一个真切的交代。对麒麟儿"病死"一事，蒙在鼓里的金麟班上下人等被一种伤怜悲悯的氛围所笼罩，哀哀戚戚。大家手忙脚乱地张罗起来，而实际上知道这件事真实内幕的也只有童麒岫、古麒凤、查万响和霞衣四人。设完小小的灵堂，又打发人去请批殃榜先生，同时派人去醇亲王府"报丧"。

古麒凤亲手在为"死去"的麒麟儿缝制新衣，想到从今往后，只有五岁的麒麟儿全要凭一己之力应对所有的一切，走到今天这步境地，自己愧对师傅、师娘和大师姐，不由得悲从中来，频频垂泪，耿婶和文青嫂不明就里，慰劝之余也只有陪着伤心。

小小灵堂香烟袅袅，静无一人。外面大家都在忙乱，供案后，麒麟儿蒙着白布单子，"停"在床上。陆盼儿揉着哭红的眼睛走了进来。麒麟儿因病去世，这个院子里从此少了一个幼时的玩伴，一个处处让着她、护着她的哥哥。看到院子里大人们在忙碌发丧的事情，她真的不相信这一切是真实的。陆盼儿走到床跟前，伸出小手揭开蒙在麒麟儿身上的白布单子，"停"在床上的麒麟儿面色如常，仿佛睡熟一般。陆盼儿伸手推了推麒麟儿，不见小师哥睁开眼睛。随着陆盼儿小手的推搡，麒麟儿脖颈上挂着的天璇玑的细链滑出了一截。陆盼儿的小嘴儿管自嘟囔着，像是在和麒麟儿说话，陆盼儿说她知道这个天璇玑是掌班师奶留给小师哥的；也曾听过母亲叮嘱小师哥麒麟儿，必须戴在脖子上，须臾不得离身；也还记得小师哥麒麟儿问过母亲这个天璇玑做什么用，母亲当时辞色严厉地告诉小师哥，做什么用她也不知道，掌班师奶只是吩咐要小师哥戴好。陆盼儿想到小师哥麒麟儿就这样带它走了，岂不可惜，觉得应该留下来，做个念想儿。

陆盼儿伸手解下了麒麟儿脖颈上系着的天璇玑，从自己的胸前掏出了爹娘定亲时查万响送给的那只錾金镶玉百福字的长命锁，小手一按长命锁顶端的圆钮机簧，长命锁"啪"的一声弹开，陆盼儿小心翼翼地将天璇玑放进了长命锁里，然后溜出了灵堂。

索万青接信后，独自赶来，一脸忧戚，犹有泪痕。童麒岫责问索万青，为何不见童麟焘，索万青低声告诉童麒岫："一来时辰太早，二来担心这种场面再吓着了咱们自己的孩子。"

天已大亮，醇亲王府，侧福晋所住西院。正房明间，侧福晋正由丫鬟伺候着梳妆，外面响起了祁慧茼的声音："请王爷的示下，街东头傀儡戏班童家的大小子麒麟儿昨晚上因暴症猝死，急请京城名医大郎中关杏林到宅医治，却也无力回天，过午的后半晌就要发送。"

里间屋里传出醇亲王爷的声音："赏童家奠仪三百两。"

侧福晋唏嘘落泪，紧接着吩咐祁慧茼："那孩子可怜，再加赏一口棺木。"

醇亲王府赏给的一口白茬儿元宝棺材停放在金麟班老宅院中。

屋内，古麒凤、霞衣、耿婶正在为麒麟儿"入殓"换穿新衣，古麒凤忽然发现麒麟儿脖颈上系着的掌门信物天璇玑不见了，只有当年醇亲王府嫡福晋赏下来的严卯，心中着实吓了一跳，弯腰蹲身床上床下遍寻不见，又不敢声张，抽身拽着查万响找个僻静处说与此事。查万响也是茫然无措。看着都快急哭了的古麒凤，查万响安抚古麒凤："不要着急，想那天璇玑是个有灵性的古物件儿，不能入土，自己个儿先闪啦？估摸早晚会回到麒麟儿的身上。"

看着查万响说话一本正经的样子，古麒凤将信将疑。

第四十八章

正午时分,西直门外高梁桥,通往西山官道旁的一家匾挂"鸡鸣朝昌"的客栈,松九带着几名王府侍卫骑马风风火火来到门前,翻身下马后直闯了进来。松九环顾,店里很是热闹。

店掌柜趋前迎接,松九手里腰牌一晃,未等掌柜的验看清楚,一包银子摔在柜面上,松九冷冷地说:"掌柜的,店里的人麻利儿着赶快都给清出去,从今儿个酉时起,你这客栈,醇亲王府征用三天。"

寒山落日,苍茫一片。归鸦点点,没入林杪。

送殡的小吹班在前一路吹吹打打,一行送葬的人群,抬着一口没有油漆过的白茬儿元宝棺木,默默行进在通往樱桃沟的山道上,呼啸的山风夹杂着凄凉的唢呐声在山间回荡。

转眼又过一天,金麟班不知底细的人,为麒麟儿突然离世尚还沉浸在悲痛中。

西直门外高梁桥,通往西山官道旁的鸡鸣朝昌客栈。

松九手拉麒麟儿,身后跟随着几名王府侍从,自客栈中走出,店掌柜满脸赔笑送了出来。松九朝店掌柜一抱拳,绷着脸说:"我们哥儿几个的事情,掌柜的应该明白吧?"

店掌柜点头哈腰地说道："这事儿跟明白不明白不挨着，是压根儿就没见过你们几位爷。"

松九扳鞍上马。一名侍卫用双手举起麒麟儿，松九在马上弯腰接过，用斗篷围住搂在身前，抖动缰绳，催马向城里驰去。身后几名侍卫纷纷上马，并辔簇拥扬长而去，身后荡起一溜烟尘。

夜色中，松九带麒麟儿率王府侍卫放缓缰绳，策马驰进南锣鼓巷。

炒豆胡同的集雅班总寓，靳伯和阿玉早已在门前等候。松九从马上抱下围着斗篷的麒麟儿，交给靳伯和阿玉。

松九一言不发，转身上马率王府侍卫离去。

夜晚，东岳庙祖师殿一侧的偏院，寒风从破旧的窗棂上吹了进来，油灯灯苗不住地抖动。老七头儿和曲六如灯下小酌，曲六如正在讲述道光年间南府裁撤、自己奉迁祖师爷来此的往事。

九路车推开屋门一步闯了进来，大声告诉老七头儿："七爷，前天夜里小师弟突发急症猝死，竟连大郎中关杏林也是束手无策。昨儿个后半晌，一副白棺已经送往樱桃沟金麟班童家坟地下葬。"

灯影里可以看出九路车的脸上还挂着泪痕。

老七头儿猛然听此噩耗，陡然起身，不想碰翻了桌上的酒杯。

老七头儿自从与那个为玩偶头像点睛的孩子邂逅在隆福寺庙会，那孩子无意中的这个举动，老七头儿认定此子资质甚高，且与木头心意相通。否则一个四岁左右的孩子，拿起笔来，看似随便地一点，行诸笔端的两只眼睛竟有如活的一般。思来想去对这个孩子是愈加喜爱。不承想，九路车口中的那个"小师弟"一夕间竟猝死身亡，老七头儿不听犹可，一听浑身上下血脉偾张，五内俱焚。

老七头儿苦思冥想，无论怎样也是觉得事起突然，必有蹊跷。一定要打开棺木亲眼得见，方能释然。九路车欣然愿往，这趟差事又非有会起棺镇魇之术的老道曲六如不能成行。

第二天清早,曲六如套上驴车,三人各自携带一应用具,出了东岳庙,逶迤向着西山走来。

月上东山,夜色稀薄。三人站在半山上,回头俯瞰山脚下的京城,平畴暗空,极远处布满了星星点点的灯火,闪闪烁烁,晦明不定。老七头儿重又直了直腰,朝上掂了掂肩上扛着的锹镐,转身继续向樱桃沟走去。

老七头儿在前,闷声不响,低头只管一股劲儿地摸黑向前走。跟在身后的九路车,手里提着两盏带罩的气死风的手照,已是气喘吁吁。磨破嘴皮方才请动的曲六如一手提着一只三屉箱笼,一手攥着尺许长的柳、桃树枝走在最后,一路上嘴里仍是喋喋不休,劝诫老七头儿,不管是大人还是孩子,惊动死人,是要有报应的。

一路行来,九路车甚是奇怪。走在后面和曲六如悄声嘀咕,西山樱桃沟老七头儿保不齐来过,也未可知,可要说人家金麟班童家的坟圈子七爷应当是从未踏足,就连小师弟因病猝死的讯息也是昨日刚刚得知,何以老七头儿进山寻墓,择路如此迅捷,仿佛十分熟悉?

西山樱桃沟,溪水结冰,有如匹练,一处山凹,松柏幢幢。金麟班童家墓地为携子荫孙形墓制。掌班师娘凌雪嫣大墓后不远处,一座新起的小小坟茔,现在已经被重新挖开,露出棺木。

曲六如嘴里含混不清地念着咒语,连烧几道黄符,挥动柳、桃枝条在棺木上拂动,煞有介事地摆开架势在行起棺镇魇之术。

老七头儿等曲六如做完法事,跳进坑内,掀开棺盖,九路车手照高举,三人灯下看得清清楚楚,棺内只有一副衣冠,曲六如瞠目结舌,九路车欢欣鼓舞,老七头儿则仰天掀髯大笑。

春打六九头。院子里几株淡晕宫粉梅树,枝丫横斜,花蕾初绽,抬头已见春意。

阿玉摆起香案,铺陈拜垫,九岁红上座,五岁的麒麟儿上下一身新衣,跪在拜垫上,正式磕头拜师,旁边观礼的有查万响、古麒凤、靳伯、霞衣。

拜师礼简单但不失庄重,九岁红正襟危坐。查万响和古麒凤坐在一旁,一脸沉凝之色。

"从这一刻起,麒麟儿以后不能再叫红姑姑了,要改口称师傅。"行礼前,古麒凤教导麒麟儿,她灵机一动,似乎想到了什么,用了一个羊羔的谐音,她轻声对麒麟儿嘱咐道,"从今儿起,姑姑给你改个名字就叫杨高,只因你属羊,从小又是喝羊奶长大的。"

九岁红待古麒凤说完,板起面孔,一字一句地告诫麒麟儿:"虽说收你做了关门弟子,既然拜师学艺,那就入班随规,坐科期间,金麟班任何人不得探视、病死不管、打死不究。麒麟儿和金麟班不得有任何怨言。"

阿玉捧来纸墨,要麒麟儿当场具结,立下习艺坐科的生死关书。

麒麟儿毫不犹豫,伸出右手,在关书的下面,按上了自己小小的手印。

古麒凤说话了,言辞清晰可闻:"麒麟儿,你已长大,有些事儿今儿个说与你知道,金麟班的查万响是你拉琴的师傅,这是你还在婴儿被裹着的时候,金麟班掌班师娘临终托孤,姑姑抱着你拜的师傅。现在你五岁了,今儿个就由响爷师傅给你开蒙,教你拉琴,以后学艺学戏,两下里不许耽误。"

古麒凤刚刚说完,跪在拜垫上的麒麟儿向着师傅查万响再次磕下头去。

霞衣从旁捧过那把套着琴套的胡琴,查万响慢慢地将那把"江南遗叟"从琴套中抽出,院中一刹那十分寂静,猛然间,查万响拉动弓弦,清音震颤，一把马尾弓，两根细丝弦，一曲《风吹荷叶煞》直拉得听者心旌神驰。

　　查万响拉琴，麒麟儿听得入神。

　　大家要回金麟班了，麒麟儿拉着姑姑的手，依依不舍，古麒凤蹲下身，好生嘱咐麒麟儿，好好练功，一定要听师傅的话，将来等咱们麒麟儿成了角儿，就能看见梦中的娘了。

　　天颐轩二楼一间雅座，掌柜曾盼亲自进来招待伺候茶水，又见恭亲王府的长史吴干臣再次做东，请来琉璃厂彝鼎阁玉器作的掌柜郭万里。

　　此次恭亲王府长史吴干臣做东，旁边却还多了一位陪客——松九。

　　这次因是恭、醇两亲王府嘱托之事，谁也不敢耽搁，所以一上来吴干臣便假以辞色，话里话外透着亲热，二人待郭万里意态殷勤。

　　吴干臣自袖中抽出一张薛涛笺，请郭万里过目，笺上开列所需物品清单，要郭万里再为恭、醇两王府淘换几方只听说没见过的砚台，准备为明年小皇上进书房用作贺礼。尤其是其中的一方明府青花砚，指明了是要送给翁同龢。翁同龢字写得好，朝野皆知。

　　郭万里略一迟疑，仍有推脱的意思，吴干臣双手抱拳，挑明了说知道彝鼎阁与翁同龢有一面之交。翁同龢也曾为他的高堂老母在彝鼎阁数次求购首饰。话说至此，总算是答应下来。

　　吴干臣又说起大清律例，王爷不得结交外臣。砚台淘换到手，还烦请郭掌柜亲自送到翁同龢府上，并代为致意翁同龢两位王爷对他这位帝师的殷殷期盼，庶几将小皇帝启沃教导成一位圣主明君。郭万里明白，尤其是醇亲王府更多了一层避嫌的意思，所以此次委托求购不得已假手恭亲王府出面。

　　言谈之中，吴干臣说出两宫承认对于同治先帝爷的教育很是失败，痛定思痛，殷鉴不远，裁撤了原上书房三位师傅，特简翁同龢一人专授毓庆宫皇上的功课，此次两宫太后下了大决心，要把光绪培养成一代中兴帝王。

东岳庙内，祖师殿一侧偏院，老七头儿灯下正在磨砺雕刻傀儡的所用刀具。

春夜寂寂，磨石上有节奏地发出"噌噌"的声响。老七头儿的脚边，已经磨好的和待磨的家巴什儿摊开一片。

九路车抱着小酒坛，曲六如提一只精致的食盒，里面放着几样下酒菜。二人相跟着走进偏院，进了屋，摆好桌椅。九路车拉老七头儿入座。待老七头儿坐下，九路车又磨着老七头儿接茬儿讲述有关傀儡行祖师爷的故事，又提及老七头儿收自己做徒弟之事，曲六如从旁帮腔说着好话。

老七头儿微微一笑说："木能通神，木有灵性，尤其用木植雕刻傀儡一行，必得和木头结那生死缘，非有天分者不能成其事。"

老七头儿寥寥数语，言简意赅。曲六如方知这一行也是变幻莫测，登时心有所敬，言语间不敢轻慢。

"你这个走街串巷钻胡同耍苟利子迹近要饭的行当，没想到收徒竟如此严苟？"曲六如奇怪，"佛道两家讲结缘，雕刻傀儡一行亦讲结缘，你看上人家，人家看得上你吗，岂不是一厢情愿？就说那晚天再黑，老道也认清了，那可是京城四大傀儡戏班金麟班童家的坟圈子。人家傀儡戏班是百年老班，技艺代代相传，你一个挂单走街串巷的，还想把那孩子从人家手里戗过来给你做徒弟？依着老道看，这件事儿是难上加难。虽说那孩子是诈死，想必有其危难之事，为避祸，隐姓埋名，抑或远走他乡也未可知。"

老七头儿沉思半响，笃定地说："一定要找到那个孩子。"

九路车说："已经吩咐了大佛寺的杆子头，传话下去，通告了小师弟的容貌特征，没有交代身份，就是翻遍四九城也要将人找到，外省各路乞丐自古就是一家，自然声气相通，已将寻人的'把字儿'帖撒了出去，如有结果，帮内通传，对外不可声张。"

"我说小九啊——"坐在一旁喝酒的曲六如鼻孔里哼一声，一副很不相信的样子，"大佛寺的杆子头是四九城乞讨要饭的总瓢把子，全城叫花子靡然跟从，一呼百应，声势也是不小。官府平日里都不敢小觑。那杆子头虽不敢说锦衣玉食，平日里却也衣帛食粟，给个七品京官都不换。你人不大，口气不小，还敢说什么你已吩咐下去了。老道打死不信，那杆子头凭什么听你的吩咐？"

九路车顽皮地说："两年前那四九城的杆子头扑满山一见我，非要让咱坐他的位置，咱都不稀罕。你个牛鼻子老道，要是不信，出庙门拐个弯儿，随便抓一个讨饭的乞儿问问，四九城里知不知道有咱小九爷这一号人物。"

老七头儿支起了布幔围子，坐在四掌高脚凳上，开始收拾布幔上方的古色古香的戏台框子。框子上有檐下有饰，朱栏绣幌，两旁有柱联，和戏园子里的戏台别无两样，只是小巧精致。框子里的砌末是一排木雕的错落有致的殿宇，做工精细华美，很有一派宫禁台阁气象。

曲六如催促老七头过来喝酒："这么早收拾出来也没有用，离国丧期满梨园开禁差不离儿的还有两年光景。"

第四十九章

　　国丧期满，梨园开禁，戏园粉饰重张，戏台锣鼓再响。
　　精忠庙在外城的东草市胡同。梨园行人在此设梨园公所，专为办理行中之事。
　　东草市的精忠庙。庙门和庙墙上张贴着升平署"布告遐迩，咸使闻知，国丧期满，梨园开禁"的告示，旁边还有内府箫韶九成班招募伶工和木刻作的露布。
　　精忠庙庙门大开，梨园行里前来领取"题名牌"的各个戏班的人，进进出出，大家相互寒暄着兴高采烈。

　　上丹霄的木制单牌坊和场子门口都搭着高高的脚手架子，粉刷场子墙面及粉饰场子前面的单牌坊的工程已近尾声。凌子丙信步走来，手拿折扇，一身装束看上去透着几分儒雅。他身后的两个跟班抬着一个足有半人高的大彩篮，彩篮上面的条幅写的是庆祝集雅班重张开唱的贺词。
　　凌子丙率先走进场子，场子两边已有一些其他的班子应时逢迎、同业互为应酬送来的彩篮。
　　靳伯迎上前来一番客套。凌子丙让跟班将彩篮码放整齐，打发走跟班，被靳伯让进池座。九岁红正在给班子里的人说戏，看见凌子丙进来，让大家先去后面歇息。

九岁红招呼凌子丙坐下，阿玉奉茶。

凌子丙："粟老板，敝府的长嫂下月里四十整寿，在下同兄长商量，想请集雅班的堂会，'憷头子（原意遇事胆怯，不敢出头。这里是戏班中使用的隐语，指酬金。过去戏班中大家很讲究情面，谈到银钱都不好意思，犯憷）'随您定，不知粟老板意下如何？"

九岁红没想到凌子丙居然有此一请，正在犹豫间，阿玉毫不客气地说："凌老板，集雅班不能去。"

凌子丙有些不解："阿玉姑娘，这按老规矩，请戏班堂会，是捧戏班的场，抬举戏班，多少年来，从没听说过戏班居然回戏。"

阿玉："凌老板，这跟回戏不回戏本就没有什么关系。集雅班祖师尊对师门早有定规，其中两条铁律，一不准和官府私相授受，二不准出堂会。"

凌子丙无奈，只有给自己找个台阶："在下今儿个算是明白了，当年车王府贝子爷鄂多林台请粟老板饭局，粟老板没给面子。贝子爷当时火冒三丈，当时是在下从旁一力劝阻，那贝子爷鄂多林台这才作罢。敢情是贵班班规所致。"

九岁红站起身，意欲送客："凌老板，不是班规矫情，只因敝班多是坤角儿，去唱堂会，出入人家内府多有不便，故此祖师尊早有定规多年。还望凌老板海涵。"

凌子丙心里窝着火，又一次悻悻然离开了上丹霄。

掌灯时分，凌子丙隆丰堂设饭局，请来了秦二奎。

席间凌子丙问起秦二奎在南城天桥有没有认得的熟悉的人。

秦二奎不知何意。凌子丙说国丧期满，金麟班要想吃饭，只有去天桥撂地儿了。凌子丙话未说完，秦二奎心领神会，用手盖住嘴巴，凑过脑袋附在凌子丙耳边轻轻说了几句话，听得凌子丙是连连点头。

秦二奎向凌子丙问起集雅班："听说箫韶九成本家班掌事边冷堂有意延聘九岁红进升平署任昆腔总教习。"

凌子丙急问："这是什么时候的事情？"

秦二奎端起酒盅呡了一口："六年前金麟班支应桂公府那次的堂会上，九岁红'钻筒子'，边掌事是只听见唱可没见着人，所以一直惦记着。"

凌子丙冷笑着说："依着九岁红那软硬横竖统统不吃的脾气，边冷堂未必能打得成这如意的算盘哟。"

秦二奎听出凌子丙话里有话："凌老板倒是知道这个九岁红？"

凌子丙的气不打一处来："别提啦，今儿个白天我去了趟集雅班的场子。开禁要唱戏了，顺便送了一个贺篮儿，家里长嫂下个月寿辰，想请集雅班出个堂会，没想到，人家当着面儿给我来了一个栽不楞，一口回绝了。"

"嘿，没想到，这个九岁红还真杵倔横丧的，真是不识抬举！"秦二奎颇有同感地附和着。

凌子丙见怪不怪地说："六年前，集雅班在京城'起班'唱开台戏，车王府的贝子爷鄂多林台曾为九岁红设饭局，照样也碰了一鼻子灰。"

"这件事儿听说过。"秦二奎咽着唾沫斜乜着眼珠子说，"大爷不在京里，那鄂多林台是想把九岁红勾到手？"

"秦爷想两岔了。"凌子丙兴致全无，寡淡地说，"车王府的鄂贝子不过是为了九岁红手里的一个前明秘本儿。"

秦二奎很是有些幸灾乐祸："这次啊，西边儿的就为要原汁原味地听大台宫戏，特为又成立了傀儡戏本家班，这边冷堂是钦点的本家班掌事，就连庄亲王爷也得让三分。这回边掌事相中了她，看这个九岁红还能横过长春宫去？"

什刹海的后海南河沿，岸边柳树柔软的枝条上，一片柳烟。

小翔凤胡同，一辆马拉的暖篷大鞍车稳稳停在了鉴园门口的照壁前。轿帘掀起，大贝勒载澂钻出车厢跳了下来，鼻梁上架着一副大个的水晶茶色镜子。车把式从车上拽下一个西式大牛皮箱，恭恭敬敬放在了载澂的脚边。

开付了车马钱，载澂回过身，环顾着胡同里的一切，脸上充斥着一种既亲切又迷惘的神色。这一绷子走得不善，整整六年还挂零。载澂头戴西洋式礼帽，脑后仍然拖着一根大油辫，一身上下也还是旗下大爷的打扮，偏偏外面又罩了一件西装洋服，乍一看，活脱一个入了洋教的二鬼子。载澂提着皮箱，举手叫门，大门打开，门里两位穿着挺括洋蓝布长衫的听差乍一看没认出来，刚想把人往外轰，再一看原来是大爷回府了，两人赶紧退后一步，打千请安，接过皮箱，将大贝勒载澂迎进府内。

载澂坐在花厅里，厨房的酒菜很快就送了进来。鉴园这边儿的老管家哈桂，垂手侍立，站在旁边伺候着载澂用饭。载澂吩咐哈桂："谁来也不见，几年来在外奔波，身心俱疲，我要在这里好好歇歇，缓上一缓，睡上几天大头觉。"

载澂六年前被恭亲王圈禁养蜂夹道，外面不知道的以为是父子龃龉闹家务，其实是恭、醇两亲王生怕在同治大婚前，载澂又引着皇上玩出什么幺蛾子，伤了皇家体面，弄得大家不好收场。最后恭亲王狠下心，派出顺天府尹在天颐轩茶楼锁拿了载澂，直接送养蜂夹道圈禁。虽说在里面好吃好喝、不打不骂，但以载澂那贪玩好动的性情，真正是度日如年。幸亏来了一个为修园子报效木料的李光昭，载澂借机脱困。

李光昭将载澂奉若神明，二人一唱一和，所到之处，撞骗不敢说，招摇却是绰绰有余。各省的督抚司道官员明知此事不谐,却不敢得罪恭亲王,态度上恭敬有加,办起事来却有意迟滞拖沓。载澂伙同李光昭一连六年往返于两湖川贵闽粤各省,其间木料弄得不多,眼界倒是开阔不少。

载澂一纨绔子弟,日常挑费极大。李光昭原想着祭出恭亲王这杆大旗,狐假虎威,各路平蹚,万万没有想到,载澂就是怕死了他的老子,凡要抬出恭亲王作虎皮时,载澂是坚决不允。李光昭暗自失悔,索性哄着将大贝勒送到香港去花天酒地,自己在各省另起炉灶。

李光昭打着大贝勒坐镇香港总司采木修园子的旗号,拉拢内务府贵宝、成麟做内应,不想事情办得不顺手,先被湖广总督李瀚章、四川总督吴棠查访得实,后被李鸿章拿获,以"所有李光昭报效木植之事,系属空言无稽"上奏朝廷;至于是"捏报木价"还是内务府"戴帽子",后来竟连自己也说不清楚了,反正罪无可逭,刑部老吏大笔一挥,批下了"罪已至死,应毋庸议"八个大字,廷寄责成李鸿章砍了李光昭的脑袋了事,唯此一途,保全了朝廷的颜面。

李光昭既死,载澂在外自然待不住了,所幸后来李光昭与内务府勾结一事,载澂远在香港实在没有参与,饶是如此,也吓出恭亲王一身冷汗。

哈桂是看着载澂长大的,虽是下人,对载澂自有一份与众不同的亲情,此刻,仍像哄孩子般地说道:"大爷,后来的事儿是李鸿章砍了李光昭的脑袋,王爷没有生大爷的气,听说在大工上还要委大爷一个差事呢。大爷这次回来,但听老奴一句话,不要再生事,免得又惹王爷不高兴。"

主仆正在说话,门上来报,外面有几位爷吵嚷着要见载澂。哈桂刚要出去代主子谢客,谁知载澂一眨眼就忘记了自己刚刚说过的话,吩咐门禁将客人请进来。

载洎、景沣、鄂多林台三人说笑着走了进来。载瀓起身迎客，三人进来齐齐给载瀓请安，兄弟四人"臭味相投"，见面自然欢天喜地，有说有笑。

　　景沣抢先说道："大爷真是踩着点儿回来的，国丧期满，各家戏园子从今儿起也都要开唱了，戏码儿缤彩纷呈。"

　　"我这一绷子走了有六年多吧。"载瀓感慨系之，"虽说都到了南边儿的香港，可这心里没有一天不惦记着京里头，你们哥儿几个答应我的事儿，都给忘了吧？"

　　载瀓如此说，那哥儿仨面面相觑，一时摸不着头脑，实在不知道大贝勒指的是哪桩子事。

　　载洎看着载瀓，突然灵光一现，明白了载瀓话有所指，忙道："大哥放心，那九岁红一个人好好的，就是后来她盘下了鲜鱼口傀儡戏金麟班的场子，自己起班唱戏，不在天颐轩唱清音桌了。九岁红唱开台戏那前儿，小鄂子还设饭局请九岁红吃饭，人家根本没搭小鄂子那茬儿。"

　　载瀓听罢，转过头，冲着鄂多林台两眼一横瞪："小鄂子——"

　　"大爷错会意了不是。"鄂多林台赶紧赔着笑脸说，"大爷喜欢的人这京城里头还没人敢觊觎呢，兄弟也是无意间得知九岁红手里有个珍奇曲本儿，想请她过来商量出让曲本的事儿，没想到，人家把兄弟的面子愣给撅了。"

　　载洎从旁赶紧劝说道："大哥，小鄂子说的是实情，小鄂子就是想把九岁红手里的曲本弄来孝敬他叔父。"

　　景沣也是有意要冲淡刚才有些紧张的气氛，说："梨园开禁，明晚天颐轩茶楼有九岁红只唱一场的开桌戏，听说那九岁红是为了答谢天颐轩当年曾照顾过她的情谊，散座包间几天前就已预订一空，一座难求。"

　　载洎凑趣地说："这就怪了，九岁红明晚天颐轩唱开桌戏，大哥就像约定好了似的，今儿就回来了。载滢昨儿个给我送信儿，说大哥今儿回来，我还不信呢。"

载澂大声地说："明晚就去天颐轩！"

鄂多林台阴恻恻地说："大爷，当年在天颐轩与兄弟为九岁红打赌一事儿，您应该还没忘记，咱们这两府'菊榜之争'的'轧戏'也该开锣了，车王府还和你赌你手中的老茅的那个曲本。"

"赌就赌，谁还怕你不成？"载澂毫不示弱。

景沣一拍手，对鄂多林台说："两府'轧戏'你那是后话，眼下这回打赌你又输了。"

载澂急忙问道："你们赌什么呢，小鄂子又输了？"

景沣对载澂说："那年大爷被王爷给圈禁在养蜂夹道，大家伙儿去看你，你当时起誓发愿说过是真心喜欢九岁红，不但小鄂子不信，我们哥儿几个也是不信。小鄂子当时就和我打赌，这些年过去了，若是大爷还记挂着九岁红，对九岁红心里旧情还在，小鄂子就算输了。"

载澂又问："赌的彩头是什么？"

景沣一拍自己的脑门，懊悔不迭："哎哟，当时忘了说啦。"

通州码头。码头上特有的绿色琉璃瓦顶的过斛厅以及小青瓦屋顶的辘轳井房。

时近正午，一艘陵工上采集皇陵用料的大船距码头不远，正在徐徐靠岸，大船上的层层风帆渐渐落下，前甲板放下了长长的跳板搭住岸边，船舱内走出边冷堂和由普天同庆本家班调拨过来的副掌事惠霖恩、太后特简翊坤宫教习嬷嬷姜玉瑛，带着三个男孩子和六个女孩子沿跳板走下船来。经边冷堂精挑细选的这九个南方孩子个个五官周正、眉清目秀，看年纪都在六七岁上下。

丁火、秦老三匆匆和陈登科分手后走向了那边船上。

陈登科上前来给边冷堂请安，请安寒暄过后，陈登科上前贴着耳边对冷堂低声说了句话，边冷堂首肯。

陈登科回身一招手，几辆前来接人的大鞍车赶了过来。大家纷纷上车，边冷堂自然坐了第一辆车。边冷堂吩咐副掌事惠霖恩："王爷见召，我要先行一步，你和教习姜师傅带孩子们到码头附近的庆安楼先去用些午饭，然后再回京城。这些从南边带过来的孩子都喜欢吃甜食，眼下来到北地，一会儿看着给这些孩子们买些甜品吃。"边冷堂指着不远处正在攀上车辕的一个名叫那书香的女孩子，特意叮嘱，"这孩子一路上寡言少语，要多留意，不可太委屈她。"

坐进车里，老陈看出边冷堂似乎对这个女孩子格外看重，有意逢迎地说："边大人，叫那书香的这孩子搭眼一瞅就是一棵唱戏的好苗子。"

"这孩子是旗下人家，她阿玛原是江苏吴县的县太爷，因事被上司参劾，蒙冤受屈，气愤不过，自裁在衙署。"边冷堂一声叹息，"老朽带人刚进吴县县城，逢着大集，路边看见这孩子自己身上插着草标，卖身葬双亲。拿眼一瞅就是一个大角儿的料，说不准将来出息了，必招太后待见。"

二人说着话，大鞍车顺着进城的大道轻快地跑了起来。边冷堂探身看看车外的景致，似乎想到了什么，缩回了身子，对陈登科说："王爷好兴致，何必迁就九岁红，传她到升平署唱一段不就完事啦？"

陈登科连忙解释道："王爷说了，去茶楼听清音桌，就当是玩儿了。国丧期满，梨园开禁，知道那九岁红在天颐轩唱开桌戏，您带人坐陵工上的船回来的'滚单'昨儿晚暮响就到了衙门里，所以特派卑职前来迎候边大人，一起去天颐轩听听九岁红的唱。王爷的意思如果边大人点了头，昆腔总教习就归九岁红了。就为这，梨园开禁后集雅班的'题名牌'暂且都未发给……"

边冷堂说:"王爷还真是当了回事?"

陈登科体恤地说:"边大人刚来升平署有所不知,王爷遵懿旨,为了太后能够原汁原味地听上大台宫戏,几年下来更是寝不安席,食不甘味。"

南锣鼓巷内炒豆胡同。集雅班总寓。九岁红在厅堂内来回踱步思忖,国服期满,梨园开禁。升平署精忠庙管理事务衙门对集雅班却拒发"题名牌",不许开班唱戏。

明知是凌氏三兄弟在捣鬼,可又无法去理论。

阿玉和靳伯站在门口,脸上也是一副爱莫能助的神情。

眼看着日已西斜,靳伯再劝,情词恳切:"没有了'题名牌',这集雅班以后再不能唱戏,岂不是断了全班人的生计。"

阿玉更是担心眼下:"小姐已经答应了天颐轩掌柜曾盼,今晚要在天颐轩给清音桌唱开桌戏,如此一来,岂不是又要唱出麻烦?"

九岁红横下一条心,吩咐靳伯先去套车:"今晚在天颐轩唱开桌戏,掌柜曾盼撒大帖远近闻知,早在几天前就已一座难求。时辰不等人,今日如若回戏,就算是得罪了四九城的老少爷们儿,更主要的是决不能辜负了曾盼和金作梁二位掌柜。看来以后的事情也只有以后再说了!"

天颐轩茶楼店堂门口一方水牌,洒金地儿的大红纸上写着——国丧期满,特请南昆正宗名角九岁红清唱开桌戏,只此一场。

楼上楼下,灯火通明。大堂地平式小戏台清音桌旁九岁红已经开唱,歌喉婉转,身姿婀娜。京城老少爷们儿经过三年国丧期,两耳"素"得厉害,这一开禁,如听仙乐纶音。

二楼正对地平式小戏台的雅座包间内,身穿常服的庄亲王爷和边冷堂喝着茶、听着戏。庄亲王非常得意自己对于今晚的安排，转过脸来看着边冷堂说："边掌事，几年前在桂公府，只听其声未见其人，今日观感如何？"

边冷堂微微点了点头。庄亲王一挥手，站在身旁的陈登科立即走出雅间。

楼下大堂前排包座，围坐在两张八仙桌旁的依然是载澂、载洎、景沣、鄂多林台几人，载澂坐在椅子上听戏听得很是专注。京里这班王公大臣子弟，多年来，都是以载澂马首是瞻，看大贝勒眼色跟风行事。今晚天颐轩九岁红开唱，载澂安静，其余人等自是不敢乱说乱动。

一出折子戏唱完，楼上楼下掌声雷动，叫好声此起彼伏。载澂招手茶房吕正来，吕正来识相，赶紧弯腰跑了过来，载澂一抬手，一张百两银票落在吕正来端着的茶盘子里，紧跟着一枚翠绿的扳指压在了银票上，载澂扬手一指台上，说了声："赏！"

大堂后面忽然响起一阵骚乱声，载澂不由得扭头看去，只见精忠庙管事秦二奎带着升平署管理精忠庙事务衙门的几个衙役走进茶楼，竖眉瞪眼地直奔地平式小戏台。

秦二奎带人进来得突然，满楼满座"嗡嗡"声顿起。

秦二奎梗梗着脖子，一步踏上地平式小戏台，大声喝止："集雅班班主粟雅卿已被升平署箫韶九成班征聘，按律内头学集雅班坊间严禁唱戏。"

曾盼依然弯着腰一溜小跑地来到了秦二奎面前，殷勤地招呼着秦二奎："秦爷，不知您大驾光临，小的这边给您和老几位先泡壶好茶，您有什么吩咐，跟小的说……"

秦二奎颇不耐烦："掌柜的，这次和上次可是不一样，跟您还真是说不着，您趁早一边儿待着去，这次是上命差遣，是公办。"

九岁红似乎对这种场面有所预料，这次倒也显得并不慌张，只是停了唱，沉稳地站在那里，静待事情的变化。

鄂多林台自然是一个看热闹不怕事儿大的主儿，此刻想起当年九岁红撅他面子的事情，加之大贝勒载澂又在一侧，不由得了一个心思，有意将那拽咧子的话甩给载澂听，故作担心地说："这情景可和当年真是一个样儿，只不过时过境迁，金麟班班主不在，九岁红这次就是想进全福班也是不能够了，估摸这次再没有人为九岁红出面平事，不知今晚如何了局？"

鄂多林台话未说完，载澂已经起身，走了过去。

地平式小台子前，载澂的到来，直慌得众人手足无措。

秦二奎和衙役见是载澂，齐齐甩袖蹲身请安，曾盼倒抽一口凉气，小台子上的九岁红也不由得倒退了一步。载澂望向九岁红和颜悦色："粟姑娘你可愿意应聘进箫韶九成班？"

九岁红硬着头皮向载澂福一福，声音沉实，答道："小女子不愿意。"

秦二奎来了精神头儿，之前大贝勒交代的差事就没有巴结好，今晚正好卖力气邀宠。想到此，秦二奎请完安后站了起来，脸上堆满谄笑，凑近载澂："请大贝勒的示下，这集雅班已被升平署征聘了，接下来……"

不提防，载澂抡圆了胳膊抬起手来结结实实地扇了秦二奎一个耳光。秦二奎冷不丁地挨了一耳光，退后一步，用手捂着被扇得火辣辣的半边脸，眨巴着眼睛，一脸的委屈，不知嘴里嘟囔着什么，就是没有发出声来。

载澂一副事不关己的神情，好像刚才那一巴掌是别人扇的秦二奎。载澂旋即用打听事儿请教的口吻问道："秦二爷，你不让唱戏，京城的老少爷们儿上哪儿去听戏呀？"

满楼满座一片哗然，连带一片叫好声。

一楼大堂。秦二奎一手捂着被扇红的半边脸，忍着疼，用手指指二楼，低头哈腰，压低声音："回大爷的话，征聘九岁红进箫韶九成班，是掌事边冷堂的意思，庄亲王爷的示下。"

载澂这才明白敢情庄亲王爷和边冷堂也来此喝茶。载澂略略沉吟了一下，回过身好言安慰九岁红："粟姑娘，你有所不知，升平署的庄亲王是在下的三伯父，载澂今儿个既然来了，趁着上去给三伯父请安的当口，顺便见见那个箫韶九成班的掌事边冷堂，问问征聘集雅班是怎么个意思。姑娘少安毋躁，载澂今天必给姑娘一个交代。"

载澂说完大步向二楼走去。

载洎一听他阿玛也在这里听戏，跟哥儿几个连连拱手致歉，吓得抬脚溜走了。

鄂多林台看着走上楼梯的载澂的背影，不无警示意味地对景沣说："咱就瞧好吧，依着大贝勒的性儿，好戏还在后头呢。"

纷攘杂乱声刚刚平息，又见惠霖恩神色慌张地来到天颐轩，他急步走进二楼雅间。惠霖恩给庄亲王爷和边冷堂请安后，哭丧着脸禀报说，两个时辰前，就在通州街里用饭时，伶童那书香背班逃跑了。边冷堂听罢急得直跺脚，庄亲王大声吩咐加派人手，连夜去找。

第五十章

紫禁城里的西二长街上，慈禧贴身侍女春苓子引领着庆王府四格格和庆王府一名随着跟来的年轻太监、一副武生身架子的崔玉贵向漱芳斋的院子走来。

国丧期满，为庆贺宫里重新开戏，庆王府再次送进一名武生太监进内府普天同庆班。

"太后可是一个懂戏的主子，谁也甭想蒙事。"春苓子边走边回头小声地提醒崔玉贵，"还有一个掌事孙福喜，那可是你们梨园行里的泰斗，专会挑眼。太后口谕，让你来一段《长坂坡》，扎的硬靠、厚底都给预备下了。你不要慌，唱的时候记着要用'虎音'，太后喜欢听。"

四格格又一次叮嘱崔玉贵："要想着出府前王爷嘱托的话，上台后可千万别'砸挂'，丢咱庆王府的脸面，砸了你师傅龚梅仙的招牌。"

崔玉贵："得，得，咱家记下了还不成吗。格格回府上禀王爷，到时候应下给咱家的事儿，千万别忘了……"

"瞧你那小样儿。"四格格没等崔玉贵说完，截住了崔玉贵的话头，"阿玛答应你的好处，到时少不了你的，再说我还在呢不是。"

夕阳的最后一丝余晖眨眼间沉没在巍峨的宫殿群中，暮色渐渐弥漫上来。

养心殿。前抱厦的台阶上，六岁的载湉小手托着下巴颏儿，呆呆地坐在那里出神，嬷嬷麻婴姑的离去，勾起了小载湉更加想家的念头。两名随侍小太监杜之锡和寇连起正在擦抹殿外廊下的地面金砖。小载湉忽然站起身，向外走去，大声喊着："载湉要回家，去见阿玛和额娘。"

两名小太监吓得慌了手脚，扔下抹布，急急跑了过来，跪在小载湉面前，杜之锡央求皇上："万岁爷别再叫啦，如若不然，让范首领听见，又得去败火"。

小载湉置若罔闻，继续喊着"载湉要回家"，大步向外面走去，两名小太监拦也不是，不拦也不是。这时，范长禄迎面急急走进院中，跪在载湉面前拦住去路："万岁爷没有什么额娘阿玛，只有东宫'皇额娘'西宫'亲爸爸'。"

小载湉任性地放声大哭，范长禄磕了一个头，长跪不起："奴才该死，奴才们该死，万岁爷赶明儿就要去毓庆宫上书房念书了，奴才们请万岁爷败火。"

小载湉身后杜之锡和寇连起走上前来，嘴里也是不停地念叨着"奴才该死"，一个抱腰，一个捉住小载湉不住踢蹬的双腿，抱向养心殿后面一间特为万岁爷败火、腾出所有家具摆设的空出来的偏殿。杜之锡和寇连起抬着小万岁爷进到殿中，放下万岁爷在地上，两人躬身倒退出殿，紧紧将殿门关闭，又躬身退下台阶，在距殿门不远的地方，并排跪了下来。

殿内传出载湉的哭号声。

夜色四合。登高一望，紫禁城内灯火错落，寂然无声。交泰殿缓重宽宏的钟声响了起来，钟震九声，宫门已经下钥。

养心殿院内黝黑一片，偏殿花菱隔扇的殿门紧紧关闭着，里面断续传出小载湉抽咽的哭泣声。两名随侍小太监杜之锡和寇连起并排跪候在殿外。殿内传出的抽咽声越来越低，不一刻，竟毫无声息。杜之锡和寇连起悄悄起身，弯腰轻轻推开殿门，借着外面的光亮一看，万岁爷哭累了，伏在殿内金砖铺砌的地面上已经睡熟。

凌子丙在天桥与地头蛇金富匆匆见了一面。

揣起凌子丙打点的银票，金富说起话来理直气壮："我金爷在天桥吐口吐沫就是钉儿，甭管来的是谁，在咱这儿地界儿里想平地抠饼，可没那么容易。"

凌子丙与金富分手后，叫了辆车，如约来到了胭脂胡同的清音小班莳花馆。

鄂多林台让进凌子丙，东拉西扯地话题慢慢说到了载澂，鄂多林台挥手让前来作陪的姑娘们统统退出房间，然后坐直了身子，对凌子丙正色说道："那晚在天颐轩，看动静，大贝勒怕是要动真格儿的了。"

凌子丙很是有些不以为然，急问道："贝子爷如此说，何以见得？"

鄂多林台说："就凭此次大贝勒回护九岁红，愣把庄亲王爷给顶住了，并且出了个馊招，让集雅班与升平署内头学'轧戏'定输赢……"

"贝子爷，你们恭、车两府的家班都轻易不敢和升平署内头学叫板，更何况是坊间的一个戏班子。"凌子丙顺杆儿往上爬，"依兄弟看，那是庄亲王爷给恭亲王爷的面子，哄哄大贝勒，走个过场，'轧戏'轧输了，自然没话说，那九岁红也只有乖乖去箫韶九成班。"

"从这事儿上就可以看出，大贝勒对九岁红依然是旧情未了。"鄂多林台显得有些着恼，"大贝勒和九岁红的事儿好与不好跟我不挨着，只是九岁红手里的那个古曲本《春明祖帐》倒成了一块心病，上次给足了九岁红的面子，做饭局拉场子，九岁红居然给脸不兜着。"

凌子丙劝慰道："要不说这世上唯小人与女子难养也。"

"一定要把九岁红手里那个曲本设法弄过来,也只有这样,两府'轧戏',车王府才不至于落了下风。"鄂多林台发着狠说,"眼下大贝勒已经回京,两府的'菊榜之争'不能输,面子栽不起!"

凌子丙一副真江湖假仗义的模样,拍着胸脯说:"贝子爷放心,兄弟一定想办法,让贝子爷如愿以偿。"

凌子甲今日里特意在家备了一桌酒席,为班子里木刻作的泉师傅置酒饯行。

泉石淙准备应聘箫韶九成班的木刻作。他举起酒杯,一饮而尽,开口说出话来,一字一句地道出了要辞班离开的苦衷。

自凌氏三兄弟在升平署接了修复悬丝傀儡的活儿,泉石淙做梦都想不到,苦苦追寻的镇班之宝居然回到了自己的手里。泉石淙本想携着镇班之宝直接回到闽西汀州,将经手修复完好如初的悬丝双人安奉在上杭的祖师戏神田公堂里。思虑再三,又怕连累三义班。现在眼看着修复好的悬丝双人交回了升平署。他自当跟随护佑,伺机而动,就是拼着性命,也要设法将这南国一派的传世物件带回汀州上杭。他期待有朝一日,箫韶九成班排出大台宫戏,定要一睹金麟童风采,完成师傅的遗愿。

南国一派悬丝傀儡的传人泉石淙,鬓边已见霜染。多年来,泉师傅在班子里装聋作哑,离群索居,如今又要到一个完全陌生的环境,就为了当年对他师傅的一声承诺。

想当年,泉石淙师门南国一派的传人蔺祖孚也曾奉旨,在嘉庆二十一年十月里携悬丝双人进避暑山庄承应万寿节庆。自从在喀喇河屯行宫求观北派杖头傀儡绝世孤品金麟童遭拒,心中实有不甘。后为祥庆传旨,所带傀儡又悉数被扣留在喀喇河屯行宫,祖传的镇班之宝也丧失殆尽,好不令人着恼。那天半夜,金麟班堆放傀儡砌末的地方走了水,蔺祖孚却是不信，明眼人一看便知是障眼法，可让蔺祖孚到死都没有想明白的是那个叫祥庆的太监正在传旨，金麟班何以事先得知其中的旨意而放火掩盖？

蔺祖孚心中暗暗起誓发愿，此生一定要得见金麟童，一亲北派祖师爷的手泽。

泉石淙自小师从蔺祖孚，十五六岁上，雕刻傀儡的技艺已见精湛。

道光庚子年，蔺祖孚的关门弟子年仅十七岁的泉石淙受师傅重托，不远万里来到京城，设法打探有关金麟班以及金麟童的一切事宜，相机而动。泉石淙原想隐姓埋名带艺投靠金麟班，混进门墙，再思图谋。未料到金麟班为避祸离京远走他乡尚还不知在何处。泉石淙进退维谷，去留两难。正在此时，三义班木刻作招人，泉石淙为免去自己一口的闽西汀州客家方言会给人带来疑虑的麻烦，决定装聋作哑，仅以木刻里面的技艺担纲三义班木刻作，混进三义班暂且栖身，再作区处。

"就想看一眼金麟童，亲手摸一摸金麟童。"师傅的嘱托泉石淙一日不敢忘却。日复一日，蛰伏在京城，一待就是近四十年，直至眼下，终于等来了有关金麟童的各种消息。

近四十年的人前不能吐气开声，只有在夜深人静时，自己跟自己说说话。近四十年的岁月磨砺，使泉石淙性格愈加内敛深沉，愈加要想方设法接近金麟童，用以完成师傅的嘱托和实现师傅当年的殷殷期盼。

分别在即，喝着闷酒。凌氏三兄弟劝慰泉石淙，依现在情形看来，大台宫戏有些遥遥无期，也只有耐心等待一途。

凌家大奶奶心下感伤，让丫鬟拿出早些时候就已经为泉师傅缝制好的入冬的棉衣，依依惜别，叮嘱泉师傅说："这里就是你的家，想什么时候回来就什么时候回来。"

"谢谢大奶奶，记下了。"泉石淙说，"这里就是泉石淙的家。"

集雅班总寓的三进院子上房。九岁红正在给关门弟子麒麟儿授课，深入浅出讲解昆山腔的要领。

"细腻的昆山腔就像是苏州木匠在做红木家具，用一根根木贼草蘸水而磨，人们称之为'水磨调'。"九岁红动情地说着，"颊齿生香的曲文，流丽悠远的水磨腔，清新典雅的妆容，轻柔婉约的伴奏，一曲昆腔，便是整个江南。"

月照中天，清光流布，院中梅树，枝影横斜，暗香浮动。

卧房内，阿玉已经熟睡。另一边卧房里九岁红与麒麟儿并排躺在炕上。九岁红在为麒麟儿灌注幼功，婉转低回轻声唱着昆曲。月光照射进来，麒麟儿忽闪着大眼睛，静静地躺着在听师傅的唱曲。

麒麟儿枕旁放着隆福寺庙会带回来的那只片刻不离身的傀儡玩偶头。傀儡玩偶头由于经常摩挲，已经生成了一层薄薄的包浆。

东岳庙祖师爷偏殿，老七头儿正在收拾归置扁担戏的家巴什儿，国丧期满，明天又是隆福寺庙会的正日子，九路车极力怂恿老七头儿说："七爷，明儿个一大早儿咱就去赶庙会，好好地唱上一唱。您还不知道，小九已经盼咐了大佛寺的几名丐帮小兄弟先去给占块地儿，明儿个在隆福寺栏杆殿前的月台上，说不定就能碰见我那喜欢傀儡的小师弟。"

"还惦记着哪？"坐在一旁过来串门喝酒的曲六如鼻孔里哼一声，撇着嘴一副幸灾乐祸的样子，"听说你们大佛寺为了找那孩子，可是撒了'人把帖'的，在京城里找了三年多了，至今音讯皆无，老道估摸着那孩子为避祸已经远离了京城。再有呢，老道是担心你俩与那孩子也就是在隆福寺扁担戏担子前的一面之识，算起来有三年多不曾再见，即便是碰了面还能认得出来吗？"

九路车不苟言笑，大声地说："小师弟个子肯定长高了，估摸应当在六七岁上，他那双大眼睛让人看一眼就忘不了。"

大佛寺坐北朝南，呈矩形。山门额上石匾"敕赐护国普法大佛寺"。山门两侧各有一旁门，前殿为天王殿，中为接引殿，两廊是东西配殿，后殿为观音殿。京城远近闻名的共成义举的集善粥厂便开在这里，京城的乞丐白天在这里喝粥果腹，夜晚便在寺里两廊下或避风处随地倒卧。

下午时分，大佛寺集善粥厂支锅施粥。在通州背班逃跑的那书香，小手捧着个脏碗，排在乞粥的人群中，一双惊慌失措的大眼睛警觉地瞟着周围，生怕升平署班子里的人找来此地。

那书香身披重孝，背负家门沉冤，随边冷堂北上。一个县衙内的大小姐，一夕间竟变成戏子沦落风尘。以前府里传堂会唱戏，那书香觉得有意思，也常听人说起过这是下九流的行当，如今自己也要与之为伍。记得出事后，夜晚灯下，听母亲劝过父亲，来京城设法找到曾是正黄旗第二参领的姥爷的一个把兄弟——正黄旗副都统英瀚，以求援手。当时父亲只是叹息，人为的河堤决口无奈已经做成了铁案，即使姥爷在世，恐也无力回天。

那书香一路上一言不发，随箫韶九成班来到京城，惶悚惊悸之余定下心来，决定逃离，再想法子找到姥爷的那个把兄弟，为双亲昭雪讨回公道。

在通州距船码头不远的庆安楼饭庄，那书香胡乱扒拉了几口饭菜，便趁乱溜了出来，攀上了一挂往京城里送豆饼的大车，坐着车晃晃悠悠进了东直门。跳下车，立马就不辨东西，更顾不得要找什么正黄旗的都统衙门了。几天来，闲逛在京城，白天啃干烧饼，晚上钻客栈柴房。如今已是身无分文，只剩上下一身大小姐的衣服，脏兮兮的不辨颜色。人无事做，闲饥最是难耐，听人说大佛寺常年设有粥厂，打听着道儿，顺大街穿胡同辗转一路寻来。

靠近内务府衙门的京城八大饭庄之一——隆丰堂。就在二楼一间雅座内，范长禄坐在上首，陈登科陪坐在下首，左右陪坐的是放牛陈、高月美。范长禄身后还站着两名恭手侍立伺候着的长随小太监。

范长禄倚老卖老，出宫见人比李莲英的排场还要讲究。

满桌菜肴，已是杯盘狼藉，席间大家推杯换盏，放牛陈和高月美说了很多恭维范长禄的阿谀之词。知道了范长禄是专门伺候皇上、在西太后面前也是一等一的红人，陈、高二人意态越发殷勤。自从拜托陈登科引见宫里的人，不想一直等了三年多，直到今日才修得正果。

最后转入正题，范长禄听后毫不迟疑，答应陈、高二人所需的戏本由他去想办法。宫里宫外都知道慈禧嗜戏如命，最不济也要从本家班里弄出来几本西边儿素日里爱听的戏本，拿出来改作傀儡戏。

范长禄吃捧，越说越来劲，话里话外也根本没把李莲英放在眼里。

放牛陈和高月美目视会意，这次结交宫里头的人，路子看来走对了。放牛陈和高月美更加肃然起敬，频频劝酒，二人分别送上冰敬，范长禄老实不客气地将银票收了起来，慢声细语地说，以后无论办什么事儿，都可包在他身上。

放牛陈看看时机已到，和高月美一唱一和，绘声绘色地说起了三义班。几年前在庄亲王府梨园，四大傀儡戏班子打擂台戏，安德海逾制坐一品绿呢大轿进园子传旨，惹恼了微行前来看傀儡戏的先帝爷，事后，先帝爷责罚小安子吃肉，让安德海步行回宫，没想到，安德海刚走出庄亲王府一拐弯儿，三义班那哥儿仨居然撑着撑着给安德海送来一乘轿子。

范长禄想起与安德海的过节，细着嗓子，咬牙切齿地说："三义班这就是抗旨，胆大得包了天，一定要让那哥儿仨知道巴结安德海的好处还在后头呢，等以后瞅准机会，好好给三义班奏上一本，摘了他们副庙首的四品顶戴。"

第五十一章

  日影西斜。隆福寺百货云集、人山人海的庙会又到了人散收摊的时候。
  栏杆殿月台上。老七头儿正在演唱《高祖还乡》，扁担戏担子前，来赶庙会的大人孩子围得是里三层外三层。老七头儿唱罢，九路车将手里的小锣一敲，"噹"的一声，打了一个节点，大声宣布："唱书至此，欲知后事如何，且待下次庙会再听分解。"放下小锣，拿起一个小笸箩，转圈开始收钱，嘴里又喊着，"低头不见抬头见，有钱的帮个钱场，没钱的帮个人场。"
  围观的众人开始散去，有往小笸箩里扔钱的，有来听蹭儿的赶紧开溜，一些小孩子还是舍不得走开，不远不近地站着，眼巴巴地看着老七头儿在收拾归置演出的家巴什儿。
  阿玉手牵着麒麟儿和靳伯走上栏杆殿的月台，麒麟儿眼尖，一眼就看到老七头儿，挣脱了阿玉牵着的手，几步便来到老七头跟前，小手一抱拳，仰脸喊了一声："大师傅。"
  老七头儿看见麒麟儿，大喜过望。
  麒麟儿接着急急说道："那年拿走傀儡玩偶头，后来带我家霞衣姑姑赶回来给钱，卖布老虎的大婶儿说你们已经走了，今日就是来寻大师傅还钱的。"

麒麟儿摊开小手,手掌心里攥着几枚铜钱。

九路车看见麒麟儿,一步蹿了过来,高兴地摩挲了一下麒麟儿头顶:"哟,小师弟,长高了一头,我和大师傅去找过你,可是你不在。"

麒麟儿吓了一跳,压低声音问九路车:"小师兄和大师傅去哪儿找的我呀?"

九路车回手向西边一指,悄声说:"西山樱桃。哎,小师弟,这三年你都去了哪儿,怎么才来?"

麒麟儿悄声回答说:"我是娘胎里带来的一场祸,为活命,只好离开家,躲在外面跟人家学戏呢。"

阿玉故意打岔,嗔怪九路车:"事到如今,也没有什么可瞒你们的。只是你这小哥说话好怪,他名字不叫小师弟,他叫杨高。你师傅是走街串巷唱扁担戏的,他师傅可是南昆正宗集雅班班主粟雅卿。"

麒麟儿赶紧伸手拽了拽阿玉衣襟说:"阿玉姐,师兄叫杨高小师弟,杨高就叫他小师兄,反正不知怎的,杨高一见他们和那些傀儡玩偶,就打心眼里觉得亲,像是一家人。"

老七头儿听罢,朗声大笑起来。

靳伯在一旁呵斥阿玉不得胡说。

老七头儿却不以为意,反而说阿玉姑娘并没有说错,他本来就是在胡同里庙会上耍苟利子的。靳伯向着老七头儿一抱拳,自报家门,说这孩子现在南昆集雅班学艺,门墙严峻,不得随意出入,三年来都未曾出过宅门。也是近日班主得知从前的这档子事,所以让小老儿和阿玉陪同前来还这傀儡玩偶的钱。不想缘分不浅,一来就碰见了。

老七头儿走上前来,蹲下身,拍打着麒麟儿的小身板,捏捏肩头,又抓起麒麟儿小手看了看,用力握了握,微微颔首。老七头站起身,郑重其事地问麒麟儿："有朝一日，要收你做徒弟，学刻傀儡，你可愿意？"

麒麟儿立即大声回答："愿意！"

九路车叮嘱麒麟儿："小师弟，大师傅就住在朝阳门外东岳庙，祖师殿一侧的偏院儿里。你若有事就来大佛寺找师兄。只要提起京城小九爷，没有不知道的。"

阿玉急忙拦阻："杨高已经有了师傅，梨园行规二师不课一徒。"

老七头儿哈哈一笑："海纳百川，艺不压身，若论昆曲，老七头儿不敢班门弄斧，论起其他，剩下的都能教。"

阿玉被老七头儿说得有些气不过，灵机一动，有意捉弄，俯身对麒麟儿悄悄耳语了几句。阿玉抬起头，眨眨眼睛，调皮地说："既然大师傅要收杨高为徒，现在就由杨高给大师傅演练几下，让大师傅看看行不行。"

众人一听，忙向四外挪动，大殿前转瞬腾开了一片地方。

夕阳的余晖斜斜照射在栏杆殿月台上。

麒麟儿冲着老七头儿一抱拳，向前跑了两步，一拧身先来了一个踺子，接挂串的小翻，这一连串的单筋斗风车般翻了二十个，小小的身躯浸染在余晖里，煞是好看。大殿前，响起了喝彩声。麒麟儿翻完筋斗，又向着老七头儿一抱拳。

阿玉得意地望向老七头儿。老七头儿再次颔首，深以为然，大声地说道："看这孩子将来可是大角儿的料，祖师爷是赏下了这碗饭，但是吃得成吃不成还要看他自己的造化，大角儿讲究的是六场通透，昆乱不挡。"

阿玉诽笑："咱先不说昆乱，也不论通透，就像这挂串的筋斗，您这'大师傅'能教得了吗？"

老七头儿默然无语，没有回答。

九路车心中一紧,陡然担心起来,从没见七爷翻过筋斗,尤其像这种挂串的小翻。

老七头儿慢慢站起身,撩起前襟下摆掖在腰带里,丁字步站稳,双手抱拳,画了半个圆,靳伯刚想劝阻,老七头儿一拧身,也先来了一个蹽子,接挂串的小翻,这一连串的单筋斗风车般的也翻了二十个,余兴未尽,又接四门挂稍长筋斗,最后来了一个串鹞子翻身,这筋斗翻得是又高又飘,在夕阳余晖里,有如落霞中的孤鹜上下翻飞。

一刹那间,隆福寺栏杆殿前的众人皆是看得呆住了。

道儿南的天桥别具风光,自有一番热闹景象,演杂耍练中幡的、卖大力丸偏方儿药的、剃头修脚治痦子的、拉洋片儿说鼓书的,五行八作,三教九流,光怪陆离,应有尽有……

金麟班的人找了块地儿,窦五乐用木棍呈半圆形在地上画锅准备开唱。古麒凤带着班子里其他人手用竹篙芦席扎起个棚子,搭个临时的小戏台。扯起帷幔,用作扮戏的场所。童麒岫和查万响也在忙碌着演出前的一应活计。

窦五乐站在临时搭起的台子前,打起小锣,吆喝着今天的戏码、招徕逛天桥的看客。

京城大佛寺乞丐帮里的油葫芦和三个小乞丐饶有兴致地走过来,准备好好看场傀儡戏。油葫芦曾听九路车说起过金麟班的事,记得小九爷有个还没拜师的小师弟与这金麟班很是有些渊源,于是眉飞色舞地和那几个随来的小乞丐就事论人,以显示自己在九路车跟前的地位。

油葫芦说到高兴处,为了炫耀自己,向正在敲锣吆喝招徕看客的窦五乐搭讪说:"大佛寺的人知道京城里有个金麟班,也知道你们金麟班的少班主和我们大佛寺小九爷有交情。"

"没听说过,我们金麟班的少班主跟你们大佛寺一帮要饭的有交情？"窦五乐对那几个小乞丐简直不屑一顾,以为是来拿蹭儿的,更不知油葫芦嘴里所说的是什么时候的事情,"实话告诉你,我们金麟班的少班主在他姥爷那儿索家班学皮黄呢,少班主连我们这儿都很少回来,哪还有工夫去你们大佛寺攀什么交情,想'拿蹭儿',没门儿!"说罢,遂摆出一副懒得搭理的神情,也不搭腔,继续自己的吆喝。

油葫芦不清楚窦五乐说的金麟班少班主的那些事儿,只是听出来窦五乐有些势利眼。心中很是不舒服,继续唠叨着说:"你家少班主管我家小九爷叫小师兄,既然都称兄道弟啦,那你们金麟班和咱们大佛寺论起来应当算是亲戚,所以大佛寺的兄弟特来捧场。"

突然,几个头上歪戴瓜皮帽的打手模样的地痞,分开围观傀儡戏的人群冲了进来,不由分说,动手扯下帷幔,掀扯开芦席棚子,用脚踢翻搭起的台子,声色俱厉,不让金麟班在此画锅撂地儿。

童麒岫瘸着腿走上前来劝阻,还未等求饶的好话说完,也被推搡着倒在地上。窦五乐攥着拳头就要拼命,查万响抱住窦五乐说强龙不压地头蛇,眼看着那几个地痞带人强行抬起两只衣把箱、提着几只杖头傀儡扬长而去。

今日看来是唱不成傀儡戏了,金麟班众人只得忍气吞声收拾起残破的场子,准备回去。

窦五乐气得拿站在一旁的油葫芦等几个小乞丐撒火:"还不快滚,觍着脸说你们大佛寺跟金麟班是亲戚,什么狗屁亲戚,看着亲戚挨打受欺负就知道站在一旁看热闹。"

隆丰堂二楼靠窗的一间雅座,陈登科从升平署匆匆赶了过来,进门抢步蹲身给载澂请安,载澂举手相扶。陈登科落座,载澂起身亲自为陈登科斟酒:"老陈啊,来来来先喝上一杯,有什么咱慢慢说。"

陈登科受宠若惊,从袖中抽出一张戏码单子,双手呈给载澂:"回大贝勒话，'轧戏'的日子定在下月初九梨园行的义务戏演完之后，这是最后敲定的戏码单子，您过目，明日衙署自会派人送到集雅班。"

载㵆浏览了一下戏码，递给柳朝晋，吩咐说："距'轧戏'的日子大概其的还有半个多月，你和老孟回头抽空去趟集雅班，看看有什么需要帮忙的没有。"

柳朝晋说："回大爷的话，唱戏上全福班可是不能上手帮忙，倘若查出，戏还没有'轧'就算输了。再者说人家集雅班也未必瞧得上班外来人。唯独就是唱戏的头面和行头，不知能否压过升平署内头学？"

陈登科一听大为恐慌，接口说道："柳爷想得周到，肯定压不过。宫里内务府出的活儿，坊间根本没法儿比，活儿出来了，好的留在长春宫普天同庆本家班，稍有瑕疵的，撒下来就到了升平署，所谓瑕疵，那是拿在手里仔细瞧着挑毛病，台底下听戏，谁还带着千里眼专看行头和头面？"

"得，干脆什么也别问。"载㵆一拍桌子，吩咐柳朝晋、孟楞香二人："只管麻利儿着拣咱府里家班衣靠盔杂四箱里最好的尽其所有统统给集雅班送过去。大爷我明日就要去陵工上应付差事，还有……下月初义务戏集雅班有一出压轴的折子戏，我一定要赶回来给九岁红捧场。柳管事、孟师傅，集雅班的事儿您两位劳神了，只是有一点给本大爷记住喽，人争一口气，佛争一炉香，此次'轧戏'决不能输给那姓边的！"

戏台后面踏垛处的八仙桌子上放着一大包零食点心。

九岁红和古麒凤隔桌而坐，相谈甚是融洽。话题自然是离不开麒麟儿。

麒麟儿师从九岁红，加之又是关门弟子，只为习艺关书在身，金麟班的人不得探视。三年来，无奈古麒凤对麒麟儿实在想念，尽管每次都要询问教琴回来的查万响，毕竟自己未曾亲眼得见，终于忍耐不住，特意做了麒麟儿平素喜欢吃的一些零食点心，送来集雅班，拜托阿玉给孩子捎回去，再是央求九岁红让她与麒麟儿见上一面。九岁红知其来意，只是微笑不语。

阿玉奉茶，安慰古麒凤说："麒麟儿在班子里学戏学得很好，大有进境，听班主说，下月初九开始，梨园行连演三天义务戏，赈济京兆水灾，义务戏就唱在对面的天乐园。班主想趁此唱这义务戏各班名角荟萃之际，让麒麟儿登台开唱打炮戏，博得七龄童这一称谓。"阿玉越说越高兴，"师傅九岁红，关门弟子七龄童，岂不是锦上添花，到那时，麒麟儿登台亮相，古师姐自然就见着啦！"

阿玉说的在理儿上，孩子终要长大，正如掌班师娘凌雪嫣当年所说，孩子得活人，早晚得从家里这道门走出去。三年过去了，麒麟儿隐姓埋名，在集雅班习艺，三年当中孩子连院子里的二门都没有迈出过，想来这祸应当已经避过。每次查万响教琴回来，古麒凤从他口中得知麒麟儿已经长大，领悟力极强，眼看孩子已经七岁，也需要找时机给他传授雕刻傀儡的技艺，将大师姐的那一套刻具交给孩子。

不知怎的，古麒凤心里总觉不踏实，隐隐还是有些担忧，可到底担忧的是什么，自己一时间又说不清楚，想想只好作罢，但心里好过很多。规矩不能破，也只有耐心再等候一些时日。

古麒凤问起九岁红天颐轩唱开桌戏的事情："听说恭亲王府的大贝勒又来纠缠？"

九岁红摇摇头说："到现在都没有想明白。这次倒是多亏了那个载澂，看他说话做派，可是不像上一次的那样混啦，跟着来的那帮狐朋狗友一个个的也都老老实实地坐着，是他撵走了精忠庙的秦管事，还说了几句关于戏上边的话，这才知道恭亲王府的这位大爷是懂戏的。"

古麒凤提醒九岁红："那大贝勒可是有名的花花公子，提防他又再打什么鬼主意。"

"那天升平署的庄亲王爷和宫里头箫韶九成班掌事边冷堂也都来天颐轩听唱，精忠庙管事秦二奎当即知会我被征聘为箫韶九成班昆曲总教习，集雅班停牌不准再唱。恰逢大贝勒载澂在场，随即去二楼与庄亲王、边冷堂理论。也不知是怎么说的，反正从楼上下来时叮嘱我明天可派人去精忠庙领取'题名牌'。可有一宗，问集雅班敢不敢和升平署的内头学'轧戏'，我觉得载澂做的一切都是为了集雅班，也不愿意辜负他为集雅班打抱不平的举动，所以当场点头应承下来。"

升平署内头学的演出场子就定在正对面的天乐园，两个戏园子门对门，两个班子连演一十二场，戏码不准'翻头'，每天一场，两班唱对台戏，同演一个戏码。戏唱得好与坏、高与低，四九城的老少爷们儿自有公论，最后以戏园子里听戏人数多寡论输赢。如果集雅班胜出，精忠庙和长春宫箫韶九成本家班的征聘去与不去由她定，以后集雅班在京城挂牌唱戏，再无人敢问，如若认输，就得认命。

古麒凤说："哎呀，这就是所谓的'菊榜之争'，是梨园行里的生死搏杀，如果应承下来，必定是凶多吉少，就说集雅班是南昆正宗的老班子，又怎能和内头学的戏班子叫板，不说别的，就连头面和行头一亮相就已落了下风……"

"事情逼到这里了，不应也得应，虽说精忠庙准许唱戏的'题名牌'已经发下来，集雅班若认输，我还是得进升平署，这'题名牌'岂不是给了等于没给。恭亲王府的大贝勒这次是好意，给集雅班争了一个死里逃生的机会……唉，真正是戏好唱气难受。"九岁红说罢从衣袖里抽出一张升平署送过来"轧戏"的戏码单子递给古麒凤。

古麒凤接过戏码单子用眼一扫，立即估摸出这次轧戏的分量，说道："就拿《思凡》来说，已够人喝一壶的，再有一出折子的《夜奔》，这是南昆老生应工戏，唱念做表，相当吃功夫，非一般人所为，难道集雅班竟有能唱得了这出戏的？"

哪知九岁红反倒一副轻松的神态，古麒凤大惑不解。九岁红淡淡地说："别的戏码不敢说，要说起这《夜奔》，那可是我舅舅沈芳城的看家戏。"

九岁红如此一说，古麒凤觉得倒还有几分胜算，多少有些放下心来。

索家班上房，房门紧闭。索德琛得知武青羊要背班去投箫韶九成本家班，简直是怒不可遏，武青羊自小在班子里长大，索德琛一直将他视为家人。索德琛思前想后，终不忍心行家法，最终挥挥手，放过了武青羊。八仙桌上放着家法，索德琛只有坐在太师椅里独自生闷气。

武青羊斜肩背着几件衣物卷裹成的包袱，规规矩矩朝着上房磕了三个头，拜辞师傅。他站起身，不无留恋地环顾着这座院子里的一切，周围索家班的师兄弟们站在两廊下看着，大家谁也不敢上前劝阻。

武青羊离开，索万青带着六岁的童麟熹走了过来，童麟熹拉着武青羊的手，一起向大门外走去。索万青叮嘱武青羊："师弟进了箫韶九成班，以后就得自己照顾自己了，在那边要是觉得受了委屈就回来。"

童麟熹小声告诉武青羊："娘让我也来送送师叔。娘说姥爷不好，小姨好，还听娘说，师叔要去宫里头唱戏，宫里是不是很大很漂亮？我也想和师叔一起去宫里唱戏。"

武青羊摩挲着童麟熹的头顶，嘱咐童麟熹："熹子要好好练功，师叔答应你，等以后瞅机会一定带熹子进宫去唱戏。"

第五十二章

　　正阳门外的鲜鱼口买卖街，一进西口的天乐园是此次升平署精忠庙所指定的赈灾义演的场子。街面上人来人往，车水马龙，很是热闹。
　　这天乐园的对面就是集雅班的演出场子上丹霄。
　　义演当年在梨园行有一个专门名词"义务戏"，一般是由梨园行的公会即精忠庙出面组织安排。义务戏顾名思义就是尽义务不取报酬。
　　义务戏最大特点是名角荟萃，对观众尤其是对戏迷来说是有巨大号召力的，如此便可充分筹资集款。当时，能够集各班名角于一堂的演出，除一般不对外的堂会戏之外，就只有义务戏了。每次演出义务戏，凡在京城的各班的名角无不参加，甚至有时候会出现有人想参加却不能如愿的情形。所以，像义务戏那样集中的精彩戏码和名角搭配在平常的日子里是看不到的。由于义务戏不是商业性、常规性演出，所以义务戏中有时会出现另类演法，那就是名角大反串，这一点也正是戏迷们所期冀的，也是最为戏迷们津津乐道的事情。
　　为赈京兆水灾，义务戏如约举行。
　　天乐园里面已经是座无虚席，站亦无立足之地。戏园子外面削尖了脑袋想钻进来听戏的戏迷仍在拥挤着，纷纷攘攘，人头攒动。不远处，九路车率油葫芦等几个小乞丐走了过来，一头钻进前来听戏的人堆里。

戏园子二楼一侧，离台口最近的一处包厢座，古麒凤和霞衣女扮男装早早就已来到。

窦五乐从下面上来走进包厢座，将戏单和一包霞衣喜欢吃的瓜子嚼裹放在八仙桌上，告诉霞衣她喜欢吃的不老泉冰糖葫芦的挑儿因为场子外面人多，眼下不知给挤到哪去了，一会儿他再出去找找看，小声叮嘱霞衣和师姐别让旁的人看出她俩行藏。匆匆交代几句，说自己要陪班主和响爷在一楼听戏，说罢便下楼去了。

霞衣递过戏单，古麒凤低头寻找集雅班登台的次序和戏码，集雅班唱的是压轴戏《浣纱记·寄子》一折，大轴是各班名角大反串的戏码《群英会》。

《浣纱记·寄子》一折说的就是伍子胥死谏报国悲情送子的故事。九岁红反串伍子胥，麒麟儿扮演其子伍茑。古麒凤暗暗称道九岁红的风骨，选这出折子戏为麒麟儿出道的打炮戏。

戏中的情景和麒麟儿的命运暗合。只是有一层令人担心，这出戏对于孩子来说表演上确实很难把握。

此一折戏中，曲牌［胜如花］是《浣纱记·寄子》的主曲。在传统的昆剧折子戏里，很少有登场就唱主曲的，主曲一般都放到最后高潮部分再唱，而《寄子》一折却是先唱。在唱完主曲之后，全靠演员的白口及表演把这个戏推向高潮，一段［胜如花］连唱带做，相当吃工夫。

想到这里，古麒凤不由为麒麟儿担起心来，霞衣的手心里也是捏了一把汗。低头往下面看去，下面池子里的人越拥越多。

鄂多林台几人不时回头向外张望，柳朝晋说："几位爷不要等了，这时辰不见我家大爷来，估计就是从陵工上赶不回来了。"

柳朝晋提到陵工，几个人由恭亲王给载澂在陵工上安排的差事谈起，继而说到了给先帝同治修建惠陵违反昭穆之制的做法及裁撤修建石像生与神道的种种传闻。

眼下检场的抬出一块水牌放在台口，水牌上红纸黑字纵行书写：

《浣纱记·寄子》伍子胥九岁红反串
伍葑九岁红关门弟子杨高

报戏码的水牌一经推出，立时引起台下池子里嗡嗡议论的声音。

放牛陈当即表示奇怪："这是什么时候收的关门弟子啊，怎么从来没有听说过？"

高月美也随声附和："可说呢，从没见她给这个关门弟子拉过场子，请梨园行诸位观礼喝拜师酒。"

凌子丙啜着茶，嘴角泛起一丝冷笑，似乎在为九岁红打圆场，笃定地说："虽说集雅班是在京城起班，九岁红曾回南招徕以前师门旧人，应当是在南边收的这个关门弟子带上京的。"

台子上文武场动响器，笛筝齐奏。伍子胥步履有些踉跄，携子伍葑登场。伍子胥胸前"白满"飘动，其子伍葑穿薄靴，腰悬宝剑。由于还是个孩子，那宝剑稍显过长，台子上那娃娃生做身段转身不时用小手向上提一提宝剑。虽说是孩童，亦是相门之后、将门之子，自是双目顾盼，满脸英气。

台子上伍子胥父子二人在路途中对唱的一段主曲［胜如花］，旋律回环凄恻，配合恰到好处，尤在"初还望落叶归根"一句处，伍子胥饱含深情几声"儿啊"，尚有些许苍凉的叹息；小伍葑几多哽咽，数行珠泪，小伍葑跪拜爹爹，唱道"何日报双亲恩义"，真嗓行腔，听得出情真意切，"料团圆今生已稀，要重逢他年怎期？"此时父子英雄，家国天下，尤是感人至深。

楼上楼下叫好喝彩声满坑满谷响成一片。一楼后面靠墙的兔爷凳上，九路车和油葫芦等几个小乞丐也是沉浸在这喧嚷的气氛中。

楼上包厢座，古麒凤此时已是热泪盈眶。看见麒麟儿在台上一举手一投足隐隐已见角儿的做派，心中几多慰藉，始放下心来。霞衣提议去后台看看麒麟儿，古麒凤想到约定，终于忍了下来，又恐时间过长，被人发觉，遂偕霞衣下楼匆匆离开了戏园子。

大轴戏开演的时候，窦五乐手里举着三串不老泉家的冰糖葫芦上楼来看古麒凤和霞衣，探头进来一看楼座空空，很是奇怪，下得楼来将手中的冰糖葫芦分给童麒岫和查万响，自己嘴里嚼着糖葫芦，有些抱怨："师姐和霞衣不知什么时候已经走了，也不跟咱们言语一声。"

窦五乐凑近查万响耳旁悄悄嘀咕："响爷，刚才集雅班压轴戏唱伍子的那个杨高，恍惚间看眉眼儿觉得很像三年前因病去世的麒麟儿，按说年龄也正相当……"

"五乐啊，不是响爷说你，你整天有心思不往戏上使，管人家做什么？"查万响知道麒麟儿假死之事不能与窦五乐明言，此事如若张扬开来，身家性命，非同小可，当即脸色一沉，"早就听说那个关门弟子是九岁红成立南昆班子，回南招徕集雅班旧人上京时带过来的弟子。"

"我怎么从没听说九岁红有过什么关门弟子？"窦五乐不知为何惹得响爷如此生气，看着班主的脸色倒还平静如常，也只好似信非信地点点头。

查万响与童麒岫四目相对，暗暗松了一口气，总算把这件事遮掩过去。

义务戏散场，窦五乐送查万响、童麒岫坐上小鞍车回老宅。窦五乐请班主和查万响先行一步，他还要去找不老泉冰糖葫芦的挑儿，再买几串糖葫芦带回去给师姐和霞衣吃。

窦五乐举着几串买下的糖葫芦刚一转身，不想凌子丙却站在身后，不由分说拉着窦五乐就近去致美斋吃夜宵。

窦五乐拗不过凌子丙的这份近便劲儿，想到这是已故掌班师娘凌雪嫣的亲侄子，这份薄面还是要给，在凌子丙勾肩搭背半推半拽之下，随凌子丙来到致美斋。

馄饨和焖炉烧饼刚刚端上桌，凌子丙便急不可耐地说出了他要打听的事：居然和窦五乐刚才在戏园子里问查万响的是同一件事，说话时还夹带着放牛陈和高月美二位老板的说辞，以示众人的看法一致。此时，窦五乐心中疑团再起，也想深究，但素知三义班与金麟班的宿怨，自己不便多说，只是将查万响讲给他的话照样说给凌子丙听。

凌子丙话锋突然一转，问起了三年前，班主童麒岫之子童麟飞因病去世时，听说太平街西口的醇亲王府还赠送了相当丰厚的奠仪，窦五乐含含糊糊推说平日班子里的大小事务都由师姐古麒凤做主张罗，自己真是记不清楚了。

凌子丙哈哈一笑，叫来了店小二，又给自己和窦五乐一人叫了一盘萝卜丝饼。

隆福寺。距庙会不远的北面，有一条铜钟胡同，胡同不长，是条死胡同。九岁红亲娘舅沈芳城的宅子坐落在胡同最里面，院子两进，黑漆的如意门，整座宅子紧紧实实并不惹眼。

九岁红执晚辈礼，再次登门求助沈芳城。

九岁红就"轧戏"事，开口求舅舅帮忙，还未等沈芳城说话，二舅母蓝红玉就已满口答应下来。她让九岁红把心放在肚子里，踏踏实实准备其他的戏码，到时北昆集芳班连人带行头还有文武场一齐助阵。沈芳城又谈起几天前在同乐园的义务戏，奇怪外甥女九岁红何时收的这个关门弟子，资质甚高，是多少年来难得一见的大角儿的材料。

胭脂胡同内的清音小班莳花馆，人语呢喃，琴声叮咚。

鄂多林台屏退所有人等，紧闭房门，与凌子丙密谋。关于九岁红关门弟子的身份，正是堪疑之处，鄂多林台则认为凌子丙这一重大发现，为此当满饮一大杯。不管之前发生了什么事情，太平街上一府一宅之间肯定有着不为外人道的曲衷，以此或可挟制九岁红，迫其交出曲本。商量结果，凌子丙要再进上丹霄，说服九岁红。

鄂多林台站起身亲自为凌子丙斟酒，并许诺以后瞅机会央求他叔父进宫，为凌氏三兄弟谋求宫廷供奉一职，想来两宫无有不准。

凌子丙听后，感激之情溢于言表，起身给鄂多林台请了一个安，说："在下先谢谢贝子爷的抬举。"

锣鼓巷内炒豆胡同，集雅班总寓门前，恭亲王府大贝勒载澂派来送盏、衣、杂、把四箱的两辆车停在门前，靳伯带集雅班的人进出着，将车上的箱笼搬进院内。

阿玉走到柳朝晋、孟椤香面前，福一福，脸上挂着笑说："我家小姐为'轧戏'事，谢谢澂贝勒援手，如果此次'轧戏'胜出，我家小姐愿意与你家大爷尽弃前嫌。"

"好说，好说。"柳朝晋双手抱拳，"请阿玉姑娘上复粟老板，府上大贝勒虽说有些风流，但绝不如坊间所传那样，尤其对你家小姐确是真心倾慕。之前天颐轩邂逅一事，实在是与几位王公大臣的子弟说笑，我家大爷好面子，争强好胜，不想开罪了粟老板，还请姑娘在粟老板面前多多美言！"

第五十三章

正阳门外,上丹霄集雅班演出场子。靳伯站在场子门口,看见街的斜对面,从三义班场子前的牌坊下,三班主凌子丙闲溜达似的走了过来。

为与内头学"轧戏",台子上,集雅班正在根据升平署拟定的曲目"拉熟"。

靳伯将凌子丙让进后台。阿玉以礼奉茶,凌子丙直言要见九岁红。

阿玉说班主不在,有事说与她是一样的。凌子丙嗽了嗽嗓子,略一沉吟,假借车王府贝子鄂多林台之口,将九岁红关门弟子杨高的堪疑之处指了出来,询问杨高何方人氏,如是自南带上京者,自然是满口苏州话。眼下打炮戏业已唱完,赢得满场彩。是否出道,何时"报庙"?并请转告贵班班主,鄂多林台贝子爷本无意其他,只是仰慕珍奇曲本,盼一睹为快,上次贝子爷京城设宴为曲本屈尊折节下交,足见诚意,却遭班主峻拒,贝子爷很是恼火。此次若识抬举,则天下太平。以集雅班一己之力得罪车王府,后果可想而知。

凌子丙一番软硬兼施绵里藏针的话,不想被躲在踏垛后面的麒麟儿听个真切。

入夜，太平街东口金麟班老宅，在一进院落查万响的屋子里，查万响、古麒凤正在听窦五乐叙说那晚看完义务戏后，去买糖葫芦碰见凌子丙拉他去致美斋吃夜宵的事情。

古麒凤责怪窦五乐，这件事都过去两三天了，怎么直到现在才和班子里的人说。窦五乐回说自己最初也没太拿凌子丙的问话当回事，这两天下来一琢磨，觉着有些不对劲，于是赶紧过来说与响爷和师姐知道。古麒凤内心一紧，瞟了查万响一眼，面上对窦五乐仍做平常之态，拍拍窦五乐肩膀，让他回去早点歇息并嘱咐以后碰见三义班的人，一定要加小心。

窦五乐给师姐和响爷道了晚安，回房自去歇息。

屋内灯罩内的灯花跳了几跳，就窦五乐刚才所说的事情，古麒凤和查万响相对而视，一时间倒不知说些什么。古麒凤起身过来取下灯罩，拈起一根银针挑落灯花。

查万响一声轻叹，自言自语："风起于青萍之末。"

查万响话音甫落，外面骤然响起了急促的敲门声，夜深人静，敲门声异常急促，听起来让人有些瘆得慌，古麒凤浑身一激灵，一步跨出房门。

大门过道，古麒凤抬下门闩，打开大门，触眼便见阿玉神色惶急地站在门前，阿玉低声急问："师姐，麒麟儿回来没有？"

只此一句，吓得古麒凤魂飞魄散，掩上大门，将阿玉让进查万响屋内。阿玉接过古麒凤递过来的茶盅，稍稍抿了一口，略带哭腔地诉说事情原委："下午凌子丙来上丹霄要见班主，班主当时不在场子里。不知怎的，我心里好像有一种预感，反正多一事不如少一事，就让麒麟儿先回避了。那凌子丙说起话来挺有仗势的，意在班主手里的一个曲本。等敷衍走了凌子丙，才发现麒麟儿也不见了。一直等到上灯时分，总寓和场子里两处均不见麒麟儿的身影，班主这才有些着慌，打发我叫车赶了来问问麒麟儿为避凌子丙的纠缠,是不是回了老宅。"

查万响和古麒凤听完阿玉的讲述,愣在那里,半晌作不得声。

大佛寺。天王殿后面的接引殿内,明灯蜡烛,殿内正中供阿弥陀佛手拈莲花接引众生的泥塑彩色立像,左胁侍是手拿净瓶的观世音菩萨,右胁侍是大势至菩萨,三尊佛像被称为"西方三圣"。高大泥塑彩像的莲花台基下面,九路车和京城乞丐的杆子头扑满山正在打"双陆"。

从棋盘上看,眼见得九路车已占上风。九路车得意地高举右手摇动着被攥在半握成空的掌心里的两只骰子,刚想将手心里的骰子再次掷下,油葫芦急步走进,附在九路车耳旁嘀咕了一句什么,九路车听完,霍然起身,将手里的两只骰子丢在棋盘上,拔脚向殿外跑去。

接引殿前面天王殿殿前月台上,麒麟儿等在那里。九路车三步并两步跑了过来,麒麟儿看见九路车,双手抱拳,喊了一声:"小师兄。"

九路车走近麒麟儿,搂住麒麟儿肩膀,向后面接引殿走去,边走边宽慰着麒麟儿:"一看脸色就知道出事了。用不着怕,小师兄在这里!"

麒麟儿告诉九路车,自己投身师门因有习艺契约,不得与金麟班的人相见,眼见危难又要迫近,为了不殃及师门,毅然决然地跑了出来。

九路车听完麒麟儿的讲述,夸赞说:"没想到小师弟小小年纪,大有担当,自己的事不想连累任何人,是条汉子。明天小师兄就带你去东岳庙找大师傅,拜师学做木刻手艺。"

油葫芦兴高采烈地说:"小师弟,以后你就跟小九爷还有众兄弟在大佛寺,保你吃香的喝辣的。"

"麟儿还要学唱戏,记得火凤儿姑姑说只要好好学戏,成了角儿,就能看见娘亲。"麒麟儿说完,再次当胸抱拳,央求九路车,"请师兄跑一趟太平街金麟班老宅,传一口信儿,就说麒麟儿想进升平署学戏做官学生,以后成了官家唱戏的人,想那凌子丙就再也奈何不了师门了,麒麟儿是伍葑,伍葑就是麒麟儿。"

"听说升平署的箫韶九成班倒是正在招聘伶人。"九路车连连摆手,情急之中更多的却是无奈,"可惜的是你年龄太小,戏还未唱成,再说人家那里也不招外边的伶童。"

麒麟儿像是很有主见地说:"只要升平署的庄亲王爷点头,那就不怕箫韶九成班不收。"

九路车听完一个愣神,略一沉吟,像是在对自己说又像是在和麒麟儿商量:"小师弟话说的是不错,可咱们就算是见了王爷,又怎么知道王爷会点头送你进升平署?"

麒麟儿说:"这个好办,小师兄只要将口信儿带到,火凤儿姑姑自有办法让麟儿进升平署。"

"让寺里的几个老婆子帮着把接引殿一侧的偏殿收拾干净。"九路车对麒麟儿最后嘱托的话将信将疑,扭头对举着手照的油葫芦吩咐,"今晚让麒麟儿安歇,有什么事儿明天再说。"

九路车临走前再次叮嘱麒麟儿说:"小师兄去老宅送信儿,你今晚不可出寺,一切都要等小师兄回来。"

九路车吩咐完,用手摩挲了一下麒麟儿的头顶,一步跳下殿前月台,快步径直向寺外走去,转瞬消失在夜色中。

夜渐深,万籁俱寂。

金麟班老宅。一进院落查万响所住屋内,一灯荧然。

古麒凤、查万响、阿玉三人闷声不响地坐在那里,想不出在麒麟儿的身上究竟发生了什么事情,三人合计来合计去,凌子丙勾结鄂多林台带人手将麒麟儿捉去的可能性不大,想去寻找,竟又不知去何处才好。

古麒凤有如芒刺在背,坐立不安,急得眼泪几欲夺眶而出。

阿玉忽然想到平素在班子里对避祸的麒麟儿的管束太过严紧，如今孩子已经到了淘气的年龄，是不是因了贪玩儿，私下里跑去东岳庙寻那个他口中称为"大师傅"的隆福寺卖木刻玩偶的老七头儿。

古麒凤急问这是什么时候的事情。

阿玉说："麒麟儿进集雅班拜师学艺时，孩子衣兜里放了一只木刻玩偶头，那木刻玩偶头像极了麒麟儿的五官，麒麟儿甚是喜欢，总是带在身上。"

"那只玩偶头……应当是几年前……有一次我带霞衣还有孩子们去逛隆福寺庙会，从庙会上的一个挑儿那儿买的。"古麒凤极力在思索回忆着什么，"麒麟儿看样子很是喜欢，所以先拿了在手里，跑回来找大人要钱说给送去，霞衣跟他去给那挑儿送钱时，那挑儿已经走了。事后嘛……也没太在意，只说以后什么时候再去逛庙会，一定要找到人家，把这钱给还上。因平时总见麒麟儿将这只玩偶头带在身上，孩子诈死入殓时换衣服，也未细看，随手就塞进了麒麟儿的衣服兜里。"

阿玉说："事情大概就是这样，麒麟儿隐姓埋名进班学艺，时常跟师傅念叨要去隆福寺还那玩偶钱，班主嘴上一时没有答应，心里明白麒麟儿其实是想念隆福寺刻玩偶的那个老七头儿师徒二人。看看三年过去了，班主估计那祸已经避过，孩子早晚也要出道见人。那日，班主挨不过麒麟儿的央求，就让阿玉和靳伯陪同麒麟儿一起去隆福寺庙会，寻那卖玩意儿的挑儿还那木刻玩偶钱……"

查万响插话说："麒麟儿嘴上说还那木刻玩偶的钱是假，要见那老七头儿是真。这件事从一开始，就是一种天定的缘分。"

"响爷说的一点儿都没有错！"阿玉连连点头，一副认真相信的样子，"那天我和靳伯带着麒麟儿到了隆福寺庙会，一到栏杆殿前，就好像是约定了一样，那老七头儿果然早就等在那里。"

古麒凤一抹泪眼，霍然起身，要和查万响、阿玉连夜赶去朝阳门外东岳庙看个究竟，麒麟儿是否藏身东岳庙，也顺便会会那个老七头儿，到底是何许人也。

此时，外面再次骤然响起了敲门声。阿玉高兴地说："一定是麒麟儿回家来了！"

古麒凤和阿玉急步冲出屋来，打开大门，门外却站着一个衣衫不整乞丐模样的大孩子，看年龄也就在十四五岁上下。阿玉很是诧异，闹不清是何来路。

古麒凤一眼认出，面前的这个孩子与自己曾有一面之缘。

那年金麟班支应桂公府堂会，童麒岫不慎将腿摔断，当时场面一度混乱，有个孩子将一包专治跌打损伤的灵药异远真人散塞到古麒凤手里，及时救治了童麒岫。古麒凤当时就想问明缘由，只可惜一把没有揪住，让那个孩子趁乱走掉了。

古麒凤一看来人就是那日送药的孩子，反倒放下心来。九路车一见开门的就是古麒凤，随即向古麒凤和阿玉抱拳施礼，朗声说道："在下特来告知，请贵班班主人不要惊慌，小师弟一切无虞，眼下暂避大佛寺。因麒麟儿身负师门习艺契约，不得与金麟班的人相见，现在又担心再次连累师门，为保全金麟班与师门，麒麟儿要进升平署学戏去做官学生。"

古麒凤赶紧将九路车让进屋里。

古麒凤说："进升平署学戏，那可不是一般地苦。请小哥转告麒麟儿，在大佛寺就先玩几天也好，先不要慌，金麟班和他师傅正在商量，想来事情还有回身躲闪腾挪的地方。"

"师姐，你家麒麟儿说了'麒麟儿是伍葑，伍葑就是麒麟儿'。"九路车将临来时麒麟儿说的话一字不落地转述给古麒凤，并将麒麟儿想唱戏成角儿见娘亲的意愿也一并说了出来。

九路车说完，近前一步，压低声音说："你家麒麟儿还有一句话，

'师兄只要将口信儿带到，火凤儿姑姑自有办法让麟儿进升平署'。"

说完，不等古麒凤和阿玉再问其他，转身告辞离去。

古麒凤和阿玉送走九路车回到屋里，查万响很是欣慰，连连点头称赞不已："小小年纪，就已懂得翼卫师门，我这徒儿不简单！所幸还有大佛寺麒麟儿的师兄一处可以暂且躲避。"

查万响估计凌子丙还要再来集雅班纠缠，于今之计，对外可说关门弟子杨高因祖师尊及师门之内的事情已经回南，剩下来就是如何将麒麟儿妥帖安置。形格势禁，事出无奈，古麒凤说看来又要劳烦醇亲王府"里扇儿的"亲自出马。

九路车带着麒麟儿从大佛寺来到什刹海串亲戚。

什刹海岸边杜三娘的茶店子，临近中午时分，店里前来喝茶看扁担戏的客人仍然围得是里三层外三层。九路车和麒麟儿挤进了看戏的人群，瞬间，麒麟儿就被老七头儿的演唱深深吸引。

老七头儿的扁担戏告一段落，喝茶看戏的人们三三两两地散去。趁着老七头儿低头收拾归置这不大会儿的工夫，九路车带着麒麟儿走进了茶店子直接来到后面，麒麟儿规规矩矩给杜三娘请了一个双安。杜三娘高兴得不知如何是好，连忙端出零食点心招待九路车和麒麟儿。

九路车告诉杜三娘："这就是我的小师弟，七爷相中的准备收作徒弟的麒麟儿。"

老七头儿走了进来，看见九路车和麒麟儿，反倒吓了一跳。

九路车将昨天发生的事情绘声绘色地讲述了一遍，老七头儿听罢，沉吟有顷，抬起头来说："暂且进升平署的箫韶九成班习艺，倒不失为一策。"

杜三娘为大家治酒，突然向老七头儿发问："你好像对这个孩子特别有心，甚至不惜冒着缺德绝户的骂名去刨坟看究竟！"

未等老七头儿搭腔，九路车便抢着说："七爷这么多年好不容易总算相中了一个传人，俗话说得好，关心则乱，所谓'师访徒三年，徒访师三年'，就是这个道理。"

夤夜时分。街市灯火稀疏。松九骑马在前充作顶马引路，后面跟一乘皂顶全黑的轿子急步快走，经西大市街，往北进太平仓胡同西口，停在庄亲王府门前。

松九翻身下马，急步走上台阶，抬手拍响门环。府门立即打开一条缝儿，睡眼惺忪的老海探出头来。松九一抱拳，凑上去耳语了几句。老海缩回头去，一边让人去给王爷报信，一边命人打开阿司门，将那乘皂顶全黑的轿子直接抬进了王府。

皂顶全黑的轿子绕过银安殿，一直抬到西花厅滴水檐前，这才款款落轿，轿帘掀起，一个穿着黑色一裹圆斗篷遮挡严实的人径直走进西花厅。庄亲王府管事迎上，伺候着解下斗篷，原来是醇亲王府管家祁慧芮夤夜造访庄亲王府。

祁慧芮落座，王府管事亲自过来奉茶，紧跟着庄亲王身着便服走了进来。祁慧芮离座起身给庄亲王请了一个安，庄亲王口称老哥哥，趋前一步亲手扶起祁慧芮，二人落座。

不知内情者一定奇怪，一位亲王与一个太监怎会如此熟稔，彼此间居然称兄道弟。

庄亲王仔细端详着鬓发苍然的祁慧芮，不由得感慨人生匆忙，岁月无情。一晃眼二十余载没有见面，虽说两府相距不远，但囿于礼制，限于身份，对此二人来说，真是缘悭一面。

喝着香茶，闲聊了几句，百事通的祁慧芮问起格格近来是否安好。

庄亲王抱怨说格格的脾气秉性与她娘亲当年一个样儿，任性而作，率性而为。

"不知老哥哥夤夜到访，有何见教？"庄亲王心想祁慧茼冒着大清律"太监出府当斩"的危险夤夜来访，必有大事相求。

祁慧茼淡淡一笑："不过是醇亲王府要送一个孩子进升平署学戏，还一个人情而已。"

庄亲王见祁慧茼话说得很是随意，反而不便细问，但知祁慧茼口中所说的那个孩子必定有些来历，不然又怎能劳动祁慧茼夤夜亲自前来关说？

庄亲王不再多问，一口答应下来。

第五十四章

升平署大门口。陈登科早已站在衙署大门口东张西望,似乎在等候着什么人的到来。

一辆小鞍车驶来,停在升平署衙的台阶前,车上跳下了麒麟儿。

衙署戏台一侧偏殿,边冷堂、惠霖恩正在面试考校前来应试的伶人。案子后面,有两名书办用笔将录用伶人登记在册。边冷堂想起逃班的那书香,再次催促惠霖恩加紧寻找。

陈登科手拉麒麟儿穿过前来应试的人群,径直走向偏殿。

偏殿门口,升平署苏拉高声传叫:"醇亲王府送伶童一人,年七岁,艺名贵如。"

当天晚上,人们早已安歇,寂静无声。升平署西院一长溜官廨,已经改为箫韶九成雏伶班睡卧起居的场所。一间房门轻轻打开一条缝,一个小小身影毫无声息地溜了出来。空旷的大院子,院中矗立着一根旗杆,高约三丈余,接近旗杆的顶端处安有一只四面镂花的方形旗斗。小小身影来到旗杆底下,仰头看了看,一个轻纵攀住旗杆,有如山猫般轻巧,迅疾向上攀去,攀到顶端旗斗下面,伸手从怀里拿出一件刻有自己名字的玩偶头,放进旗斗内。

那小小身影顺着旗杆溜了下来,毫无声息地重又钻回房间,再次装作没事人似的在通炕上躺好,他想起了当初进集雅班学艺,火凤儿姑姑因自己从小喝羊奶长大,所以给自己取了一个艺名杨高(羊羔的谐音),此次避祸,为掩人耳目师傅又给自己起了一个艺名贵如(跪乳的谐音)——羊有跪乳之恩。

记住这个名字,他知道,进了升平署,以后全都要靠自己了。

李莲英禀报,庄亲王"递牌子"请起,慈禧叫进。庄亲王走进长春宫,身后跟着一名书办,捧着升平署润色装订好的最后一批《昭代箫韶》皮黄戏本。

庄亲王请安,两宫仍以"家礼儿"见起,赐座回话。

"升平署箫韶九成班准备得如何呀?"慈禧看着送进的那一摞皮黄戏本,转过头来,"大台宫戏什么时候才能承应?我们姐儿俩还等着去你那梨园吃肉,看四大傀儡戏班子打擂台戏呢。"

庄亲王听见慈禧如是说,喜忧参半,喜的是两宫降贵纡尊要来自家梨园观戏,这是天大的荣宠,忧的是复原大台宫戏这差事办得可是不尽如人意,于是面露难色,回奏说:"奴才回太后的话,臣职有亏。先帝朝同治十一年升平署遵懿旨复原大台宫戏,丝毫不敢怠慢差事,随即派出金麟班去寻找所需木植阴沉木。如今已近七年,至今仍是音信杳无。想那雕刻傀儡所用阴沉木,世间确是罕有,只因那木植出产之地多在西南川边人迹罕至的深山密林、古河道沉湖绝地。金麟班应是懂行的,时日上虽有延宕,想来不久一定会有所斩获……只是令人奇怪的是,能唱大台宫戏的金麟班大师兄一直也无音讯,升平署年年行文四川巡抚衙门,催比此事,四川巡抚衙门回文答复年年张贴寻人告示,一直没有结果。"

庄亲王一心想要有所献替,又建言:"奴才以为,一是行文四川督抚衙门,派人协助寻找阴沉木;二是由内务府出面,算作陵工上的差事,寻找购买阴沉木。"

东宫慈安听了半天总算是听明白了,原来就是绕着一块木头在说话,她又深知慈禧秉性,想一想,从旁看着为庄亲王说情:"一块木头刻傀儡,既已派人去了,那就再等等,犯不着行文督抚,做那劳民伤财的事情,不要让外面的人觉得我们姊妹俩净想着玩儿,不理国事。"

慈安说话声音不高,却句句在理。慈禧虽然赞同慈安所说,但心里多少有些不悦,并非和东宫赌气,要看一出傀儡戏,竟至如此之难?多少要给自己找补些面子回来,遂在语气上变得冷峭起来,一定要看"原汁原味"的大台宫戏,这里边有个计较,是想领略一下顺治爷当年曾经为之激赏的戏码的韵致。

庄亲王接着又奏陈箫韶九成班近几日招募征聘已近尾声,只剩昆腔总教习一职,升平署拟征聘集雅班班主南昆名旦九岁红,想来在这一两日内也就可以入班。最后,庄亲王请懿旨,两宫何时屈驾王府梨园吃肉、观四大傀儡戏班子打擂台戏?

慈禧略想一想说,等那木头找到,复原了大台宫戏,到了那时候再说。最后又吩咐庄亲王升平署总要再进些曲本排些新戏。

庄亲王躬身退出,慈禧翻看着那摞戏本,想到大台宫戏可望而不可即,不由有些气恼。漱芳斋院子里升平叶庆戏台上本家班开班承应的吉祥戏似乎也无心再看。李莲英瞧出端倪,献媚主子,细声慢语地回奏:"启禀主子,刚才庄亲王爷说昆腔总教习一职拟征聘京城集雅班班主南昆名旦九岁红,想来在这一两日内也就可以入班,主子知道为什么要等这一两日吗?"

李莲英一句话着实吊人胃口,顿时引起两宫的兴趣,慈禧追问,李莲英将九岁红不服升平署征调,与升平署内头学"轧戏"的事情始末绘声绘色讲了出来。李莲英讲得很笼统,有意隐去了恭亲王府大贝勒载澂为九岁红出头抱不平这一过节,并说后天就是两班唱对台戏最后一场的大轴子,而且还是灯儿戏。大轴子的戏码是两出折子戏《思凡》与《夜奔》,只等后天大轴戏唱罢,胜负立判,所以才有庄亲王爷的"九岁红想来在这一两日内也就可以入班"之说。

慈禧忽然来了兴致,灵机一动,附耳东宫慈安,低声说着什么,只见慈安面带笑意,听得是频频点头。

大佛寺的接引殿廊庑下,九路车盘腿坐在高处,正在吩咐石阶下一大帮子小乞丐:"贵如现在升平署做官学生学戏。从今儿个起,升平署大门口十二时辰要留人盯守,留意升平署内一切动静,如若署内有什么事情发生,尽快回大佛寺禀报。"

号令一出,众乞儿响应。

一个绰号大头的小乞丐翻着眼睛扬声说:"九爷,咱大佛寺新近来了一个孩子,看样子还是个女孩儿,也有一双大眼睛,眸子黑黑的,从头到脚脏兮兮,穿在身上的衣服可都是好料子做的,每天来粥厂喝完粥就走,晚上过来在偏殿一个角落和一帮乞丐婆子一起蜷缩在稻草堆里睡觉。"

"想这女孩儿怕是有些来历。"九路车好奇心顿起,"今儿晚上把她带过来让九爷瞅瞅。"

九路车刚才吩咐众乞丐盯守升平署时提到了金麟班,一句话提醒了油葫芦,他想起前几日和几个小弟兄在天桥闲逛,看见傀儡戏金麟班在天桥桥西地界儿里画锅撂地儿受人欺负的事情,赶紧站起来,将金麟班在天桥被地头蛇踢了场子、抢走衣把箱的事情,绘声绘色、一五一十地讲了出来。

九路车一听纵身从高处蹦了下来,气得直跺脚:"虽说金麟班遭了官司,那也不能随便任人欺负。"九路车歪着头想了一下,"油葫芦,天桥桥西那片儿是谁的地头儿?"

"是桥西魁华戏园子老板金富的地头儿。"油葫芦回答说,"小九爷,那金家有世职,认得官府,有仗势,谁谁欺负谁。"

九路车一声冷笑,吩咐油葫芦:"明儿个起,你带几个人去摸清金家的人口底细和近几日的动向。他认得的官府还不够高儿,要让他知道咱大佛寺也长着三只眼!"

掌灯时分,大栅栏西口致美斋二楼的一间雅座内,载澂和景沣、载洎、鄂多林台几人围桌而坐,没叫吃食酒水,喝的只是茶。看桌面上的动静是在等候什么人的到来。不大一会儿,柳朝晋急急走上二楼进了雅间,给载澂请安后起身说道:"按大爷的吩咐,那'朋友'已经来了,现在楼下候着呢。"

"柳管事,什么朋友啊,来了还不上来?"鄂多林台好奇地探过头来说,"哎,'轧戏'的情形扫听清楚没有啊?"

"今晚轧戏是第十一场,刚才据升平署、精忠庙、顺天府三家裁决,两个班子十一天来各擅胜场,此次两班'轧戏',有如'菊榜之争',轰动四九城,场场爆满,前来观戏人数庶几相等,轩轾难分。"柳朝晋眉飞色舞,连说带比画,"尤其升平署内头学戏班的戏票价儿已经卖到一两银子一座儿了。"

"十敬之数已拜其九,就差明晚最后的一哆嗦!"鄂多林台坐了回来,脸上露出惋惜的神情,有意激将,"倘若还和今天一样,九岁红进箫韶九成班事小,你澂贝勒的这个面子可就真算是栽到家了,更不要说什么隔年一次的恭车两王府的'菊榜之争'了。"

景沣听罢,觉得不无道理,催促载澂快想法子。

载洎想到自己的阿玛夹在中间,因此觉得在哥们儿面前好像很没面子,赶紧表明心迹,大骂边冷堂:"看着升平署一派升平心里有气,没事儿也得给升平署找点儿事,给升平署找事儿事小,简直就是冲着恭亲

447

王府全福班来的。"

载濒低头只顾饮酒,载洎心有不甘,还在推波助澜:"当年大哥想让九岁红进全福班却未能够,看样子,这次边冷堂是志在必得。"

"用不着你们跟着瞎操心,大爷我自有妙计。"载濒平静地说完,抬手将杯中酒一饮而尽,起身环顾众人,"走,跟大爷到天乐园瞅瞅去,看看升平署内头学的戏。"

载濒提议,自然群起响应,众人随载濒来到楼下,这才发现柳朝晋口中所称的"朋友",原来就是等在楼下的家班教习孟楞香和另一个五十来岁的人,那人手里牵着一只毛色雪白的大白山羊。

孟楞香和手里牵着大白山羊的那个人看见载濒走下台阶,立即齐齐给载濒屈膝请安。孟楞香将那个人介绍给载濒:"大爷,此人就是德胜门外马甸十三处羊圈居首的顺盛号羊圈的把头。"

那人见是说到自己,很是有些眼色,当胸抱拳,脸上堆满了笑,自荐家门说:"回大贝勒的话,小人陈布舟。小人手里有刚刚'赶运'到的'北口大羊'和'多伦东口庙羊',不腥不膻,专供这正阳门外方圆五里地十七家羊肉床子的买卖,小人自己在廊坊头条里也有一家羊肉床子。大爷想吃哪儿的羊肉,请尽管吩咐下来,小人一准儿给弄来。听说大爷喜欢羊,要带羊去听戏,就先牵了一只来让大爷过过目。"

载濒点点头,算作应答。柳朝晋上前接过陈布舟手里攥着的拴着大白山羊的绳子递到载濒面前。

陈布舟套近乎说:"几位爷恐怕还不知道,小人的姑爷也是京城梨园行里的人。"

载濒知道这个陈布舟把意思弄拧了,吩咐孟楞香:"孟教习,带陈把头上去好好招待一番,把原意细细说给他听。"

走出大栅栏的东口,没有几步就进了斜对过的鲜鱼口买卖一条街。众人随载濒牵着大白山羊来到上丹霄对面的天乐园。

两下里的对台戏各自已经开场,这边场子弦索叮咚、那边场子紧锣密鼓。

两边儿戏园子的门口想"拿蹭"的戏迷人头攒动,街面上人来人往,很是热闹。

载瀓手牵大白山羊率先大摇大摆走进天乐园,被站在戏园子门口的茶房头和升平署挡手迎头拦住。茶房头首先说明情况:"几位爷有所不知,今儿个是一楼池座儿全满,二楼楼座前面还有两个包厢座,往日听戏的钱您在座位上和茶水钱一起付,今儿个是两个班子在'轧戏',有'菊榜之争',最后是要算计座儿钱多少定胜负,规矩临时改成先掏钱后听戏。"

"好说,二楼那两个包厢座儿爷全包了。"载瀓说完迈腿就要往里走,不想被升平署挡手又给拦住了:"这位爷,这听戏虽说是一两银子一个座儿,可这羊不能进。"

"这是爷的朋友。"载瀓哈哈一笑,从身上摸出二两银子递到挡手的手里。

挡手却认钱不认人,冷笑一声:"这位大爷,人是两条腿,收座儿钱纹银一两,您的这位朋友四条腿,那它就得二两。"

载瀓一本正经地从身上又赶紧摸出一两银子交到挡手手里:"得,那就再找补上一两银子给爷的这位'朋友'。"

挡手收过银子,向后一撤步,伸手肃客,叮嘱说:"爷进来听戏,那还有什么说的,您的这位朋友可千万不能言语。"

载瀓连连答应,其他跟来的人佯装不知,各自掏出银两付了听戏的座位钱,一行人连带载瀓的"朋友"坐进了二楼前面的楼座包厢。

京城四月天。夜晚轻风宜人。

那书香接连几日在德胜门大石虎胡同的正黄旗都统衙门前徘徊守

候,无奈不得要领,更不知如何进去。原寄希望于姥爷的那个把兄弟姥爷从大门里出来,好扑上去相认,却又从未见过面,提名道姓想来可以认亲,可眼下根本见不着人,为今之计,只有在衙门口对面的影壁下蹲守,几天来出入衙门公干的差役官员看年龄没有一个岁数大的,那书香犯了难,这要守候到猴年马月?

那书香饥肠辘辘,沮丧地从德胜门回到大佛寺,想在偏殿寻一角落睡下,忍一夜肚饥,明天上午就有一碗粥好喝。刚刚踏进寺门,冷不防两边钻出一帮小乞丐,不由分说,挟持起那书香直奔寺后院观音殿前。

訇然一声,观音殿前周围火把一齐点亮,那书香挣开被挟持的两臂,站定后抬眼一看,面前站着一个大男孩儿,衣衫虽然褴褛,看架势是一个为首领头的。

第五十五章

　　庄亲王大大咧咧坐在升平署议事厅的大案子后面，下面左右分坐的是升平署、梨园行内外两学及各班班主。庄亲王咳嗽了一声，清了清嗓子，开场白说的是国丧期满，新朝新气象，各班各家进宫承应也要戏码翻新，来个精彩纷呈，尤以西太后喜欢秘本新戏，接下来着重询问了正阳门外大栅栏与集雅班"轧戏"的演出情形。陈登科站起，就"轧戏"大致情形汇总做了回禀。庄亲王叮嘱内头学的掌事，今儿晚上的灯儿戏可是最后一场的大轴子戏，一定要演好，接下来开始数落九岁红不识抬举，埋怨大贝勒载澂怜香惜玉，嗔怪边冷堂奉着太后懿旨，倒在梨园行里讲起了局气，竟然同意了载澂出的那个馊主意，九岁红应不应聘，进不进升平署取决于"轧戏"一方的胜场。看来这差事倒像是越办越回去了，真是治丝益棼。依着他的脾气，九岁红不进箫韶九成班，这辈子她就别再唱戏了。

　　庄亲王越说越生气，向着下面眼风一扫，问道："北昆集芳班班主来了没有？"

　　沈芳城见问，赶紧站出来先给庄亲王爷请了一个安，脸上的颜色是红白不定。

　　沈芳城生性胆小，为人处世谨言慎行。前日外甥女九岁红来家看他，当舅舅的光顾着高兴了，外甥女顺便说起帮忙唱一出折子戏的事情，因为看着外甥女轻描淡写地说着这件事，沈芳城没有理会也没有往深处去想，所以当蓝红玉满口答应时，还以为蓝红玉是在帮他弥合嫌隙，补救亲情。

沈芳城抬眼偷窥庄亲王爷的脸色，突然悚然而警，憬然而悟，外甥女与升平署内学班"轧戏"这件事情远比去帮场唱一出折子戏复杂得多，沈芳城隐隐感到一种危险的迫近，难不成外甥女九岁红真的在和庄亲王爷唱对台戏？

沈芳城咽了口唾沫，鼓足勇气，尽量提高了自己声音："回王爷的话，虽说在下是集雅班九岁红的亲娘舅，可集雅班与升平署内头学轧戏一事，在下确实有所不知，请王爷明察。在下斗胆请王爷的示下……"

庄亲王瞪圆了眼睛盯着沈芳城："今儿晚上是最后一场'轧戏'，你回去抓空儿要规劝规劝你那外甥女，剩下的你就斟酌着办。"

沈芳城现在掂量出这件事情的分量，诺诺连声，躬身退下坐回到椅子里。

"昨日进宫，两宫已有旨意，要来王府梨园吃肉，看四大傀儡戏班子打擂台戏。"庄亲王爷加重了语气，"四大傀儡戏班子回去后都要好好准备，为两宫再打一场擂台戏，到时一定会有一个大大的恩典。"

庄亲王最后点名叫了童麒岫，问起金麟班近况，童麒岫起身回禀，金麟班现在凑合着班子里剩下的人在天桥撂地儿，平地抠饼，每日演几场小戏糊口。

庄亲王听罢，言语神态上似乎变得平和一些，但口风甚严："金麟班不管现在怎样，人手够与不够，两宫要的可是四大傀儡戏班子打擂台戏，尤其金麟班是百年老班，你童麒岫可是戴罪之身，别跟本王爷装什么可怜，金麟班准备戏码，更要未雨绸缪，早做打算。"

童麒岫答道："王爷的示下，金麟班敢不从命。"

庄亲王又追问道:"金麟班入川寻找阴沉木至今还是没有消息吗?"

童麒岫忐忑地回禀:"回王爷的话,金麟班并非搪塞,实因山高路远,加之此木又多出产于人迹罕至的深山密林之处,山高水远,千里跋涉,还请王爷宽限时日。"

庄亲王明知故问,其实也就是宣泄平复一下昨日进宫太后明摆着没给自己好脸色所引发的一种莫可言喻的烦恼。

临近中午,梨园行外头学的诸位班主从升平署散了出来。人群中,沈芳城拉住了三义班三位班主,执意要请饭局,大中午又是饭口,这个面子不能驳,为迁就沈老板离家近,几个人说笑着上了什刹海北岸的会贤堂。

酒过三巡,言归正传。沈芳城欲请副庙首凌子甲在庄亲王爷面前一定要代他美言几句,为北昆班开脱。

凌子甲板起面孔,一本正经地说道:"沈老板,您可别跟那林冲似的一根筋,每回都是事儿给挤对得没有辙了才回过味儿来,眼目前儿金麟班的光景不就是一个教训?沈老板若能劝动您的外甥女麻利儿地进了钦点的箫韶九成班,不单单是您在王爷面前露了脸,也是送了集芳班一个大好前程不是?"

沈芳城想到外甥女九岁红秉性刚直方正,逢人遇事每每率性而为,如此胆大妄为,眼下居然和官府唱起了对台戏。刚才在升平署,连他自己都看得出来,庄亲王是给他沈芳城留足了面子。沈芳城心里有事,未免多贪了几杯。拱手作别时,已是醉意醺然,有些捉脚不住。老三凌子丙见状,立即吩咐堂倌叫了辆车来,叮嘱车老板儿,好生将沈芳城送回家。

沈芳城一路上心事重重,仿佛大祸临头一般,进了家,一头栽在榻上,昏昏沉沉。如此一来,倒是把蓝红玉结结实实地吓了一跳,晚上还有场大轴的折子戏要唱,这是去的哪里,居然喝得酩酊大醉?

蓝红玉赶紧叫厨下去做醒酒汤,伺候着沈芳城喝下,这才问起缘由。沈芳城提起前半晌在升平署,庄亲王爷已然发下话来,看样子,其势不可逆。提起庄亲王爷,沈芳城的酒自己先就吓醒了一半。

蓝红玉心中一动,劝说沈芳城,今晚"轧戏"的这个场子无论如何不能帮,必得让九岁红输了这场"轧戏",进了箫韶九成班,如了庄亲王爷的意,这场祸事自然消弭于无形。集芳班还可以顺理成章,以照顾为名接收集雅班人马,以求北昆在京城的"江山一统",如此一来,两面都能答对熨帖,何乐而不为?

蓝红玉抢过沈芳城手里的醒酒汤,不让再喝,亲自动手伺候沈芳城宽衣,哄劝沈芳城,好好睡上一觉,过了今晚,一切万事大吉。

下午时分,从德胜门内石虎胡同东口的松树街那边拐进来一大帮子人,为首的是九路车和那书香,身后簇拥着的自然是大佛寺的一众小乞丐,大家昂首阔步地走着,沿着胡同来到正黄旗都统衙门对面的影壁下齐刷刷蹲了下来。

三间五架的正黄旗都统衙门口,靠柱子一边站着一个挎刀的门禁兵丁。这时,衙门里走出一个穿着毛蓝布长衫听差模样的小苏拉,看年纪也就十四五岁,那个小苏拉出了衙门口,径直向胡同西口走去。

九路车一摆手,大家起身,好像没事儿人似的缀在那个小苏拉的后面,看看远离了都统衙门,就要走到胡同口,跟在小苏拉身后的九路车一声咳嗽,一众小乞丐发一声喊,一拥而上,将那个比他们大不了几岁的小苏拉挟持到一条横胡同内。等到小苏拉明白过来,自己已经被推搡到一处墙根儿下,背靠着墙壁。一众小乞丐每个人都用手里半长不短的杆子顶着小苏拉的胸口,令他无法动弹。

九路车从旁边闪了出来,盯着小苏拉问道:"九爷问你,你是不是在这管旗官公所里伺候差事?"

小苏拉拼命地点头,九路车示意一众小乞丐退下,伸手从兜里摸出一块碎银子塞到那个小苏拉手里:"我们是大佛寺过来的,你不要害怕,不过是有几句话问问你。"

九路车说罢,叫过那书香。

那书香上来自报家门点名道姓,先说正黄旗第二参领,再问正黄旗副都统。小苏拉听得明白,面前的这个小女孩既是已故参领的遗亲,还是副都统的干孙女。那个小苏拉习惯使然,不由得给那书香请了一个安:"回这位爷和大小姐的话,正黄旗副都统英瀚已于半年前,奉旨带兵入陕,准备进疆,现在陕甘总督兵部侍郎左宗棠麾下效力。"

那书香听到从小苏拉嘴里说出的这个消息,应当不会错,沮丧地叹了口气,心灰意冷地嘟囔着:"唉,远水不解近渴。"

九路车跺着脚说:"解不解渴单说,这水也忒远了点儿。"

放走了管旗官公所的小苏拉,在回大佛寺的路上,一众小乞丐耷拉着脑袋,闷声不响,都在替那书香难过,屋漏偏遇连阴雨,破帆行船顶头风。

昨天晚上,在大佛寺观音殿前听罢那书香自陈身世,还有如何来到京城以及后来又如何辗转地来到大佛寺。那书香的身世激起了九路车好义行侠之心,白日里便率大佛寺一众小乞丐杀奔德胜门石虎胡同的正黄旗都统衙门。眼下总算打听出副都统英瀚的去向,不管以后怎样,至少大佛寺可做那书香暂时容身之所。九路车看着眼里含着泪水硬是没流下来的那书香,很是有些感触,不由也想到了自己的身世。

九路车揽住那书香肩头,一路走来,一路劝慰:"今天九爷虽说没有帮上你的忙,你也别灰心,西边儿的仗总有打完的时候,到那时你的干姥爷也就回京了。你放心,小九爷不诓你,到时候万一你那干姥爷帮你出不了这口气,惩治不了害了你阿玛额娘的奸官,小九爷一准儿帮你……"

油葫芦提醒九路车:"小九爷,大佛寺下午舍粥的时辰快到了,咱们……"

九路车一拍衣兜,大声吩咐小乞丐油葫芦:"咱们今儿个不喝粥了,去正阳门外的致美斋,买一大提盒南味点心带回大佛寺吃!"

一众小乞丐听说后欢呼雀跃,手舞足蹈起来。

九路车又告诉那书香:"致美斋是一家卖南味糕点的铺子,京城只此一家,掌柜的一定是嫌点心块儿太小,赚的钱少,索性隔街辟了一个东院儿,起了二层楼,眼下也卖上炒菜了。"

众人说笑着,毫无拘束,那书香渐渐高兴起来。不知不觉中一众人来到了正阳门外的大街上。大街白日里车水马龙,熙熙攘攘,人潮涌动。到了晚间,这里却又是另一番景象,各大买卖家铺面的灯光幌子,交错辉映,街上人影幢幢,层层叠叠,较之白日又多了一层热闹,更添几分喧嚣。

九路车看着站在身旁的那书香。此刻她正惊奇地瞪大了双眼观看繁华的街景,左顾右盼,眼睛显然是不够用了。

九路车心思细密,此刻似乎想到了什么,立即打发油葫芦去致美斋买点心,然后带领着那书香及大佛寺其他小乞丐慢慢悠悠向鲜鱼口走来。

鲜鱼口老字号买卖街的道路两侧,两大戏园子前面,人头攒动,捧角儿的戏迷们拥挤着,呼喊着,等着"轧戏"的角儿的到来,一睹角儿扮戏前的风采。

集雅班上戏前的几辆小鞍车和一顶软轿分开人群停在了戏园子的牌楼底下,九岁红低头钻出轿来,还未等站稳,戏园子前等候多时的戏迷们争先恐后地开始向前涌动,一时秩序大乱。

靳伯和阿玉围护着九岁红快步走进戏园子。

上丹霄对面的天乐园。升平署内头学的角儿或乘车或坐轿也相继到来，戏迷们"呼啦啦"一下子又都追逐围拥了过去。

　　看着眼前的阵势，那书香惊呆了，吓傻了。九路车一副声气甚广的模样，对着两大戏园子指指点点，老于世故地告诉那书香："唱戏一旦成了角儿，那就是人间天上，风光无限。当今东西两宫娘娘，西边儿的娘娘是个大戏迷，朝廷里的事儿也是西娘娘说了算。不如忍得眼前苦，再回去投班，有朝一日成了角儿，唱到西娘娘跟前儿去，西娘娘自然宠你，那时借机求个恩典，为你父母申冤，估摸西娘娘无有不允。"

　　九路车一番话，说得那书香低了头，眼泪在眼眶里转悠。

　　油葫芦提着致美斋的糕点大提盒，兴冲冲走了回来。九路车揭开提盒盖子，先拿出一块糕点递给那书香，自己又拿起一块，随后用手一指提盒，其余跟来的孩子们，纷纷上前，人手一块致美斋糕点。众人吃着糕点，看着眼前的街景，又开始嘻嘻哈哈起来。

　　九路车和那书香在前，油葫芦提着糕点盒子随后，一众小乞丐大模大样地往回穿过正阳门，向大佛寺走去。

第五十六章

今晚是升平署内头学与集雅班两班"轧戏"最后一场的大轴子灯儿戏。

集雅班与升平署内头学"轧戏"一事,几天来,街谈巷议,沸沸扬扬。梨园行"轧戏",有如战场上性命相搏。唱戏的人讲究一个面子,戏台上虽无血光之灾,却有面子上的生与死。同行是冤家,尤其梨园行,台子上栽了面子,真是"生不如死"。

九岁红进了后台,未等坐稳,立即吩咐:"靳伯啊,派人去门口看看集芳班的人到了没有?""小姐不用急,差不多这时候沈老板他们也该来了。"靳伯说完转身嘱咐阿玉和班子里的人,"第一出折子戏唱《思凡》,先给大小姐扮上,距第二场《夜奔》这中间还有老大的一阵子的工夫呢。小姐,我还得出去在场子门口迎候一下,昨日京城方家园有一方姓人家出重金给两位夫人订的楼上前面的包厢座。"

靳伯说完抬腿就要出去,九岁红皱起眉头,虚眯着眼睛想了一下说:"这可新鲜,大宅门的内眷都是叫进堂会在府里听戏,这女人出来进戏园子听戏,可是破天荒头一遭。"

两乘大轿自北向南,一前一后穿过正阳门大街,稳稳当当,悄无声息地行进在熙攘的人群中,跟轿随行的有丫鬟、仆从还有几名穿着一身黑色紧衣的保镖,仆从手里捧着用包袱皮包着的匣子。一看就是非富即贵的大宅门里的人出行。

两乘大轿进了鲜鱼口买卖街,停在了上丹霄的牌楼底下。保镖四下站开,轰开围观的人群。随轿而行的身量高高的管家模样的人掀开轿帘,扶出了前面大轿中的一位夫人,夫人手里牵着一个六岁左右的小少爷。管家模样的人向后抬手示意,后面随轿而行的两名丫鬟掀开后面那乘大轿的轿帘,也扶出一位夫人。两位夫人走到一起,并未说话,只是用充满好奇的眼光看着周围的一切。

管家模样的人在前,两位夫人、小少爷及丫鬟随后走进戏园子。

靳伯迎上,躬身一揖,问道:"可是方家园方府府上的宝眷?"

管家不说话,只是点头而已。

靳伯举手肃客,躬身头前引路走进二楼包厢。

戌时正。"轧戏"的两家对台戏在各自的戏园子里准点儿开唱。两边戏园子里满场满座,两个班子里的文武场也互不相让,各逞精神。戏园子外面,"拿蹭儿"的戏迷们仍不肯散去。戏刚开唱,两边戏园子里就交替传出叫好的喝彩声。

忽然街口那边人声鼎沸,行人也纷纷避让,好事儿的伸长脖子循声望去,在一片喧阗中,只见一群雪白的"北口大羊",足有三四十只,相互拥挤着向戏园子这边涌来,奇怪的是,没有一只羊"咩咩"叫出声,走到近前细看,才知道每只羊的嘴上都被马莲草编织的嘴罩紧紧地扣住。

羊群后面,大贝勒载潋手里攥着马鞭赶着这群"北口大羊",身后跟从的自然是景沣、载洎、小鄂子,几个人一边走一边谈笑风生,嘻嘻哈哈的没个正形儿。

天乐园戏园子门前昨天的那两位茶房头和挡手一看情知不妙,赶紧伸出双臂拦阻。柳朝晋抖手甩过一张银票:"这些都是我家大爷的朋友,一百两的银票,只多不少。"

茶房头看着银票,接也不是,不接也不是,看这阵势,来者不善,压根儿就没打算着听戏,分明是存心来搅场子的。挡手仗势自己背后是官面升平署,两眼一瞪,话一出口,很不受听:"这是升平署在'轧戏',岂容你们胡闹?"

载澂不以为忤,微微一笑:"爷的朋友多,没办法,怪爷昨日不该带'雪花糖'来听戏,哪知它回去一说,大家伙儿全要来,没法子,只有带它们来。你不让进,没有道理,爷来听戏又不是不掏钱。"载澂说完,扬起手中鞭子,羊群有如开闸潮水,一拥而入,羊群进了场子,登椅子上桌子,踢腾乱跑,并未出声乱叫。一刹那,全场大乱,反而是听戏的座儿们纷纷起身躲避,叫声、骂声混成一片。外面看热闹找乐子的人挤满了天乐园的大门口。

上丹霄的场子里,座无虚席。

九岁红的折子戏《思凡》已经唱罢,场子里叫好声迭起。盖过了街对过天乐园的纷攘热闹声。楼上包厢座,坐在西边的夫人回头对管家说:"赏下去吧。"

戏台后面,九岁红下了戏,一步跨进后台,催问正在急得团团转的阿玉、靳伯:"舅舅的北昆班为什么还不到,派人去催了没有?"

这时方家园方府管家带仆从走进后台,仆从手里捧着一个看起来很不起眼的方匣子。

九岁红起身相迎,管家说奉两位夫人命,前来打赏。回身一摆手,仆从上前打开匣子,里面一副耀人眼花、光彩夺目的珠玉满嵌的点翠头面。不用细看,便知不是民间凡物。出手如此阔绰,赏赉殊重,九岁红虽然心里急得匋匋的,看眼前情形,只得先去楼上的包厢座谢赏。

天乐园场子大门口，原来在这里拿蹭儿的戏迷票友眼下全改成看热闹的了，京城自古看热闹的从来都不怕事儿大。

茶房头和挡手这时才知道这群羊的"朋友"是恭亲王府的澂贝勒，京城里一点儿不带掺假的真大爷。二人吓得跪在场子大门口，自己掌嘴求饶。载澂哈哈一笑："算了算了，不知者不罪。"

羊群大闹天乐园，眼看着升平署下一场的折子戏《夜奔》是唱不成了，"轧戏"监场的升平署的几位官员一面派人去庄亲王府飞报庄亲王爷这里发生的事情，一面委曲求全，低声下气好言央求大贝勒载澂收手。

载澂心中正在得意，不想集雅班的阿玉却匆匆找了过来，面带焦急之色。

阿玉将大贝勒载澂拽到一旁，将上丹霄戏园子发生的事情和盘托出。载澂十分气恼，大骂沈芳城着实可恶。如此一来，今晚的"轧戏"充其量也就是打个平手，十几天来岂不是枉费心力白忙活了。

梨园行里有句话"救场如救火"，想至此，载澂要扮林冲去救场。

载澂叫过柳朝晋让他收拾这里剩下来的事情，跟着阿玉急急走回对面的上丹霄。

上丹霄二楼包厢座。九岁红向两位夫人再三行礼谢赏。坐在西边的夫人一听谈吐就知道是个懂戏的大行家，从前朝明代的《思凡下山》讲到刚唱完的折子戏《思凡》，旁征引源，头头是道，特意指出，这出戏对角儿的要求甚高，讲究荡而不淫，艳而不俗，要"骚"还要"闷"，不骚不好看，太骚就又下道了，真是差一点儿都不行。接着盛赞九岁红演得是炉火纯青，恰到好处。坐在东边儿的夫人突然开口问话："听说今儿晚上的灯儿戏是两出，下一出的折子是什么戏码呀？"

九岁红很是为难，想如实说出，今晚儿集雅班要"砸挂"，演不成了。这时匆匆赶进来的阿玉给两位夫人行过礼后，代为回答接下来的一出折子戏是《夜奔》，也是两边"轧戏"定下来的最后一出戏码。

九岁红心下诧异，莫非舅舅率集芳班赶了来？

戏台上，鼓笛檀板齐奏，"闷帘"一声"咳——嘿"，紧接着林冲上场，上下一身南昆《夜奔》老生应工的扮相，倒缨盔，挂黑三，黑绒箭衣，另加千斤（类似京剧传统扮相）。走台边，亮相，全场叫"好"，博得一个"抬头彩"——

林冲回身扭脸，一句一个身段，开口唱［仙吕点绛唇］。

此时的林冲已是穷途末路，亡命天涯；惊弓之鸟的林冲，丢魂落魄，五内俱焚。《夜奔》这出折子戏就是林冲夜奔梁山的一段戏，它表现了林冲"专心投水浒，回首望天朝"的复杂、矛盾的心情。这出戏是武生应工，唱做并重，边唱边舞，拳打脚踢，有许多威武雄壮而优美的身段，武工要求很高。

那日在天颐轩，为了九岁红，为了集雅班的"题名牌"，载澂看不惯升平署仗势欺人，叫板庄亲王和边冷堂，约定"轧戏"。甭管到哪儿，大爷的这个面子决不能栽。

不承想，今晚救场，急难处挺身而出，自有一份担当，一份属于他自己的英雄气概。

载澂的林冲嗓音很是清亮。他自小就混迹在府里的家班，带学不学地耳濡目染，原为玩耍，并没有刻意想求得什么。今晚，载澂平生第一次登台，大爷脾气使然，不觉紧张，只觉好玩儿，这戏唱起来是有板有眼，行腔不走线，一点儿未见窒碍，反如行云流水，不知不觉中，音准和气息都已属上品。

就这样，恭亲王府的大贝勒载澂无意间成就了自己的打炮戏。

升平署议事厅里黑压压坐满了人，内三学正副掌事、外头学梨园行精忠庙正副庙首、管事管班一应人等正在议事。庄亲王大为恼火，说起昨日最后一场的轧戏，万万没有想到恭亲王府的大贝勒载澂使了个大招儿，群羊踢场子，釜底抽薪，将升平署这边胜券在握的"轧戏"整个地给搅了。

说起大贝勒载澂，众人只是摇头，虽对载澂不满，可载澂的聪慧灵动也让人不得不佩服。昨晚，载澂使出自小就混迹戏台、吃住都泡在府里家班票戏的功底，游刃有余地将梨园行里视为畏途的《夜奔》唱了下来，赢得阵阵喝彩，连他自己都不知道一夕间竟一炮而红扬名于戏台，成就了自己的打炮戏。

升平署与集雅班"轧戏"鲜鱼口，载澂在里面横扒拉竖挡的一通瞎搅和，两边儿孰胜孰败，这个结果却很难判定。庄亲王霍然站了起来，一脸决绝的神色道："集雅班班主粟雅卿应聘箫韶九成本家班，仍任昆腔总教习。倘若再不识相，集雅班除名去籍，一体逐出京城，升平署发文苏州老郎庙及各省衙门，严查集雅班，永不准唱。本王爷的这个决定由精忠庙即日通知下去，好歹要给两宫太后一个交代！"

庄亲王提及"两宫太后"，众人皆不言语，一片沉默。

庙首杨小轩站起身向着庄亲王一揖，面现为难之色："请王爷派人去打听清楚昨晚两班轧戏发生的一件事，再行动作。"

"老杨，你说这话什么意思，昨晚儿发生了什么事儿？"庄亲王不解其意，用眼睛斜楞了一下笔帖式陈登科。

陈登科赶忙起身禀告："回王爷的话，听说是昨晚两宫太后微行上丹霄，听九岁红唱大轴戏，听完唱据说还赏了一副内务府所制八十只翠鸟的点翠头面。"

庄亲王听罢，一屁股跌坐在椅子里。

自古上边微行，体察民意，尤有可说，两宫太后微行且是进戏园子听戏，这可是破天荒第一遭。如若传出，女眷进戏园子听戏就算开了风气之先，那还得了？

庄亲王不想有此一事，憋闷在那里作不得声。

边冷堂看出庄亲王有些怵头，看破不说破，婉转说道："王爷，依老朽浅见，看样子两宫是喜欢听九岁红的唱，不然不会赏下来。俗话说得好，事缓则圆，九岁红一事不宜硬来，请王爷向两宫太后明白回奏……"

庄亲王冷笑道："两宫微行出宫听戏，就是不愿意别的人知道，谁又敢当面去问？"

这时，衙门里苏拉来报，大总管李莲英前来传两宫口谕。庄亲王连忙吩咐苏拉，西官廨奉茶，请李大总管稍候。庄亲王留下众人等候在议事厅，带了边冷堂匆匆来到西官廨。

西官廨窗明几净，李莲英看见庄亲王进来，起身轻咳一声，庄亲王和边冷堂趋前跪倒听宣口谕："两宫太后近期择吉日要为荣寿大公主指婚，相看额驸一事定在恭亲王府举行，相看额驸事毕，着升平署和箫韶九成班准备戏码承应。"

李莲英宣完口谕一把扶起庄亲王说："请王爷、边大人不必客气。"说罢，退后一步，规规矩矩屈身给王爷请安。

三人落座，苏拉重新奉茶。

庄亲王连忙屏退左右，望向李莲英，压低了声音，急不可待地问起昨晚两宫太后微行观戏一事："李总管来到正是时候，听说昨晚两宫……"

李莲英莞尔，赶忙说道："哟，王爷知道了，到了儿还是没瞒住。两宫微行听戏回宫后很是高兴。西边儿另有意思是要庄亲王爷准备承应的戏码里务必要有昨晚集雅班那两出折子戏，尤其《夜奔》一折，戏里的林冲东边儿很是喜爱，东边儿也是赏了下去的。不知怎的那位林冲家中有急事，戏班子上回说下了戏连妆都未卸就走了，自然是没过来谢赏。奴才临来时，东边儿让问问外学里头集雅班，唱林冲那个角儿的名字。"

庄亲王看着李莲英，刚想说破昨晚唱《夜奔》者何人。边冷堂猛然想到一个主意，急忙抢话头拦住了庄亲王，边冷堂对李莲英说："请李总管上复两宫太后，去六爷府的承应戏一准儿没问题，唱《夜奔》者回头派人去集雅班问清楚了再回禀李大总管。"

送走了前来传口谕的李莲英，边冷堂伏在庄亲王的耳旁，低声说出了他的主意："一边是两宫太后，一边是军机首辅恭亲王，两边都是不能得罪的。让集雅班进恭亲王府承应戏，只告诉承应一出折子戏《思凡》，到时候，两宫点戏，剩下来的事儿让集雅班自己看着办。说不得《夜奔》一折，大贝勒载澂还得出马，到时候两宫发下问来让他们自己跟上头去回。"

庄亲王连连点头称是。

第五十七章

一张升平署缉拿那书香的海捕告示贴在了什刹海茶店子附近的一处墙面上，告示上画影绘形，详细写明那书香体貌特征、隶属籍贯。此刻，九路车拉着那书香居然站在告示下，扳着那书香的肩头，一本正经地说："香儿，让小九爷仔细看看，这海捕文书上画的图形和你像不像？"

那书香顺从地站在告示前，任凭九路车比较端详。九路车不管那么多，也管不了那么多，径直带了那书香来什刹海杜三娘的茶店子串门走亲戚。

杜三娘一见那书香便觉投缘，老七头儿也很是喜欢。

杜三娘问清楚了那书香的际遇，除了唏嘘不止，款待吃喝，安慰道恼以外，也是别无他法。虽说自己的小兄弟是在当今圣上跟前当差，可皇上年龄太小，说白了眼下也是谁的主都做不了。

杜三娘给那书香洗脸并浆洗衣衫，找出替换的衣物，也就是半天时光，把个那书香收拾打扮得齐齐整整，光鲜靓丽。杜三娘郑重其事告诉那书香，以后这里就是她的家。

老七头儿和九路车看出三娘有意认下那书香为义女，二人从旁极力撮合，那书香爽快地认杜三娘做了干娘，三娘高兴地流下了眼泪。

看着梳洗齐整的那书香,清秀之中有着一种说不出来的天生丽质。老七头儿从箩筐中取出一块木料,刀起屑落,为那书香刻了一个玩偶头,底部阴刻出那书香的名字,算作见面礼。那玩偶头五官神态惟妙惟肖,像极了那书香。

那书香捧在手里,欢喜无限。

老七头儿和杜三娘同意九路车的主张,看来也只有从长计议,那书香先回箫韶九成本家班,九路车说班子里的小师弟贵如对那书香也能照料一二。

既然商量已定,那么归班就要越早越好,倘若等升平署会同顺天府的衙役捉住时,那就更加说不清楚。大家决定明天一大早就由九路车送那书香回升平署投班。

升平署衙门口的廊柱下一边儿一个站着两名当值的苏拉。往东看过去,早晨的阳光多少有些刺眼。看着眼前一大一小两个孩子满不在乎地走上台阶,大的浑身上下脏兮兮,小的倒是衣着光鲜。两名当值的苏拉吓了一跳,摸不清面前的这两个孩子究竟是什么来路。

九路车道明来意,其中一位苏拉急忙在前引路,九路车拉着那书香随在后面,走进升平署的西院。待到跨过西院垂花门,这才发现里面是一个好大的庭院,中间地场上铺着大张的氍毹,新近投班聘用的原索家班长靠武生武青羊和其他几位教习正在督课,十几名伶童正在练习毯子功,翻来翻去,令人眼花缭乱。

顺着抄手回廊走过来,苏拉让那两个孩子候在一座小独院儿的月亮门前,自己进里面公事房去禀报。

九路车和那书香站在公事房的月亮门前看新鲜,忽然从氍毹那边一个伶童翻着连串儿的筋斗,有如风车般一直向这边翻卷而来,那书香不由得倒退了一步,串儿筋斗翻到跟前,那伶童站直了身体,抖擞了一下腰身，两只小手抱拳一揖，清脆地叫了一声："小师兄！"

九路车定睛一看，正是小师弟麒麟儿。

九路车顺势将那书香拽了过来，那书香竟然懂事地给麒麟儿福了一福。

九路车："小师弟，她叫那书香，南边儿上来的，是三娘认下的干闺女，前些日子因家里事儿，背班逃走了，今儿个想明白，重新回来投班，以后香儿就归你照应了。"

麒麟儿爽快地答应下来："师兄放心，以后香儿就归贵如照应了！"

九路车近前一步，悄声说道："师弟，你可记住，衙门外面有咱们大佛寺暗桩，无论白天黑夜，只要有事儿，到门口喊一嗓子'小九爷'，到时师兄自然会来救你。"

正在这时，副掌班惠霖恩、教习嬷嬷姜玉瑛怒气冲冲从院内走了出来。惠霖恩吩咐苏拉带九路车快快离开，厉声呵斥麒麟儿回去练功。姜玉瑛一见那书香，声色俱厉："你这小小年纪，胆子也忒大了点儿，背班逃了，竟还敢回来！"话未说完，上前一把抓住那书香，几近提溜，头也不回地拉扯着那书香走进公事房的小院。

九路车一边向外走，一边回过头来高声嘱咐麒麟儿："香儿可就交给你了！"

姜玉瑛拉拽着那书香进了公事房，书案后，边冷堂正在看戏本，抬起头来问那书香："既然背班跑了，怎么又回来了？"

那书香直视边冷堂，紧咬嘴唇，一言不发。

"回来就好。"边冷堂无可无不可地点点头，吩咐姜玉瑛，"那书香死罪可免，活罪难饶，按班规，行家法二十。"

姜玉瑛在院子里摆放好一条长板凳，惠霖恩抄起三尺长的梨园家法刀坯儿"两面焦"，叫过一众伶童，观惩示诫。

姜玉瑛让那书香趴到凳子上去，撅屁股领家法。

不承想麒麟儿一步站了出来，挺胸抬头，大声说道："副掌事，一个女孩子怎么可以打屁股领家法。她既然自愿回来，断没有再跑的道理，不罚又坏了班子里的规矩，贵如愿代那书香受罚。"

惠霖恩说："那书香可是和你有关系？"

麒麟儿说："压根儿就不认识，只是刚才京城小九爷嘱咐过了，受人之托，必将忠人之事。"

看着麒麟儿毋庸置疑极其认真的模样，惠霖恩揶揄麒麟儿："你是醇亲王府荐来的不假，又哪里来的什么京城小九爷，看那打扮分明就是一个小叫花子，你说你那京城小九爷他府上在哪儿啊？"

麒麟儿说："京城小九爷住在大佛寺。"

麒麟儿话未说完，背后响起边冷堂冷冷的声音："小小年纪，倒也知道英雄救美，好一个代人受罚，行家法，她领二十，你领四十。"

麒麟儿不再说话，脸朝下直挺挺趴在长条凳上。

升平署西院，姜玉瑛所住官廨房中，麒麟儿脸朝下趴在卧榻上，那书香紧绷着小脸、含泪举灯站在榻前照着亮儿。姜玉瑛正在给麒麟儿往打得红肿的屁股上涂抹创伤药。姜玉瑛嘴里唠叨着，又是埋怨又是心疼，此时的姜玉瑛蔼然可亲，俨然是邻里大姐，与白日里的教习嬷嬷判若两人。

交谈中姜玉瑛得知麒麟儿的身世，麒麟儿从小就死了爹和娘，是姑姑把他带大，因他祖上与醇亲王府内总管祁慧苘有旧识，所以拜托祁慧苘将他送来学戏，打算让他将来混个前程。

姜玉瑛连连称奇："好悬好悬，那个醇亲王府'里扇儿的'，是出了名的人老鬼大，没有让你随他当太监，已经烧高香啦！"

那书香"扑哧"一声笑了出来。

灯下，姜玉瑛趁着为麒麟儿疗伤，再次叮嘱麒麟儿和那书香："如今进了咱这箫韶九成班成了官学生，那就是朝廷的人了，在班的人是有钱粮的。以后戏唱得好，封赏下品秩，也会荣光耀祖，再也不同于民间的那些个戏班，你两个以后要好好学戏，恪守成规。"

那书香忽闪着大眼睛问道："教习师傅，您为何进戏班学戏呀？"

姜玉瑛也向两个孩子讲起了自己的身世，父亲为她而失手伤了人，蒙冤入狱。为生活所迫，进宫当了宫女，后经翊坤宫首领太监孙福喜收作手把徒弟传授技艺。有一次在宫里唱戏唱得皇上高兴了，皇上问她要什么封赏，她就说请皇上给个恩典，救救她的父亲，皇上当即就答应了。后来老父亲虽说出了大牢，可也奄奄一息，出狱后不久就过世了。

姜玉瑛特别叮嘱那书香："好好学戏，梨园界的女孩子，学唱旦角、老生的多，工小生的亦不在少数，只有工武生的十分罕见，成才的更少。武生是吃力的一行，也是受大罪的一行，长靠、短打、厚底、薄底、箭衣、兵器，样样都得练。女孩子唱武生，只要你下苦功练出来，挂上头牌，唱到太后跟前去，自不难求个恩典，到那时好为你家人平冤，惩治设计陷害你父的那些奸佞小人。"

那书香含泪向着姜玉瑛拼命点着头。

姜玉瑛看着那书香，仿佛看见了自己当年的模样，遂决定去找掌事边冷堂，请求将麒麟儿和那书香收作自己的私房弟子，行话称手把徒弟。

手把徒弟即师傅手把手教的意思，不似科班里的规矩，十几个或几十个人一起学。手把徒弟练功程序也不一定照着科班那样生搬硬套，师傅可根据徒弟的身体情况，因人而异进行教授。但各个行当需要学习、掌握的技艺却与科班没有什么两样。

自古讲究"投师如投胎""一日为师，终身为父"，中国传统的师徒关系无限接近于父子关系，不然绝技也不能传承。手把徒弟将来成了角儿，不但自己脸上有光彩，更能为自己延誉，以广宗祠，还可为自己养老送终。所以梨园行对手把徒弟是另眼相看，相当重视，自然与记名弟子一类不可同日而语。

姜玉瑛最后告诫麒麟儿和那书香："要想成角儿，就得文武全才，六场通透，就得吃大苦、受大罪，挨的打骂可也一点儿不比其他的科班弟子少。"

第五十八章

  自打麒麟儿进了升平署箫韶九成伶童班,古麒凤整日茶饭不思,就像丢了魂儿。这天心里实在是挨不过烦闷,索性歇了班子,携霞衣带着陆盼儿前来南锣鼓巷集雅班总寓散心。

  阿玉奉完茶,又添一盏灯,屋内更觉明亮起来。九岁红见古麒凤容颜憔悴。知道是因麒麟儿所致,纵有好言安慰,也是徒劳。此刻九岁红索性横下一条心,告诉古麒凤,她已决定应聘箫韶九成班,给庄亲王一个面子,顺便还可以进升平署照料麒麟儿。

  九岁红感慨人世沧桑,如今孑然一身,唯有对师门的承诺,是自己未竟的心愿。麒麟儿资质甚高,是九岁红自打唱戏以来至今为止仅见的大角儿的苗子,她要把麒麟儿栽培出来,以慰平生,达成师门遗愿。

  九岁红主张金麟班仍回上丹霄,将牌坊改回解罘园,再也不用在天桥平地抠饼受人欺负了。趁此机缘,顺便也好准备下一次庄亲王府梨园的擂台戏。集雅班的人愿意留下的可进金麟班搭班"钻筒子",不愿意留下的给足包银放回苏州。

  九岁红扶起双双道谢的古麒凤与霞衣,一脸郑重地告诉古麒凤:"场子还给金麟班,但是有朝一日,集雅班要用金麟班这个场子唱一台大戏,完成师门遗愿!"

九岁红怅然一叹："那天万万没有想到，亲舅舅竟然见死不救，亏得大贝勒载澂救场，得以保全颜面。"

阿玉嘴快："那日大贝勒过来救场，下了戏即刻就闪了，台下方家园方府两位夫人的打赏竟都未去谢赏。"

古麒凤听罢，愣怔起来："真不知恭亲王府的这个大贝勒葫芦里到底卖的什么药？"

九岁红说："班子的'题名牌'精忠庙倒也守信用，发了回来。近日倒也平静，未见升平署和精忠庙再有什么知会，昨日已让靳伯亲自押车把恭亲王府全福班那四箱行头如数奉还。没想到大贝勒提出要和集雅班联袂登台唱一回戏，为的是恭亲王府和车王府隔年一次的'菊榜之争'。"

车王府车王爷素以喜欢收藏曲本闻名，嗜好使然，多年来不遗余力，铁网珊瑚，广泛搜罗珍奇戏本。府内家班伶工行当齐整，名角麇集，即便如此，也只为演绎曲本。

平日里车王爷对家班管束极严，对外唱戏从不轻许，久而久之，车王府家班的戏落得个只听说、没看过，如此一来，车王府家班反倒名声大噪。

两府家班隔年一次的重阳节相较比戏，前来观戏者，有如过江之鲫，趋之若鹜。

俗话说，酒越喝越厚，戏越唱越薄。同行是冤家，凡五行八作，概莫能外。两府榜争"轧戏"，两府家班各为其主，两下里愈争愈烈，哪还管得其他？最后只落得两府互比谁家据有的曲本珍奇，其他一切免谈。

九岁红又问起了远赴西川的陆麒铖有无消息，古麒凤黯然神伤，想想自己的丈夫入川寻找木植一走已近七年，山遥水阔，生死不知，世事两茫茫，真个是"无处话凄凉"。

天色墨黑，星光稀疏。

西山樱桃沟，透过夜色隐约可以看见，两个身影各自背负着一个看似很重的行囊，一步一步吃力地向着金麟班家族墓地走来。走在前面的是陆麒铖，跟在后面的是门钉，二人一身风尘，衣衫褴褛，蓬首垢面，满脸沧桑。

六年多以前，陆麒铖为了师门荣辱兴衰，不顾生死，带领门钉、木棠三人翻山越岭，栉风沐雨，风餐露宿，历经千难万险，从川边西康打箭炉出关，向着下朵康四水六岗方向沿河谷蜿蜒寻找，一日终于在人迹罕至的海螺沟一处就要干涸的沉湖湖底，发现了一根自然断裂为两段半围之粗、长不足五尺的阴沉木，三人欣喜若狂。

为取出这一根两段的阴沉木，小师弟木棠不慎深陷湖底淤泥之中丧生。眼看着是救不上来了，陆麒铖强忍巨大悲痛，用小刀割下了正在泥水里缓缓下沉的木棠最后漂浮在水面上的半截发辫。

陆麒铖和门钉走进墓地，夜色迷蒙中，触目就是掌班师娘凌雪嫣的墓碑，陆麒铖和门钉顾不得卸下背负着的用麻绳紧紧绑缚的黑毛毡包裹着的行囊，扑倒在凌雪嫣墓前失声痛哭。

陆麒铖和门钉抽出背后行囊中为挖掘阴沉木所使用的半截短把小铁铲，哭泣着在师娘的墓前一铲一铲地挖了一个长方形的深坑，将从万里之外背回的一段阴沉木埋进了坑内。埋藏此一段阴沉木，既是为告慰师娘英灵，也是为金麟班日后重刻大台宫戏两只人物傀儡金麟童与玉麟锦存埋下一段异常珍贵、掺和着血泪以命相搏得来的木植。

二人把土填埋好，磕头起身准备下山回家，门钉忽然发现师娘墓后还有新起的一座小小的坟茔。陆麒铖和门钉急扑到墓前一看，只见墓碑上魏碑体镌刻着童麟飞的名字，旁边纵行小字，自然是生辰年月日。不看则已，这一看，在陆麒铖来说，好似跌落雪窟冰窖。

多年以来有如冲锋陷阵般的一路挥刀砍杀，筚路蓝缕，出生入死，就为的给师娘一个交代，为了金麟班桑弧蓬矢的一脉传承。抚摸新拱的坟茔墓土，不承想师傅的骨血竟也追随师娘于地下，到头来岂不是白忙一场。陆麒铖想至此，心如刀绞，气血攻心，当即大叫一声，身向后仰，昏厥过去。门钉吓得不知如何是好，拿起盛水的皮囊又是灌水又是掐人中地救治。半响，陆麒铖悠悠醒转过来，门钉劝慰师兄："事已至此，无论如何，也得先回班子里问清情况，才知端底。"

"掌班师娘墓前埋下的这一段阴沉木，一定要守口如瓶，即使是班子里的人也不可告诉。"陆麒铖望着天边曙色初升，心中有了计较，决定天明下山进城后先去庄亲王府销差，然后再回老宅。陆麒铖叮嘱门钉："只将这段阴沉木面呈庄亲王，金麟班九死一生只寻得这一段木植，无论如何也算是对官家有了交代。"

晨光中箫韶九成班的伶童们正在出早课。

公事房内，边冷堂和惠霖恩、武青羊正在说着班子里的事情，姜玉瑛走了进来，对掌事说出了自己的打算，而且毫不客气地提及那日从翊坤宫过来时，太后有话，希望自己能多带出来几个哪吒。武青羊看到姜玉瑛抬出太后来压正掌事，心中甚是不服，心想戏台上哪管你是皇上还是太后，那是要凭真本事吃饭的。想到此，武青羊争强斗狠之心陡增，他要借此展示一下自己在台子上的功夫，亮亮自家的家底，日后也好在班子里扬名立威。遂向掌事提出自己也看中了贵如的资质，也想将其收作自己的手把徒弟。

二人争执不下，边冷堂派人将麒麟儿叫来，问麒麟儿愿意师从何人。

麒麟儿想到京城小九爷的嘱托，他得时时回护那书香，只有走一步跟一步，所以未等副掌班惠霖恩问完，麒麟儿便说愿意师从姜玉瑛。

这让武青羊觉得很没面子，站起身争强斗狠地说："自古名师出高徒，在拜师礼上，姜教习敢不敢和在下比试武生行的功夫，看看到底谁才是升平署的头牌？"

姜玉瑛很是客气地说："承蒙武教习看得起，自然是谁赢谁收贵如为自己的手把徒弟。"

话赶话说到这里，显然已成僵局，边冷堂一看此事必得有个结果，于是决定："下个月初一，就在院子里行拜师礼，为收徒拉场子内头学都来观礼。"

武青羊一声冷笑，拂袖而去。

庄亲王府西花厅，海拉尔跑了过来，请安后喘着气禀报："启禀王爷，金麟班历经近七年寻找木植的人回来了，带回了一根分量不轻死沉死沉的木头桩子。"

庄亲王看着面前站着的金麟班的二人，蓬首垢面，衣衫破旧褴褛，面色黧黑消瘦。黑毛毡已被打开，一根黝黑的断木，断面木茬长短参差不齐，木头色泽黑中隐隐透着一种遮掩不住的乌光，沉实内敛。

庄亲王注视着这段传说中的木植，深知得来非易，微微颔首，吩咐海拉尔带陆麒铖二人到司房，各赏一锭五十两官银。

陆麒铖躬身一揖，嗓音喑哑，回绝说："谢王爷赏，在下实不能领。"陆麒铖将木棠之死禀告王爷并说木棠为金麟班的一分子也是为了复刻金麟童，唱响大台宫戏，再现百年老班风采，木棠虽死犹荣。庄亲王看着陆麒铖二人向外走去的气宇轩昂的背影，不由得点头称赞。

历经近七年的艰难险阻，九死一生的陆麒铖回了家，金麟班老宅一片欢腾。

陆麒铖告诉大家近七年来寻找阴沉木，最终以师弟木棠一命换得一木。接着问起麒麟儿，众人默然，陆麒铖不由得长吁短叹一番。古麒凤将胆怯惴惴的陆盼儿推到陆麒铖面前，陆麒铖将六岁的闺女搂在怀里终于放声大哭起来。

众人看着放在桌上的木棠的半截发辫，童麒岫沉声吩咐，在西山樱桃沟金麟班家族墓地为木棠设衣冠冢。查万响问起陆麒铖入川情形，陆麒铖说他三人特意绕道去了一趟青城木鱼山，寻找大师兄，那里的人说大师兄压根儿就没见回来。沿途也曾看见四川巡抚衙门到处张贴的京城金麟班慕麒涵的寻人告示。

众人听罢，很是纳闷，不知大师兄究竟去了什么地方。

陆麒铖的归来，似乎也预示着金麟班的复起。查万响想到霞衣、霞锦、门钉、窦五乐四人从小被金麟班收养长大，尤在金麟班最危难时刻的不离不弃，直如家人一般，遂萌生了撮合他们百年好合的念头，想做冰人保媒。索万青和古麒凤自然声气相应。霞衣、霞锦羞红脸跑了出去。窦五乐和门钉却低下头不好意思起来。古麒凤明白其中关碍，急对查万响说："响爷，您老这鸳鸯谱可不能乱点，回头火凤儿自会以师姐的身份分别私下问问每个人的心思和意愿。"

金麟班老宅二进院落西厢房内。灯光不甚明亮，看着女儿熟睡的面容，陆麒铖慢慢转过头来，和妻子古麒凤商量，过了年要将六岁的女儿陆盼儿送去拜师学针绣的手艺。陆麒铖看出古麒凤似乎有让陆盼儿不进傀儡戏这一行的打算，话到嘴边，如鲠在喉，却始终没有说出来。

陆麒铖只是奇怪，为什么不让闺女去正阳门外西湖营绣花街上的天绣庄去学手艺，反而去到什么瓮城的荷包棚子？

古麒凤说出了事情的缘由，自打京绣"平金打籽第一人"的西湖营天绣庄的金波因病去世，后来听说她那小师妹颜袖招为了一本绣样针谱离开了西湖营的天绣庄，自己在荷包巷立了一个小门脸，前店后作，大活不做，专卖刺绣荷包。知道颜袖招的刺绣技艺与金波在伯仲之间，她要让陆盼儿去拜颜袖招为师，所以要去荷包棚子投师习艺。

那一晚，陆麒铖夫妇更多的话题还是围绕着麒麟儿的诈死。

陆麒铖高兴之余提醒古麒凤万不可忘了师娘的托付。

古麒凤说她和响爷已经说好，要给麒麟儿授艺雕刻傀儡，可是升平署的规矩大，官学生平时不准随便出入，至今没有想出好办法，又听说师嫂娘家索家班里的长靠武生武青羊背班进了箫韶九成班任教习，所幸武青羊平素与金麟班绝少往来，尚还不认得麒麟儿，此事须要防着他些才好。

古麒凤又告诉陆麒铖，九岁红为了麒麟儿毅然决定进箫韶九成班，还打算把金麟班卖出去的解罘园还给金麟班，师兄再不用带着班子里的人在天桥画锅摆地儿的平地抠饼受人欺辱褒贬了。

夫妻二人说着话儿，陆麒铖总觉古麒凤怀有很重的心事，再三追问。古麒凤不得已说出了陆麒铖走后，师娘临终前亲手将掌门信物天璇玑戴在了麒麟儿的脖子上，可令人大惑不解的是，麒麟儿诈死的当天，戴在麒麟儿脖子上的天璇玑却不翼而飞，就连查响爷也是不明所以。

这时，院子里响起厨娘耿婶儿的招呼声，说天桥那边有人将抢走的衣把箱给送了回来。陆麒铖夫妇二人来到大门口，只见金府老管家玉祥正在向童麒岫和查万响躬身施礼，金家仆从正在将强行抢走的两只衣把箱、几只傀儡从骡车上搬下来。

金富的管家玉祥一脸歉然之色，低声下气地将那赔罪的话说了一大堆。

晨光熹微中，箫韶九成班众多伶童正在练习虎跳、摔抢背、扑虎、小翻、蛮子、乌龙绞柱等毯子功。惠霖恩、武青羊还有几名教习站在其中，指点的指点，"抄把子"的"抄把子"，一片喧腾。

二进院姜玉瑛所住官廨中，姜玉瑛坐在太师椅上，手里拿着三股细藤条拧成一根的教鞭，双目圆睁，注视着在她面前练腿功的麒麟儿和那书香。练腿功先踢四样腿——直腿、十字腿、旁腿、片腿。那书香半卷起的裤角，露出雪白滚圆的小腿肚，小腿肚上已洇出几道浅浅的血红印痕，看来是姜玉瑛手中教鞭督课的结果。

现在二人接练"前探海"，平抬左腿回盘一颤，右腿金鸡独立，左腿平伸九十度向后慢慢画圈旋转，踢后襟，上身随之前倾俯身；再接"后探海"，仍用右腿金鸡独立，左脚踢前襟，上身后仰，做"望月"之姿。

姜玉瑛微微颔首称赞，看样子还算满意，姜玉瑛站起，再做新的示范，姜玉瑛将两腿轮换着扳到头顶，单腿左右各转十圈，站稳，上身后仰，身体慢慢翻转过来，再转十圈，扳起腿，三起三落，将腿扳至脑后，稳住，抬到左边，慢慢从脸前抬过去，就这样耗着有喝半盏茶的工夫后再放下来。姜玉瑛做完示范，丝毫不见一丝喘息，两个孩子看得呆了。

姜玉瑛加重语气说："腿功是武生的关键，幼功要打扎实了，腿功好，以后在台子上无论踢腿还是抬腿都很漂亮、利索。如出场的'起霸（指起而称霸，又为戏曲表演中程式之一。起霸主要表现勇冠三军的大将气度和大无畏的英雄气概）'，腿功好的，讲究的是一步一步'片'过去的范儿。"

一弯下弦月，光影朦胧。升平署内一片沉寂，众人早已歇息。二进院里的旗杆下，麒麟儿和那书香还在继续着白天的功课，麒麟儿在扳腿，已将一条腿扳到后脑勺上。那书香正在下腰，她已将身体弓成一个圆圈，再用手抓住脚脖子。不过一会儿，看样子，那书香有些坚持不住了，麒麟儿咬住牙、狠着心地在坚持，小声鼓励那书香："在集雅班时常听师傅说的一句话，'不经一番寒彻骨，怎得梅花扑鼻香'。"

第五十九章

在升平署西官廨的厅堂上,放着陆麒铖九死一生从万里之遥的西南边陲背回来的阴沉木。庄亲王等几人正在商量如何处置。

边冷堂掀开蒙着阴沉木的黑毛毡,看着木头皴裂的表层,说此木是金丝楠木没有错,正是雕作大台宫戏人物傀儡的木植。接下来当务之急是先要找到慕麒涵,因为根据上次金麟班陆麒铖所说,大台宫戏只有师兄慕麒涵能唱,眼下看来也只有根据唱词内容方能决定雕作什么样子的人物傀儡。

庄亲王大手一挥,吩咐陈登科:"老陈,立即行文四川督抚两衙门,将张贴的寻人告示改为海捕文书,画影绘形,火速派人查找缉拿慕麒涵,如能找到,五百里加紧将人直送京城。另与刑部商量,行文沿途各省同时查找缉拿慕麒涵。"

为此,边冷堂决定先准备木料刻坯,记得师傅边涧秋说过,此种木植"返阳"处理之法实与平常之木料不同,倘若"返阳"不得法,木植尽废,形同朽木。此木"返阳"成坯前,白日里尚还要用黑毛毡严密遮挡,由此可见,处置此木异于常法。

此刻边冷堂的心里也是诚惶诚恐,此木得来非易,为稳妥起见,决定明天回养心殿造办处,与油木作的其他人商量讨教这段木植"返阳"

的办法。

边冷堂在东皇城根儿隆丰堂的大雅间设专场酒席，盛馔美肴，酬宾宴客。雅间内足足摆了六大桌，座中之人皆是养心殿造办处和内务府造办处十四作坊的能工巧匠。

酒至半酣，边冷堂起身抱拳旋了一个半圆，说明事情的原委，请教阴沉木"返阳"的方法。推杯换盏热闹的席间突然静了下来，边冷堂一看冷场，心知不妙。

邻桌突然站起一人，朝着边冷堂一揖，说起话来，不紧不慢："边头儿，在下石绍棠，内务府造办处油木作伺候差事。在下记得，听在下的师傅领催白士秀说起过，文宗显皇帝梓宫的用料就是阴沉木，是一等一的古金丝楠木。也曾记得师傅说起当年文宗先帝爷在热河圣躬不豫，旨意过来要这边儿的吉祥板早做准备，于是在老内务府南边的南花园里起了一座焖窑，说是为的'返阳'。当时给梓宫用料'返阳'的也只有四人，在下的师傅连同内务府造办处的两名细木匠，拢共三人，听师傅说，他三人是秃子当和尚，看着'样儿'像，可根本不知道这'经'怎么念，没辙不是。后来内务府为'返阳'事，对外张榜招聘，最后下帖请进来宫外的一个人，真正操持了焖窑'返阳'。"

边冷堂追问："那焖窑是何形状，可还在南花园那里？"

石绍棠回禀："回边头儿的话，木料'返阳'，因是梓宫所用，按大清律，这御窑用后立时就给拆除扒平了。"

再问其他，石绍棠所知实在不多，看着边冷堂大为失望的神色，石绍棠又搜肠刮肚地想起了一些什么，好歹说给边冷堂听："边头儿，您老先别着急。在下记得，有一次师傅多喝了几杯，不知怎的，又提起了当年南花园焖窑吉祥板'返阳'的那档子事儿。原来只知焖窑讲究火候，几次下来，功败垂成。不得已，内务府这才在京城四处张贴求贤榜文。后来外请的人到了，经指点这才得知，'返阳'时的火候固然是一顶一的重要，那用水更是一道关窍，不但要用西苑太液池里的水，甚至用太液池里什么地方的水更是有着一层讲究。听在下的师傅说，当时内务府调拨了八辆水车，日夜不停歇地由西苑太液池中取水往南花园的焖窑那边送。"

边冷堂再问石绍棠的师傅领催白士秀致仕后现居何处，石绍棠说师傅已经过世，当年随师傅一同在焖窑"返阳"的造办处那两人姓甚名谁他根本就没听师傅说起过。

边冷堂满以为这次可以找到倚重之人，不想却只听了一段掌故而已。

酒席吃到夜半方散，众人酒足饭饱，兴高采烈地纷纷与边冷堂拱手作别。只有边冷堂心中有事，为一出大台宫戏、一件传世的傀儡，何至于弄得如此胶葛纠缠，撕掳甚难，想至此，郁闷不已，决定去和庄亲王商议，常说"高手在民间"，看来也只有张榜招贤这一途了。

凌子丙看见了四处张贴的内务府造办处为阴沉木"返阳"招聘协办的告示。于是当天就在天颐轩请泉石淙喝茶，以便打探升平署箫韶九成班近来的详细情形。

茶盏刚刚端起，凌子丙便急不可耐地问起有关阴沉木的事情。

尽管是坐在雅间里，泉石淙仍然压低着声音说："三爷，经掌事边冷堂断定，金麟班历经近七年寻回的木值正是金丝楠木的阴沉木，是和金麟童一样的用料。"

凌子丙一副打死不相信的神情，说出来的话却是热情洋溢："好啊，好啊，老天不负有心人，只要是真正的金丝楠木就好。哎呀，这么说来，泉师傅也就有盼头儿了，就要看见大台宫戏了。"

泉石淙摇摇头，多少有些沮丧地说："三爷不是看见了外面到处张贴的告示？"

"没错。"凌子丙追问,"难道这里面还有什么花样?"

"听说前几日,掌事边冷堂在隆丰堂摆下酒宴,款待养心殿造办处和内务府造办处十四作坊的能工巧匠,询问阴沉木'返阳'之法。不料,竟无一人应承此事,只知此木植如果'返阳'不得法,木植尽废,就是一段朽木。"泉石淙喃喃地说道。

凌子丙倒抽一口凉气,看来事情有了进展。他让泉石淙留意箫韶九成班木刻作以后发生的一切事情。凌子丙匆匆开付了茶水钱,急忙回家去商量。

凌家大奶奶亲自下厨为哥儿仨置办了酒菜。凌氏三兄弟坐在桌旁喝着闲酒。凌子甲端着酒盅摇着头:"我不信金麟班居然不知道阴沉木'返阳'的法子,金麟班如此说,就是为了拖延复刻金麟童。"

凌子丙说:"大哥,发昏当不了死,要说拖谁又能拖得过去?复演大台宫戏那可是下了懿旨的,泉师傅说金麟班那个耍手木棠为了这段木植已经葬身打箭炉外的海螺沟。"

凌子乙表示赞同:"老三说得对,我看当务之急如要巴结差事,还是要寻找到秘本或是古本,庄亲王府的梨园擂台戏如果拔得头筹,做了内廷供奉,吃上俸米,那可比这四品虚衔的副庙首来得实惠。你们也听说了吧,那个九岁红又把场子还给了金麟班,看样子,金麟班又要东山再起。"

凌子甲不屑地说:"金麟班能唱镇班大轴子戏码的人都没有了,不足为虑。"

凌子丙不无忧虑地说:"远的不说,眼下九岁红手里就有一个曲本《春明祖帐》,算是前朝的秘珍本,又是生旦的对儿戏,她要是连人带戏本过金麟班这边儿'钻筒子',咱们还真是有点儿棘手不是。"

这时,凌家大奶奶带着使女走过来为席面上添菜,问起三弟凌子丙和索万红的事情,抱怨说自己膝下无子,老二房里也只有一女,凌家传宗接代就托付给老三凌子丙这一房了。

凌子丙装出一副恭顺的样子，连声说请长嫂放心。

金麟班演出傀儡戏的场子里，台面上氍毹已经掀开，填平戏台的砖石已经搬走。陆麒铖、古麒凤带班子里的人过来重新收拾归置供傀儡戏演出的场子。

抬头看着一进场子的这方木匾，古麒凤心中一热，眼泪差一点儿就掉了下来。

古麒凤感念丛生，当年九岁红"扑买"场子后，借口喜欢这方场匾，让给留了下来。陆麒铖也记得，二师兄童麒岫还曾埋怨古麒凤怎么能将这方镇场之匾、八世祖童方正的手泽轻易许人。今日方知九岁红江湖高义，实是有心人。就从以重金"扑买"场子，实是为金麟班凑足盘缠在前，又留匾于后，仍是为了有一天终要归还场子而预先伏下的"灰线"。古麒凤脑海中突然灵光一现，她隐隐感觉到这个来自南方的九岁红似乎与金麟班冥冥中有着一种说不清看不见的关联。在天颐轩茶楼，师兄童麒岫为九岁红"报庙"具保，解九岁红一时急难，后来老阿公主动许亲，虽说九岁红红颜酬知己，委身做妾亦不在意，关键是最后师兄童麒岫迫于安德海淫威负了人家九岁红，女儿家的名节险遭玷污。到如今，金麟班几次危难，九岁红丝毫不计前嫌，出手相助，这一切到底都是为了什么？

场子里，台子大概已经收拾好了，耍手窦五乐举着红梅山的傀儡猴儿以示庆贺般地正在台子里蹿上翻下地一通乱折腾，一阵阵沸反盈天的欢笑声打断了古麒凤的思绪……

陆麒铖提醒古麒凤，趁着今天的好日子，众人的好兴致，千万别辜负了响爷要为班子里的几个年轻人保媒的一番心意。

后台踏垛处的八仙桌子旁，古麒凤正襟危坐，以师姐身份分别叫来窦五乐和门钉，遵照查万响的意思，问起他们自己到底属意的人是谁，丑话说在前，这仅是一厢情愿，待她还要去问明霞衣、霞锦而后方能定夺，结百年之好。

古麒凤兴冲冲地回到了老宅，立即叫来了霞衣、霞锦，二人半红着脸扭扭怩怩地坐在椅子里很不自在。古麒凤自然以师姐自居，言谈说话一副过来人的神态："自古男大当婚，女大当嫁。你俩儿都是金麟班抚育长大的。咱们都算是江湖儿女，有如兄弟姐妹。虽说掌班师娘不在了，今有响爷为大家做主，欲成其好事，你俩儿也没有什么不好意思的，告诉师姐你俩各自的意中人，师姐为你俩去说媒，响爷做主。"

自古好事成双难，此话自有道理。霞锦喜欢门钉，由来已久，这是在情理之中；唯独窦五乐喜欢的霞衣却出乎所有人的意料之外，霞衣的意中人竟然是班主童麒岫。

第六十章

最近一个时期，醇亲王想儿子想得厉害，内管事祁慧芮出了一个主意。但是，请王爷少安毋躁，还要再等几天。

这天早上，祁慧芮走进内院，告诉王爷可以进宫了。醇亲王高兴得连早饭都没有吃安稳，立即和福晋夫妇二人兴冲冲地进了宫。

慈禧自然以"家礼"相待，东宫慈安也在贴身侍女双喜的搀扶下，由钟粹宫过来长春宫凑趣聊天。家人相聚，君臣礼仪自然搁置一旁。慈禧让醇亲王坐，醇亲王哪敢放肆，唯唯诺诺。东宫也说，七叔坐下好说话。醇亲王更加惶恐，只是站着。东宫看出醇亲王爷的心思，知是他想见儿子，心中一酸，便要设法帮衬，找个话茬儿接过来说最近皇上念书不太踏实，翁同龢也曾有过几次回奏，现在翁师傅告假回乡去修母坟，侍讲夏同善兵部书房两头跑，毕竟有些顾不过来，今天正好借此机会，麻烦王爷就去毓庆宫看看，教导劝学，也好约束约束皇上。

醇亲王谢恩出了长春宫，大步流星，一路急走，想早一刻见到儿子，也在预想着见到儿子的情景，在那琅琅读书声中，先行君臣大礼，再叙父子相见之情。哪知醇亲王走进毓庆宫，根本没有听见什么读书声，毓庆宫里一片沉寂。

庭院中，两名随侍小太监杜之锡和寇连起并排跪在方砖地上，范长禄则伏身在大殿窗棂上,向殿内窥视。醇亲王好奇,悄悄走到范长禄身旁,也同样俯身窗棂,抬一只手遮住侧来的光线,向内窥视。只见小皇上独自一人坐在书案后,目光盯住殿角的一处地方,一动不动,一脸落寞的神色。

醇亲王爱子心切,急切间想知道是怎么回事,伸出手拍了一下范长禄的肩头。范长禄吓了一跳,急回身刚要瞪眼,见是醇亲王爷,立时软了下来。醇亲王以手示意范长禄不要出声。范长禄随醇亲王离了大殿走回到院子里,立马屈膝跪地请安:"奴才该死,瞎了眼,没有看见王爷进来。"

醇亲王温和地说:"本王不怪你,你起来回话。"

范长禄跪在地上以头碰地,只是连声说着:"奴才该死,奴才该死。"

醇亲王一看情形就知道有事儿,但是不知道范长禄是说不出来还是不敢说。醇亲王气得一跺脚,转身朝着跪在一旁的杜之锡和寇连起压低了声音:"你两个站起身来回话。"

杜之锡和寇连起两个人同样没有站起身,跪在地上,杜之锡结结巴巴地总算把事情说个明白:小皇上淘气,有时不肯好好读书,慈禧下了一道懿旨,小皇上不好好读书,完不成师傅交下来的功课,就不许给皇上传膳。夏同善师傅是杭州人,说话有口音,不知小皇上是听不懂抑或不爱听,翁同龢走后,夏师傅过来几次授读,小皇上都表现出很是反感的态度,该念的书不念、该写的字不写。

杜之锡最后说皇上昨日的仿格描红没有完成,从昨晚上到今儿个的半晌午了,遵懿旨不敢传膳。他俩心疼皇上年纪小,挨不起饿,今儿个早起,就把昨儿晚上的他和寇连起的吃食留下来拿给皇上吃,不想让范长禄看见,范长禄罚他俩跪在院子里。

醇亲王听完,心疼儿子,狠狠一脚踹向范长禄,范长禄打了一个滚儿，翻起身依然重新跪好后连声说："王爷请息怒，长春宫有懿旨，没法子。今儿个早起，奴才也是扒着门缝儿往里瞅，等万岁爷吃完了杜之锡和寇连起昨晚留给万岁爷的饽饽和点心，这才罚他俩跪在院子里。如不处罚，就算违旨。"

范长禄一番话，说得醇亲王心里就像有人在揉搓一样，他低头看看范长禄，又看看跪在一旁的杜之锡和寇连起，再回头看看紧闭着殿门的毓庆宫，此刻的醇亲王真正感觉到是那样的无力与无助。

范长禄转弯抹角地暗示醇亲王，随侍小太监寇连起可是慈禧亲点过来伺候皇上起居的，实则是太后派在万岁爷跟前的眼线。即使寇连起不向太后禀报，宫里人多眼杂，传出去，依着西边儿的脾气，他们三人都得死，他不得不这样做。今儿个王爷来了，还是进去劝劝万岁爷，好好读书，该念的书念，该写的字儿写，这样一来，皆大欢喜，天下太平。

醇亲王听罢，好像有些错怪了范长禄，上前一把拉起范长禄，解下身上一块佩玉，赏给范长禄。范长禄一副打死不敢收的模样。醇亲王再三坚持，范长禄这才将那块佩玉揣进怀里，连声说："但请王爷放心，奴才知道应该怎么做。"

醇亲王说完，大步向殿内走去。

范长禄带着杜之锡和寇连起一起向宫门外走去，范长禄走在前面，嘴里嘟囔着："咱们都去宫门外候着，这个时辰里，甭管谁来，一律不准进！"

醇亲王推开毓庆宫殿门，走了进来，跄步上前，打下袖口，伏身在地，给小皇上行了君臣大礼："主子爷吉祥，奴才奕谟给主子爷请安。"

坐在书案后的小载湉，正在执拗着出神望着殿角，冷不丁进来一位穿着四团龙补褂朝服、翎顶辉煌的大臣，扭过脸来仔细一瞧，竟是自己的阿玛，不由得呆住了。

载湉四岁进宫。还不足半年麻婴姑就被遣出宫，他失去了唯一熟悉可以依赖的嬷嬷。历时三载，自己所经受的一切，想家、思亲、宫里各处的大规矩、"亲爸爸"西宫皇太后严厉的训诫、"皇额娘"东宫太后无可如何的抚慰、老太监怪模怪样的嘴脸，他挨饿小太监挨打，凡此种种，一齐兜上心头，载湉绕过书案，奔向父亲，忘记让阿玛"平身"，"哇"的一声哭了出来，一把搂住还跪在地上的父亲的脖子，大声哭了起来。父子天性，紫禁城到醇亲王府，东西不过十余里远近，即使这样，父子见面却如同相隔千山万水，十分不易。

醇亲王跪在地上，直挺起上身，任由小载湉站在面前，搂着自己的脖子，痛痛快快地大哭一场。

此刻，醇亲王的两只手不知如何置放，想将自己的儿子紧紧地搂在怀里，可是君臣礼仪所关，非同小可，强忍住就要夺眶而出的泪水，君前失仪也是大罪。醇亲王只有抬起两只手挓挲着。路上想对儿子说的话很多，此时只说出了一句话来问皇上："下雨打雷，皇上现在还害怕吗？"

小载湉依偎在阿玛的肩头，抽抽噎噎，不无自豪地说："阿玛，儿子已经不害怕了，现在每逢下大雨打大雷，儿子就同杜之锡、寇连起率领着宫内外其他太监大家伙儿一同大声叫喊，那大雷就给吓跑了！"

醇亲王起身，请皇上坐回书案，强忍着泪水，谆谆劝导载湉："好好读书，将来长大了，要为大清国做个好皇帝！"醇亲王叮嘱完又向殿外张望了一下，低声说，"皇上只有好好念书，多听'亲爸爸'和'皇额娘'的话，微臣一家才可保得平安。"

小载湉用手背抹着眼泪，只是连连点头。

时辰不早了，醇亲王叫进范长禄，告诉他已经劝导过皇上，并且当着范长禄的面，在另一张书房师傅侍读进讲的书案上，拿起毛笔，略一思索，挥毫写下了两首诫勉诗，写完，吩咐范长禄回头呈给两宫太后过目。

醇亲王仍依君臣之礼跪安告辞，载湉坐在书案后面睁大了眼睛看着自己的阿玛只是不说话。范长禄知道这是小皇上舍不得自己的亲爹，可真要是工夫大了，诸多麻烦还在后面，话又说回来，也总不能就这么让王爷跪着。范长禄颇有眼力见儿地赶紧跪下催促说："这里的一切有奴才照料，那王爷就请吧。"

醇亲王一步三回头悻悻然离开了毓庆宫。

范长禄赶紧招呼杜之锡和寇连起，张罗着给皇上传膳。

升平署西官廨，庄亲王和边冷堂及一班僚属正在商议朔望进宫承应的戏码，庄亲王特意吩咐："戏码里要带上《三娘教子》《二堂舍子》这两出娃娃生的戏，是承应给皇上看的。"

"回王爷的话，这两出娃娃生的戏，醇亲王府荐来的贵如和那书香都能唱。"边冷堂很有把握地说，"贵如现在连武小生、翎子生的戏也能唱了。"

"唔，这样一来比过去戴着孩儿发、穿茶衣由小生扮娃娃生的戏好看多了。"庄亲王很是内行地点头说道，突然又想起了什么，"边头儿，征聘民间高手协办内务府造办处阴沉木'返阳'一事进行得如何？"

边冷堂苦着脸，只顾摇头，无可如何地说："回王爷话，至今竟无人前来揭榜。"

笔帖式陈登科走进来说："启禀王爷，箫韶九成班教习姜玉瑛和武青羊争收贵如为手把徒弟拜师礼的比试已经在署内戏台那边候着呢，请王爷和边掌事过去观礼并就二人比试的胜负做个见证。"

"那咱就走着。"庄亲王站起身，率先向外走去，"这都怎么了，一个不知道让着一个。"

升平署戏台在院子南面，院子里已经站满了前来观看拜师礼的内三学的伶人。大家都是同行，俗话说"同行是冤家"。今儿个是不是冤家暂且不说，比试功夫，切磋技艺，各亮绝活儿，却是不容错过的事情。

场子里众人七嘴八舌正在谈论着此事。

升平署的戏台是纯正地道的老台子。戏台基座高二尺四寸，台口宽三丈六尺，台进深三丈两尺四寸。台口四根红漆柱，两侧各有立柱三根，上场门为城门样式、下场门为宫门形式，寓出将入相之意。戏台对面是帝王后妃看戏的双脊勾连搭式大殿。

大殿前的座位早已设好，庄亲王和边冷堂走来，闹哄哄的场子顿时变得鸦雀无声。庄亲王和边冷堂就座，庄亲王大手一挥，示意可以开始。

边冷堂唤过姜玉瑛和武青羊二人，慢条斯理地问道："二位教习如何比试？"

姜玉瑛冷冷地说："《挑滑车》'讨令''观阵''大战''挑车'四场戏，请武教习任选。"

武青羊听罢，先就怯阵起来，这《挑滑车》非大武生根本唱不得。平心而论，若能唱得下来《挑滑车》，也不至于背班来投升平署的什么箫韶九成班了。形格势禁，眼下要扬己之长，避己之短，方为上策。想到这里，脸上堆下笑来，抱拳一礼，故作大度，先要扎住阵脚，于是乎，故作姿态地说道："姜教习是前辈，又是来自宫中。武青羊是个识好歹的人，无非就是爱才如命，见伶童贵如资质不错，是个上上之选，那天说话多有冲撞，万望姜师傅海涵。既然姜师傅喜欢贵如，武青羊情愿让给姜师傅，不争也罢。"

姜玉瑛十三岁进宫，跟孙福喜学戏直至御前成名，宫中远近都知姜玉瑛在皇上面前得宠，对姜玉瑛又多有逢迎。姜玉瑛秉性率真，整日在翊坤宫整理书案折子。除却唱戏，与人交往实在有限，根本不懂世态炎凉，不知世间人心险恶。更不知武青羊面子上话说得漂亮，却是暗含着以退为进的伎俩。

武青羊一番谦逊，"挤对"得姜玉瑛反倒不好意思起来，既然双方已有约定，何况又在众目睽睽之下，姜玉瑛有意还给武青羊一个面子，俗话说得好，人抬人，人才高。

"承蒙武教习错爱。武教习既如此说，那我在这里先替贵如和那书香谢谢武教习抬举。"姜玉瑛有些不好意思，抬起手指了指前来观礼的同行，"切磋技艺，本是难得，既然众人这么捧场，就依武教习所定戏码，略微比试比试，也免得冷落了众人的心气。"

武青羊一看面子总算是暂时保住了，但还未挣回来，于是客客气气地说："先比《长坂坡》，再比《铁笼山》，非两场不能见出高下。"

随着武青羊的话音落地，场地里登时泛起了一片"嗡嗡"议论声。

"姜教习。"庄亲王知道这两出戏在武生行内的分量，想起太后嘱托过他的话，此刻有意偏袒姜玉瑛，说话间便有回护她的意思，"你是太后从翊坤宫调拨过来的，当初太后有话，你不归升平署管，今日若不愿意与他人比试，本王可为你做主。"

不想姜玉瑛秉性耿直，竟然爽快地说道："谢王爷美意，同行切磋玩意儿，不妨事。"

边冷堂一眼瞅见站在姜玉瑛身旁的麒麟儿，顺嘴一问："怎么不见了那书香？"

麒麟儿回说应该是在院子里，随即转身出来寻找，哪知找遍了升平署所有地方，最终未见那书香的身影。

不远处的戏台，文武场上已经动开了响器，拜师礼上的比试已经开始。远远望去，戏台上，武青羊一身赵云的扮相，扎着长靠，银甲白袍，英俊非凡，正在"起霸"。

麒麟儿耳听着戏台上的锣鼓点儿，嘴里念着锣鼓经，抬眼四处张望寻找那书香。同班来自江南的伶童溪玥得知麒麟儿正在寻找那书香，赶紧走过来将麒麟儿拉到无人处，悄声告诉麒麟儿，半个时辰前，她看见那书香独自一人跑出了升平署，她追上去拦阻，那书香头也未回丢下一句话，她要去趟德胜门。

麒麟儿听罢，反倒平静下来，看神态不着慌不着忙。他知道那书香一定是得知西北战事大捷，左宗棠凯旋班师回朝后，不顾一切去找她姥爷的把兄弟——正黄旗副都统英瀚，要为双亲鸣冤昭雪。

溪玥摇晃着麒麟儿的胳膊，急得眼泪都快要掉了下来，催促麒麟儿赶快去把那书香追回来，免得又受责罚，万一耽误了进宫承应的戏码，那可是杀头的罪。

"溪玥，你听我说。"此一时，彼一时，这时的麒麟儿却有另一番说辞，反倒安慰起溪玥，"咱们不用着急，那书香背负着双亲沉冤，此事天大，如果找见她姥爷的把兄弟，不但她双亲沉冤得雪，英瀚一准儿连那书香的吃住都管了，从此再不用练功吃苦受大罪。就凭正黄旗副都统的品秩，虽说比王爷的小，肯定比正掌事边冷堂的大。胆小不得将军做，那书香这一去，便是金鳌脱钩。以后住在都统府里，吃香的喝辣的，别的不说，以后你和我还多了一处串门儿走亲戚的地方。"

麒麟儿一番颇有见地的分析，句句在理，听得溪玥连连点头称是。

第六十一章

那书香趁着升平署举行的拜师礼上人多混杂之机偷偷溜了出来,连跑带跳地直奔什刹海杜三娘的茶店子而来。她不愿意连累贵如,上次贵如替她领家法,真是打在贵如的屁股上,疼在自己的心里。想到大佛寺的小九爷经多见广的一定是个好帮手,若有小九爷相助,估摸见到姥爷的把兄弟正黄旗副都统英瀚当不是难事。

杜三娘茶店棚子下面,老七头儿的扁担戏正在演出中,九路车坐在一旁,手打脚踏地忙活着响器。围观的人群仍是里外三层,那书香走近,跳着脚向里张望了一眼,转身径直走进了茶店子的后面。

杜三娘正在张罗着茶水,那书香胆怯怯叫一声"干娘",乐坏了的杜三娘赶紧给她那干闺女送上茶水点心,有些奇怪那书香为何今日来,莫非记错了日子,自己的寿诞是明日。

那书香说升平署正在准备进宫承应的戏码,知道西征大军得胜回朝,估摸她姥爷的把兄弟英瀚也已回来。今天偷跑出来就是准备去德胜门正黄旗都统衙门找英瀚,先认亲再为父母鸣冤。

外面的扁担戏一场演完,老七头儿和九路车趁着间歇进来喝口水。九路车看见那书香自然是非常高兴,急问麒麟儿怎么没有来。那书香说明原委。杜三娘要九路车陪那书香走一趟德胜门正黄旗都统衙门。事情赶早不赶晚，九路车和那书香说着话直奔德胜门。

德胜门石虎胡同。那书香和九路车一进胡同东口，立马儿傻了眼。

胡同内前来公祭的车马人群塞满了整整一条街，正黄旗都统衙门前搭起了硕大的灵棚，灵棚从衙门口一直搭到大堂。九路车带着那书香顺胡同的墙根儿总算蹭到了衙门的台阶前，各部衙门前来公祭的官员进进出出的络绎不绝。九路车正在探看进去的门径，以前询问过的小苏拉正好走了出来，九路车一把将那小苏拉拽到一旁。一回生二回熟，小苏拉立马屈膝给那书香请安后站起身，哭丧着脸告诉九路车和那书香，公祭的就是正黄旗副都统英瀚。

英瀚在收复乌鲁木齐时，身先士卒，连人带马不幸被阿古柏的排枪散弹击中，负伤累累，不治身亡。左宗棠班师回朝，未及卸下征衣，第二天便赶来正黄旗都统衙门，老泪横洒，公祭英瀚，抚慰一众阵亡将士的遗孀眷属。

那书香一听，眼里噙着泪花，低头就要向里闯。九路车从后面一把将那书香抱住，在小苏拉的帮助下，二人将那书香拖离正黄旗都统衙门。那书香紧咬嘴唇一言不发。九路车一路上好说歹说，总算把那书香哄回了杜三娘的茶店子。

那书香一头扎进杜三娘的怀中，委屈得号啕大哭。杜三娘和老七头儿也只有唏嘘不已，真是爱莫能助。那书香原指望借助姥爷的把兄弟英瀚能替双亲昭雪申冤，不料却是如此场面，心中又急又气，在杜三娘的抚慰下，不觉沉沉睡去。

杜三娘看着干闺女俊俏清丽的面容，替她轻轻拭去脸上的泪痕，盖好一领薄被，心中忽然有了计较。她走到外面，坐下后跟老七头儿商量，那书香现在升平署做了伶人官学生，为了学戏整日里挨打受骂。那书香虽说父母双亡，但出身正黄旗下，是正宗的八旗秀女，再过几年，她要让兄弟杜之锡在内务府替那书香上"排单"，入选秀女花名册，万一让皇上指给一个王亲贵族做福晋，至少也对得起她那含冤死去的爹娘。

那书香一觉醒来已是掌灯时分，杜三娘酒饭已经整治完备。那书香怔怔地坐在桌边，看着满桌的菜肴，无心下咽。九路车和老七头儿从旁劝慰，那书香胡乱扒拉了几口饭菜，面对着碗筷，忽然大声哭了起来，吓得杜三娘慌了手脚，劝慰那书香："闺女啊，虽说你姥爷的把兄弟不在了，咱们不是还有你干舅舅杜之锡，现在在皇上跟前儿伺候差事，耐心再等几年，小皇上长大了，朝政上说话算数了，让皇上下旨把那些坑害你爹的人全给正法了。"

听起来，三娘说的话像戏词，那书香想了想终究还是有盼头儿的，也就止住了哭声。

原来那书香的哭还有一层意思在里头，就是想到自己擅自跑出升平署，这一回去，肯定要受责罚，贵如自然又要出来回护，替她挨家法。

及至问清楚是怎么回事，九路车忙说："贵如是一个爷们儿，就是再替你挨顿家法也无妨。"

杜三娘主张那书香既然已经出来，索性就再晚回去一天，明天自己过寿，带她去逛隆福寺庙会。既为升平署的官学生，大清律例须当凛遵，那书香不敢再耽搁，执意要回升平署，临走前，给三娘规规矩矩磕下头去，算作拜寿。

九路车送那书香回升平署，和那书香约定，下次叫上贵如，一同去逛隆福寺的庙会。说着话，二人走上升平署衙门前的台阶。衙署大门正巧打开，两名苏拉举着手照，将衙门对面影壁上的已经晒得发了白的那张为阴沉木"返阳"而求贤的榜文，替换上新的榜文。

那书香向九路车挥挥手，硬着头皮走进西院。

西院内一片悄没声息，一丝光亮也不见，那书香心中暗喜，抬脚迈过垂花门,刚想溜过公事房的小院,往自己住宿的官廨走去,不料想公事房内灯光突然大亮了起来,房门大开,惠霖恩一步从月亮门里蹿了出来,一把抓住那书香。那书香慌乱中大声喊着:"师傅救救香儿!"

惠霖恩身后的两个苏拉将那书香胳膊拧到身后,不由分说将那书香双臂反手绑缚起来,惠霖恩责问那书香:"今天行拜师礼,你为何擅自离班,跑出升平署?"

那书香倔强地一扭脸,紧咬嘴唇不吭声。

惠霖恩挥挥手,两名苏拉架起那书香向二院旗杆处走来。惠霖恩跟在后面,数落那书香:"今天的拜师礼,你居然敢擅自离班,你师傅就因为你,心神不宁,在台子上和武青羊比试《长坂坡》'跌落陷马坑',朝天蹬接单腿跳下,把腰又给扭伤了。"

那书香听见师傅受伤,"哇"的一声哭了出来,惠霖恩趁势掏出一块绢帕,紧紧塞进那书香的嘴里。

高高的旗杆,顺着旗杆垂下一段长长的绳索,绳索渐渐地被拉紧,那书香反绑双臂背贴着旗杆被高高地吊了起来。

惠霖恩仰头看着越吊越高的那书香,嘴里阴阳怪气地嘟囔着:"掌事的曾说过,贵如说得对,女孩子不能打屁股。你也不能老让贵如代你挨罚不是,就要进宫承应了,贵如还真打不得。告诉你,你谁也别怪,这主意是咱家想出来的。"

清晨,被吊了大半夜的那书香从昏沉中醒来,睁眼一看,旗杆下面站满了仰脸看着她的班子里的伶童,溪玥在抽咽着哭泣。惠霖恩走过来驱散大家赶紧去练早课。

姜玉瑛房内,麒麟儿在给师傅打完洗脸水后,"扑通"一声跪在姜玉瑛榻前,求师傅去给讲讲情,放过那书香。姜玉瑛费劲地挪动身体,坐了起来,爱莫能助地叹口气。昨日那书香擅自离班,虽说那书香背负家门沉冤，可耽误了班子里准备进宫承应戏码的排练，掌事边冷堂是真的动了气，此时去求情，肯定是火上浇油，适得其反。

麒麟儿急于救助那书香，忽然想到一个或可将那书香解救下来的法子，事急从权，也只有走一步看一步。想至此，麒麟儿给师傅姜玉瑛磕了一个头，站起身走出房门，直奔公事房。

麒麟儿径直走进公事房，边冷堂、惠霖恩、武青羊还有几个教习正在商量进宫承应的戏码，看见麒麟儿直眉瞪眼地走了进来，大为惊诧。

麒麟儿走到边冷堂面前，"扑通"一声给边冷堂跪了下来，刚要开口为那书香求情。边冷堂冷冷地说："贵如，你好大胆，难道这次你又要代那书香来受罚？可惜这次你的屁股没有家法好挨啦，告诉你，求情代罚不准，你就死了这条心，如若不服管教，连同你一并吊上去。"

麒麟儿站起身，两只小手一抱拳，高声亮嗓："掌事的如果法外开恩饶过那书香这一回，学生可以给升平署贴在影壁上的征聘告示，找一个揭榜的人！"

麒麟儿情急当中的这句话在边冷堂听来，如同炸雷震耳，边冷堂一时没有作声，审视着麒麟儿。两件事不挨着，贵如如此说，不像有诈，即便是为了回护那书香，他可以再求情或者用别的什么举动，也绝不会想到这件事情上去。

边冷堂心中窃喜，面上毫不流露，一副假不指着的神态，扬扬不睬地问："找谁来揭榜啊，又是个什么样的人？"

麒麟儿胸有成竹地回答说："是我的大师傅。"

边冷堂一拍案子，喝问麒麟儿："你小小年纪，什么时候认的大师傅？醇亲王府荐你来的人怎么没有提及你还有过师傅？梨园行的规矩，二师不课一徒！"

麒麟儿说："回掌事的话，不是学戏的师傅，是一个走街串巷耍扁担戏的，人称七爷，我就叫他大师傅，大师傅是送那书香回来投班的那个京城小九爷的师傅。"

听麒麟儿一说,边冷堂大致明白了,贵如口称的这个大师傅看来是跟那个京城小九爷和那书香都有关。惠霖恩好像记起些什么,跟着问道:"贵如,咱家记得你说过,你和那大师傅在隆福寺庙会上只见过两面,他不就是一个走街串巷耍呜丢丢卖小孩儿玩意儿的挑儿,你怎么知道那个大师傅有能耐可以来揭榜?"

急切间麒麟儿为救那书香,不及细想,贸然抬出了"大师傅",却被一直就对那书香怀恨在心的惠霖恩抓住破绽,这不是惠霖恩有意刁难,其实问的也是实话。

麒麟儿此时再要改口已是不能,但自己刚才说出的"学生可以给升平署贴在影壁上的征聘告示,找一个揭榜的人!"只此一句话,从那两个正副掌事的脸上就可以看出有着一种非常的企盼。麒麟儿想至此,灵光突现,索性横下一条心,说:"学生说那大师傅能就是能,信不信由你们。可有一宗,那书香已经吊了一夜,再不放下来,真要出了人命,咱班里对醇亲王府也是没法交代⋯⋯"

惠霖恩急忙打断麒麟儿的话:"你等等,那书香跟醇亲王府挨得上边儿吗?"

麒麟儿故作轻松:"那书香的姥爷是正黄旗第二参领,她姥爷的拜把子兄弟是正黄旗的副都统英瀚,现在西北左帅帐下,醇亲王爷眼下又管着兵部,说来说去的都是醇亲王爷的属下。前日王府嫡福晋还打发人来给学生和那书香送过点心,副掌事如有不信,可以去问那日在公事房当值的笔帖式。"

边冷堂与惠霖恩相互征询地看着对方,有些犹疑。

武青羊冷笑了一声:"二位掌事,一个小孩子的话岂能当真?贵如为救那书香,在这里口不择言,胡说八道也是有的。"

麒麟儿朝着边冷堂又一抱拳:"掌事,您候一会儿,容学生向那书香讨一件东西给你们看。"不等边冷堂同意，麒麟儿转身跑向旗杆。麒麟儿的举动，惊扰了正在练功的伶童们，大家不约而同地跟了过来。

麒麟儿跑到旗杆底下，向上轻巧地一纵攀上了旗杆，几下攀到那书香身旁，伸手摘下那书香嘴里的绢帕，道："香儿，再忍耐一会儿，我会救你下来。"

那书香点点头，已经显得有气无力。

麒麟儿小声问道："香儿，大师傅给你刻的玩偶头像是否可以拿来一用？"

那书香声息微弱："贵如哥，那玩偶头像在我床铺的枕头下面。"

麒麟儿飞速溜下旗杆，急步跑到那书香所住官廨，从那书香睡铺的枕头下面取出玩偶头，返身来到公事房。麒麟儿摊开小手，伸向边冷堂，手掌心里托着一个木刻的玩偶头像。

边冷堂充满狐疑的目光紧紧盯着麒麟儿，伸手取过一看，玩偶头像极了那书香，头像眉发纤毫毕现，刀功雕法收放自如，线条流畅，粗犷之处见细腻，细腻之处见灵性。边冷堂倒抽一口凉气，看这雕刻玩偶头像的手艺，雕功到此境界者，已非平常，平心而论，就是抬出养心殿造办处与内务府十四作坊两下相较，也未必能占得便宜。

麒麟儿有意催促道："掌事大人，这就是大师傅给那书香刻的玩偶头像！"

边冷堂将那书香的玩偶头像轻轻放在书案上，站起身："来人呀。"

门外一左一右当值的两名苏拉应声而至。

边冷堂大声地说："快，快将那书香放下来！"

时近正午。麒麟儿满脸焦急，步履匆匆来到了什刹海杜三娘的茶店子。

今天是杜三娘过寿的正日子，店里茶水嚼裹全免。邻里街坊、熟人老客把个店里店外坐得满满登登。众人正在说笑，纷纷给三娘道贺。冷不防进来了一个麒麟儿，唯独不见那书香，杜三娘心里一惊，急问出了什么事。

麒麟儿跪地先磕头祝寿，后起身说明原委。杜三娘真的着了急。邻里街坊看着穿着升平署学生官衣的麒麟儿，大家伙儿嘴上说着劝慰的话，纷纷退避，立时走个精光。

九路车急问麒麟儿那书香回去后怎么样。

麒麟儿如实讲了经过，为救犯了班规被吊在旗杆上的那书香，不得已而为之，抬出了大师傅，反正那书香现在已从旗杆上被放了下来，救得一时是一时，就是不知道大师傅有没有给阴沉木"返阳"的本事。

老七头儿坐在那里，闷着头不吭声，似乎在思忖着什么。

杜三娘站起坐下，坐下站起，急得说话都岔了声："老七头儿，整治那木头你到底行不行啊？闺女可还在人家手心里攥着呢！"

九路车也在旁挓挲着两手催促着老七头儿，一口一个七爷叫个不停。

坐在条凳上的老七头儿捋了捋胡须，慢慢抬起眼来盯着麒麟儿说："给那木植'返阳'倒算不得是什么大事。"

此话一出，惊得坐在那里的九路车"嚯"地站起了身，差点儿碰翻了坐着的条凳。杜三娘以手加额高兴地流下了眼泪。麒麟儿竟然忘情地跑上来一把搂住了老七头儿的脖子。

九路车大喊："三娘，快给七爷倒酒哇。"

老七头儿扳着麒麟儿的肩膀，注视着麒麟儿，平静地说："在七爷去揭升平署的告示榜文之前，七爷要正式收你为徒，你可愿意？"

麒麟儿未等老七头儿说完，立即跪下就要给师傅磕头，大声说："麒麟儿愿意拜大师傅为师傅。"

老七头儿一把拦住，双目炯炯有神："麒麟儿，你可是真心愿意拜师学艺？"

麒麟儿大声回答："自打在隆福寺见头一面，麒麟儿一见七爷和小师兄就亲，就想给七爷做徒弟，给小师兄做小师弟，梦里常梦见大师傅肩上的挑儿。"

老七头儿听罢朗声大笑起来，起身取过挑子一头的那只高堂鼓和那根缠裹着烂布条子的木扁担，说："麒麟儿，这鼓和扁担可是咱祖师爷用过的，代代相传，拜鼓拜扁担如同叩拜祖师爷，扁担戏就是说的这根扁担，一头担的锣鼓钹，一头担着耍傀儡子的大笸箩。"

择日不如撞日，今天又是三娘过寿，算是好日子，老七头儿决定就在这茶店子里收徒拜祖入师门。

杜三娘回身关上门，拿出香炉和线香，悄悄对老七头儿说道："九路车也是整天吵吵着要做你的徒弟，你就一并收了，两全其美。"

老七头儿略一沉吟，叫过九路车，温声说道："小九啊，老七头儿不是不答应收你为徒，虽说你喜欢扁担戏，但你和这担子缘分浅，就收你做个记名徒弟吧，这种缘分可是娘胎里带来的，非人力所为。"

九路车眨动着大眼睛，莞尔一笑："七爷不收小九不打紧，只要收下小师弟就行。"

搬开桌椅板凳，腾出一块地方，高堂鼓上横陈着那根木扁担，高堂鼓前面的地上一只博山双耳大香炉，燃着线香。老七头儿在拜垫上先行跪拜，恭恭敬敬，举香齐额，自有一番说辞："惇信明义，崇德报本，皇天无亲，唯善是与，数典不忘祖，以正祀神，以正身心，神之所福，护佑夹持。"

麒麟儿跪在拜垫上，面对那只祖师爷用过的高堂鼓和木扁担，重重三叩首，正式拜了祖师爷，认了师傅，定了名分。

行过拜师礼，老七头儿叫过麒麟儿，谆谆教诲："麒麟儿，你娘给你起的名儿叫抱木,就是要你与木结缘,与木声息相通,终身相依……见了天地,见了自己!"

最后老七头儿叮嘱麒麟儿:"拜师之事,谨记在心,俟到技艺学成,方可对外明说。"

老七头儿挑着担子,跟从着徒弟麒麟儿来到了升平署衙门对面的影壁前,放下肩上的挑儿,上前双手揭下了征聘告示。

走进升平署西院箫韶九成班的公事房,边冷堂看着揭下榜文后神色坦然自若的老七头儿,心中虽说有了几分敬意,但是事关重大,不由得不谨慎起见。

落座之后,苏拉奉茶。

边冷堂装作没事人儿似的随口一问:"请教,木植'返阳'水用何处?"

老七头儿放下手中茶盏,随口作答:"须用西苑太液池中水。"

"唔,老朽倒也听养心殿造办处的人说起过。"边冷堂微微颔首,脸上现出赞同的神色,有意卖出一个破绽,"只要是西苑里的水即可……"

"恕小老儿直言,看来边大人是知其然不知所以然,'焖窑'有讲究,从砌窑和泥到以后给木植'返阳'用水,都要用西苑太液池中水云榭正西面九丈远近的地方汲上来的湖水。"老七头儿振振有词,"龙兴关外,那龙脉起自长白山,经太行至燕山,到了京城西边儿的玉泉山时龙回了头。龙回了头这一下不得了,大清就定都在北京,就在龙回头的地方,做了个记号,玉泉山上压了一座玉峰塔。玉泉山,龙回头的地方,六峰连缀、逶迤南北,玉泉山在'山之阳',土纹隐起,作苍龙鳞,沙痕石隙,随地皆泉,清澄甘洌。所以现在宫里为什么要喝玉泉山的水,就是这个道理。西苑太液池中水云榭正西面九丈远近的地方恰有一处'龙眼'。"

老七头儿一番话,掷地有声。公事房内出现了刹那间的静默。

边冷堂干咳了一声,有意打破升平署这边稍显尴尬的氛围,探过身来:"请问,木植'返阳'后,大师傅可否在大台宫戏的傀儡雕作上有所臂助?"

老七头儿连连摆手,推辞说:"回边大人的话,阴沉木本就属于世间难寻之木料,平常人根本无缘得见,更不要说用它来刻什么傀儡了,木植'返阳'后,即使雕作傀儡,那又是难上加难,木植'返阳'后其质逾坚,听说是极易滑刀,丝毫错不得,'五形三骨,拟容取心',刻作时要全凭雕作者意念方能运力走刀,这种功力实非常人所能,正所谓'鬼斧神工'。小老儿一个唱扁担戏串胡同哄孩子的,哪有那个大本事。"

边冷堂深以为然,对惠霖恩说道:"难怪金麟班镇班的那个金麟童居然风靡百年而成为绝世孤品。"

惠霖恩提醒老七头儿:"要知道你揭的可是皇榜,这活儿干砸了,是要掉脑袋的。"

老七头儿呵呵一笑:"好说,好说,给这木植'返阳'小老儿倒还做得来。"

边冷堂说:"倒要请教师傅,既然能给木植'返阳',看你那雕功也属上上乘,在这一行里也算得上是一等一的高手,为何只是游街串巷耍鸣丢丢唱那扁担戏?"

老七头儿说:"边大人错会了意,小老儿撑破天也就是刻个玩偶头,捏个泥做的小玩意儿赶庙会串胡同混口吃喝。今日来揭榜应聘为这段木植'返阳',也是仗着年轻时师傅给自己讲过木植'返阳'的事情而已,如今大概其地还算是记得。还有老话常说,财帛动人心,五百两的银子,够小老儿到死的嚼裹了。还有一宗事由,小老儿有个记名的徒弟就是大佛寺的小九爷，那书香背班的那段日子，承蒙大佛寺一众小儿的照料，后与小九爷结为好友。小老儿终究拗不过孩子们的央告，所以就揭了这皇榜，想来试试。"

第六十二章

两宫銮驾亲临恭亲王府为大公主指婚,这件事算起来是两位皇嫂来小叔子家串门儿,所以出半副卤簿仪驾。即使事先有旨,仪驾从简,等到出了宫一看,依旧浩浩荡荡,摆了一条街。两宫用两乘明黄大轿。慈安太后带着丽妃所出的公主坐第一乘,慈禧太后坐第二乘,大公主另乘一顶小轿紧随其后。三乘轿子由西华门出宫,沿北长街迤逦折而向北,直到后海柳荫街的恭亲王府。

领侍卫内大臣、御前大臣、銮仪卫和内务府的官员,一大清早就在伺候了。此时,前引大臣和侍卫,一拨一拨来到恭亲王府前下马。等大轿刚入街口,诸王及贝勒已经在府门前的狮子院里站班伺候,都是皇帝的胞叔和嫡堂兄弟。惇王领头,其次是恭王、醇王、钟王、孚王,再后面跪接的是宣宗的长孙载治,惇王的长子载漪,恭王的长子载澂、次子载滢。

两乘大轿,将次到府门。大家一齐在红毡条上跪下,这是接太后的驾,太后的大轿缓缓走过,五位王爷随即起身,扶着轿杠,一直走进府门,载字辈的小弟兄起身后个个屏声敛气,低头垂手跟在轿后前行。

两乘大轿经王府二门直达银安殿前停下,这里才是诸王公大臣福晋们接驾的地方。前面一乘大轿东宫太后携公主下了轿,后面两乘轿内,西宫慈禧与大公主走了出来。

银安殿前接驾的身着大妆的命妇福晋跪倒一片。

殿上早已设下御座，两宫太后落座后吩咐只行"家人之礼"。待到略叙一叙家常后，慈安太后示意指婚可以开始了。李莲英吩咐挂起黄幔，两宫端坐黄幔后面的临时御座之上，大公主则站在一侧。

惇王为首的其他人等一概退出银安殿。此刻，殿内安静得掉根针都可以听见。

银安殿内宽敞洁净，只有李莲英一人站立在殿门边上。慈禧轻咳一声，吩咐叫进。

早已等候在殿外的六名满蒙亲贵子弟，神采飞扬，并肩走进银安殿。大公主脸上似有羞怯之意，瞪大眼睛充满了好奇，透过黄幔向外看去。

银安殿内，慈禧再次轻咳了一声，李莲英在旁高声喊着跪安。六名满蒙亲贵少年行完跪安礼，鱼贯退出银安殿。

黄幔后面，两宫太后急问大公主到底属意谁家男孩儿？

大公主却无可无不可，谁家的都行。

东宫慈安有些着急，摆出这么大阵仗，费了这半天工夫，到头来谁都行，这还成话吗？商量半天的结果，最后由东宫慈安定下了景寿之子富察·志端为大公主的额驸。黄幔外面的李莲英首先跪下叩头为大公主贺喜。

两宫亲为大公主指婚，其余人等遵懿旨退出银安殿，载澂得空急步奔向花园戏楼。

戏班管事柳朝晋早在府后花园门口等候，柳朝晋看见大贝勒走来，蹲身请安，告诉载澂集雅班应召已经来到王府，安排在怡神所大戏楼全福班的院子里。

载漪走向戏楼，半道上突然停步，跟在身后的柳朝晋不明所以，载漪一摆手，带柳朝晋折向花园后面的蝠厅。

恭亲王府花园蝠厅内，载漪从多宝格上面取下一只桃花芯木质的西洋匣子，匣子长约半尺，宽与高各约七寸，属中世纪欧式风格，撳下按钮，盒盖自动弹开：这是一件制作异常精良的八音盒，盒盖弹开伊始，盒底响起"叮咚"的西洋乐曲声，声音纯正，悦耳动听，仿如天籁；一个穿着拖地宫廷长裙的少女在匣内翩然起舞。载漪告诉柳朝晋，这是瑞士御爵七十二音梳三首乐曲的八音盒子，是他从香港特意为九岁红买下的，是个新奇精巧的玩意儿，准备拿来送与九岁红做见面礼。

柳朝晋看得也是瞪大了双眼，连连点头称奇。

载漪将这只八音盒装进礼品盒中，柳朝晋双手捧着，跟在载漪的身后，二人匆匆向怡神所家班所在的院子走来。

恭亲王府花园大戏楼，全福班所在院子。

两宫驾幸恭亲王府为大公主指婚，升平署职责之内自当预备戏码承应。皇太后出宫是百年不遇的事情，庄亲王为讨两宫欢心，让两宫太后看新鲜，将这次承应的戏码全部安排外头学。梨园行此次应召前来承应戏的几个戏班子都被安排在这里扮戏——主要是离戏楼近，上下戏的接场很是方便。

载漪大步走进院子，众人见是漪贝勒来了，纷纷请安问好，载漪顾不得其他，带着柳朝晋顺着抄手回廊径直向集雅班扮戏的房间走来。

九岁红坐在桌子前，面对着彩匣子，正在包头，阿玉站在一旁伺候。

外面响起靳伯招呼载漪的问候声。阿玉走过去打开房门，载漪带柳朝晋走了进来，柳朝晋捧着礼盒止步门边。

九岁红起身以礼相迎，举止沉静大方，早已不见了当年的羞怯与惶悚。

载澂赶紧还礼。

扮戏房简陋，九岁红依然举手肃客，载澂转身看来看去，阿玉赶忙将一只凳子送了过来，柳朝晋随即送上见面礼，将手中捧着的礼品盒子轻轻放在彩匣子旁边。

阿玉奉茶。

九岁红与载澂二人四目相对，往事不远，两下里从天颐轩清音桌前的龃龉开始，几年过后，重又在天颐轩相见，为了集雅班的"题名牌"，载澂出手给予援掖，到后来正阳门外与升平署"轧戏"载澂救场，几次作为，亦庄亦谐，终于搅得九岁红静如死水的心里起了一片微澜。

二人以戏会友，心地无瑕。谈话就从此次恭亲王府的承应戏说到了隔年一次的重阳节恭亲王府与车王府的"菊榜之争"。载澂无意间说起府里全福班有一曲本《云鬃寻盟》，虽说是一古本，只是后一出，只因这曲本存世量稀少，车王府的鄂多林台惦记这个曲本就像惦记一件古董似的，若说起来车王府惦记这个曲本的日子已是不短。

阿玉嘴快，说："恭亲王府如果搬演这个曲本，虽说是后一出，也能铁定胜出，压过车王府，只可惜这是后一出，就怕演出来，听戏的听不明白。"

柳朝晋不愧是王府戏班管事，经验老到，一听阿玉如此说，必定话出有因，顾不得尊卑体面，上前给阿玉一揖："请教姑娘，愿闻其详。"

阿玉捂着嘴偷笑，用眼睛溜着九岁红，九岁红向阿玉点点头，示意阿玉可以说出原委。

阿玉说："柳管事，你们恭亲王府家班的那一出曲本《云鬃寻盟》是后一出，前一出曲本是《春明祖帐》，就在我家小姐手里，前后两出曲本合璧，这才是湖州茅孝若所写完整的传奇本。"

阿玉又把几年前鄂多林台设席请九岁红吃饭,被九岁红峻拒的事情说与了载澂。

载澂恍然大悟,这才想到鄂多林台为什么一直觊觎恭亲王府家班的这个曲本,惦记九岁红手里的另一曲本。

载澂准备在来年恭、车两府重阳节"菊榜之争"时,与九岁红联袂演出《春明祖帐》《云鼙寻盟》的合璧本。

九岁红欣然同意。

载澂起身,向着九岁红深深一礼:"都说古本难寻,没想到这两出曲本竟在这里合璧,承蒙粟班主不弃,载澂先在这里谢过了。"

柳朝晋道:"这就是缘分,真是天作之合。"

九岁红羞红了脸,低下头去。

怡神所内大戏楼,御座和黄幔也是早已安排妥当。

未曾开戏,首先由庄亲王先奏请旨,这天的戏是由陈登科和秦二奎提调。于是传了这两个人上来,并排跪下,由陈登科陈奏戏目。

陈登科把手里的一个白折子打开来,一面看,一面说:"今儿个伺候两位皇太后五出戏。第一出《四郎探母》:外学皮黄索家班掌班索德琛的杨四郎,索德琛闺女索万青的公主,京城头一份。"

慈禧喜笑颜开,大家都知道因为她最爱听《四郎探母》,于今开台第一出就是此戏,不但投了所好,而且也见得她比慈安太后更受人尊敬。慈禧不由得用眼角悄悄斜睨了一下慈安。

"第二出是出玩笑戏,刘赶三的《探亲相骂》,这也是京城头一份。"陈登科接着报戏目,略停一停接着说,"第三出是杨台子的《空城计》,淮六给他配司马懿。这又是京城头一份。"

慈安太后笑着问陈登科:"你倒是有多少'头一份'呀?"

慈禧太后接着问道:"那淮六倒是听崔玉贵说起过,是个旗人,那杨台子是谁?"

陈登科赶紧规规矩矩作答:"回太后话,杨台子就是外头学精忠庙庙首杨小轩。"

慈禧见陈登科对答如流,有意要难为他一下:"拢共五出戏,剩下的那两出也还都是'头一份'吗?"

陈登科惶恐,急忙答道:"回太后话,不是头一份,不敢伺候两位太后。其实这两出大轴子戏,皆出于两宫钦点,一出是昆腔折子戏《思凡》,集雅班掌班九岁红扮红娘。还有一出昆戏《夜奔》,最后这两出戏是不是咱京城'头一份',要由二位太后说了算。"

陈登科是有意带些耍贫嘴的意味,好博太后一笑,果然,慈安太后被逗乐了,回过脸跟慈禧小声说:"上次去正阳门外微行听戏,那个唱《夜奔》的没等领赏就走了,这次等戏唱完,要叫到跟前来认认。"

东宫慈安说完,西宫慈禧吩咐李莲英传膳开戏。

一面是太监递相传呼,搭膳桌,抬食盒,仍遵照上方玉食的规矩供膳,一面是笙簧并奏,锣鼓齐鸣,由升平署的内学演唱吉祥例戏,满台神佛仙道,只是热闹而已。两宫太后尽管把这些戏都看得厌了,但规矩必须如此,也只好由他们在台子上去折腾。

秦二奎急步穿过家班所在院落的抄手回廊,往集雅班扮戏房走来,作为本次承应戏的戏提调,秦二奎一路走来,挺胸凸肚,理直气壮。守在门口的靳伯,看见秦二奎走来,微微躬身,算是打招呼。秦二奎并不介意,而且也没有要进房间的意思,站住脚,对靳伯说:"告诉你家班主,集雅班这次真是露脸了,此次恭亲王府承应,拢共伺候两宫太后五出戏,没想到最后两出大轴戏居然是两宫钦点的《思凡》和《夜奔》……"

秦二奎话未说完,房门豁然大开,阿玉当门而立,质问秦二奎:

"此次恭亲王府承应,前几日你们精忠庙派来集雅班总寓通知的人说只承应一出《思凡》,并未提及还有《夜奔》。"

秦二奎刚想瞪眼,隔着当门而立的阿玉,看见了坐在屋内的载澂,赶紧将那专横的态度收敛起来,隔着门槛,打下袖子蹲身给载澂请安。请安过后,秦二奎盯着阿玉,脸上一副很是吃惊不知所以的样子,应是知道大贝勒坐在屋里头的缘故。秦二奎说话语调平和,像是和谁在商量事情,可话茬子却很硬:"粟老板,事到如今,这可是两宫钦点的戏码,梨园行里常说戏比天大,那就是您得唱。您不唱,说什么也是白搭,可眼下差一出,怎么交代?这不是给天捅了一个窟窿!这件事儿太大了,谁也担不起。能唱就唱,不能唱也只有你们自己个儿去跟上头回。"

秦二奎说完,掸袖屈膝朝着门里给载澂又请了一个安,然后起身掉头而去。

阿玉急得不知如何是好,用目光示意九岁红,形格势禁,也只有求助于载澂。

九岁红会意,款款站起,蹲身给载澂规规矩矩行了一个大礼,张口求助载澂。

还未等载澂答言,恭亲王府家班管事柳朝晋连连摆手,颇感为难地说:"粟班主有所不知,上次在鲜鱼口,我家大爷因仰慕大小姐,况且是在府外,所以救场于上丹霄戏园,事后虽说那次《夜奔》成了大爷的打炮戏,毕竟后来传到王爷耳朵里。王爷震雷霆之怒,要杀大爷,所幸是阖府上下跪劝王爷息怒,嫡福晋以悬梁自尽拼死回护,后搬来王爷亲家大学士文煜,王爷这才作罢。"

柳朝晋担心,今晚最后一场大轴戏码,又是《夜奔》,如若还是大爷上场,台下众目睽睽,王爷在下面伴驾,看个正着,如此一来,岂不是倒捋虎须?

载澂倒是坦然，轻描淡写地说："为今之计，先应付了今晚承应的戏再说。细想阿玛当着两宫太后的面儿也只能隐忍不发，绝不会当场发脾气。俟两宫走后，再去给阿玛请罪。"载澂说到这里，灵机一动，吩咐柳朝晋等戏一开场，瞅个空先去跟王爷预先禀明，只说今年与车王府的两府"菊榜之争"，集雅班已答应与全福班联袂登台。

九岁红心中不忍，可急切间实无他法，也只有点头表示赞同。

时辰不早了，载澂起身，也要去扮戏，九岁红再次表示感激。

柳朝晋凑趣地说："只要明白我家大爷对大小姐的一番心思就好。"

载澂莞尔，出门时丢下一句话："士为知己者死！"

恭亲王府花园怡神所内大戏楼。

慈禧太后和大公主一桌用膳，大公主把一碟蜜汁火方移到慈禧太后面前说："知道太后喜欢吃这道菜，这是阿玛吩咐府里的厨房照满汉全席的方子为太后特意烹制的，请太后品尝。"

蜜汁火方是慈禧喜爱的一样食物，为了酬报大公主的孝心，慈禧先尝了一片火腿，转头吩咐李莲英说："拿这个送给六爷，不必谢恩！"

按照宫里的规矩，太后、皇上赏菜时，话是这么说，但不是在御案上撤走这个菜，御膳照例每样两份，一份御用，一份备赏。

备赏的一份，送到黄幔外面，恭亲王听说不必谢恩，也知道毕竟不是在宫里，便坦然接受了。

例戏唱完，台上贴出一张黄纸，大书——奉懿旨演《四郎探母》。

升平署的两名司员，从"出将""入相"的上下场门走了出来，在台柱前相向而立，这是内廷的规矩，名谓"带戏"。

慈禧太后含混不清地嘟囔着："这又不是在宫里。"

大公主似有似无地听见慈禧在嘟囔，看一眼太后，立时明白了太后的心思，招手把李莲英叫到跟前，极有决断地吩咐李莲英："这儿不是宫里，用不着带戏，让他们走开。"

李莲英寻着陈登科，传到了话儿，台柱前相向站立着的两名升平署司员，随即悄悄退下。

慈禧太后越发高兴了，聚精会神地看完第一出戏《四郎探母》，吩咐李莲英去打赏。

李莲英是带了银子出来的，就为两宫太后赏戏之用。赏了两个五十两的"官宝"，于是索德琛与索万青父女俩未及卸妆便到前面来谢了赏。

接下来便是刘赶三的《探亲相骂》、杨小轩和旗人淮六的《空城计》，两宫太后，无不有赏。

天将黑了，明晃晃点起粗如儿臂的蜡烛和明角宫灯。

第四出压轴戏码上场，九岁红自然是一派大角儿风范，把个红娘唱得是炉火纯青，妙至毫巅。看得两宫是频频点头。

此一刻，慈禧似乎想起了什么，回头召唤李莲英："小李子。"

"嗻。"李莲英立即躬身近前答应着。

"庄亲王上次来宫里奏陈，箫韶九成班昆腔总教习一事，指的是不是九岁红？"慈禧问道。

"回主子话。"李莲英轻声答道，"亏得是上次主子微行去听戏，赏下的那一副点翠头面，下面知道太后喜欢九岁红的戏，不然的话，依着庄亲王爷的脾气，九岁红不进箫韶九成班任总教习一职，南昆集雅班在京城就给除籍，发文苏州老郎庙，一辈子不准唱戏。"

慈禧吩咐李莲英将庄亲王叫到跟前，问明了事情的缘由始末。庄亲王提起这件事心中还是有气，慈禧安抚庄亲王，知道庄亲王是实心办差，玩笑着说："没看出来，三哥这个王爷脾气还挺大，你要是都不让唱戏了，明儿个我们姐儿俩上哪儿去听戏呀？这件事儿三哥不会掉过来想,那个九岁红不愿意进箫韶九成班,是怕管束,你升平署不会把人派到她那里去学戏。"

庄亲王是何等人也,迎风转舵,见好就收,此刻再不借坡下驴,更待何时?趁着西边儿高兴,这就算交了差事,庄亲王赶忙表示遵旨。

九岁红刚刚下了戏,哪知李莲英已经等在临时的扮戏房中。李莲英一摆手,身旁小太监双手送上一个托盘,托盘上两个五十两的"官宝"。

李莲英:"粟老板,这是两宫太后赏下来的。"

九岁红让阿玉接过太后的赏赐,看着李莲英面熟,一时间又想不起在什么地方见过。正思忖间,脚下随李莲英已经步出戏台,来到戏楼御座前谢赏。

九岁红俯身下拜谢赏,御座上一个听起来有些威严的声音叫她抬起头来,九岁红抬起头一看,着着实实吓了一大跳,御座上坐着的那两位雍容华贵的妇人不正是她那晚与升平署"轧戏",前来听戏的方家园方府的两位夫人!在戏后赏下一个点翠头面,她过去谢赏,其中一位夫人还与她说戏。

九岁红心中大吃一惊,此刻也顾不得再想其他,又一次俯下身去谢赏。

"起来说话吧。"慈禧吩咐完九岁红,转头吩咐李莲英,"去叫庄亲王过来。"

庄亲王过来,给两宫请安后站在一旁。慈禧有意三堂会审,当面锣对面鼓,其中自有回护九岁红之意。

"知道你不是不愿意去升平署,只是不愿受管束。"慈禧温言细语和九岁红商量,"那升平署派官学生去你那边儿跟你学戏如何呀?"

"回太后话,太后懿旨,雅卿敢不遵从。"九岁红万万没有想到,在她看来极难解决的事情，到了太后这里，一句话，就使戾气化为祥和，"只是小女子要去升平署亲自考量官学生的资质，因为'戏比天大'，倘若升平署内的官学生资质不够，恕小女子不能奉旨。"

"全都依你，既然同意做箫韶九成班的昆腔总教习，就是不来升平署点卯也准了，可其他规矩也还得遵守。"慈禧说完望向庄亲王爷，"王爷看这样可使得？"

庄亲王只有连连点头表示赞同。

"太后懿旨，雅卿省的，自当遵从。"九岁红说罢，跪安。

戏台上，文武场动起了响器，第五出大轴戏《夜奔》开唱。

载澂站在侧幕里，听着锣鼓点，心中有着好大的顾虑，生怕阿玛翻车。该上场了，这个戏台载澂再熟悉不过，载澂就是在这个戏台上长大的。

载澂举步迈向台口，这一步迈得实在是太艰难了，在自家的台子上救自个儿的场，这话儿是怎么说的？载澂惶恐的心镇定下来，迈出了这一步，林冲已经来到了戏台上。

台下伴驾的恭亲王爷抬眼一看，戏台上的林冲竟是自己的儿子，当着两宫太后的面却根本不能发作，直气得恭亲王爷牙根痒痒。

台下一侧被赏戏的福晋命妇们看着台上的林冲，脸上露出莫大惊喜，泛起一阵骚动，低声窃窃私语。

两出大轴戏，于两宫太后说来各有偏爱，慈安太后激赏的是载澂扮的林冲，扮出来一望，尽管是落魄的时候，但眉宇间依旧丰神俊朗，一举手、一投足，才看出别具风流。待到开口时清刚绝俗，转眼神、舞身段，竟活画出英武一世的八十万禁军教头的当年，这戏直看得慈安太后心醉不已。

下了戏，载澂刚想溜走，不想李莲英已经候在台口，李莲英给载澂请安后，让过身旁的小太监，小太监手捧托盘，托盘里两个五十两的

"官宝"。李莲英请载澂去谢赏,载澂不免有些踌躇。李莲英说:"大爷上次在正阳门外的上丹霄救场,戏刚下就闪了。戏后东佛爷派人到升平署查问,奴才们替大爷就给瞒了。今儿个大爷在自己的府里,可没地方躲。"

载澂无奈,只得跟在李莲英身后去见两宫太后谢赏。

载澂来到御座前谢赏,低头跪在地上,刚要叩头,东宫慈安赶紧让站在身旁的贴身侍女双喜扶载澂起来,载澂躬身向两宫太后一揖,再次谢赏。两宫太后笑吟吟地看着"林冲"。

慈安不由得说:"真是没想到,载澂把这林冲给唱活了,应该算是京城头一份。"

慈禧觉得《夜奔》如果用皮黄腔来唱,似乎更能表现出林冲夜奔的凄惶、苍凉。

慈安也觉慈禧说得有些意思,也想听听皮黄腔的《夜奔》,话赶话的刚刚说到这里,庄亲王不失时机地表示升平署接旨,回去后要给昆曲《夜奔》就皮黄安腔布唱,以备日后承应。

慈禧看着载澂慨叹:"虽说是'黄带子',自有进身之阶,可惜用功用错了地方,倘若用在读书求取功名上,应该有个大前程。"

载澂此刻诚惶诚恐,唯唯诺诺地更是不敢多说一个字。

慈安余兴未尽,接着说道:"刚才两个'官宝'是两宫太后赏你唱戏唱得好,戏里的事儿完了,此一刻说咱家里的事儿。从家里论,也得打赏,我们姐儿俩是你的四伯母,今儿个四伯母们高兴,你有什么想要的,尽管说出来,无有不允。"

慈禧在旁凑趣地说:"你不要顾忌你阿玛,有我们姐儿俩给你做主。"

载澂再次向两宫跪了下来,向太后说出了自己的心愿:"打算迎娶九岁红,但有大清律例作梗,满汉不通婚,请两宫太后赏个恩典,破例允准，作为外室。"

载澂话一出口，满座皆惊，台下一侧被赏戏的福晋命妇们又泛起一阵骚动，交头接耳，窃窃私语。不料想，在这群命妇福晋中，一位盛装的年轻妇人走出，径直来到两宫太后面前，先给两宫太后屈膝行了大礼，然后并排与载澂跪在了一起。两宫太后当然认得，这是郡王衔贝勒载澂的福晋费莫氏。

慈安蔼然微笑，对慈禧说："看来咱们的侄儿媳妇，是有话要说。"

费莫氏表情沉静，说起话来不疾不徐，载澂迎娶侧福晋理所应当，自己嫁与载澂已有数年，未能给载澂生育一男半女，对上视为不孝，对夫君说来妇德有亏，娶侧福晋抑或纳妾一事，自己本不该置喙，但听说夫君要想迎娶的是个唱戏的，这却不能不出面阻拦。如若载澂一意妄为，不顾自己的身份，迎娶一个戏子，她不齿与之为伍，将以死明志。

大庭广众之下，费莫氏据理力争，两宫太后默然。费莫氏陈奏是无心之语，恰恰又说中了慈安的心事，慈安贵为一国之母，自己也未能给文宗显皇帝生育一男半女，同样都是女人，想想颇觉无趣，脸上顿时失去了刚才听戏的兴致。

慈禧觉得就费莫氏的御前陈奏，也是一家之言，不能算是不对，可刚才那番话什么时候不能说，偏偏选在这个节骨眼上，岂不是让人扫兴。

李莲英觑着两宫太后的脸色，此刻也是干着急没有辙，有意小声嘀咕，像极了自言自语，实际是在为东宫找补面子。李莲英嘀咕的声音小到稍远一点儿站立的人都听不见，而两宫却是可以听得清清楚楚："奴才以为，难怪大贝勒载澂不喜欢她，她和她阿玛一个样，一根筋，认死理儿。话又说回来，今儿个是个什么场合？这可太没眼力见儿啦！"

豆腐掉进灰堆里——拍又拍不得，掸又掸不得。

热热闹闹的一场两宫太后为恭亲王府大公主指婚的喜事，最后以费莫氏出场而使人意兴阑珊。

恭亲王府府门前的狮子院，诸位王爷和载字辈的小弟兄们匍匐在地恭送两宫太后起驾回銮，眼看着两乘明黄大轿一前一后在仪驾卤簿的簇拥下走出街口。

惇王爷率先起身，诸位王爷纷纷向恭亲王告辞，走向各自的大轿。

恭亲王忽然一声大喝，招呼王府侍卫立即将载澂拿下。

诸位王爷有的刚刚坐进轿内，有的起轿刚要向外走去，听见恭亲王的一声断喝，这时又纷纷停下轿子，围拢过来解劝。

恭亲王铁青着脸，坚决不允，命侍卫立即将载澂再次绑缚，直送养蜂夹道。

第六十三章

老内务府南花园旧址，几段破旧的墙垣当中一片杂草丛生的荒地。眼下重又收拾出一片空场。在当年给文宗显皇帝吉祥板"返阳"砌就的御用"焖窑"的地场上，一座新的"焖窑"即将落成。窑成半拱形，三丈三尺长，一人半高。窑前，老七头赤膊正在砌着窑口顶上最后的几块封顶砖。打下手的几位是内务府造办处专门派来的细木匠，到场后按吩咐只是搬砖和泥、清理场地。几个人只是闷头干活拉着脸，看得出，那是心里想不明白还生着气，面上可又不敢流露出来，真是把人憋屈死了。

为阴沉木"返阳"一事，到头来被一个走街串巷耍呜丢丢唱扁担戏的揭了榜，此事轰动养心殿造办处和内务府造办处十四作坊。话说回来，这事儿跟谁说谁信？

窦五乐无精打采、怏怏不乐地走出金麟班的场子。

近日来练功排戏，窦五乐不是走神就是出错，师兄陆麒铖责骂窦五乐为了一个女人竟至于如此没有出息。窦五乐置若罔闻，整日里耷拉着脑袋，依旧是魂不守舍。每日里出去寻到不老泉卖冰糖葫芦的挑儿，买两串糖葫芦，边吃边往回走，脑子里想着霞衣，这一刻的心里似乎熨帖了一些，进了场子里，接茬儿地长吁短叹。他也曾自己劝慰过自己，什么"天涯何处无芳草""好汉何患无妻"等等诸如此类的话在自己的心里不知说过多少遍，就是不管用。刚才在台子上定规下的动作步伐自己又给弄错了，撞上了在前面举着杖头傀儡的门钉，气得师兄陆麒铖索性把他轰了出来。

查万响和古麒凤撮合他和门钉、霞衣、霞锦四人的好事，不想霞衣另有所爱，这事又不可强求。窦五乐自从懂得男女之事时起，对霞衣便情有独钟，那时霞衣陪伴掌班师娘凌雪嫣禁足东跨院，窦五乐隔着院墙没少往东跨院里递送霞衣喜欢吃的不老泉家的冰糖葫芦。那时的霞衣师兄长师兄短地叫个不停，临了临了却收篷转舵。

窦五乐心中确实委屈，几个人自小在师门里一同长大，青梅竹马。如今查万响与古麒凤做媒，霞衣却是不从。感情这东西来得奇怪，终究是怨不得别人，只怪自己艳福太浅。就在这自怨自艾中，不觉又走到不老泉卖冰糖葫芦的挑儿跟前，掌柜的未等窦五乐说话，伸手就递过来两串冰糖葫芦。

窦五乐手里举着两串冰糖葫芦，再次触动了心事，胸口愈感憋闷，正想着找地方去喝闷酒，后面传来了凌子丙的招呼声。

一个无心，一个有意，再说京城里还有句老话，不怕贼偷就怕贼惦记。窦五乐被凌子丙强拉硬拽地拖上了酒楼。三杯酒下肚，窦五乐懊悔自己以前有很多地方错看了凌子丙，与凌子丙大有相见恨晚之感。凌子丙频频劝酒之际，绝口不谈班子里的事情，只谈男女之间的风花雪月。话说得让人受用，酒喝得使人迷醉。

掌灯时分，窦五乐晕晕乎乎地被凌子丙带进了八大胡同。

南锣鼓巷炒豆胡同集雅班总寓。古麒凤来看望九岁红。说起在恭亲王府承应的一切事情，太后已经允准，九岁红可以不进升平署点卯，但箫韶九成班的官学生她要教习。

古麒凤听后，为麒麟儿一直悬着的心多少有些放了下来。

谈起这次恭亲王府承应，大贝勒载澂再次救场，惹怒恭亲王，二进养蜂夹道。古麒凤听罢不由得也是有些感动，九岁红则闷闷不乐。古麒凤看出九岁红的心思，试探地询问九岁红是不是动了真情，九岁红避而不答。

阿玉噘着小嘴说："那个大贝勒要是生在寻常百姓家该有多好。"

升平署西院。二进院子一溜官廨当中姜玉瑛所居房间的台阶前，跪着一片升平署的伶童官学生，麒麟儿和那书香跪在前面。堂下站着升平署内头学和箫韶九成班的教习们，武青羊脸上一副懊悔的神情。

院子里静悄悄，氛围很是凝重，人们似乎连大气也不敢出一声。

这时，房门半开，两名寿药房御医唏嘘不已，侧身摇头走了出来。边冷堂随后走出，带上房门。边冷堂站在堂下，右拳砸在左掌心上，忧心忡忡地说："这要是哪吒去了天庭太上老君那里，以后太后要听《乾元山》的戏可怎么是好？"

惠霖恩近前低声禀告："掌事，升平署派人已经报进宫里。"

其中一位御医脸上一副无奈告罪的神情对边冷堂说："边大人，姜师傅看似腰伤，其实是五腹六脏内里已经震伤，卑职们实在无能，恐无力回天了。"

边冷堂略一沉吟，回过身走到姜玉瑛的手把徒弟麒麟儿跟前，弯下身来，语气温和："贵如、那书香你俩进去，你们师傅有话要说。"

麒麟儿、那书香站起身，慌忙走进房内。

病榻前，姜玉瑛在那书香的搀扶下从睡榻上费力地坐起身。姜玉瑛爱抚地摩挲着那书香的头顶，仿佛看见自己当年的身影。告诫那书香只有先把家门沉冤压在心里，好好学戏，成了角儿，唱到太后跟前去，方可求恩典，为父鸣冤昭雪。自己因腰伤以后教不了他俩了，但凡以后无论跟着谁学戏，有一句话一定要牢记，那就是师傅领进门，修行在个人，要懂得"山后练鞭"的道理。

姜玉瑛再次叮咛麒麟儿和那书香，升平署环境险恶，你们还小，以后无论指定跟谁学戏，一定要多加小心，同是师傅授艺，讲究的却是"真传一句话，假传万卷书"。

姜玉瑛用目光指向榻边的一只扁扁的巴掌大的锦盒，麒麟儿会意，将那只锦盒取了过来。姜玉瑛让麒麟儿打开锦盒，锦盒里放着一只绣像荷包，荷包用五彩丝线绣出一个身扎大靠、大额子、脚蹬厚底儿提着大枪的俊扮美少年，扎着大靠的美少年身后的四面靠旗上附着彩色飘带。

姜玉瑛告诉她的两个手把徒弟，这个人物是《挑滑车》戏里的高宠，唱下这出戏才能成为大武生。

《挑滑车》是武生的重头戏，梨园行里不知始自何年便有了约定俗成的一个说法，唯《挑滑车》演下来，方能称其为大武生。南昆北昆都有此剧。剧中除有繁难的"起霸""走边""枪花""摔岔""僵尸"外，还要边舞边唱昆剧的曲牌。

高宠挑滑车，为了表现高王爷的"座势"，进而刻画人物性格，不知是哪一辈的大角儿琢磨出"倒步鹞子翻身"，那高宠扳枪倒提柳转身，急速箭步高高地起范儿时，突然猛地摔跌下去，顺着跌落的趋势，借势"靠旗扫地"。

翻过荷包另一面，绣像绣的是高宠以身体做轴，横向滚动，靠旗连同飘带翻卷飞扬，潇洒优美。绣像采撷了高宠《挑滑车》戏中的一个动作的瞬间——一个异常快速的凌空的贴地翻身，迅如疾风，连带四面靠旗紧贴着地面扫了过去。

"这个招式……就……就叫'靠旗扫地'，师傅当……年就是练习……这个招式，腰才受……的伤……你以后……要小心。"姜玉瑛用手攥着麒麟儿的手，喘息着说，"贵如，告诉你师爷……孙福喜，师傅再不能给他老人……家尽……孝了。"

看着自己的两个手把徒弟，姜玉瑛眼里充满泪水："有句话，师傅一直没……有告诉你俩，师傅……的师傅，也是你俩的师爷……就是普天同庆本……家班正掌事孙福喜……贵如进内廷……承应戏，一定要将这……个荷……包交给师爷。"

姜玉瑛正工刀马旦，就是因为练习这"靠旗扫地"的招式从而伤及腰。说到这里，姜玉瑛再提一口气，告诉麒麟儿，让他记住，师爷孙福喜长靠短打二十四招式，一定要学会。

麒麟儿明白师傅姜玉瑛的用意，小手攥着荷包大声告诉姜玉瑛："师傅，您放心，贵如一定要练成这绝活儿。"

那书香啜泣着说："师傅放心，香儿一定要唱会《乾元山》！"

姜玉瑛说话的声音渐渐微弱下去。

房门外响起杂沓的脚步声，听声音院子里又进来很多人。

院子里响起慈禧贴身侍女春苓子圆润清亮的嗓音："奉圣母皇太后懿旨，特来看望箫韶九成班教习姜玉瑛。"

房门被打开，边冷堂举手肃客，春苓子走了进来，身后跟着两个精奇嬷嬷，手里捧着赏赐的滋补品和衣料。春苓子急趋床榻前，那书香和麒麟儿脸上淌满泪水，转过身并排跪了下来。麒麟儿哭着告诉大家，师傅姜玉瑛已经谢世。

第六十四章

为左宗棠收复新疆，宫内排开阵势，大肆庆贺，连演大戏一十五天。

普天同庆班在宁寿宫畅音阁搬演吉庆戏《十三太保》。副掌事崔玉贵趁正掌事孙福喜有事离开，偷觑坐在对面阅是楼看戏的两宫太后神情愉悦，遂灵机一动，擅自决定加演《得胜回朝》戏码，自己扮上后，率众把个［五马江儿水］的牌子曲唱得特别响亮雄壮，回场跑得特别欢，尤其最后一段即兴的趟马，把戏推向高潮。

戏台对面阅是楼的御座上两宫太后饶有兴致地正在看戏，李莲英匆匆走进跪禀两宫太后："接养心殿寇连起禀报，左宗棠去养心殿谢恩，等了大半个时辰，可是万岁爷不知跑哪去了。范长禄吓坏了，眼下带着养心殿和敬事房的人四下里满世界的正在找万岁爷呢。"

慈禧听罢，脸色一沉，并未说话，仰脸抬头装作在看戏。李莲英明白，西边儿肯定动了怒。

慈安有些嗔怪范长禄，埋怨地说："要说起来，这个范长禄当初就不愿意接伺候皇帝这个差事，仗着自己在宫里的年头长，整天倚老卖老。前两年，皇帝小，愿不愿意也得听他摆布，现在皇帝一天天地长大了，自己个儿也有了主意，范长禄一定觉得自己的话不好使了。看看，这不是顶上牛了,皇帝一定是受了委屈,这才想起捉猫猫这招,让老范着着急。"

慈安说到这里,大概是想起载湉清秀瘦弱又机灵的模样,不由得笑了起来。

慈禧见东宫在埋怨范长禄,本无意为范长禄开脱,只是碍于东宫有话,自己又不能不接着,于是假意愠怒:"姐姐说的是,长春宫太监里面就数范长禄岁数大,比较稳重,性子慢,又是一身婆子气,像个女人,想来对皇帝应该有个耐心烦儿,这才将他调往养心殿。最近这是怎么了,越发地倚老卖老起来,还敢怠慢差事,这个范长禄是应该说说了。"

"可皇帝这个不服管的毛病也得板板,再说今天到底是因为了什么还不知道,先着人去找,找见了皇帝再说。"慈安到底心软,说归说,做归做,对范长禄也不能硬来,他伺候皇帝好歹也有几年了,真要撤换了他,说不准皇帝身边还舍手呢。想到这里,慈安平复了一下自己的心绪,决意要把这件事平息下去,吩咐李莲英说:"还不赶快加派人手再去找!"

漱芳斋升平叶庆戏台一侧的扮戏房。升平署内头学戏班子的人正在往房内搬运衣箱和砌末,为后天的承应戏做准备。大日子口上承应的戏码排场也大,自然是衣箱多、砌末多。

箫韶九成班子自起班以来,进宫承应这是头一遭。娃娃生麒麟儿、溪玥等人也在其中,武青羊催促支使众人加紧干活。

孙福喜瞅了个空子出了宁寿宫,身后跟着个长随小太监,直奔漱芳斋而来。进了漱芳斋,一眼就瞅见扮戏房那里扎着一堆人。

孙福喜慢步走了过来。

武青羊抬头看见一个中等身材不胖不瘦匀溜个、穿着高勒靴子、有品秩的老太监走过来,转身迎上,规规矩矩给孙福喜请了一个安:"升平署箫韶九成班教习武青羊,率班正在搬运衣箱砌末,请问这位爷是——"

未等武青羊的话说完,孙福喜身后的长随小太监上前一步很不客气地说:"真是勤儿得慌,不认识别瞎打听,这就是长春宫普天同庆班正掌事孙福喜孙爷。"

武青羊一听,心里一颤,不想在此间竟遇见了这位梨园行风闻多年传说中的大武生泰斗,梨园名宿。

武青羊意态恭敬,再次抱拳,连连说着:"久仰久仰。"

孙福喜却是一副爱搭不理的神情,将武青羊晾在一边儿,自管自地向着正在往扮戏房里搬运衣箱砌末箫韶九成班的人沉声询问:"哪个是姜玉瑛的手把徒弟?"

"贵如,贵如。"扮戏房里麒麟儿正在高处码放砌末,同班的江南伶童溪玥急急走了进来告诉麒麟儿,"外面来了一个老太监,说要见姜玉瑛师傅的手把徒弟呢。"

麒麟儿一听,一个"倒拾虎"翻下砌末垛,走出扮戏房。抬眼一看,院中摆着架子背手站着一个老太监,身后跟着一个长随小太监。麒麟儿近前几步,向着孙福喜一抱拳,自报家门:"升平署箫韶九成班学生贵如见过孙掌事。"

孙福喜对麒麟儿上下一打量,沉声说道:"跟咱家来。"

孙福喜说完,径自向院外走去。

麒麟儿见状,朝着武青羊一抱拳,算作打了招呼,跟着走出漱芳斋。

普天同庆班演戏的太监平日练功和睡觉安排在紧挨着漱芳斋的重华宫厨房后面的一溜配房。绕过影壁,一溜配房顶头的那一间是普天同庆班的公事房。

麒麟儿随孙福喜进了公事房，纳头便拜，口称师爷，抹着眼泪哭诉师傅姜玉瑛临去世前的情形。孙福喜蔼颜可亲地上前搀扶起麒麟儿，将他揽在身旁。麒麟儿从怀中掏出那只扁扁的锦盒，交到孙福喜手中。

孙福喜颤抖着手慢慢打开锦盒，拿出那只绣像荷包，一抬手，只见那个长随小太监返身从里间屋里捧出一只长方形带抽盖的老榆木匣子。匣子看上去古旧得极不起眼，就是老百姓家用来盛装针头线脑儿小杂物的。

孙福喜拉开匣子上面的抽盖，匣子里面整整齐齐码放着二十三支京绣彩色绣像荷包，绣着各种不同的武生动作，每只荷包的形状如同麒麟儿代姜玉瑛交还给师傅的那只一模一样。现在，孙福喜将这只荷包小心翼翼地插放进那些荷包的行列中，慢慢将匣子的抽盖推了回去。

麒麟儿告诉师爷，为了告慰师傅，他一定要唱会挑滑车的高宠，一定要学会高宠的这招"靠旗扫地"，也一定要把这盒子里长靠短打的二十四招式全部学会。

孙福喜颔首不语。

麒麟儿拜辞师爷孙福喜。孙福喜吩咐长随小太监要将麒麟儿送回漱芳斋。一路上，麒麟儿向长随小太监打听师爷孙福喜那只匣子里的荷包上的招式。长随小太监只说自己是伺候掌事吃饭睡觉的，至于那二十四招式，他也知道得不很清楚，只知道有什么"一手耍念珠""打八件""飞剑入鞘""翅子功"，还有什么"五官移位""鲤鱼打挺""撒火彩""靠旗扫地"……听起来，果然是招招绝活儿，真是叫人又爱又恨。说着话，到了漱芳斋，长随小太监转身回去了。

走进漱芳斋，里面一个人影儿也不见，院子里静悄悄，一点儿声息也无，殿宇高大，显得分外空旷，此刻，四围静得有些瘆人。班子里的人也不知道是什么时候离开的。

麒麟儿推门走进扮戏房，看见靠窗那只长长的条案一端放着一个手帕包，触手一摸里面是吃食。麒麟儿认出那是溪玥的手帕。一定是想到他跟师爷孙福喜走得急，临走没有留下任何话，又不知何时回来，担心他挨饿，所以把她自己中午吃的干粮留给了他。

环顾了一下房内，不见一把椅子，麒麟儿向上轻轻一纵，轻巧地盘腿坐在条案的一端，打开面前手帕包，里面包着三个煮鸡蛋、一个窝窝头，手帕角上果然绣有"溪玥"二字。

麒麟儿拿起一个鸡蛋，刚想在条案沿上磕一下鸡蛋皮，猛然间，扮戏房房门"砰"的一声被推开，一个面目极是清秀、忽闪着两只大眼睛与自己年纪相仿佛的男孩子一步跨了进来。男孩子的突然闯入，使得坐在条案上的麒麟儿还真被吓得激灵了一下。

那男孩子进屋后，迅速回身向外又左右张望了一下，将房门紧紧关好。

麒麟儿一见进来了人，不用问，铁定是宫里头的。他手里攥着鸡蛋跳下了条案，粗略地上下打量对方，发现那个男孩子也正在打量自己。

进来的男孩子身穿黑红色马褂，服饰领口紧扣，领口转圈明黄色，一边儿绣着一条圆金线织暗纹侧面行龙。

麒麟儿心里"咯噔"一下，眼前站着的不就是皇上吗？

麒麟儿手里攥着鸡蛋顾不得放在别处，双膝一弯就要行大礼参见皇上，有些慌乱地说："升平署箫韶九成班官学生贵如给皇上请安。"

话还未等说完，不想被刚进来的那个男孩子伸手扶住。

两个孩子相互注视，似乎已经依稀辨认出对方。

载湉恍惚中还记得什么，试探地问道："当前接朕进宫时，路过太平街东口，大雪纷飞中，站在一个宅子大门洞里的孩子就是你？"

"皇上真是好记性！"麒麟儿由衷佩服地说，"那晚不知何故，躺在炕上突然就醒了，就想着去大门口瞅瞅。果不其然，皇上坐着轿子正巧经过我家门口。"

载湉高兴地说:"这是心意相通,你赶到大门口就是来送朕进宫。"

载湉今日在毓庆宫读书,因想念回南去修母坟的师傅翁同龢,不肯好好将书朗读出来。范长禄总在耳边絮絮叨叨地要万岁爷好好用功。载湉听得烦了,索性负气跑出了毓庆宫,跟范长禄玩起了捉猫猫,躲来躲去,躲进了漱芳斋。半天过去,忘记了用膳,此刻看见麒麟儿手里的鸡蛋和放在条案上的窝窝头,不由得饥肠辘辘起来。

麒麟儿看见皇上两眼直勾勾盯着自己手里的鸡蛋发馋,立即将条案上手帕里的鸡蛋递给载湉,二人剥开鸡蛋皮儿,香甜地吃了起来。

吃完鸡蛋,载湉看着放在条案上手帕里的窝窝头,感到有些新奇,对麒麟儿说:"你们箫韶九成班吃得还真不错,栗子面的窝头可比宫里头御膳房做的大得多。"

"回皇上话。"看着皇上一本正经的神态,毕竟是在君前,麒麟儿想笑又不敢笑,"栗子面儿的窝头贵如只听说过没见过,这窝窝头是棒子面儿的。"

"棒子面儿的?"

"棒子面儿就是老玉米磨成的面。"看得出,皇上是第一次知道什么是"棒子面儿",麒麟儿拿起窝头一掰两半,递一半到载湉手里,"请皇上尝尝。"

载湉咬着生平第一次吃到嘴里的窝窝头,很是赞许,咕囔着说:"咦,这棒子面儿的窝窝头真的很香哦,贵如,等你下次来宫里,朕让人给你做几个像这么大个的栗子面的窝窝头,也让你尝尝。"

两个孩子相视,大声笑了起来。

一人一个鸡蛋、半个窝窝头三两口便下了肚。吃完后载湉抹抹嘴,意犹未尽,伸手拿起还放在案子上的剩下来的那个鸡蛋,放进兜里,对麒麟儿说:"翁师傅就要回来了,朕要把这个鸡蛋留给翁师傅吃。"

麒麟儿大惑不解，翁师傅是御书房皇上的老师，当朝一品，那么大的官，什么没有吃过，难道还稀罕一个鸡蛋？刚想问问皇上，看到皇上对这个鸡蛋一副十分珍惜、郑重其事的样子，话到嘴边，又生生给咽了回去。

载湉感觉到麒麟儿奇怪探询的目光，赶忙对麒麟儿解释道："听首领太监范长禄说鸡蛋可贵了，一两银子一个，朕拿范长禄的话去问翁师傅，翁师傅说他平时也都舍不得吃。"

麒麟儿知道这是太监欺负皇上年纪小，在调理作弄皇上，翁同龢又整日不在皇上跟前，没有办法，只有顺着范长禄的话说。

看见皇上一本正经非常认真的样子，麒麟儿终不忍说破。

载湉自打四岁进宫，身边环伺左右的除了伺候他的两个小太监，其余所见者皆太后嫔妃、宫女太监，除了书房师傅，偶尔见见王公大臣。偌大紫禁城，就属他年龄最小，个头最矮。

载湉今天跟自己同年同月同日同时辰而生的麒麟儿不期而遇，又知道以后麒麟儿可以趁进宫承应戏时，或是借口进宫跟孙福喜孙师爷学戏，这样就可以常常见面，心里甭提有多高兴，也不知道如何招待自己今生认识结交的第一位朋友，想了想决定带麒麟儿到自己念书的地方毓庆宫去看看，顺便也让麒麟儿认认路。

载湉带着麒麟儿从漱芳斋溜了出来，七拐八拐来到了毓庆宫。

麒麟儿第一次看见并知道世上还有这么一个到处堆满书籍的地方。

夕阳西下，晚暮余晖笼罩着紫禁城，投射在毓庆宫书房锦支摘窗子的格棂上，洒下一片温润斑驳的光影。

走在毓庆宫的院子里，这里的一切显得异常空旷与落寞。

眼看暮色将沉，范长禄带人重又转回了漱芳斋来寻找万岁爷。看见扮戏房内条案上吃剩下的鸡蛋皮，范长禄不知道这鸡蛋到底从何而来，但是他判断万岁爷一定是来过这里，站在条案前"进了鸡蛋"后却又走了。

范长禄急得直跺脚，连声催促其他太监点上灯笼再去四处寻找。

月亮升起来了。好大一片月亮地儿。

载湉觉得藏起来和太监们捉猫猫，不但好玩，还可以惩戒"范婆婆"，于是带着麒麟儿趁着月色重又回到漱芳斋。刚刚走进院子，忽听扮戏房里有了响动，"噌"的一声，那是轻微的一声锣响，二人吓了一跳，但两个孩子并肩站着，互相壮胆，看神情并不害怕。

扮戏房内黑洞洞的，怎么会有锣响？

载湉小声告诉麒麟儿说："刚才这一声响是敲在了锣帮上。"

侧耳细听，紧接着又是"噌"的一声，余音未息，载湉说："这一声是敲在了锣心。"

麒麟儿忽然发现小皇上耳音甚好。

接下来，扮戏房里又传出轻微的南堂鼓声，声音不高，断断续续。麒麟儿猛然想起了什么，拉着载湉跳上戏台，二人伏身在戏台的氍毹上。麒麟儿凑在载湉耳旁低声说："这是彩娃子在玩耍，看样子就要出来了。"

载湉蒙了头，问道："彩娃子是什么？"

麒麟儿小声说："就是戏班子里每次唱戏，放在后台大衣箱上的一个用布做的娃娃，班子里的人还给他烧香，求他保佑别把戏给唱砸了。"

载湉恍然大悟道："敢情是这样啊。"

麒麟儿将声音压到最低："彩娃子就是梨园行里的大师哥，伶人上台唱戏前都要拜拜他，他会保佑在台子上唱戏的伶人。听教习的师傅说，在有月亮的晚上，夜深人静的时候，这大师哥才会从大衣箱里钻出来玩耍。彩娃子很警觉，有一丁点儿的响动他就躲起来。师傅说过，彩娃子高不过三尺，戴着一顶红帽子，也是一个淘气鬼，喜欢在大月亮地儿里绕着圈儿地跑。有时候，在那些个衣靠盔杂箱里或是砌末行头后面，如果有轻微的锣鼓声响起，千万不要去看，那就是彩娃子在玩儿，师傅说，能看见彩娃子玩耍的伶人，日后必定成角儿！"

随着麒麟儿的话音儿，"吱扭"一声，扮戏房房门被推开一条窄窄的缝隙，一个尺余高头戴红帽子身穿彩色衣裤的彩娃子溜出了房门，大月亮地儿里，彩娃子在跑着圈儿地玩耍，而且圈子越跑越大。

戏台上，载湉和麒麟儿伏身氍毹上，惊奇地睁大了双眼，屏住气息，生怕惊扰了彩娃子。彩娃子跑圈越跑越快。

戏台上，伏身在氍毹上的载湉悄声对麒麟儿说："朕今天算是见着你们的大师哥了，以后朕也要学戏成角儿。"

"回皇上话，听教戏的师傅说，要想成角儿，文戏武戏加一块堆儿，得能唱二百出戏以上才成。"

"这倒是第一次听说，看来朕这角儿是当不成了。"

"怎么？"

"你想想看，朕眼下当了皇上，天天得念书，再往后长大了还得天天看折子，怕没有这么多工夫学戏了。"

远处，隐约传来太监们的呼喊声："万岁爷，您出来吧，奴才们知错啦！"

声音传来，听见响动，彩娃子倏忽一闪跑回了扮戏房。外面，杂沓的脚步声越来越近，载湉和麒麟儿继彩娃子之后，也闪身躲进了扮戏房。

太监们打着灯笼再次涌进漱芳斋，院子里灯火如白昼。

有太监高举灯笼再次走进扮戏房搜寻皇上。扮戏房内瞬间被灯笼照亮，到处是码放着的戏箱、砌末，数排衣架上挂着一排排套着行头的傀儡，载湉在麒麟儿的带领下藏进了行头里面，夹在挂着的傀儡中间，瞪着眼睛一动不动，冒充傀儡，鱼目混珠。

灯笼在眼前划过，太监们愣是没有看出来，吵吵着、叽咯着、相互埋怨着离开了漱芳斋。

闹哄哄的太监们走了，漱芳斋复归静寂。

刚才的经历使载湉觉得颇有意思。现在载湉和麒麟儿两个人坐在戏台前的大月亮地儿里，各自说起自己的身世。麒麟儿从胸前掏出严卯，载湉掏出刚卯，两只小手各托一卯，凑在一起，月光下，一模一样，俨然一对。麒麟儿说火凤儿姑姑告诉他，这是在他百日那天，是醇亲王府嫡福晋赏赐并亲手给他戴上的。

载湉想起了父母，泪水浸润了眼眶，载湉对麒麟儿说："你从小就没有了爹和娘，算作孤儿，朕虽有阿玛和额娘，但又和没有一样，也应算作孤儿。"载湉说着话，用手背抹去就要掉下的眼泪。

看着呆伏在黑黝黝夜色中的重重殿阁，给人一种永远走不出去的感觉。

二人各自想起了在太平街儿时的光景。载湉说起了下雪天在醇亲王府西花园和嬷嬷麻婴姑一起支起笸箩逮麻雀、在祁慧苪的背上骑大马，夏天的夜晚，扑住流萤做一个蛋壳灯笼，流萤尾部发出那微弱的荧光，隔着蛋皮一闪一闪透出来，十分迷人。还有进宫那天晚上，他临上轿时，额娘拿给他吃的一块"搓条饽饽"，心里记着的滋味是那样的好吃，进了宫，从此就再也没有吃到过那种滋味的好吃的"搓条饽饽"了。

麒麟儿说他也最愿意吃家里厨房耿婶儿给他做的一种蜂糕，记起查万响嘿儿搂着他逛庙会，他和霞衣、霞锦姑姑玩藏猫猫，他躲进喂羊的草堆里，一动不动，天都快黑了，霞衣姑姑找不见他，吓得都哭了起来。

月亮升起来了，大月亮地儿里明晃晃亮光光。

麒麟儿为安慰载湉，一纵身跃上漱芳斋戏台，表演各种筋斗把式，看得载湉是目眩神动。

这时，杜之锡和寇连起相跟着找回漱芳斋，一见万岁爷盘腿坐在院子当中的月亮地儿里，正在看升平叶庆戏台上升平署的一个伶童在翻串筋斗。

二人跪求万岁爷速回养心殿，杜之锡出主意说："奴才们将今晚之事谎称作是万岁爷捉猫猫，原本哪儿都没有去，只是藏在了养心殿的御案下，后来在不知不觉中就睡着了，错过了时辰。"

听起来这通谎话如果明儿个两宫责问下来，尚还能自圆。

万岁爷听罢点了点头，算作同意。皇上与养心殿一众太监捉猫猫的斗争最终以万岁爷答应回到养心殿而告终。

此时，宫门已经下钥，想到因为玩耍，竟将麒麟儿出宫这件事置之脑后，载湉索性要麒麟儿留宿养心殿。吓得杜之锡、寇连起再次跪下以头碰地，大有忠臣死谏的意味，寇连起哭丧着脸说："万岁爷，这要让长春宫那边知道了，养心殿连同'范婆婆'一体都是活不成的。"

载湉有些着慌，情急之下，杜之锡猛然想起，当年他随侍先帝爷同治，先帝爷为了微行出宫方便，曾在御花园那边开有一处随墙门，十分隐秘，借此可以送麒麟儿溜出紫禁城。

分别在即，二人依依不舍，麒麟儿答应皇上，下次来一定再给皇上带几枚用手帕包着的鸡蛋。载湉答应麒麟儿，等下次来时，一定让御膳房给麒麟儿做几个栗子面的大窝窝头。

第六十五章

升平署西院里箫韶九成班伶童们的早课开始了。

伶童们从各自房间走出,大家默不作声地走向氍毹铺就的练功的地场,麒麟儿、那书香也在其中。

早于伶童们到来的教习武青羊叉腰站在氍毹边上,看见麒麟儿过来,有些没好气儿地问他昨天晚上什么时候从宫里回来的,并让麒麟儿和那书香去趟公事房,说副掌事惠霖恩找他俩有话说。

麒麟儿和那书香走进公事房,坐在案子后面的副掌事惠霖恩阴鸷的目光盯着麒麟儿,盘问麒麟儿:"昨天在宫里是不是孙福喜把你带去普天同庆本家班了?"

麒麟儿如实回答了惠霖恩的问询,他是完成师傅姜玉瑛临终前的嘱托,将一只锦盒交给师爷孙福喜。

"锦盒里盛着的是什么,是不是一只绣像荷包?"

"回副掌事的话,学生实是不知。因是师傅遗物,学生只是遵照师傅临终遗嘱原封不动地将那只锦盒交与师爷。"

不承想,惠霖恩一拍案子,厉声呵斥麒麟儿:"你个小小年纪,整天鬼头鬼脑,少在这里一口一个师傅师爷地叫,姜玉瑛是在和武教习比试时因自己受伤过的世,收你和那书香为手把徒弟的拜师礼未成,署里也未记档,是做不得数的,至于孙福喜是你俩的师爷更是无从谈起。从今往后,武青羊教习是你和那书香学戏的师傅。后天进宫承应戏,你俩不用去了,班子里为刻傀儡给阴沉木'返阳',你俩从今天起就去'焖窑'那边帮着西苑打水什么的干些零活。"

武青羊知道索万红今天回娘家,歇了早课晨练,急匆匆来到灯草胡同索家班要见索万红。师弟罗震告诉武青羊师傅师娘回山东老家去了,拉扯着大师兄让他进来说话,武青羊多少有些难为情地止步大门前。

罗震只得将正在练功的小师姐索万红叫了出来。

"师兄——"索万红出来面对武青羊,眼圈一红,声音哽咽,便说不出话。

武青羊见到索万红顾不得叙旧,将自己处心积虑的盘算讲给索万红听,要索万红明天带童麟熹一起进宫承应一出戏码《三娘教子》,机会千载难逢,尤对童麟熹来讲,若能在太后皇上面前露露脸,报上姓名,在梨园行里不仅是天大的荣宠,对以后处世立身的前程也是大有裨益的事情。

索万红非常高兴,当即给大师兄福了一福,表示感谢。

武青羊让索万红即刻带上童麟熹去索家班的演出场子,他要在台子上给童麟熹再说说戏、拉拉"熟",进宫承应戏,那可是一丁点都错不得。

索万红说,一大早霞锦带着童麟熹回太平街老宅接上陆盼儿,然后去逛隆福寺的庙会。

事不宜迟,武青羊和索万红拔脚奔了隆福寺,要找童麟熹回来准备明天进宫的承应戏。

隆福寺庙会,又是一天的热闹。

一处卖金银首饰的摊铺前,霞锦带着童麟熹和陆盼儿在挑选各种金银制品的长命锁。霞锦为童麟熹挑选了一个大个的长命锁,也为陆盼儿买了一个站直了身体迈开大步的铜蛤蟆,铜蛤蟆身后拉着一辆长杆两轮小铜车的小摆件。

相隔不远的摊位上传来"拉大片"的每唱完一景都要敲锣打鼓"咚咚锵"的锣、鼓、钹三件打击乐器的声响。陆盼儿执意要去看"拉大片"。童麟熹和陆盼儿在霞锦的招呼下,穿过你来我往赶庙会的人群,向着"拉大片"的摊子前挤了过来。

"拉大片"的摊位上,一个约六尺高六尺宽的大木柜,柜的前面有四个直径五寸的圆洞,洞上安了凸透镜,柜子的一侧安装有锣、鼓、钹。镜前放有条凳,观者坐在镜前可用手遮着光,透过柜子上的圆洞,窥看到柜里的画片。柜内通常装有十数张以"西湖十景"或历史、民间故事为题材的画面,"拉大片"的艺人在用绳索上下拉动替换画面的同时,配上锣鼓钹等响器,演唱与画面内容相符的唱词。

"拉大片"柜前里外三层地围着一群小孩儿,大家都是在等着观看"拉大片"。虽然没有排队,但是站着等看"拉大片"的孩子们却也知道先来后到,先来的靠前,迟来的靠后。

霞锦带童麟熹、陆盼儿等在那里,一拨一拨看看就要轮到的时候,条凳空了出来,童麟熹拉着陆盼儿走上前来,突然,从旁边过来了一个八九岁和一个十一二岁的孩子,这两个孩子衣着华丽,却是一副横霸强梁的举止,用手推开陆盼儿,不由分说一屁股坐下就想先看"拉大片"。

童麟熹反应机敏,就在那两个孩子屁股就要挨着条凳的一刹那,伸出脚来,用脚尖钩住条凳的横掌,轻轻向侧面一拉,两个孩子坐空,双双跌坐在地上,周围的孩子们哄堂大笑。

跌坐在地上的两个孩子正是方家园桂公府上的两位小爷,哥哥德恒、弟弟德祺。这两个孩子生在侯门长在王府，打小就锦衣玉食地供着，美侍豪仆地伺候着，颐指气使，任性而为，早已骄纵惯了，没想到今日里吃了这么一个亏，岂能善罢甘休。

"拉大片"的掌柜葛四宝赶紧过来劝解，扶正条凳，伸手拉起德恒。德恒借力一翻身站了起来，顺手一把拉起了弟弟。德恒站在童麟熹面前，高出童麟熹整整一头。德恒并不说话，照着童麟熹的脸抬手就是一巴掌，童麟熹瞅准对方扇过来的手掌尖，微微一仰身，让过这一巴掌，向后退了一步，刚待说话，不提防桂公府大管家胜铁从后面伸过两只大手，将童麟熹两臂紧紧箍住，使童麟熹动弹不得。童麟熹明白，捉住他的人估计就是对方带来的下人。头顶上，箍住他两臂的那个人果然在对对方说："大爷，您就放心地掌他嘴，直到您消了气。"

德恒走上前来，掌嘴童麟熹，"啪啪"地左右开弓。

"拉大片"的木柜前，一大群孩子乱了营，有看热闹的，有为童麟熹抱不平的，七嘴八舌地嚷嚷着。葛四宝朝着胜铁连连抱拳替童麟熹求情。

"不许你们打我熹哥哥。"陆盼儿急得直喊，冲上来，却被德祺拦阻，又被德祺推了一个腚蹲儿，坐在地上"哇哇"大哭。霞锦扶起陆盼儿，在一旁向着用双手箍住童麟熹的桂公府大管家胜铁哀求。

桂公府大管家胜铁用双手紧紧箍着童麟熹的双臂，德恒掌嘴童麟熹，已经有了七八下，还要再掌，忽然眼前一暗，一个人用身体横挡在他的面前，德恒扬起手用力掌嘴的这一巴掌，却狠狠地扇在了那个人的腰间。

原来是武青羊和索万红为明日进宫承应，急急来到隆福寺庙会寻找童麟熹，恰巧走到这里，听见纷攘吵闹声，近前一看，武青羊大吃一惊，抢先一步站在了德恒面前，护住了童麟熹。武青羊掉过身来，冲着胜铁一抱拳，脸上堆满了笑，自报家门，请胜铁放手，无论怎样，都是小孩子打架，童麟熹倘若哪里做得不对，自会带回去严加管教。

胜铁依旧不依不饶，沉着脸说，一般小孩子打架倒也稀松平常，算你们倒霉不长眼，谁让你们得罪的是桂公府的两位小爷。

不得已，武青羊说出童麟熹是索家班的伶童，明天要进宫承应戏，打坏了这孩子的脸，明天戏要唱不成，两宫怪罪下来，大家都不好交代。

胜铁连声冷笑说这孩子明天进宫承应戏，既然这样，不打他打你，你自己掌嘴十个，今天这事儿就算拉倒扯平。

武青羊二话不说，面对胜铁，在众目睽睽之下，名满京城梨园行的长靠武生举起左右手"啪啪"地掌起自己的嘴来，一下一下声音清脆。

索万红、霞锦用手拢着童麟熹和陆盼儿，大家含泪看着，爱莫能助。此时的索万红已是泣不成声。

夜晚，老内务府南花园，几段破旧墙垣当中的一片空地。

"焖窑"四周灯笼高挑，窑口内炉火熊熊。老七头儿站在窑顶上手持圆木桶正在往窑里浇水，脚下的窑顶上水雾环绕，一片蒸腾。

"焖窑"旁边的地场上停着椭圆形底部带有圆木塞的取水的水车。四部水车一字排开。那书香在一辆水车处接水，提着送到"焖窑"中部砖石砌就的台阶前，台阶直达窑顶。麒麟儿接过那书香送来的水桶，蹬阶而上，将盛满水的水桶交到老七头儿手里。

九路车一身王府苏拉的装束，手里提着酒罐子和一只食盒走了过来。九路车找块干净的地方将酒罐和提盒放下，招呼老七头儿三人过来歇歇："师傅，您过来歇歇吧，这四车水够用到明儿早上的。"

四人团团围坐，背后"焖窑"窑口内炉火熊熊，老七头儿在孩子们的央求下，接茬儿讲起了傀儡的远祖祖师爷一人一计、救汉高祖刘邦脱困的故事。

"焖窑"窑口的火光一闪一闪。距窑口不远处的窝棚里，那书香和九路车各自胡乱盖着一条薄被早已睡熟。老七头儿正在给麒麟儿讲授傀儡雕刻的技艺。

一般傀儡雕作讲究的是三雕七画。老七头儿说咱们师门在杖头傀儡技法上讲求的却是七雕三画，杖头傀儡大小高矮似人，这活儿要命的地方全在傀儡头的五官上看火候，傀儡头的雕作，关窍在于雕作者对于所雕傀儡人物性格的理解，一举手一投足，音容笑貌，乃至眼神顾盼之间的流睇转动，都要了然在胸，默识于心。雕作傀儡头时，最重要的是傀儡之面孔，面孔讲究的是"五形三骨，拟容取心"。

雕刻傀儡的用木，同样至关重要，木质纹理有如人之皮肤，亦有讲究。一段木料，看似笨拙，雕作者的刻刀刀尖儿在木料上划动，抠、挑、剔、削，就在这不经意间，木料浅浅地呈现出了五官，随着眉眼的刻作，雕作傀儡者与手中逐渐成形的傀儡相互间渐渐有了一种灵气。如是雕作完成，傀儡就有了灵魂，傀儡与雕作之人心意豁然贯通，正所谓相由心生，傀儡之相，恰由雕刻者心生。

"迷、悟、真、妄"，匠人与大师之间的区别其实就在意念中，微妙感应存乎于一念之间，有如电光石火，白驹过隙。两相比较，作品完成后却是相去十万八千里，人家那活儿已经把木头"做活了"，傀儡形神兼备，惟妙惟肖，你这里却还是"呆若木头"。

老七头儿讲得很是细致，麒麟儿以手支颐，听得专注。老七头儿时而观察着窑口的火候，时而抄起九路车送来的酒罐子仰脖儿灌上一大口。

夜深了，看着窝棚里已经熟睡的三个孩子。老七头儿仰脸看看天上的三星，估摸着时辰，站起身，悄悄走出了内务府南花园。

在一段破旧墙垣的黑影里，曲六如赶着他那辆驴车，蹲在墙根儿那里，正在等候老七头。车上放着黑毛毡紧紧裹着的一段木头。旁边还放有镐和铁锹之类的工具。

老七头儿走过来，并不答话，只将那段木头扛在了肩膀上。

曲六如抱怨说："这木头桩子死沉死沉的，山道摸黑儿忒难走，往回送时，你自己去吧，老道可以把这驴车借给你。"

"那就说定啦！"老七头儿说完扛着木头转身就要回去。

"老道一路上就是想不明白。"曲六如一把拉住老七头儿，"你是怎么知道这木头一定就埋在那地方的？"

"天机不可泄！"老七头儿从身上摸出几块散碎银两塞进曲六如手里，"老道，快回庙里去睡觉，天都快亮了，这是明儿个齐醮的钱。"

武青羊从隆福寺庙会上舍脸掌自己嘴为童麟熹解围之后，与索万红商定，便直接将童麟熹带回了箫韶九成班他下榻的地方。就在升平署武青羊所住官廨内，武青羊与童麟熹将明天要唱的承应戏"拉熟"了以后，又为童麟熹详细讲解其他的动作要领，童麟熹悟性很强，一教就会，一学就懂，一点就通，一说就透，武青羊大为高兴。

看看时辰不早了，武青羊催促童麟熹赶快闭上眼睛好好睡一觉，撑死再睡两个时辰，明天天不亮就要进宫伺候去唱承应戏。

天刚蒙蒙亮，童麟熹被武青羊叫了起来，简单地洗漱完毕，就随升平署的箫韶九成班进了宫。巍峨层叠的楼台殿阁，看得童麟熹眼花缭乱，目不暇接。

在宁寿宫畅音阁大戏台一侧的扮戏房内，惠霖恩带着武青羊和童麟熹拜会了他的同门师弟崔玉贵。

刚刚落座，畅音阁戏提调管事太监双齐走进来附耳崔玉贵，小声嘀咕了几句。

崔玉贵眼风一扫惠霖恩："师兄，万岁爷要来看戏，升平署的箫韶九成班有承应《双官诰》中的一出折子戏《三娘教子》，娃娃生一角儿怎么换人了?"

惠霖恩急忙说出原委,童麟熹十分聪明伶俐,应答崔玉贵的校考问话又十分得体,很招崔玉贵的喜欢。崔玉贵当即解下身上挂着的一只玲珑玉佩送给了童麟熹,算作见面礼。询问了童麟熹的家世出身,知道童麟熹的母亲就是当年誉满京城的大青衣雏凤青。又得知几年前在漱芳斋索万青曾为傀儡戏三义班"钻筒子"、承应折子戏御制皮黄本《冒名进鱼》。此时,崔玉贵的态度更加殷勤起来,并且立即叫来了戏提调管事太监双齐,将童麟熹的名字写进了供两宫太后御览点戏的戏码单子里。

畅音阁的戏台上,开戏已经一个时辰了,台子上承应的戏码正在唱着,好不热闹。

后台扮戏楼内,一处隔间,童麟熹已经扮好薛倚哥的妆,武青羊不放心,掀开帘子探进头来,再次叮嘱童麟熹在后台千万不可乱跑,只等着上戏就好,估摸皇上也快过来了。

童麟熹听说当今皇上与自己年龄相仿佛,心里很是好奇,磨着师叔武青羊问:"师叔,皇上长的什么样子,穿什么样的衣服,是不是和咱戏台上的皇上穿一样的衣服,皇上个子长得高不高?"

外面响起一阵轻微的骚动,隐约听见有人相互压低了声音在传话:"开戏都快一个时辰了,上头已经打发人去催,也不知道皇上在宫里眼下走到哪儿啦?"

武青羊叮嘱完童麟熹,匆匆来到索万红这边的隔间,掀开门帘,只见已经贴好头面的索万红对着彩匣子上面的镜子在顾影自怜。索万红从镜中看见师兄武青羊进来,并未回头招呼,只是轻轻叹了口气,不知是自怨自艾,还是叹息自己与师兄武青羊这辈子的情深缘浅。

武青羊站在索万红身后,双手拢住索万红双肩,四目通过镜子相视,眉宇间传送着一种无声的爱意。

童麟熹偷偷溜到外面,藏身在靠近前台的一处隐蔽的地方——这里可以看到对面观戏的阅是楼,他正睁大眼睛,向对面看过去。

阅是楼和戏楼之间的地上铺着大红色毡条,两侧回廊站满了被赏戏的大臣们。阅是楼明间正中有屏风,屏风前设双宝座,双宝座前有脚踏。两宫太后正在观戏,双宝座前放有一张稍小稍矮的紫檀木的圈椅,圈椅上铺着明黄色的椅垫。童麟熹知道那把紫檀木圈椅就是给小皇上观戏临时设置的,自己即将上场的承应戏就是唱给那个与自己差不多一般大的那个孩子听的。

台子后面传来戏提调管事太监的吆喝声,催促《双官诰》一折的《三娘教子》准备上场。童麟熹抽身往回走,再次回头张望,担心小皇上再不来,他的戏上场后又唱给谁听。

毓庆宫内,书声琅琅。书案后,载湉坐在那里晃着脑袋正在大声地诵读课文。

昨天晚上,就寝安置前,寇连起偷偷告诉万岁爷,上书房师傅翁同龢已经回京,下午给两宫递了请安销假的折子,明儿个翁师傅就要来毓庆宫上课了。载湉高兴得久久不能入睡。

随侍太监杜之锡和寇连起垂手站立在殿门外。先后两拨前来传话催促万岁爷起驾畅音阁去听戏的宁寿宫的四名太监跪在院子里。

宁寿宫第三拨前来催促万岁爷起驾过去听戏的两名太监到了,杜之锡吩咐他俩仍和前两拨来的太监一样,跪到院子里去候着旨意。

翁同龢补褂朝珠上下一身齐整,按时走进毓庆宫,听见书房里传出的琅琅读书声,看见院子里跪着的六名太监,不知怎么回事。低头一问,方才知道是前来传旨催促皇上起驾前去畅音阁听戏的太监。翁同龢见状脸上露出十分欣慰的神色,顾不上殿门口给他请安的杜之锡和寇连起,一大步跨进了书房。

载湉看见了翁师傅,放下手中的课本,扑进了翁师傅的怀里。翁师傅轻轻推开载湉，退后一步，行了君臣大礼。载湉连忙扶起师傅，师生阔别月余，道不尽相互的想念。自认为鸡蛋很贵的载湉将从麒麟儿那里得到的那枚鸡蛋自怀中掏出，塞进翁同龢手里。

握着特意留给自己尚带着皇上体温的鸡蛋，翁同龢不由得转过身去，悄悄抹去眼泪。

畅音阁的戏台上，折子戏《三娘教子》正在承应中，台子上的童麟熹不时偷眼瞄着对面阅是楼明间专为小皇上设置的圈椅，圈椅里依旧没有人，眼看着戏都快唱完了，皇上怎么还是不见踪影？

暮色四合，紫禁城里也渐渐暗了下来，童麟熹怀着没有见到小皇上的怅惘，随着小姨和武师叔悻悻然离开了紫禁城。武青羊答应童麟熹，以后一定想法子让他进宫承应戏再见皇上。

第六十六章

这一日，九岁红携阿玉和靳伯来养蜂夹道探望载澂。

载澂见是九岁红亲来探望，喜不自胜。相互寒暄，话还未说几句，外面狱丞来报，又有人来，却是鄂多林台、景沣、载泊、柳朝晋使人抬着一只大食盒一路说笑着走了进来。

九岁红没有想到在这里与鄂多林台不期而遇。

当着载澂的面，鄂多林台很是尴尬，不知如何自处，为给自己找个台阶，鄂多林台有意向载澂提起两府隔年一次的重阳节"菊榜之争"一事。载澂忧心忡忡，感觉这次他阿玛是真的动了怒，估计一时半会儿地不会再放他出去。

鄂多林台则不以为然："大爷此话差矣，俗话说'虎毒尚还不食子'，等王爷气消了，自然也就放大爷出去了。咱们就以两年为期，明年的重阳节，恭亲王府到时不唱，就算输了。"

不想就要告辞离去的九岁红却把话茬儿接了过来："贝子爷如此说，岂不是有乘人之危之嫌吗？小女子上次与升平署内头学'轧戏'，幸得大爷救场，免我集雅班一场无妄之灾。到时倘若王爷气未消，大爷仍居此处，粟雅卿愿代恭亲王府全福班唱这两府'菊榜之争'的戏码。柳管事，不知这样可好？"

柳朝晋朝着九岁红躬身一礼："到时大爷如还不能脱困，粟老板有此安排，恭亲王府全福班求之不得！"

鄂多林台眼珠一转，说："粟老板要代恭亲王府家班唱'榜争'，敢情那是真好，倘若车王府家班侥幸胜出，粟老板，作为彩头您手里的那个曲本也要一并交出哟。"

载洎有点看不下去了："小鄂子，瞧你那张八样儿，大家伙儿来这儿不就是图大爷一乐儿嘛，你可别跟那破棉袄似的——没里没面儿。"

鄂多林台一声冷笑："载洎，你急什么急，这谁输谁赢的还不知道呢。"

阿玉接过话茬儿说道："贝子爷，既然是两府家班'菊榜之争'，规矩也不能由你一家来定，如果车王府输了，又做何论？"

"原来和大爷说好的彩头是两张一对儿康熙朝白茬儿水磨细竹子的傅三紫漆靛颏笼。"鄂多林台说完觉得声势上还不够压住对方，一咬牙，索性说道，"车王府再加一只元红绿彩飞凤纹的执壶。"

阿玉轻声一笑，说："那又有谁拿它当了宝贝？"

阿玉漫不经心的神态，倒是把鄂多林台弄糊涂了："姑娘的意思是——"

"车王府如果输了，尽管你车王府曲本成百上千，我家小姐也不稀罕。"阿玉瞟了一眼九岁红，然后转过来对鄂多林台郑重其事地说，"只要赢你车王府里的一个钞本即可。"

鄂多林台急问："是什么样的钞本？"

阿玉说："吴永嘉的《明心鉴》。"

众目睽睽之下，鄂多林台看上去顿时有些气馁，结结巴巴地问阿玉："你家小姐怎么知道叔父府中有《明心鉴》钞本？"

阿玉好整以暇："这就不劳贝子爷费心思了，自古讲究的就是愿赌服输，你就说你们车王府愿意不愿意？再有，你家车王府如果真有赢戏的大本事,那就把这'菊榜之争'放在天乐园唱,让京城的达官显贵、文人墨客、梨园票友的老少爷们儿给个评定标榜,得状元者就算胜出。"

鄂多林台苦笑:"阿玉姑娘,这'榜争'的戏码在哪儿唱倒还好说,若要说到这个钞本,兹事体大,在下可不敢擅自做主,需回去请叔父的示下。"

阿玉说:"那就等贝子爷回去问王爷好了,然后再说两府'榜争'之事。"

阿玉不容他人置喙,一句紧盯一句,事情被她话赶话地僵在了这里。鄂多林台有些招架不住,尴尬地笑了笑,嘴里说着现在就回车王府去问此事,借机先行退去。

阿玉牙尖嘴利的一番话竟然难住了一向工于心计的鄂多林台,众人惊讶之余表示折服。九岁红却如坠五里云中,她素知阿玉机巧,但刚才阿玉口中所说的《明心鉴》钞本,阿玉是如何得知在车王府府中?

阿玉笑弯了腰:"车王府经年搜罗珍奇秘本,铁网珊瑚,几乎无一遗漏,那钞本应算作乾隆年间的珍本,想必应该也在搜罗之列,所以故意有此大胆一问,果不其然被阿玉料中。"

看看时辰不早了,九岁红借口明日还要去升平署检验众多官学生的资质,带着阿玉和靳伯离开了刑部"火房",留下了那一帮子人在刑部"火房"的小院里沸反盈天地瞎折腾。

翌日。九岁红所乘软轿一直抬进升平署,庄亲王特许软轿在戏楼前停轿,以示对于太后"钦点"昆腔总教习的恭敬。

九岁红出轿,边冷堂率升平署其他人等迎上,寒暄过后,边冷堂举手肃客,大家举步走进升平署戏楼,九岁红台下落座,升平署苏拉奉茶。

一名苏拉急急走近边冷堂，禀报长春宫来了一名传旨太监，为两宫太后的普祥峪和普陀峪万年吉地一事，召边冷堂入宫垂询。

边冷堂向九岁红告辞先行离去。

惠霖恩和武青羊相互目语。惠霖恩示意陈登科呈上伶童官学生的履历花名册，以备九岁红审阅，遴选官学生中昆曲成角儿的可造之才。

遴选开始，伶童官学生按花名册顺序依次上台，唱念做表，很是认真。九岁红仔细看着升平署呈上来的花名册，看来看去，独独不见贵如和那书香的名字，情知有弊，又不好直接发问。

两个时辰过去了，应选的官学生一个个都已唱完，九岁红兀自纳闷，眼看着上台来的是花名册上的最后一名官学生溪玥。九岁红用眼神询问站在身后的阿玉，阿玉也是一副茫然不知所以的神色。

就在这时，升平署内一名苏拉急急走近惠霖恩身边，禀告外面来了一名自称是醇亲王府的苏拉，奉醇亲王府嫡福晋之命，又为醇亲王府荐进的伶童贵如送来点心。惠霖恩一瞪眼，埋怨公事房当值的不会办差事，这是什么地界儿，留下点心，打发走人不就完了，用不着来禀告。

署内苏拉回说醇亲王府派来的苏拉说醇亲王府嫡福晋吩咐要看着贵如吃下点心后才能回去复命，所以醇亲王府的苏拉已经跟了进来，现在戏楼外面候着呢。

惠霖恩一听，有些惊慌失措，起身向戏楼外面走去，意图遮挡掩饰，不承想醇亲王府的那名小苏拉手提着一只精致的点心盒子一步跨进戏楼，迎着惠霖恩打千请安，然后站直身体大声报说："奉醇亲王府嫡福晋之命，特送点心给王府送进的伶童贵如，请升平署内三学掌事唤伶童官学生贵如出来一见，吃完点心，即回王府复命。"

醇亲王府小苏拉话音刚落，只听那边台下的九岁红站起身，将正在台上唱着的溪玥叫停，九岁红转过身责问陈登科："报送前来遴选的伶童花名册上未见有贵如这一名姓，到底怎么回事？升平署倘若有意瞒报,醇亲王府追问起来事小,将来太后问起来,小女子可要如实回奏。"九岁红词严色厉,"今日遴选暂且作罢,择日重新来过升平署定夺伶童人选,以不辜负太后托付之恩。"

夜晚,老内务府南花园旧址。"焖窑"窑口内的火光已经熄灭。木植"返阳"看样子已近尾声,只等着三天后打开"焖窑"看结果。窑旁灯笼高挑,一副八仙桌椅,老七头儿、九路车、麒麟儿、那书香四人围桌而坐,桌上放着几样精致的点心,那就是白天九路车提着点心盒子送升平署的点心。大家一边吃着点心一边在说笑,正在听九路车讲述白天进升平署戏楼送点心搅局的事情。

升平署的一名苏拉打着灯笼来到"焖窑",知会麒麟儿和那书香,传副掌事惠霖恩的话,从明日起贵如和那书香随班练功,教习师傅是武青羊。

夜深了,大家就要散去,老七头儿再三叮嘱自己的徒弟麒麟儿,随武青羊练功一定要多长个心眼,也让那书香多多留意安全。

麒麟儿拜辞了师傅,三个孩子离开了老内务府的南花园。

九路车送麒麟儿和那书香回升平署箫韶九成班,顺着紫禁城的城墙根儿往回走。一路上,九路车又问起麒麟儿那天进宫和皇上在一起玩耍的情形。麒麟儿眉飞色舞地给他俩讲起了在扮戏房他与皇上分吃鸡蛋和窝窝头,在毓庆宫皇上念书的地方看见了那么多的书,还有他与皇上悄悄趴在漱芳斋戏台的氍毹上偷看彩娃子在大月亮地儿里跑圈儿。太监们找来,他和皇上穿上行套,瞪大了眼珠子,一动不动地冒充傀儡混在砌末当中,太监们打着灯笼从他和皇上的眼前经过,竟然都没有被发现。最后讲到和皇上分手时的情景,麒麟儿向往地说:"皇上说了,等我下次再去找他玩儿时,他让御膳房给我做几个像咱们吃的窝窝头那么大个儿的栗子面窝头。"

麒麟儿的话刚刚说到这里,就被九路车给打断了:"傻兄弟,皇上那是喜欢你,他才那么说,其实呀,那栗子面儿的窝窝头可不能蒸大了……"

"为什么呀?"麒麟儿问道,显然有些失望。

"御膳房的栗子面窝头呀,个儿顶个儿的也就和家里缝衣服用的顶针儿那么大。"九路车一本正经地说,"那栗子面儿的窝头蒸大了根本蒸不熟,蒸不透,面发死,咬不动,大硬疙瘩。"

那书香感到很新奇:"小九爷,你懂的真多,按你所说,那御膳房的栗子面儿窝头小九爷一定是吃过的了?"

九路车说得高兴,顺嘴就应了一句:"当然吃过了。"

那书香忙问:"是什么时候,小九爷就是在宫里御膳房吃的吧?"

九路车急忙遮掩道:"唔,是有一次做梦,梦见进宫在御膳房里吃的栗子面儿的窝窝头。"

麒麟儿和那书香听罢,不觉哈哈大笑起来。

那书香央求麒麟儿:"贵如哥哥,哪天带香儿去见皇上,香儿要请皇上做主,替香儿家昭雪平冤。"

麒麟儿说:"香儿,这可不是一件容易的事情,皇上眼下还没长大呢。"

没想到九路车却大大咧咧地说:"要想见皇上,那还不容易,小师兄手头现在是有点儿事儿撕掳不开,说不准哪一天等到事情办完,小师兄立马就带你俩去见皇上。"

麒麟儿和那书香笑话小师兄又在吹牛说大话,九路车却懵然不觉,一副很是认真板正的样子,逗得麒麟儿和那书香不禁又哈哈大笑起来。

三个孩子一路上嘻嘻哈哈、打打闹闹的身影消失在迷蒙的夜色中。

第六十七章

金麟班结束了一天的演出，场子后台踏垛处，查万响收拾好胡琴，得便又与陆麒铖夫妇商量起班子里那几个年轻人的婚事。八仙桌旁，古麒凤为响爷斟上一盅茶，查万响坐下后，叹口气："唉，一直以为这是水到渠成的事情，谁知比写的还都准，真是好事难成双，霞锦和门钉婚事容易张罗，霞衣呢，人小心不小，也只有随她去，剩下一个窦五乐，这可怎么是好？"

陆麒铖说："响爷，您着急也是干着急，真没想到霞衣竟然属意二师兄。原本没有什么，可这么一来却是伤了师弟窦五乐的心。"

查万响催促道："应该赶快给窦五乐再说一门亲事，是咱梨园行里的人家最好，如若不然，都是一起从小长大，霞锦和门钉成亲，五乐看见怎么受得了。不知你们留意没有，五乐最近经常外出，也不知究竟去干些什么？"

古麒凤说："天底下的事儿顶数'姻缘'二字最是难解，眼看着与霞衣的姻缘是结不成了，我回头抽个空再去问问五乐兄弟，另说一门亲事，也不知他愿意不愿意？"

查万响搓着手说："唉，说归说，真要是到了节骨眼儿上，有时这种事啊又是急不来的。"

三个人在后台踏垛处为窦五乐的婚事正在绞尽脑汁，费尽心思。不想来来去去的几番话都被恰巧从后台走过的窦五乐偷听了去。

灯草胡同的索家班，过厅练功房内，明灯亮烛，童麟熹正在练习跷功。

索德琛、索万青等人在旁亲授，众人看着童麟熹练功，说着童麟熹那日进宫的事情。索德琛告诫外孙："花旦是踩跷踩出来的。"

童麟熹一圈圈地走着，因为脚尖点地，重心不稳，需要不停地走动来保持重心，所以呈现了一副风摆柳枝左右颤动的样子，但是看面容很是纠结。

童麟熹忽然身体一歪倒在氍毹上，一副疼痛难忍的模样，索万青心疼地跑过来，抚慰儿子，脱下儿子脚上的跷鞋一看，童麟熹脚尖磨得已是鲜血一片。

索德琛却大为不满，嘴里埋怨外孙："不吃苦中苦，难为人上人，要想把自己个儿的戏唱到太后跟前儿去，要想成角儿，就得背后受苦，这才哪到哪啊？"索德琛嘴里不拾闲，手和脚也忙活着，自己将另一副跷鞋绑缚到自己的脚上，一挺身站了起来，开始走圈，亲给外孙再做示范。

看索德琛踩跷，千万别往上看，满脸皱褶，胡子拉碴。可是往下看时，那索德琛踩跷的步履，却是一个风韵十足、活泼灵动的美妇人，碎步款行，婀娜妩媚。童麟熹看着外公的踩跷，忘记了疼痛，"扑哧"一声笑了起来。

吃过早饭，升平署内西院再一次喧腾热闹起来。

好大一片氍毹。氍毹上升平署箫韶九成班的伶童官学生们正在练习"毯子功"，一众教习站在旁边"抄把子"守护。

三进院落，教习武青羊所住官廨门前，也有一小片空出来的硬地。教习师傅武青羊站在这里教导分到他名下的两名伶童官学生麒麟儿和那书香。

远远地传来外院其他伶童练习"毯子功"的声响。

"你俩原跟姜玉瑛师傅学戏，甭管好坏，从今儿个起，贵如上午练'靠功'，那书香练'乌龙绞柱'，下午合一块练'抢背''扑虎''倒拾虎''扫荡''旋子''铁门槛''跺泥儿''亮相'……反正就得挨着排儿地练。"武青羊一口气数着这些武生的基本功，看着站在面前的麒麟儿和那书香，脸上毫无表情，只是淡淡地说，"哦，我倒是想起来了，你俩可是姜师傅的手把徒弟，可得好好练，不然怎么对得起你们的师傅姜玉瑛。"

武青羊说完带麒麟儿和那书香进了屋，武青羊亲手为麒麟儿穿上练习"靠功"的箭衣、披上棉花做的"胖袄"，再扎上靠旗。无论武青羊怎么勒缚，那靠扎在麒麟儿身上还是显得有些过大。

麒麟儿问武青羊："武教习，贵如和那书香在什么地方练把子？"

"就在这门前的空地上练，你俩麻利儿着。"武青羊吩咐完，从里间屋里又拎出一双"厚底"扔在麒麟儿脚下，然后径自扬长而去。

看着武青羊走出院子的背影，那书香用脚连连跺着地面说："武教习连氍毹都不给铺，让咱们就在这硬地上练，这不是成心欺负人又是什么？"

蹬上了"厚底"的麒麟儿，试着来回走了几步，身上扎着显得有些过大的硬靠，倏忽一个转身，调皮地接一个皮黄戏《长坂坡》里赵云的"亮相"，唱了两句赵云所唱的"西皮散板"："自古英雄有血性，岂肯怕死与贪生。"

武青羊头也不回地走出了升平署，叫上一辆车，直奔隆福寺。

自从那次武青羊带师妹索万红和童麟熹进宫承应，在宁寿宫畅音阁大戏台后楼扮戏房里，武青羊与索万红互诉相思之情，那一刻虽说短暂，却是刻骨铭心。干柴终于碰见了火星儿，二人分手时约定，每月逢十就在隆福寺庙会西配殿前的小吃摊上相会。

今日逢十，隆福寺庙会上又是人挤人、货挨货的熙攘热闹的一天。

武青羊挤过人群，来到西配殿左近，一眼就看见索万红带着使女七巧坐在桌边喝着面茶。

武青羊襟了襟鼻子，既然都来了，怎么还带着人，生怕别人不知道吗？正在犹豫要不要过去，索万红一抬头看见武青羊，便装作偶然碰见师兄，假意招呼起来。武青羊只得走过来拉条板凳坐在了对面。七巧乖觉，说是要去庙会上买样东西，借故离开。武青羊嗔怪索万红，担心七巧回去说破今日之事。索万红低声告诉师兄，不必担心，她早已买通七巧，以后出门，只要有七巧随行，想那凌子丙自然是看不出什么破绽，也抓不住任何把柄。即使有别的什么人看见，师兄妹在庙会上"偶遇"，说说话难道还不成吗？

武青羊看着师妹索万红姣好的容颜，想到总要这样人前背后偷偷摸摸，终非长久之计。

时近正午，武青羊所住官廨门前硬地上，麒麟儿和那书香仍在练功。麒麟儿穿着"厚底"在练"跑圆场"，那书香在练师傅姜玉瑛《乾元山》里的把子"乌龙绞柱"。

外院班子里其他伶童都已练完，有人好奇，大家陆陆续续走过来看麒麟儿和那书香练功。众多伶童中，溪玥含着眼泪注视着麒麟儿和那书香，忽然一扭身分开人群，向练功房跑去。

溪玥推开练功房的房门，从墙边抄起一小卷毡毹扛在肩上，一溜小跑回到三进院落武青羊所住官廨门前，将毡毹展开，铺在地上。

忽然，那书香脸色发灰，蹲在地上，紧咬着嘴唇，前额上渗出细小的汗珠，却不吭一声。麒麟儿见状，一步过来，手忙脚乱地拔下身后的靠旗，就要背起那书香："大家赶快搭把手，这是练把子练得肠子绞在一起了。"

溪玥上前帮着麒麟儿背起那书香，急得喊了起来："怎么办啊，快去请御医……"

"不要紧，回官廨躺在炕上你们给她揉揉肚子，一会儿就能好。"麒麟儿背起那书香，"她这是练把子练得太狠了。"

麒麟儿穿着"厚底"背起那书香，在溪玥和其他伶童扶持下，向女伶童所住官廨走来，不想却迎面碰上从外面回来的武青羊。武青羊对众人视而不见，非但不询问病情，反而厉声说："从今儿个起，晚饭后，来官廨给你俩'说戏'，按老规矩，每出戏只说一遍，记不住就得挨打。"

下午的时候，陆麒铖打发窦五乐将今日演出戏码的水牌放出来。窦五乐从场子里出来，双手举着水牌步下台阶，来到解罘园单木牌坊下，将水牌放在坊柱旁。一抬头，却看见凌子丙站在斜对面三义班的单木牌坊下面向他招手，窦五乐略微迟疑了一下，随即快步走了过去。

自从那日在戏台后面偷听了查万响和管班陆麒铖夫妇关于他亲事的谈话，窦五乐心里有着一种受了委屈却又不能和任何人去诉说的窘境，心里边儿却自说自话，简直是窝囊透顶。说也奇怪，这些天来，他责怪自己反而多于对霞衣和班主童麒岫的怨怼。

"窦五爷，咱哥儿俩真是心有灵犀，兄弟我站在这牌坊底下正琢磨着怎么过解罘园将你叫出来，这不是你自己个儿就出来啦。"

"怎么，三老板找五乐有什么事儿吗？"窦五乐赌气攮塞地提不起一点儿精神。

站在牌坊下面的凌子丙看见窦五乐一副怏怏不乐、无精打采的神情，不禁有些奇怪，及至问明了原委，却没好气儿地说："你个没出息的东西，为了一个女人你又何苦这样，自古讲大丈夫何患无妻。你喜欢的那个老宅里头的叫什么霞衣的姑娘，不过就是我姑姑在世时的一个使女，可人家宁肯给班主做小，也不嫁你，不就是看你是个傀儡班子里的耍手，一个臭抱木头的。你要有志气，以后瞅机会做出点响动给他们看看。今儿晚上干脆咱们就奔莳花馆，解心烦去吃福寿膏。"

窦五乐被凌子丙劈头盖脸的一顿抢白说得低下了头，心里可真不是个滋味儿，思绪却仍然缠绕在霞衣的身上。

凌子丙察言观色，心里有了计较："窦五爷，今儿晚上兄弟做东莳花馆，听说有新进来的'广土'，那里最近都换上了'胶州灯'和'广东枪'，烟具自然是与往日更有不同。噢，那日在街上碰见了上回在莳花馆伺候过你的香菱，还跟我打听五爷呢，她让你得了空去看她。"

窦五乐叹了口气，看上去依然是无精打采，可在他抬起头来这一刻，似乎想明白了什么，冲着城里金麟班老宅的方向恨声说道："你们无情，莫怪窦五乐不义。"

掌灯时分，窦五乐跟随凌子丙走进了胭脂胡同的莳花馆。

凌子丙果然很讲信用，先由香菱在后面一间花厅的罗汉床榻上伺候窦五乐吸够了"广土"，过足了烟瘾，然后带他来到二楼一间雅室，窦五乐至此才知道今天做东的人竟是车王府的贝子爷鄂多林台。凌子丙又将在座的景沣、载洎介绍给窦五乐认识。

窦五乐简直是受宠若惊，除了清楚地记得自己是先给贝子爷请过安，而后再应该说点什么感恩的话或是表示要为贝子爷再做点什么，都已不记得了，脑子里是一片空白。当香菱姑娘柔软的手臂缠绕在自己肩头上的时候，窦五乐坐在那里对贝子爷的探询已经是有问必答。

鄂多林台询问起金麟班的事情来方方面面很是细致，窦五乐的回答也很详尽，凡是自己知道的，事无巨细，甚至掌班师娘临终前几句不连贯的令人匪夷所思的遗言，窦五乐也毫无遗漏地和盘托出："当时……小师姐古麒凤和班子里的人都知道掌班师娘的大限到了，小师姐已经泣不成声，跟掌班师娘说起大师姐虞麒奭辞世前留下的最后一句话，'叹茂陵、遗事凄凉'，这句话一直使她不得安生，师姐古麒凤说她几个月来，留心细细查访过，这句话根本不在戏词儿里，掌班师娘点了点头。再问师娘那句话的出处和意思，掌班师娘喘息了一下，声音越来越低，我又不敢往跟前凑，竖着耳朵之听得师娘说那只佚失的傀儡……祖师爷遗泽玉麟锦……还有半部曲本。"

凌子丙终于明白了多少年来凌家苦苦追寻的金麟童就是大台宫戏中的人物傀儡，而大台宫戏就是"尘土衣冠《双麟记》"，《双麟记》中还有另一只人物傀儡玉麟锦。至此，千里来龙，结穴在此。

鄂多林台使眼色让香菱姑娘带走了窦五乐，遂在灯下与凌子丙密谋起来。

庄亲王命人将廊下的帘子卷起来，晨光眨眼间豁然照进升平署的西官廨。

老七头儿带两名升平署苏拉抬着一段仍用黑毛毡裹着的"返阳"后的木植走了进来。两名苏拉放下木植转身走了出去，老七头儿将黑毛毡慢慢打开，一段齐整漂亮的木植呈现在众人的眼前。木植其色深绿，纹如织锦。

庄亲王和边冷堂相互目语，都是多少有些不相信的样子。

边冷堂从椅子上慢慢站起身，走过来蹲下身仔细看视，伸出手摩挲着木植，一股沁凉直透掌心。边冷堂大喜，站起身伸手肃客，请老七头儿坐下说话，意欲挽留老七头儿入聘升平署箫韶九成班木刻作，并坦言木植已有，雕作傀儡就在眼前。哪知老七头儿并不矫情做作，当胸抱拳，推辞道："王爷在上，哪有小人坐的地方，当初揭榜为这段木植'返阳'时就已言明在先，一个走街串巷耍鸣丢丢的，实在没有那个手艺，此木植'返阳'事已毕，请王爷和边大人依照招聘榜文上所写，赏下银两。"说罢就要告辞。

庄亲王挥挥手，一名苏拉用托盘托着一张即兑即付的五百两银票，送到老七头儿面前。

老七头儿袖起银票，边冷堂送至院中，问道以后万一有事还要求教，到何处去寻？老七头儿说可去什刹海杜三娘茶店子，自己见天就在那里哄孩子唱茶棚子扁担戏。

老七头儿叮嘱边冷堂，此木植如要分割开来做傀儡坯子，须用油锯，边滴油边锯方可分割。

边冷堂连说受教，让苏拉将老七头儿送出升平署。

边冷堂回到西官廨，看见庄亲王正在俯身看着"返阳"后的阴沉木。

庄亲王用手指轻轻一弹，木植果然发出金铁碰撞的"嗡铮"之声，不觉松了口气，很是有些感触地说："历经七年，每次进宫，都是硬着头皮，顶着太后责难的眼光。说起来，也真是不容易。本王活了这么大岁数，也是头回开了眼，终于看见什么是阴沉木，果真不同凡响，这才知道傀儡戏这一行里敢情还有这么多的讲究。"

庄亲王就要"递牌子"跟两宫回禀此事，木植"返阳"已妥，历经七年，总算有了眉目。

边冷堂劝说庄亲王爷，少安毋躁，索性等傀儡雕作完成，一并奏陈，方能显得差事办得漂亮。眼下雕作傀儡的木植总算是有了，应速召金麟班的人进箫韶九成班木刻作，一同参详雕作关于大台宫戏人物傀儡一事。他凭借着当年在山庄的记忆，尚能绘出金麟童的模样、行头的色彩及用料。可惜的是曲本没有，另一只傀儡到底长的什么样子、穿的又是什么样子的行头,还是一无所知,看情形,也只有走一步说一步了。

"要依本王看啊——"庄亲王鼻孔里哼了一声,像是对边冷堂又像是在告诫自己,"这水深得很,还没有摸到底呢。"

第六十八章

慈禧叫进李莲英，传旨升平署，明年山陵奉安大典后，于五月初五端午节当天两宫不摆仪驾，微行庄亲王府梨园吃肉、看京城四大傀儡戏班子再打擂台戏。

李莲英换上常服，在去升平署传旨的路上，打发长随小太监跑一趟三义班送口信儿，自己则带着另一名长随小太监直奔升平署。

李莲英传旨走后，庄亲王坐在西官廨的太师椅里细细琢磨，两宫亲来梨园看傀儡戏，此行大有追念先帝之意，这未尝不是对两宫太后的一种慰藉。由此及彼，庄亲王又想到了离家出走已有七年光景的格格。听府里老海说格格在外面一切都很好，眼下就是气未消，仍不肯回府，一问格格每晚住在哪里，老海也是语焉不详地支支吾吾，回禀说他若跟王爷说了实话，格格就永远再不回府了。

每次问及格格，海拉尔便向王爷再三地起誓发愿，用自己个儿脑袋担保格格在外一切安好。就似这样的问询经过了几次，王爷索性也懒得再问，只要以后格格能回家，眼下也只好由着格格的性儿了。

三义班凌氏三兄弟接李莲英约见的口信儿后，兴冲冲地赶到了隆丰堂，叫了包间，安排了席面，点了酒菜，专等长春宫李大总管莅临。

落座甫定，李莲英即从袖中抽出一个曲本，交代给凌氏兄弟，让他们好好准备，特为叮嘱说："这是西边儿每晚入寝前和坐更的侍女们你一言她一语地说笑着将昆腔《请师斩妖》改成的皮黄戏本，西边儿因为喜欢这戏码，亲口定的戏名《青石山》，至于如何'安腔'还有'串贯'就看你们自己的能耐了。"

临走时，李莲英袖起了孝敬给他的银票，告诉凌氏兄弟："两宫太后已经传旨升平署，明年端午节微行去庄亲王府梨园吃肉并观看京城四大傀儡戏班子打擂台戏。"

夜色沉沉，紫禁城长街上的灯楼已经点亮。

长春宫内几个侍女进进出出正在忙活着太后入寝前的一些事情。侍女小娟子正在点亮院中值更的灯火。范长禄悄悄走了进来，站在廊下向小娟子招手。

小娟子急忙回头四下里张望了一下，轻巧地快步走了过来，向着范长禄福了一福，从身上摸出一个曲本交到范长禄手上。

范长禄悄声问道："就是这个曲本儿吗？"

小娟子随即压低了声音："范爷，太后亲口将这出戏定名《青石山》，这个曲本儿一定很好看。"

"小娟子，蒙你范爷呢吧？"此刻范长禄倒有些奇怪起来，"你小丫头识字不多，何以知道这个曲本儿的好与坏？"

"哎哟，范爷这可是委屈娟子啦，后半晌我偷偷看见李大总管去升平署传旨，临走时从明间里的大书案上袖走了一本儿曲本，李大总管稀罕的曲本儿想来必是好的。"小娟子叮嘱范长禄，"范爷，娟子今夜坐大更，您找人誊写抄录完，可赶紧着给送回来，明儿早上趁着太后刚起来梳洗，好照原样儿放回书案上去。"

范长禄与小娟子约定，赶在天刚亮的卯正时刻，他打发人将曲本送

562

回长春宫。

箫韶九成班教习武青羊所住官廨前的硬地上,那书香和麒麟儿在练功。

教习武青羊手里握着软枪,正在看着麒麟儿和那书香练习小快枪中的鹞子翻身,麒麟儿和那书香各自一口气连翻了几十个。

"姜玉瑛师傅怎么教的啊?照这样上台根本见不了'响儿'。"武青羊一边说着违心的话,一边给麒麟儿和那书香做着大、小快枪的示范动作。

那书香做动作稍稍慢了一点,武青羊掉过藤条编拧成的枪杆,抬手抽打那书香,打得那书香头上起包、身上青紫。那书香本能地向后躲闪,武青羊索性顺过枪身,不分上下左右扎向那书香,嘴里恶狠狠地数落着:"让你不长记性,让你不长记性。"

其中一枪扎中了那书香的眉骨,险些扎在眼睛上。武青羊为了掩饰自己不怀好意的鲁莽,掉过枪杆又抽打在一旁练习的麒麟儿,嘴里仍在数落着:"你就是没错也要打你,为的是让你记住你师妹的错处。"

正在这时,升平署一名小苏拉身后跟着一名宫里的小太监走了过来,武青羊一眼就认出那名宫里的小太监正是孙福喜的长随跟班。宫里来的小太监很不情愿地给武青羊打了个千,慢吞吞地说:"武教习,普天同庆本家班孙掌事说,自明日起,要给箫韶九成班官学生贵如'说戏',每日申时进宫。"

武青羊一听,火冒三丈更是气不打一处来,大声说:"都是内廷本家班,谁也管不着谁,再者说,你们更管不着升平署这边儿的人,不准去!"

"这跟上头可怎么回呀,就回'不准去'。噢,明白了,您的意思是,不用麻烦孙掌事了,箫韶九成班自己个儿的也能教?"孙福喜的长随小太监在说话上拐了一个弯儿,他在给武青羊"挖坑"。

"你废什么话,这跟能不能教压根儿不挨着,不准去,就是不准去!"

"武教习,您老千万别发火,是这么一回子事儿——"宫里来的小太监不慌不忙,慢条斯理地说,"昨个在长春宫,西佛爷问孙掌事,你这一身的玩意儿是不是打算闷头儿带着走啊?这不是,孙掌事为了传玩意儿,挑上了贵如,您要是不愿意,自己个儿去跟西佛爷回,就说'不准去'。"

惠霖恩脚步匆忙直奔重华宫而来。

惠霖恩的师弟崔玉贵托人带话,让他抽空来宫里一趟,有事要与他商量。惠霖恩自然不敢怠慢,赶紧抽个空儿进内廷到重华宫来见崔玉贵。

惠霖恩和崔玉贵自打十一二岁净身后,碰巧一块儿分在庆王府当差,庆王府家班教习龚梅仙一眼就瞅上了那小哥儿俩的身段,向庆王爷要了他俩来在家班学戏,十载寒暑,戏是学出来了,苦也是吃得够够的了。长春宫本家班成立之前,庆王爷素来就知道西边儿的喜欢戏,身边的太监都得会唱戏,为讨慈禧喜欢,交通内廷,就先把惠霖恩送进了长春宫。惠霖恩上得台来也是一身的本事,进了长春宫,正想一展抱负,邀宠西太后,对庆王爷也好有个交代,却没有想到孙福喜居然是长春宫的首领太监。惠霖恩自坐科学戏伊始,这梨园行名宿泰斗的大名"孙福喜"三个字是如雷贯耳。如今在他手下,何时才能有出头之日?心里不舒服,脸上不免就挂出颜色来。孙福喜又不是那不懂事的,看在眼中,压在心里,觑着西边儿要成立箫韶九成班,委了个副掌事给惠霖恩,顺势就将他支出了长春宫。

庆王爷知道后,二话没说,这才有了再送崔玉贵进长春宫的安排。

重华宫普天同庆本家班的公事房，惠霖恩和师弟崔玉贵见面亲热一番，互谈各自班子里的情形，崔玉贵说起了正掌事孙福喜与李莲英相互勾结，把持本家班。惠霖恩说当初他又何尝不是被孙福喜排挤出来的，劝师弟做事要有章法，小不忍则乱大谋，要沉下心慢慢图之。

崔玉贵谋划要想扳倒孙福喜，就要在伺候戏上说话，只要西边儿一高兴，一切都好说。请师兄在外面寻觅曲本，最好是古密珍奇的曲本，排演出来，以求得西边儿的青睐。又说起前些日子，本家班里的男旦奎元因与午门护军赌钱致死。本家班正在排演《昭代箫韶》一戏，因缺角儿少人，已经停下来了。后悔当初自己逞能，抱着"总本"揽下这份差事，倘若西边儿的问起来，耽误了戏，那可不是自己掌几下嘴就能糊弄过去的。眼下正掌事孙福喜什么也不管，坐在那里等着看笑话。这次请师兄来，就是想和师兄商量约出箫韶九成班的教习武青羊，听他说外学索家班里可是有好的旦角儿，可以邀进宫来客串先救救急。一句话倒是提醒了惠霖恩，遂和崔玉贵约定，后天晚上就在隆丰堂由崔玉贵做东请武青羊出来赴饭局。

崔玉贵送师兄出来，惠霖恩向崔玉贵提起下月初九是授业恩师龚梅仙七十大寿，"人生七十古来稀"，作为手把徒弟自是应当给师傅好好办一场祝寿的堂会。

说起师傅的祝寿堂会，联想到自己的晚年光景，崔玉贵意在言外地抱怨起内务府分进各宫的小太监大都资质平平，想请师兄替他在升平署和外头学里仔细留意，好好物色一个以后可以成角儿的苗子，然后再想方设法弄进长春宫本家班来，收作手把徒弟。

惠霖恩连连摆手，正色说道："亏你想得出，好生生一个外学的人进内廷本家班，师弟啊，这可是缺大德的事情，万万做不得。"

崔玉贵不想在师兄惠霖恩这里碰了个硬钉子，随即见风转舵，哈哈一笑："师兄何必当真，兄弟不过说句玩笑话。"

九岁红携阿玉再次来到刑部"火房"看望载澂，打算取走载澂手里的《云鏊寻盟》曲本，预先温习以备排演之用。

养蜂夹道的狱丞祖福寿看见九岁红到来，脸上现出高兴的神色，立即将九岁红让到公事房，低声告诉九岁红，大贝勒近来身体有些欠佳，他几次要报恭亲王府嫡福晋并请御医来给大爷瞧瞧病，哪知大贝勒坚决不允。

狱丞祖福寿的意思是想请九岁红劝劝载澂："年轻轻的怎么就这样讳疾忌医？"

九岁红满口答应下来。

九岁红和阿玉来到载澂所住独院，听见屋内老管家哈桂正在劝说载澂，再不可和王爷赌气，惹福晋伤心。载澂向哈桂吐露了自己的心事，这些年来自己风流成性，放荡不羁，可自从见到九岁红，自己是真的收了心，是真情实意爱慕九岁红，甚至为了九岁红，也正如太后所期许的那样，他要好好读书，下场入闱求取功名。

九岁红用手轻拽阿玉，示意阿玉不要作声，九岁红转身向外走去。阿玉看见大小姐就在转头一瞬间，眼睛已经湿润。

九岁红带阿玉脚步匆匆向外走去，坐在公事房中的祖福寿隔窗看见却不知所以，明明看见九岁红刚刚进去，怎么这么快转身又出来了？

祖福寿放下手里的公事，刚想追出来问问究竟，一抬眼，看见九岁红和阿玉已经上了候在门外的小鞍车。

九岁红携阿玉亲自去了海淀镶红旗泛地，一个时辰后，请来了大郎中关杏林为大贝勒载澂诊脉医病。

载澂出生在恭亲王府，阿玛奕䜣权倾朝野，烜赫一时，兼之自己又是恭亲王府长子，从小到大在王府里众星捧月骄纵惯了，整个一个浑不懔，可自从见到九岁红，就应了那一句老话，卤水点豆腐——一物降一物。用老管家哈桂的话说大贝勒载澂见了九岁红，那就变成了避猫鼠。

诊完脉，瞧完病，九岁红恭恭敬敬地将大郎中关杏林送出刑部"火房"，为的是避开载澂有话要问大郎中。九岁红奇怪大郎中关杏林看完病为什么不给开方子。

关杏林摇摇头说："人世间有些病是不用开方子吃药的，要依赖天之将养。大小姐难道没有听说过，人无酬天之力，天有养人之心，眼下就要看天意了，医治此病绝非人力所能为。"

上车之前，关杏林轻轻推开阿玉的搀扶，叹息一声："世易时移人亦易，如之奈何？"

送走大郎中关杏林，回到"火房"，九岁红装作无事，只说出去送大郎中关杏林是尽礼数。载澂看在眼里也不多问，振作精神，与九岁红谈论起戏曲，两人在"火房"内索性拿出曲本排演起来。

辞别了载澂，在回总寓的路上，阿玉担心到时候恭亲王爷不放载澂出去，这两府"榜争"可如何唱法？

九岁红说等车王府那边有了回话再说不迟。即便车王府的鄂多林台为"榜争"押上《明心鉴》钞本，到时她自有办法来应对。

范长禄因为抽屉里放着连夜誊录下来的《青石山》曲本，担心夜长梦多被别人发现，于是乎私下准了小太监杜之锡一天假，让他将曲本送虎坊桥万鸿园场子。

虎坊桥。紧挨着北昆集芳班的演出场子起了一个新场子万鸿园。

万喜班和鸿庆班合资修建的万鸿园盖得很是气派。两个班子合在一个场子里唱傀儡戏，轮番上场，各打各的招牌，倒也相安无事。

放牛陈和高月美得知四大傀儡戏班子重在庄亲王府的梨园再打擂台戏后，两个人心里真是慌了神儿。这可是直接在两宫太后跟前儿露脸儿的事，倘若得到太后青睐，再赏个几品的顶戴也未可知，说不准还能直接吃上俸米。想到此，二人又说起上次为争副庙首，三义班希荣固宠，博得四品顶戴之事。

若论眼下，金麟班元气大伤，已经不足为虑，但三义班肯定不会轻易放过这次显勤儿的机会，说不定又要耍出什么新的幺蛾子来，倒是不得不防。

放牛陈和高月美此时急得有如热锅上的蚂蚁一般，伺候太后听戏，不是太后没听过的就是好戏，真要叫彩儿，那就得曲本好、角儿好，这戏路子还得对上太后的胃口，可眼下没有新曲本，太难了。

杜之锡的到来，使万鸿园为之一振，无异于在久旱干涸的田地里下一场透雨。当今太后喜欢皮黄，现在又手握御制曲本，放牛陈以手加额，心中暗喜。

哥儿俩做活讲分工，傀儡的雕作、行头的缝制归自己，高月美原是学唱皮黄旦角出身，此曲本"安腔"乃至"串贯"到最后演出"钻筒子"的"关防"者，由高月美一力承担。

索德琛的二姑爷凌子丙携八样礼品登门拜会老岳丈，索德琛自然盛情款待。

席间，凌子丙言及明年端午在庄亲王府梨园重打擂台戏，两宫太后亲临吃肉观戏。

凌子丙再次"照方抓药"，一张酬劳索家班的大额银票放在索德琛面前，索德琛假意推让，凌子丙说亲归亲，事归事，这次唱皮黄，要给这个戏本"安腔"，还有排演的"串贯"，以至于最后"钻筒子"，全要仰仗老岳父和索家班，并叮嘱索家班此事对外仍像上次一样务要守口如瓶。

索德琛收起银票，对爱婿的要求满口答应。

童麒岫眉头紧锁，情绪有些低落，坐在椅子里，浑身上下不得劲儿。他和查万响、陆麒铖夫妇正在商量明年端午节在庄亲王府梨园重打擂台戏一事。昨日在升平署，庄亲王很不客气地指定金麟班仍要承应两大压轴戏码《红佳期》和《金钱豹》。敲定戏码后，紧接着又说，眼下京城内外，皮黄腔渐成大势，此次《金钱豹》如能改成皮黄腔用来承应最好。

最后，庄亲王爷虎着脸提高了嗓音："千万不能再'砸挂'，上次在桂公府的堂会上，看得出童老板是在尽力巴结差事。明年端午节可是在两宫的御前承应，金麟班若是再演砸了，本王定不轻饶。"

童麒岫觉得昨日在升平署，庄亲王一番话已经给足了金麟班面子，眼下皮黄盛行起来，昆腔渐落下风，总不能干等着挨饿，此次擂台戏，索性将《金钱豹》改一出皮黄腔的戏码。想到应该及早去一趟索家班，求助自己的岳父索德琛来给"安腔"。

陆麒铖很是赞同，查万响却不以为然，认为索德琛为人处世太过势利，劝童麒岫不要自讨无趣。古麒凤说那年师兄下在刑部大牢的时候，索老板也是焦急万分，奔走营救，再怎么说翁婿情分也还是有的。

这时，升平署派人送来知帖，让金麟班出官差派两个人去箫韶九成班木刻作参与阴沉木"返阳"后的傀儡雕作。送知帖的人走了以后，童麒岫感慨地说："一个走街串巷耍鸣丢丢的老七头儿居然能给阴沉木'返阳'，真是人不可貌相，也不知这个老七头儿到底是何方神圣？"

古麒凤尽自己所知说道："麒麟儿当初与大佛寺一个人称小九爷的乞丐有交情，大佛寺的这个小九爷是唱扁担戏的老七头儿的记名弟子，麒麟儿与这个老七头儿在隆福寺庙会上倒也有一面之缘。那老七头儿曾给麒麟儿刻过一个玩偶头像，那玩偶头像刻得是像极了麒麟儿，孩子顺嘴管老七头儿就叫了大师傅。"

"凡事不可托大，尤对这种人更不敢小觑，以后找机会还是应当结识一下，请到班子里来坐一坐。"查万响感叹地说，"野无遗才，尽得其用，尤其在乞丐帮中，藏龙卧虎者是大有人在。"

一辆小鞍车停在索家班门前。童麒岫跛着腿，在霞衣搀扶下走进索家班。大姑爷登门，岳父母一点儿不敢怠慢，嘘寒问暖，殷勤备至。

索万青礼数周到，却让童麒岫感到自己与妻子已成陌路人。不常回金麟班老宅的童麟熹见到父亲自然很是亲热，饶有兴致地说起前些日子与小姨索万红进宫承应，可惜的就是没有见到皇上。

童麒岫看着儿子，很是欣慰。感谢岳父老泰山教戏有方，感慨世事变化太快，眼下果然开始盛行皮黄，童麟熹当初学皮黄，自己确是在很长一段时间想不通透，现在看来童麟熹学皮黄，这条路是走对了。

童麒岫刚要说明来意，索德琛却故意将话岔开，起身给女儿使了一个眼色，假意说他还有事马上就要出门，让童麒岫和索万青在此好好亲热亲热。

上房内，只剩童麒岫和索万青夫妇，二人却没有多少亲热话好说。童麒岫索性道明来意，想请索家班坐"关防"为金麟班"钻筒子"，好应付明年的王府擂台戏。

索万青好整以暇，微微一笑说："咱们公母俩也没有什么话是不能说的，这么多年，你就是刚才这句话说对了，现在皮黄渐兴，以后必定盛行，干脆趁此机会，金麟班和索家班合班一处，金麟班又有现成的场子，以后多唱皮黄少演点儿傀儡戏……"

童麒岫打断索万青的话头，倏然起身，沉声说道："万万没有想到，金麟班的场子外人没给弄了去，你们索家倒要把金麟班连人带场子都给'喝'了。"

索万青杏眼圆睁，看得出，她强压着火气仍在耐心说服童麒岫："妹妹索万红到现在都没个孩子，你师傅的骨血麒麟儿也早已过世，自古就是'子承父业'，小熹子就是不入傀儡戏这一行，将来也是金麟班、索家班两边儿掌班的班主,你这当爹的怎么就不为儿子打算打算?"

话不投机半句多,童麒岫后悔没有听响爷的劝告。此刻,决然起身,跛着腿向外走去。

童麒岫在霞衣搀扶下,头也不回地走出了索家班大门。

陆麒铖和古麒凤来到箫韶九成班的木刻作。

好大的院子,平平整整,院中一个很大的泡池,上面苫着苇箔帘子。走进东官廨,一溜五间,隔墙已经打通,一张硕大粗笨长长的木作案子摆放在地中央;周围转圈摆放着几张四出头太师椅;案子中央,一只敦敦实实的矮脚架上,平托着那根"返阳"后的阴沉木;沿墙挂满了各种雕作完成或正在雕作中的各种戏中的人物傀儡,花花绿绿,杂乱纷呈;墙根儿和犄角旮旯到处堆放着待刻的木料坯子。站在门口望过去,果然是皇家作坊的气派。

边冷堂带着泉石淙及五六个工匠围着案子低头看图正在说着什么,看见陆麒铖夫妇进来,边冷堂分开众人迎上,举手肃客。

众人重新落座,苏拉奉茶。

边冷堂将众人一一介绍给陆麒铖夫妇,当陆麒铖夫妇得知泉石淙就是从三义班投班过来时,夫妇二人颇有深意地相互目语,古麒凤心直口快:"京城四大傀儡戏班子,平日不少来往,三义班三位班主又是我们金麟班掌班师娘的内侄,泉师傅在三义班木刻作却是从未见也从未听见说起过?"

泉石淙倒也坦然,毫不隐讳地如实说出自己的来历。

边冷堂欣然说道:"难怪那两只放在髹漆箱子里的悬丝傀儡三义班可以修复得完好如初,失敬失敬,原来是出自南国一派的传人之手。"

边冷堂问起雕作傀儡之事,陆麒铖言无不尽:"师门关于雕作傀儡虽有心法一说，但也是根据每个习艺者的脾气秉性不同而有所差异。说到阴沉木的雕作心法，师门却从未传授过，只是知道几代师尊在阴沉木的雕作上前后失手，竟无一幸免，始终未见成偶。说句不敬的话，想来必是几代师尊雕作功力尚还欠着火候，又怎么能够谈到传习？"

边冷堂听罢，默然无语。

第六十九章

紫禁城靠近东华门的空场上，载湉正在练习骑射。御前大臣伯彦讷谟祜在为载湉压马。杜之锡跑过来，悄悄告诉万岁爷："贵如进宫了，现在普天同庆班，正掌事孙福喜在给贵如说戏。"

载湉脸上露出欣喜的神色。

为载湉压马的伯彦讷谟祜不动声色地看在眼里，知趣地说："皇上今日学习骑射就到这里，臣在军机处那边还有事要办，请皇上稍事休息，可回毓庆宫书房读书，臣等就先告退。"

伯彦讷谟祜将载湉抱下马来，连同教习骑射的两名满洲八旗的谙达向皇上跪安后倒退几步转身离去。

走在去往军机处的长街上，其中一名教习骑射的谙达有些不解地问伯王："今日教习骑射时辰还不曾到，王爷何以就说下课？"

伯彦讷谟祜说："皇上每天天不亮就起来读书，上午听师傅讲学，下午练习骑射，晚上还要读书，虽说贵为天子，终归是个孩子，看着让人心疼。话又说回来，哪个孩子不贪玩儿，听说那个叫贵如的是皇上唯一的朋友，人家进了宫，学戏之余伴驾皇上一起玩儿玩儿，应在情理之中。"

另一位教习骑射的谙达说："王爷，这事儿要让西边儿的知道了，早晚也还是一个大麻烦。"

伯彦讷谟祜一本正经地说："咱们做臣子的，得要替皇上分忧，不能等皇上来问，这种事臣子以不知道为好，咱们给皇上下了课，皇上想干什么，那谁还敢管。就是西边儿知道了，怪罪下来，咱们也有的说不是？这就叫'偷得浮生半日闲，心情半佛半神仙'！"

伯彦讷谟祜说完哈哈一笑，索性拉着那两个教习谙达去喝酒。

载湉身后跟着随侍的太监杜之锡和寇连起，三人脚步匆匆来到重华宫。

刚刚走到门口，隔着影壁就听见院子里不断地传出喝彩叫好儿的声音，载湉隐身影壁后，偷窥院子里的动静。

今天是孙福喜给官学生贵如第一天说戏。师爷孙福喜要看看自己这个手把徒孙贵如的底子，所以让贵如尽其所能展示出来，他好因材施教地"拴猴儿"。

普天同庆公事房门前，铺一方紫红氍毹，孙福喜坐在门前的太师椅上，周围站着本家班唱戏的小太监们，大家全神贯注地看着麒麟儿在向师爷展示自己的武生行的基本功。

一方氍毹上，麒麟儿从一般科班中的武生行第一年应练的拿顶、虎跳、蹿子、小翻开始，接第二年应练的"四面筋斗"，然后是"手上的""硬三套"，再接下来是"把子功"，一招一式，错综繁杂。堪堪练完，已是累得满身大汗，气喘吁吁。

麒麟儿的一通展示，孙福喜看的是大为高兴，颇为赞许地连连点头。

身后站立着的长随小太监赶紧送上手巾把，麒麟儿接过擦汗。

影壁后面，载湉看见告一段落，附耳杜之锡小声嘀咕了几句。杜之锡听完后挺了挺胸脯，装出一脸的正经，从影壁后转了出来，向前走了几步便站住了脚,有意与公事房门前的那些人保持一定距离,以示身份的不同。杜之锡双手背后,挺胸凹肚,大声说:"万岁爷口谕。"

众人一听,抬起头来,先是惊愕,等看清楚了确实是在养心殿万岁爷身边伺候差事的杜之锡,随即连同孙福喜在内,立时响起一阵衣衫窸窣声,跪倒一片。

杜之锡装模作样轻轻地"咳"了一声,学着平日其他太监宣读旨意时的腔调:"着本家班正掌事孙福喜在戏上边儿,应尽平生所学,悉心教导提撕升平署箫韶九成班官学生贵如。擢升平署箫韶九成班官学生贵如为毓庆宫教戏谙达,应跟该掌事尽心尽力学戏,以便御前承应。钦此。"

杜之锡宣完旨意,赶紧上前一步扶起孙福喜,低声叮嘱:"孙掌事,万岁爷还有口谕,今儿这事儿,不许外传,倘若事出不谐,定然重责不饶。"

"好,好,小锡子,你回禀万岁爷,咱家记下了。"孙福喜转头嘱咐麒麟儿,"好好伺候万岁爷,早些时候回升平署,下次来就给你说'开蒙戏'。"

杜之锡对麒麟儿使着眼色,煞有介事地躬身垂手:"贵大人,请吧,您得去谢恩,别让万岁爷等的工夫大了哇。"

毓庆宫。先一步回来等麒麟儿的载湉,正在翘首以盼。

隔窗看见杜之锡带麒麟儿走进院子,载湉快步迎了出来。麒麟儿见是皇上,立即跪地谢起恩来,载湉抢前一步扶起麒麟儿,两人相视,欢快地笑了起来。

夜晚灯下,童麒岫心灰意冷地告诉大家,响爷见得是,压根儿就不该指望索家班。

古麒凤说眼下还可求助九岁红的集雅班,看看有什么戏码可以商量

575

借过来一用。查万响表示赞同，为今之计，也只好去硬着头皮借人家的戏码。童麒岫摇头，说梨园行有句话"宁送十亩地，不让一出戏"。当年师妹古麒凤曾说过，自己班子里的事情自己扛，再不可牵涉局外人，何况面对九岁红，童麒岫不忍再让她为难。

　　古麒凤想起九岁红赠还解罘园场子时最后和她说的那番话，终有一天，她九岁红要在金麟班这个场子演唱一部大戏，完成师门遗愿。想想这句话就有些蹊跷，远在江南的九岁红的师门与在京城的金麟班能有什么夙愿，抑或瓜葛钩沉？

　　童麒岫说就是当初在水生一客栈，九岁红阿公许亲时也只是说在嘉庆二十一年，与师祖童怀青同去避暑山庄承应，听着师祖的唱，与师祖仅是隔窗相望，竟连话都未说过。

　　陆麒铖也不禁有些好奇起来，嘱咐古麒凤即使不向集雅班借戏，哪天觑准了空子也应该坐下来和九岁红好好攀谈探询一番。

　　朝阳门外东岳庙。祖师殿一侧的偏院里，老七头儿和曲六如灯下小酌。

　　曲六如问起，老七头儿揭榜以后，在升平署的这段日子里收徒和阴沉木"返阳"的经过，举杯祝贺老七头儿终于心愿得偿。九路车又为老七头儿和曲六如带来了佐酒的裕顺斋的排叉，三人谈兴愈浓。

　　九路车说起昨天又以送点心为名进升平署探望，听那书香说小师弟现在开始跟本家班正掌事孙福喜学戏，又听说皇上已下旨将麒麟儿拔擢为毓庆宫的教戏谙达，此事对外不准声张，防的是西边儿知道。

　　老七头儿沉吟了一会儿，抬起眼来说："没想到，错进错出的机缘巧合，竟是孙福喜给麒麟儿'说戏'，这个孙福喜倒是实至名归，依照麒麟儿的资质，只要刻苦，肯定能一唱而红，只可惜这样一来，傀儡戏怕是唱不成了。"

曲六如劝说老七头儿："孙福喜唱皮黄，是在台子上唱，你唱扁担戏，是在胡同里唱，谁跟谁都不挨着。再说了，那孙福喜再有玩意儿，也是有他不会唱的戏，你老七头儿的戏老道听过，别的不说，就你唱的戏码他孙福喜也一准儿地不会，再说了，就你那'脑后音儿'，眼下这四九城里怕是找不出第二个，以后教给麒麟儿雕刻傀儡，那孙老儿可不会雕，这不就显出你是他的师傅来了嘛。"

九路车一边给老七头儿和曲六如斟酒，一边插话："要说会唱戏，听说当年南府有那么一个伶人，是个戏篓子，'肚子宽'，徽、汉、昆、梆、京五腔五调天底下的戏没有他不会唱的，人送绰号百调伶人，就是不知眼下在哪儿猫着呢，这么些年都过去了，也不知死了没有？"

"嘿，你这孩子怎么说话呢，小小年纪，整天净胡说八道。"曲六如嗔怪九路车说话口无遮拦，转而对老七头儿接着刚才的话茬儿说，"徒弟你也收了，不就是跟你学刻那木头人，也就是这孩子跟你那些木头人瞅对了眼，让别的人跟你学人家怕还不稀罕呢，以后甭管走到哪儿，他也是你刻傀儡的徒弟。以老道看来，成人之美是大德行，干脆以后你老七头儿对外也别说那孩子是你的徒弟，人家日后倘若在戏台子上唱成了角儿，强似跟着你这走街串巷耍呜丢丢的。"

老七头儿瞪大了眼睛，举起酒盅，呵呵一笑："老道说得有理，老七头儿替徒儿高兴！"

武青羊那天在自己所住的官廨前吃瘪碰了一个软钉子，宫里来的孙福喜的长随小太监有话偏不好好说，软绵绵的话里含着骨头，武青羊就是觉得耳朵眼儿里硌得慌，几天来说不出道不明的让人憋气。眼看着晌午快到了，武青羊索性拉上惠霖恩一起奔了惠丰堂来吃水晶肘子。自从上次崔玉贵做东，惠霖恩作陪请武青羊赴了饭局，武青羊觉得攀附上内廷的关系，有百利而无一害，不多时日，与惠霖恩打得火热，彼此已经到了推心置腹无话不谈的地步。

武青羊、惠霖恩二人说说笑笑刚刚走到惠丰堂鱼嘴大门口，无巧不巧地迎面碰见了鄂多林台一帮子人，武青羊、惠霖恩二人给贝子爷请过安后，随众人一齐涌进了惠丰堂。

鄂多林台等一行人众在堂头濮西白的引领下，径直被让进了第二进院落的上房大雅间"雪柳冰蝉"，雅间宽敞舒适，布置陈设也很是得体。

鄂多林台对堂头濮西白说："今儿个是有一个算一个，还是按老规矩，月底到车王府司房结账。"

濮西白点头哈腰逢迎地说："贝子爷手面一向阔绰，赙好儿吧，您呐。"

最近一段时间，鄂多林台办起事来总觉得不顺，按理儿说自己在京城也是有一号的人物，不承想，惦记了好几年的恭亲王府家班曲本，还没弄到手，九岁红那边又出来了一个曲本，那日才得知，两下里合在一处，竟是叔父极想搜罗到手的茅氏合璧本。鄂多林台原想尽点孝心，让叔父一乐。可几年下来赢不了载澂，失了车王府的体面。

酒足饭饱，出了惠丰堂，一行人来到了胭脂胡同的莳花馆。

进了院子，俟众人有一个算一个过足了烟瘾，回到房间，关上房门，鄂多林台接着刚才在惠丰堂的话题又说了起来，那日在刑部"火房"，集雅班的那个阿玉真个是牙尖嘴利，单单提出要以车王府那个钞本《明心鉴》做押注。鄂多林台知道，不跟叔父谈及此事还好，如若说了，先挨责罚的就是他自己。大不了两府"榜争"暂且作罢，这件事看来只有另辟蹊径。

凌子丙察言观色，有意说起了九岁红的关门弟子杨高。

窦五乐再次说起金麟班的少班主麒麟儿之死，他是亲眼所见，可那晚演义务戏台上杨高的身形怎么看也像是已经死去的麒麟儿。武青羊突然记起他背班要投升平署箫韶九成班之际,那晚约师弟罗震在天颐轩叙话,偷听到隔壁房间金麟班班主童麒岫和一个只看见背影的人在交谈,他还记得偷听到的一句话:"'里扇儿的'再三交代,请童老板千万记住,时辰掐算上可是最最要紧,一丁点儿都不能错。"

窦五乐记得应该就是那天晚上,班主回来后不多一会儿,就听说麒麟儿发病了,还是他去海淀镶红旗泛地请来的大郎中关杏林,可惜病来得太快,赶不及医治,当天晚上就猝死身亡了。

推算金麟班少班主童麟飞猝死身亡的日子大抵不错,"时辰掐算上可是最最要紧"。现在想想,金麟班请来镶红旗泛地的大郎中关杏林,不过是在拉幌绳。

凌子丙觉得这件事越说越能对得上榫卯,金麟班的童麟飞死了,九岁红集雅班里却出了一个关门弟子杨高,他去集雅班探听杨高虚实,这个关门弟子却因有事回南了,此后再也没见回来,恰在此时,升平署箫韶九成班却又出来了一个官学生贵如。

惠霖恩说:"那个叫贵如的官学生可是醇亲王府送进的伶童,还听说是庄亲王爷首肯的。"

鄂多林台一拍大腿说:"惠爷算是说到点子上了,这里面的事情肯定掺和着醇亲王府,武教习听到的那句话里面的'里扇儿的'一定就是祁慧苪那老家伙。如此看来,醇亲王府和金麟班之间一定有着不为人知的某种关联!"

众人面面相觑,这可着实让人颇费猜详。

窦五乐说:"贝子爷圣明,那个麒麟儿的死,醇亲王府还送了三百两的奠仪和一口白茬儿的元宝棺材。"

提到了醇亲王府,一下子冷了场,众人便都默不作声。这一刻,凌子丙想到了大内总管李莲英。

边冷堂看着放在案子上的根据自己记忆画出的金麟童的行头样式，总觉差的不是一星半点儿，可是究竟差在哪里，却又说不出来。尤其要做大台宫戏的傀儡，傀儡身上的行头不可有半点差池。

嘉庆二十一年十月里的事，六十多年相隔，如今还能模糊地记起一些，实属不易。

内务府绣作的领催潘承祖一听是箫韶九成班招呼的差事，不敢怠慢，亲自带着人将图样送了过来，边冷堂接过图样一看，有些犯难，图样大都是帝后嫔妃的服饰款式，确乎不大合用。

潘承祖提议："边头儿，莫如将升平署脸谱调过来一观？"

边冷堂摇摇头："人物和行头都是配套出来的，人物不对，再好的行头也没有用。"

看着这些图样，边冷堂向绣作领催潘承祖问起自己记忆中的傀儡金麟童行头面料的绣工与针法，潘承祖也是急出了一脑门子的汗，始终说不到点子上去。

潘承祖有些泄气："要不然也只有派人去正阳门外西湖营绣庄一条街，搜罗些绣样儿回来瞅瞅。"

边冷堂不以为然："绣庄一条街上大路货比比皆是，实不可取。听说有一种京绣'平金打籽'已经压倒了湘绣和顾绣。"

边冷堂一句话反倒提醒了潘承祖。潘承祖霎时来了精神，说："京绣'平金打籽'这一路绣法，平心而论，当属正阳门外西湖营绣庄一条街上的天绣庄为第一，压金刺锦，花样万千，手法独到，别出心裁。就是内务府的绣作也有不知道的样式和手法。"

边冷堂急不可待："哎呀，老潘，你怎么不早说呢？"

"后来天绣庄的掌事金波年纪轻轻却因病去世，有人就惦记上了金波临终前留给她小师妹颜袖招的一本绣样针谱，那本绣样针谱详细记述了所有的样式及针工刺法。"潘承祖说到这里，仿佛触动了什么心事，掏出鼻烟壶，为自己扣了一口鼻烟，继续说道，"那本绣样针谱也从不轻易示人。长春宫本家班正掌事孙福喜手里还有他入宫前发妻金波的遗泽——二十四只锦绣荷包。那二十四只荷包上又用二十四色古法缬染而成的锦线刺绣了孙福喜当年曾冠绝梨园行的长靠短打二十四招式。"

边冷堂不禁唏嘘："敢情这孙福喜也是有些来历的……他那小师妹颜袖招现在哪里？"

"偏偏那颜袖招不知为了什么，带着那本绣样针谱，就在正阳门瓮城西月墙外的荷包巷开了一个小门脸，前店后作，从此大活不做，专卖刺绣荷包。"潘承祖叹口气，无可如何地说，"说起那二十四只锦绣荷包，没见过的人说了是打死也不信，那刺绣荷包上的人物竟如活的一般。咱内务府绣作曾几次想借来一观，至今都不能够，兄弟数次张口，那孙老儿是一点儿面子都不给。"

潘承祖看出边冷堂有意去到荷包巷颜袖招那里商借绣样针谱，临走前再三叮嘱："边头儿，去荷包巷找颜袖招借绣样针谱，她未必肯出手相允，借得成借不成单说，然而去的人绝不可张扬挂出内务府的幌子来，如让人知道传出了街巷岂不是成了笑话。"

潘承祖走后，边冷堂立刻打发了署内苏拉去重华宫公事房知会孙福喜，晚饭后他要亲来重华宫普天同庆班公事房有要事拜晤孙掌事。

晚暮时分，边冷堂独自一人亲来拜会孙福喜。落座之后，又添灯烛，苏拉奉茶。

孙福喜看着这位与自己素无往来、品秩相同的边冷堂，实不知找他到底为了何事。

边冷堂向孙福喜讲述了大台宫戏的缘起，又从嘉庆二十一年一直讲到同治十年慈禧万寿节庆金麟班以一出假大台宫戏蒙混承应，太后震怒。边冷堂最后加重语气，讲到太后要复原大台宫戏的懿旨、升平署总裁庄亲王爷的无奈、箫韶九成班眼下的困顿。边冷堂滔滔不绝,孙福喜至此方才明白。

"噢,边掌事,敢情内廷成立这个箫韶九成班,竟是为了一出大台宫戏?"

"说白了,就是一出傀儡戏。"

想到西边儿有懿旨,孙福喜又哪敢怠慢,身体趋前,向边冷堂表示:"为的西边儿能早日看上这出大台宫戏,老朽愿尽本家班所有,以供驱策。"

边冷堂遂说明此次来拜晤就是想请孙掌事私下里出面给宫外荷包巷那边打个招呼。

提起自己已故妻子的小师妹,孙福喜脸上一副沉浸在往事中的极力思索的表情。当年孙福喜是名满京城的第一大武生,相貌身形丰神俊朗,不想金波的小师妹颜袖招也是深深暗恋着自己的姐夫。师姐金波病故。颜袖招不顾世俗,毛遂自荐定要嫁与孙福喜。孙福喜当时生怕贻误颜袖招终身,为断颜袖招念头,成全自己与金波的这段情缘,毅然净身进宫唱戏。哪知颜袖招并非一时情热,眼见心爱之人如此决绝,索性起誓发愿终身不嫁。

边冷堂明白,此事孙福喜并非推诿,只是如此境况,他即使出得宫去,又如何与颜袖招二人相见再叙契阔?

边冷堂同样嗟叹不已,眼见得此举无望。孙福喜见边冷堂一脸沮丧,也许是要尽一个臣子本分,安慰边冷堂说:"法子倒还是有一个,让咱家的徒孙贵如拿着咱家写给颜袖招的信去碰碰运气。这么多年已经过去,她心中的怨怼也应淡忘了。"

瓮城东西月墙的下边沿着墙根儿也是商铺林立,人来人往,很是热闹。这里的门脸儿一家挨着一家,门前大都支着遮阳棚。东边月墙外是专卖各种帽子的巾帽巷,京城俗称"巾帽棚子";西边月墙外是只卖各种玲珑刺绣小挂件的荷包巷,京城俗称"荷包棚子"。

荷包巷里的颜氏绣坊坐落在一个小小的院中,门前高挑起"颜氏刺绣"的布招幌子。

一辆小鞍车停在绣坊门前,车上跳下三位穿着升平署官学生服制的小童,麒麟儿在前,怀揣师爷吩咐下来的信束,那书香和溪玥随后,三个孩子手里提着大大小小的点心盒子和茶叶包,径直走进颜氏绣坊的院子。

院子不很宽敞,放着一排排的绣花架子,每只绣架的前面都坐着一个在颜氏绣庄拜师学艺的女孩儿,搭眼一看,女孩子们的年岁从六七岁到十三四岁不等。突然,一个六七岁的小女孩儿放下手里的绣花绷子,快步走到麒麟儿面前,伸出手紧紧拽住麒麟儿的衣襟,那小女孩瞪着一双水灵灵的大眼睛,有些嗔怪地说:"麟儿哥哥,你既然没有死,为什么不回老宅不回家,你知道不知道,娘为你几乎天天在灯下垂泪?"

麒麟儿做梦都没有想到陆盼儿居然在这里出现,看着长高了的陆盼儿那期盼热切的目光,麒麟儿又怎能说破事情原委,眼前也只有狠下心肠来个不认账,麒麟儿一个劲儿地摇头,只是装傻充愣。

那书香和溪玥可真是没客气,一左一右连拉带拽地隔开了陆盼儿与麒麟儿。溪玥说:"天底下长得相似的人有的是,你想你的那个什么麟儿哥哥是不是想疯了?"

陆盼儿颇有乃母之风,性情刚强爽直,岂肯就此罢休,两下里话赶着话,一句也不相让。

院子里的小姐妹们也纷纷起身围拢过来为双方劝解。吵嚷声终于惊动了师傅,满头银发的颜袖招走出上房站在滴水檐下,一刹那,小小院落安静下来,陆盼儿及绣庄里的小姐妹们低头垂手侍立。

麒麟儿、那书香、溪玥三人向着颜袖招郑重施礼,麒麟儿上前一步，朗声自报家门："内廷本家班正掌事孙福喜特派徒孙升平署官学生贵如前来拜望老人家，这里还有一封师爷写给您老人家的信柬。"

麒麟儿说完，从身上取出孙福喜写给颜袖招的书信，双手呈上。

颜袖招站在滴水檐下，纹丝不动，根本没有要接过这封书信的意思，只是抬起眼睛注视着麒麟儿说："老身素日从不与朝廷有什么往来，更不认得什么孙福喜。你们快走吧，以后再不可登门。"说完，转身走回房内。

第七十章

庄亲王又在西花园课子射箭。

边冷堂在海拉尔的引领下走了过来。

庄亲王吩咐看茶。

边冷堂向庄亲王禀告已用油锯将阴沉木分割成木料坯子，就要开始雕刻了，他自己准备亲自上手。庄亲王问起做行头的绣样针谱，边冷堂说即使拿来那本绣样针谱，可这行头是按人物傀儡量身定做，没有金麟班的曲本，岂不是"皮之不存毛将焉附"？

庄亲王不由得又对大台宫戏的曲本着起急来。坐在一旁喝茶的载洎听了一耳朵他阿玛和边冷堂的谈话，虽然对事情的来龙去脉不甚了了，但看见阿玛着急，其中又提到金麟班，想起了在莳花馆抽大烟的窦五乐正是金麟班的要手，于是吞吞吐吐地将窦五乐对鄂多林说起过的事情，对他阿玛和边冷堂和盘托出。

"'《金人捧露盘》'，'两截人唱隔江歌'。"边冷堂极力思索着，陡然想起了什么，提醒庄亲王，"王爷可召集翰林院词臣和署内编撰曲本的文士大家会商参详，着实查考这两句话的出处，看看能否发现什么端倪。金麟班掌班师娘临终之言，必与大台宫戏有关。"

毓庆宫内，翁同龢给载湉上课。载湉偷觑坐在西边的翁师傅正在低头读着书上原文，趁空扭脸向门外看去，候在殿外的小太监寇连起连忙当门跪下，两只手推前平举向着殿内撑开一张白宣纸，白宣纸上用炭笔粗粗勾勒出一个伸胳膊撇腿正在练习把子的人形，旁边由上到下七扭八歪地写着五个大字——今日没有来。

两辆升平署专用大鞍车紧贴墙根依然一前一后地停在集雅班总寓门前，车把式攥着缰绳管束着拉车的牲口。两名身穿毛蓝布大褂的升平署苏拉照旧在大门外一左一右垂手站立着。

胡同里进来了一辆小鞍车，一路晃荡着最后稳稳地停在了集雅班总寓门前。车老板放下脚踏，查万响怀抱着套着素蓝布琴套的"江南遗叟"琴和古麒凤相继下了车，走进院子。

集雅班总寓院内，并排摆放着几把搭着椅帔的太师椅。院子一边，集雅班文武场笛筝檀板动着响器，九岁红正在教授示范昆曲唱腔。那书香、溪玥、老幺和雪六坐在那一排椅子上，用心在听。四位伶童穿着一式的升平署官学生的服制。

后面三进院中上房，古麒凤正襟危坐，查万响坐在另一边，中间八仙桌上放着一套雕刻傀儡所用的各种刀具。刀具粗细长短不一并排插放在一只长长的有着刺绣图案的布袋中。麒麟儿跪在拜垫上，古麒凤含泪将这套师姐亲自用过的刀具正式传给她的儿子。

古麒凤望空一声轻叹："师姐泉下有知，今日师妹古麒凤就代师姐将这套刀具传与金麟班第十三代掌门麒麟儿。"

古麒凤说完，将放在桌上的雕刻傀儡所用的道具收卷了起来，站起身，将刀具布袋捧给跪在拜垫上的麒麟儿，麒麟儿双手接过。

麒麟儿看着捧在手里的刀具，哽咽着叫了一声："娘！"

麒麟儿泪水夺眶而出。

古麒凤扶起麒麟儿："今日虽然将你娘亲的刀具传给你，望你收好。但你尚未叩拜祖师爷，择日去樱桃沟你父亲坟前磕过头，方才算作入门，再学刻偶。姑姑今日就先将雕刻傀儡的做法讲与你听。"

傀儡头的制作分木雕、粉彩两大步骤，先选用质轻易刻的樟木、榆木，劈成与傀儡头像大小相同的木植坯子，刻画面部中线，定出五官，再挖空颈项部位和头部，便于"命杆"的伸入。雕成头像坯，进而刻出五官，在彩绘脸谱前，先裱以棉纸、涂上调和水胶，并沥以细泥浆，粗磨后补隙、修光，然后上粉，彩绘脸谱、上蜡，最后安上发髻、胡须，既要形似更要神似。

傀儡讲求造型严谨，精雕细刻；彩绘则要纤毫不乱，着色稳重而不艳。金麟班历代传承，始终保留着唐宋的绘画风格，人物性格鲜明，夸张合理，并具有所刻每个人物的特色。傀儡头雕基本造型有生旦净末丑，也要有神仙鬼怪及各种动物。尤为重要的是传统名剧中的各个角色。

傀儡雕刻除刀功外，对使用原材料的木植的鉴别选择、涂料的配制也都很有讲究。每雕刻一件傀儡，必讲求将人物独特的内心世界通过表情刻画出来。而金麟班世袭的秘制涂料更为重要，一件傀儡每种色彩都要涂上数十遍，这样，傀儡保存百年都不会掉色、变形。

古麒凤详细讲述了雕刻傀儡的林林总总、方方面面。

麒麟儿因与大师傅老七头儿有约在先，故装作第一次听讲一般，面上不时流露出新奇的神色。麒麟儿越听越疑惑，怎么大师傅讲的竟然和火凤儿姑姑讲的相差无几？麒麟儿想到，难怪师傅说天下傀儡行是一个祖师爷。

前院，隐隐传来九岁红教授昆曲的声音。

麒麟儿向古麒凤、查万响说起了自己在荷包巷与陆盼儿妹妹不期而遇的事情。

古麒凤夸奖麒麟儿在这件事儿上做得很好。

查万响说自从和醇亲王府设计麒麟儿假死以后，陆盼儿没有一天不在念叨麟儿哥哥。古麒凤说陆盼儿还小，也只有等她长大了再告诉她事情的原委。

麒麟儿告诉响爷和姑姑："麟儿眼下在跟长春宫普天同庆本家班掌事孙福喜学戏，前些日子，已被皇上封为毓庆宫的教戏谙达。"

古麒凤开始担忧起来："这要让太后知道了，还不得杀头啊？"

查万响倒很是高兴，安慰古麒凤说："哎，火凤儿啊，你不要听风就是雨，也不可太较真儿，麒麟儿跟皇上从小是在一条街上长大的，皇上是和麟儿说着玩儿呢，看样子不打紧。"

麒麟儿却一本正经地说："响爷，不是闹着玩儿，皇上已经传旨本家班，此事不准说出去，防的就是两宫太后知道。"

古麒凤脸上有些变色，举止已经显得有些慌张，连声说："这可怎么办才好？看样子教也不是，不教也不是。上书房的师傅那可都是两宫太后钦定的。再说就算是皇上把戏唱好了，那皇上也没地方去唱啊，一个皇上不理国事，不看折子，整天的曲本不离手，登台去唱戏，别说太后知道了不允，就是咱一个平头老百姓听起来这事儿也不靠谱不是？"

古麒凤说到这里，真的把脸沉了下来。

麒麟儿委屈地说："若是不教，那就算是抗旨，同样也得杀头。"

古麒凤忽然想到了什么："哎，先前儿不是听说皇上不喜欢听戏嘛，内廷本家班唱戏，皇上都很少去，就躲在毓庆宫看书，这打什么时候起，皇上又喜欢唱戏了？平心而论，那太后喜欢戏，也不能不让皇上喜欢吧？"

查万响觉得古麒凤有些大惊小怪，说："皇上既然和麒麟儿一般大，那也就是一个孩子，看来是没伴儿，太闷得慌，借个名目，就是让麒麟儿过去陪他玩儿。"

古麒凤说:"就按响爷说的皇上是那样儿,可话又说回来,皇上学戏,就是能教也不能真教啊。"

说到这里,查万响猛地一拍大腿想到了一个折中的法子:"对,对,只要不教戏,就能躲过将来太后知道了的责罚,又不违抗皇上的旨意,那就是教皇上一样场面上的响器,给皇上解闷儿。"

古麒凤和麒麟儿都说好。麒麟儿突然想起第一次在漱芳斋见皇上那晚儿,撞见彩娃子偷偷在打锣玩耍,皇上耳音甚好,居然能分辨出锣槌是敲在锣帮上还是敲在了锣心上。

查万响面露欣喜之色,心中有了计较。

院中响起几个伶童叽叽喳喳的说话声,其中夹杂着那书香清亮的招呼声:"贵如,下课啦,该回升平署了。"

金麟班的门钉和霞锦成亲,班主童麒岫纳霞衣为妾,两桩喜事经过众人撺掇,索性一块儿办在了老宅。喜事操办得热热闹闹,场面上吹吹打打,一扫几年来的郁闷与不快,班子里的人长长舒一口气,在这喜庆热烈的氛围中似乎又看见了金麟班兴旺的吉兆,希冀着百年老班再现往昔的辉煌。

金麟班自家堂会上,童麟熹为他爹和二娘唱了一出折子戏,赢得连连叫好喝彩声。

喜事当日,班子里的人却遍寻窦五乐不见,陆麒铖夫妇和查万响知道这件事在窦五乐来说不结缘必结怨,可一时间却又很难再说清楚什么,大家总觉得这件事绝不会善了,但将来从什么地方发端,实在是无从提防。

入夜。朝阳门外东岳庙。麒麟儿抽空儿带了娘亲用过的刀具来看师傅老七头儿。

灯下，老七头儿颤抖着手捧着这副刀具仔细地看着，摩挲着。

老七头儿沉吟良久，对麒麟儿说："今晚为师就用你娘亲的这副刀具教你开刀刻偶。祖师爷在三娘的店子里你已拜过，天下傀儡行就一个祖师爷。但是你要小心，以后再见金麟班的人，在你未去你父亲坟前叩头再拜师前，万不可露出为师教过你的雕偶功夫。此副刀具多年不用，师傅再给你打磨一下。"

老七头儿摆开磨石，捧起刀具，用其中一件的锋刃，将自己手指割破，挤出指上鲜血滴在磨石上，然后低下头开始磨起刀具来。油灯不甚明亮，蹲在老七头儿一旁看师傅磨刀具的麒麟儿，恍惚间好像看见师傅眼角似有泪光一闪即没。

载湉的随侍小太监杜之锡和寇连起藏身在毓庆宫宫门后，不时伸出头来偷偷向长街远处张望，提防着什么人的到来。原来二人是在给万岁爷把风放哨。

毓庆宫院内，麒麟儿从师爷孙福喜处拿来了场面上的武场三大件——单皮鼓和大、小锣，开始给皇上传授有关场面上的知识。

麒麟儿翻着眼睛，尽量想着昨天查万响给他讲过的关于场面上"文三场"和"武三场"的那些话，载湉听得是意趣盎然。麒麟儿告诉皇上，单皮鼓的名称，是因为凡鼓皆两面蒙皮，而它仅是一面蒙皮，故称其为单皮鼓。

麒麟儿听响爷说过当年制鼓制得最好的响器铺就要属苏州的老悦来。

麒麟儿最后告诉皇上，场面中，单皮鼓位居首席，号令三军，正所谓"一台锣鼓半台戏"，戏班后台有句话"九龙口言公"，坐得高，能总瞰全台。

载湉问坐的地方为什么叫九龙口。

麒麟儿认真地说："六位场面人坐在上场门一侧的台口儿，也是伶人出上场门数步，稍停亮相、光彩照人的地方。当年唐明皇李隆基一上台就坐在上场门的台口儿打单皮鼓，皇上是九五之尊，身上的龙袍绣有九条龙，打鼓的御座在台口，久而久之就叫了九龙口。唐朝皇上喜欢戏坐在那打鼓，皇上是咱大清的皇上，如果喜欢戏，也应该坐在那儿打鼓。"

载湉一听非常高兴，当即决定按梨园行里场面的规矩先习小锣，后习大锣，再学打鼓。麒麟儿摆弄起锣槌和鼓箭现学现卖，就像查万响教给他那样，开始给载湉讲解传授如何打锣、如何击鼓。

金麟班的演出场子，下午的戏码已经开锣，陆麒铖从台上往下看去，场子里几乎上了九成的座儿。这时门钉急急走来让管班陆麒铖赶快拿个主意，自打他与霞锦成亲，到今儿个已有三天，窦五乐仍然不见踪影，下一个戏码是窦五乐的主角儿傀儡，这出戏班子里却无人能替代窦五乐。陆麒铖无奈地摇摇头，看来也只能换戏码将就了。正在商量换什么戏码顶替上场的时候，窦五乐却和平素一样，快步走进了后台，热情地向陆麒铖和门钉打过招呼，就去准备戏了。

窦五乐来去倏忽，神龙见首不见尾，一阵风儿似的从后台走了过去，就像从未发生过任何事情。陆麒铖和门钉可是好一会儿才回过神来。陆麒铖这个管班师兄竟未来得及问清楚这几天窦五乐到底跑到什么地方去了。

掌灯时分，解罘园场子旁边的院子里，古麒凤带着霞衣还有文青嫂和耿婶一起过来为住在场子这边班子里的人替换新洗下的床单被褥。

金麟班几经风雨，沟沟坎坎、磕磕绊绊，总算重新站稳脚跟。看着原来是三人所住的房屋，如今，门钉娶亲住到老宅里去了，木棠为寻阴沉木，客死他乡，如今只剩窦五乐一人仍旧住在这里，兼看场子。夜晚灯下，形影相吊，怎不叫人慨叹唏嘘。

霞衣身上虽然穿着紫红裙子，但是一点也没有二奶奶的架子，仍然像往常一样，在为窦五乐的睡房张罗忙活整理卧具。令大家想不到的是，窦五乐也一如平常，调侃打趣说着玩笑话，尽量不使霞衣感到难堪。古麒凤看在眼里，疼在心中，有意让窦五乐和霞衣"话别"，带着文青嫂和耿婶来到厨房，自己忍不住倒先啜泣起来，责怪自己这个师姐没有当好。

归置完演出场子那边的房子，古麒凤和霞衣回到老宅的时候，已近半夜，令古麒凤没有想到的是老宅这边儿大家都还在等待她和霞衣的归来。

陆麒铖说起了窦五乐白天的事情，古麒凤和霞衣也大致谈到了窦五乐晚间的情形，查万响问起今晚在解罘园窦五乐和霞衣单独在一起"话别"，窦五乐都说了些什么。霞衣很是有些茫然，窦五乐什么也没有说，往昔的事情竟然一句未提，只说班主腿不好，以后要霞衣尽心服侍照料。

事情本不在情理之中，窦五乐回班的态度却又出乎众人意料之外，事出反常必有妖，这不得不让人把刚要放下的心再次给提了起来。

临近元旦，紫禁城内张灯结彩，处处显示出就要过年的那种浓重热烈的氛围。

重华宫普天同庆班公事房，麒麟儿来到这里听师爷孙福喜"说开蒙戏"。

孙福喜在给麒麟儿"说戏"，今天教的是三出开蒙戏的最后一出《夜奔》。他对刚刚练习"走边"停下来喘口气的麒麟儿耳提面命，嘴里不停地提点着："切记，切记，林冲是林冲，石秀是石秀。"

孙福喜的"说戏"是实授，手把手地教，面对面地授，说着说着自己就站了起来,从林冲上场开始再做示范,孙福喜一边为麒麟儿"拉身段",一边讲解。

孙福喜手把着紫砂小泥壶呷了一口茶,对麒麟儿说:"林冲虽属大将之流却是穿着常服出场,应算作是'箭衣',落难的林冲既不能像长靠武生,走身段大而刚猛,又不能像短打武生那样动作小巧利落。此时的林冲应当结合了靠把武生的大气和短打武生的利落,还要有一种书卷雍容的气息。唱时要在繁复的身段中不能丢失林冲八十万禁军教头的范儿,这是最最重要的。"

腊月二十三,过小年。

恭亲王嫡福晋仅带了一名随身侍女,在家班管事柳朝晋、教习孟楞香的陪同下前来刑部在养蜂夹道的"火房"探望儿子载澂。

坐在圈禁载澂的小院,看着自己这个放荡不羁的儿子,想到自己又无力劝说王爷回心转意,不禁垂下泪来。

恭亲王嫡福晋的到来,忙坏了狱丞祖福寿。所幸自己平日里对载澂还是百般照拂,问心自是无愧。看着还在使人往屋里加添火盆的狱丞,嫡福晋假以辞色,赏赉之外,很是给了祖福寿一些好脸色。

嫡福晋看着儿子日渐消瘦的脸庞,担心儿子生了病,吩咐祖福寿回头叫御医前来问诊瞧病。载澂给祖福寿使着眼色,大声地安慰额娘,他根本没有病,只要出去,身体就会慢慢好起来。嫡福晋则对此话深信不疑,原来那么一个整天不着家洒脱放浪不拘形骸的儿子,冷不丁给圈禁起来,受那拘束之罪,就是好人也难免给圈出病来。看着载澂眉飞色舞说起九岁红的那股高兴劲儿,嫡福晋不由得又心黯神伤起来。为了这个九岁红,载澂贸然御前求两宫赐婚,以致恭亲王勃然大怒,父子反目,至今动如参商。

时辰不早了,此地不宜久留,嫡福晋虽说放心不下,最终还是万般无奈地起身，温言细语地叮嘱了载澂一番话，再不可与阿玛赌气，决意回去拼着不过这个年，也要让恭亲王放出儿子。

恭亲王嫡福晋一步三回头地唏嘘着离开了刑部"火房"。

除夕，岁暮生寒。京城的街面上行人寥寥，处处店铺关板，饭庄酒馆歇业都归家去过年了。街面上很是冷清，间或传来小孩子们凑在路边胡同口一起玩耍燃放鞭炮的声响。

养蜂夹道的刑部"火房"，圈禁大贝勒载澂的独院，从外面张望，小院里边毫无生气，一片沉寂。载澂百无聊赖，索性老僧入定般盘腿闭眼坐在炕上。祖福寿带鉴园老管家哈桂走了进来。哈桂素知府里大爷的习性，在炕前给大贝勒载澂请安后，自顾自将手一挥，身后两名恭亲王府下人手脚麻利地支起一张自带的圆桌，铺陈桌布，点上蜡烛，摘下带来的圆形大提盒的保温棉罩，小心翼翼地将圆形大提盒内每层码放的精致酒菜端出摆放在桌子上，掰开带来的一坛外边儿寻常见不到的宫里专用玉泉酒酒坛的泥封。

瞬间，酒香飘满了小屋。

"玉泉酒来。"在炕上结跏趺坐的载澂闻见酒香，闭着眼睛却念出一句韵白。载澂睁开眼睛看见老管家哈桂前额上贴着药布，药布上面星星点点渗出浅浅的血迹。

载澂腾一下子从炕上跳了下来。

哈桂告诉载澂，那日嫡福晋探望载澂回去后当天晚上就和恭亲王闹起了家务。王爷一气之下，严令王府任何人不得再来养蜂夹道探视。今日是年关，哈桂无奈，冒死跪求王爷，连连以额碰地，为小主人求一桌酒菜，直到哈桂额头见血，恭亲王见哈桂情真意切，拗不过，只得同意哈桂送来这桌酒菜。

载澂嘴上不说，心中十分感念，摒弃礼数，按家人看待，盛邀哈桂和祖福寿一同入席。谦让数回，三人落座，侍立一旁的恭亲王府下人将酒盅斟满酒水，载澂举杯，似乎还要说点子什么，猛可里，刑部当值的门禁兴高采烈地跑进来禀报。

祖福寿呵斥："慌什么，越发没了规矩，没看见贝勒爷坐在这里吗？"

"小的该死，小的给贝勒爷请安，贝勒爷吉祥。"刑部当值的门禁给载澂请安过后，转向祖福寿，"启禀大人，都说'过大年唱大戏'，此话一点儿不假，外面好像是来了一个戏班子，在大门口儿正从车上往下卸那戏箱子，戏班子后面可是跟了一大群人在等着'听蹭儿'，远处好像还有人往这边奔来，看样子人是越聚越多，其他当值的兄弟不知怎么回事，只得将那些人拦挡在大门外。"

载澂高兴地说："是不是额娘打发家班过来了？"

哈桂摇摇头："福晋要是能把家班打发来，那也就能接大爷回府过年了。"

祖福寿一听，站起身向外急走要去看个究竟，这到底是怎么一回事？

祖福寿走到刑部"火房"衙署大门口，只见九岁红和集雅班的人抬着戏箱就要往里硬闯，当值的几个门禁简直是手足无措，拦也不是，不拦也不是。

祖福寿上前问明情况，阿玉说："我家小姐来给大贝勒载澂唱堂会，后面那些京城的老少爷们知道是大小姐要来刑部唱堂会，所以就都跟过来想'听蹭儿'。"

祖福寿急和几个门禁商量："大家伙儿前日刚刚得了恭亲王府嫡福晋的许多好处，眼下又是大年夜，虽说大爷圈禁'火房'，那是和恭王爷闹家务，与那些涉案待决羁押中的官员可不能相提并论。过完年，终有爷儿俩和好的那一天，不如趁此卖个大人情，说不定以后大家伙儿的前程还要着落在今晚的大年夜上头。"

老于世故的祖福寿说到这里，索性大做人情，戏班子可以进，外面众多跟过来"听蹭儿"的京城老少爷们儿也可以进，过大年，唱大戏，图的就是一个热闹。

天色完全黑了下来，养蜂夹道的刑部"火房"衙署院内，灯火通明。集雅班文武场上擫笛挡筝，九岁红盛装彩唱，《牡丹亭》中一曲《游园》与《惊梦》，缠绵悱恻，亦真亦幻。

汤显祖曾自谓一生"四梦"，得意处唯在"牡丹"，此话不虚说。

堂会一直唱到很晚，众人尽兴方才散去。

大街小巷燃放的鞭炮声时远时近阵阵传来，鞭炮声响彻四九城直到天明。

恣情率性的九岁红就在京城的大年夜，带集雅班闯刑部养蜂夹道"火房"为大贝勒载漖唱堂会。这一段风流佳话没等过完正月十五，便已传遍京城。长春宫里，大总管李莲英凑趣两宫太后饭后消食闲聊天，说起了这件事情，两宫太后听得是津津有味。慈禧觉得这个九岁红很像年轻时候的自己，无论何事，任性敢为。东太后慈安余兴未尽地说，瞅机会还要再见见这个九岁红，应当再赏她点什么才好。

刚刚过完年，鄂多林台便急不可待地重又纠结起一帮党羽，聚在胭脂胡同莳花馆商量事情。

九岁红大年夜率集雅班进养蜂夹道"火房"为大贝勒载漖唱堂会一事，激怒了鄂多林台，他一边大骂载漖重色忘义，一边吩咐一定要想出一个釜底抽薪的办法，将那合璧本弄到手里。

凌子丙附耳鄂多林台，悄声嘀咕，最后言明要借用车王府里的两个人，鄂多林台听罢高兴得跳了起来，大为夸奖，一本正经地说："到时大事办成，一定让叔父去找庄亲王爷商量，将三义班拔擢成宫廷供奉。"

过完年，升平署重又开课教戏，九岁红要给每个官学生开蒙拍曲。麒麟儿的开蒙戏是《琴挑》，那书香则要学习刀马旦的《扈家庄》，溪玥的开蒙戏是《游园》，其他伶童也都定了自己所学的开蒙戏码。

陆麒铖夫妇觑准了一个空子，将麒麟儿带进了箫韶九成班的木刻作，面对着偌大厚重的案子，看着墙上挂满了套着五颜六色行头的傀儡，麒麟儿的感觉是："见到了家里的亲人。"

麒麟儿看似随口说出的一句话，也着实使古麒凤有那么一会子作不得声。

古麒凤开始手把手地教授麒麟儿木刻雕功，形形色色的五官根据角色的外形、性格、身份、经历和气质来仔细琢磨，加上利用造型、线条、色彩来抓住角色的神髓，傀儡人物也自然地鲜活起来，如嘴尖刻薄的媒婆，翘髻角目的老丑，长眉蔼颜的慈祥老者，嘴厚面肉下坠的憨汉。

麒麟儿手拿娘亲用过的刻刀，第一次开始雕刻木植坯料，用刀的手法竟然一点儿都不见艰涩滞阻，很是熟练，古麒凤和陆麒铖见状是惊讶多于欣喜。

这一切就连在木刻作外面偷偷窥视的泉石淙也不禁心中暗暗称奇，连连点头。

第七十一章

端午节当天，庄亲王府从寅时起阖府上下便开始忙碌起来，府内各处灯光大作，人影幢幢。两个厨房的院子里架起了十几口大铁锅，锅里白汤滚沸，煮着大块的白肉。

厨房添加人手，帮忙整理吃肉所用的一应器具。

府内戏提调管事太监尚二丑依照上一次四大傀儡戏班子进梨园打擂台戏的情形，添派人手布置园子，四个班子来后所用的四顶大个儿的他坦、演出傀儡戏所用的大台子前几天就已搭了起来。眼下就是需要仔细相度，预留出两宫太后安放御座的地方。

御前大臣伯彦讷谟祜、景寿，还有顺天府尹李朝仪，早在几天前就骑马的骑马，坐轿的坐轿，来到庄亲王府与庄亲王爷商量两宫驾临出警入跸一应事宜。最后决定，端午节那天，庄亲王府内外及周边胡同街口，禁军全部换上老百姓的服饰，严加逡巡，不可让外人看出。进园子来吃肉的人们，虽说还是"人见人有份儿"，但在这之前，一定要做到先挑人后进府，挑进来的人自然是"人见人有份儿"。庄亲王力主"鸭子凫水，外松内紧"的办法主要是考虑到要让两宫感到与民同乐的意趣，还要同时兼顾到宫里的大规矩，不可乱了君臣的礼仪。

大家商量好了，时近晌午，庄亲王爷欲留大家便饭，想到两宫驾临庄亲王府事近在眼前，诸多方面尚需准备，谁还有心思吃饭？大家相互拱手作别，分头匆匆各忙各的去了。

朝阳门外的东岳庙。晨光中老道曲六如正在庭扫，大佛寺小乞丐油葫芦手里提着两串马莲草捆绑的粽子，急慌慌跑进东岳庙。未等曲六如开口问话，油葫芦伸出手来递给曲六如一串粽子，紧接着又将几块散碎银子塞进曲六如手里："老道爷爷，您听真凿了，这是京城小九爷今日齐醮的香火钱，小九爷安顿说有一句顶要紧的话，要对大师傅说。"

曲六如用手向后面一指，油葫芦手里提着剩下的另一串粽子，扭头向后面跑去。曲六如感觉到发生了什么事，顾不得放下手里的粽子，也紧跟了过来。

后面祖师爷殿一侧的偏院，整理好担子准备去赶庙会的老七头儿刚要出门，猛一抬头看见油葫芦提着粽子跑进来，感到有些奇怪。老七头儿从油葫芦的手中接过粽子："说好与九路车隆福寺栏杆殿见，你怎么反倒跑来了？"

"小九爷打发我来跟大师傅传句话，说今日不去赶庙会了。后半晌让大师傅直接去太平仓庄亲王府，找王府正门管事闲散拜唐阿海拉尔，那位海大叔自会安排大师傅进园子。"

曲六如疑心道："庄亲王府的园子里是不是发生了什么事儿？"

油葫芦大剌剌地说："哎呀，老道盼着点儿人家好不行吗？能有什么事儿呀？就是京城四大傀儡戏班子又要在庄亲王府的梨园吃肉打擂台戏。"

曲六如颇感意外，多少又有些佩服地说："想不到这小九真有两下子，居然还认得王府看大门的。"

油葫芦一撇嘴："这有什么稀奇，那王府看大门的海大叔可听小九爷的话了，那小九爷还是海大叔'打双陆'的师傅呢。"

曲六如仍是一副不相信的样子："你们的小九爷打发你来传话，那小九爷干什么去啦？"

油葫芦说："小九爷带人去升平署箫韶九成班给小师弟贵如送粽子去了。"

天色向晚。太平仓的庄亲王府四门大开，从府门口直到梨园，到处挂满了灯笼，明灯亮烛。府门前依然高悬两盏羊皮铁口的大红灯笼。经过挑选后的翰詹科道六部官员及眷属乘坐的轿子、骡车、大鞍车、小鞍车壅塞了半条胡同。

下车出轿的人们相互寒暄着陆陆续续走进庄亲王府。

府内梨园。被挑来的翰詹科道六部的京官儿们携妻带子三五成群早已盘腿团团围坐在梨树下，有肉吃、有傀儡戏看，平日里根本无缘结识巴结不到的皇亲贵胄庄亲王，今日居然被请到他的园子里来看灯儿戏，大家的心情自然不错，兴奋之余也还有着些微的惶恐。倘若知道后来还有两宫太后的微行驾临，估摸拜辞不来者会大有人在。

眼下梨园内大人们在高谈阔论，孩子们在嬉笑耍闹，一片沸反盈天的景象。

四大傀儡戏班子前来梨园打擂台戏的伶人们，带着行头砌末还有戏箱一应物件，早在申时就从王府后门被引领至在箭圃前各自的他坦内。尚二丑和杨小轩将四大班子的班主召集到一起，商量戏码的前后顺序。

尚二丑说："王爷点名金麟班照例唱大轴。"

三义班三兄弟和陈、高二位老板冷眼旁观，不作一声。

尚二丑接着说："今儿个开锣的吉祥戏由箫韶九成班来承应，王爷的意思，这也是本家班的傀儡戏头一回亮相，给咱京城四大傀儡戏班子的老大哥'挑个帘子'，接下来的早轴、中轴和压轴的戏码，几位老板悉听尊便,现在商量好了,只要说个顺序,上台来自家报自家的戏码名儿,王爷说了,这么做,为的让两宫太后能记住各位老板。"

凌氏三兄弟和陈、高二位老板开始相互推诿扯起皮来,说不得,最后凌子甲摆出副庙首的身份,杨小轩又从旁解劝,放牛陈和高月美也只好委委屈屈答应下来,万喜和鸿庆的班子分上早轴和中轴。三义班上压轴。

天色完全黑下来,园子里的灯笼全部点亮,周边光影晃动。梨园那边的台子上,升平署箫韶九成班开场的吉祥戏已经登台,鼓乐喧天,好不热闹。

园子里前来观戏的人们挥动着手里的刀叉吃着肉,喝着烧刀子。

金麟班他坦内,班子里的人正在七嘴八舌地猜测着两宫太后何时微行驾临,穿着什么样的服饰,坐在园子里的什么地方。古麒凤估摸时辰,拉上霞衣准备再去王府后门迎接前来"钻筒子"的九岁红,临出他坦前叮嘱陆麒铖和查万响,看紧自己班子里的人千万不可乱跑。门钉忽然发觉窦五乐不见了。童麒岫知道九岁红就要到来,来了后自然要进他坦,地方小,无处回避,今晚也只有硬着头皮与她见面寒暄一番了,尴尬归尴尬,总不成一辈子就这么躲避着。

童麒岫将自己的想法对师弟陆麒铖说了以后,自告奋勇去园子里找回窦五乐,然后和他一起来默戏,准备《金钱豹》。童麒岫起身走出他坦时,对师弟陆麒铖苦笑着说:"看来也只有这样了,尽量回避九岁红,挨得一时是一时。"

童麒岫走出了他坦,顺着园子边上的甬道,隐身在树木的暗影里向前走来,他想兜过前面的月白风清戏厅,从后面绕到傀儡戏台子那边儿去找喜欢看热闹的窦五乐。远处清晰地传来放牛陈最拿手的傀儡戏《小放牛》的演唱声,其间夹杂着孩子们看得高兴的欢叫声。

童麒岫刚刚走到黑灯瞎火的戏厅门前,忽然听见不远处有人小声嘀咕着鬼鬼祟祟地向这边走来,童麒岫灵机一动,后退着躲进戏厅里,随手轻轻掩上戏厅的花棂隔扇门。

隔着窗棂,影影绰绰看见走来了三个人,看样子是两男一女,其中一男一女却是宫装打扮。他们在戏厅门前停住脚步,似乎是在等待什么人的到来,背对着戏厅在向园子里张望,以致无法看清面目。

戏厅花棂隔扇门里,童麒岫大气不敢出,屏住呼吸,静等着看个究竟。一个人影急慌慌走来,抢步上前一安到地给背对戏厅中间站着的那个人请了一个安,随即开口说话,语音不高,听得出是在尽量压低嗓音,可在童麒岫听起来,却是如同打了一个响雷。

外面的人倏忽一下各走各地转瞬不见了。童麒岫慢慢推开戏厅的花棂隔扇门,有气无力地循原路走回,可是脚步却异常沉重。相距自己班子的他坦已经不远,看得见金麟班他坦内的灯光,隐约听得见他坦内师妹古麒凤和九岁红的交谈声。童麒岫生怕此时被人撞见,索性隐身在箭圃高大的箭靶后面,靠着箭靶慢慢地有气无力地坐了下来。

梨园那边儿重又传来承应傀儡戏的文武场的器乐声,童麒岫听得清清楚楚,这场该是中轴戏了,听文武场的响动,这是皮黄戏!但这是什么戏码?却是第一次听见!

距箭靶不远处急急跑过两名庄亲王府内的使女,大概是赶着去到前面看新戏,俩人边走边还说着,是一个告诉另一个:"听说是万喜和鸿庆两个班子合演的傀儡戏,是西佛爷自己个儿编的曲本,叫什么御制《青石山》,刚才听伺候王爷书房的全喜说,台子上一报戏码名儿,就连咱府里的王爷还跟着吓了一大跳呢。"

临时搭建的傀儡戏台子,大而宽敞,台子上,文武场紧锣密鼓,皮黄腔御制《青石山》武旦傀儡戏正在风风火火地接近尾声,园子里喝彩叫好声此起彼伏。

相距台子对面不远处,一片梨树的前面,周围的灯笼也是远远地挂在梨树上，树影婆娑，一片昏暗。就在这一片梨树的暗影里，微服坐在矮绣墩上的两宫太后，看完这出皮黄腔的傀儡戏《青石山》很是高兴，慈安连声夸赞慈禧改戏改得好。

慈禧听到慈安夸赞也是非常高兴，招手示意李莲英，穿着常服的李莲英躬身趋前。

慈禧小声对李莲英说："这就是你拿戏本给的那个三义班？这腔'安'得还成，只是听刚才戏里唱九尾仙姬的是个男旦，全不似上次在宫里漱芳斋唱耶律琼娥的那位青衣，这才是第三场中轴啊，怎么把压轴的戏改中轴了？去，问问庄亲王，那压轴的是什么戏码？"

李莲英冷不防慈禧有此一问，细一琢磨，话锋不祥，立时蒙圈了，心里一边儿嘀咕嘴上一边儿应付："嘛，奴才这就去传庄亲王爷过来回话儿，奴才顺便再去三义班的他坦问问，说好的是压轴，怎么中轴就上了？"

三义班的他坦内，从万喜和鸿庆两班合演的中轴戏《青石山》一上场，凌氏三兄弟如遭雷击，惊得是目瞪口呆。凌子甲懊悔不迭，刚才还推来搡去，非让万喜鸿庆两班先上场，这倒好，最后给自己挖了这么深的一个坑。依仗着李莲英是西太后身边的大红人，原想着有这么一个如此之深的奥援，手拿把掐的一场富贵，到头来却让别人捷足先登，尤其是在太后面前露了脸。事出蹊跷，万喜和鸿庆两班又是从何处得到这御制《青石山》的曲本？

凌氏三兄弟正在无计可施，身穿常服的李莲英一头撞进了三义班的他坦。

李莲英告诉凌氏三兄弟，三义班的《青石山》万不可再唱，刚才第三场中轴戏是《青石山》，如果紧跟着第四场压轴戏也是《青石山》，说出去不但让人笑掉大牙，倘若拿到两宫太后面前怪罪下来，升平署承应戏一事实属思虑不周，轻慢差事，玩忽懈怠。牵累了庄亲王爷不说，首先拿来问罪的必是三义班。

李莲英对于万喜鸿庆两班联袂承应的《青石山》，大概其地已猜度出是谁在其中作祟。这件事坏就坏在四个班子方枘圆凿，事先没有通气，哪个班子演什么戏码，谁也不说，为了争宠，相互隐瞒，结果是贼手摸了贼脚。此事倘若闹到两宫太后跟前，大家谁也讨不到便宜。

李莲英与庄亲王爷已经商量过了，先让唱大轴的金麟班顶上唱压轴，由三义班来唱大轴，算作对三义班的补偿，并且留出半个多时辰给三义班来想辙换什么戏码，对付过今晚的承应才是上上策。

尚二丑和杨小轩急急走进金麟班所在他坦，催促金麟班先上压轴戏，庙首杨小轩从旁一个劲儿地说着好话，发觉童麒岫此刻居然不在他坦内，陆麒铖回说班主出去找僻静地儿默戏去了。

临时搭建的傀儡戏台子，检场的拉开了大幕，一瞬间，园子里安静了下来。九岁红"钻筒子"配唱古麒凤手里的红娘傀儡，金麟班的镇班大戏《红佳期》在一片筝笛声中开唱。园子里不时响起叫"好儿"喝彩声。对面梨树暗影里的两宫太后也是听得兴致盎然。

童麒岫靠在箭围的箭靶上，头脑昏昏沉沉，他慢慢扶着箭靶站起身，侧耳细听，一曲终了，《红佳期》应该是唱完了，童麒岫向着金麟班他坦的后面慢慢走来，他站在他坦后面，通过他坦卷起的一扇小方窗窥见陆麒铖带领班子里的其他人手里拎着东西，正在陆续走出他坦去为《金钱豹》一戏准备砌末和场地。

紧接着，下了戏的古麒凤挽着套着行头的傀儡红娘和九岁红，后面跟着阿玉三人走进他坦，阿玉一阵忙活，给九岁红送上热手巾包裹着的紫砂泥手把壶。古麒凤往架子上挂傀儡，扭头看见窦五乐站在他坦门口撩着帘子向里张望。

看见窦五乐探头探脑，古麒凤有些奇怪。窦五乐忙说陆师兄请师姐赶快到前面去一趟，班主去默戏，到现在都没有回来。古麒凤见说，马上随窦五乐走出他坦。

他坦内只剩九岁红和阿玉二人。

站在他坦后面小方窗偷窥的童麒岫刚想转身绕过他坦直接去到前面，他不无留恋地想再多看一眼九岁红。这时，他坦的门帘再次掀起，走进来身穿宫里装束的一个"整脸子"太监和一个宫女，太监胳膊上搭着一柄拂尘，宫女手里端着一个髹漆朱红的托盘，托盘上放着一盏精美异常的酒盅。

那个"整脸子"太监微微一咳，尖细着嗓子报说："两宫太后口谕。"

九岁红一听，携阿玉双双跪下接旨。

"整脸子"太监冷冷的腔调："两宫太后口谕，赏南昆名旦九岁红瀛台莲花白一盅。"

"整脸子"太监说完，用手虚扶了扶九岁红，尖细着嗓子说："粟老板，您起来把酒喝了，奴才也好回去复旨呀。"

九岁红规规矩矩叩下头去，以示谢恩。

九岁红谢恩毕，站起身，不疑有他，伸手取过放在髹漆朱红托盘上的酒盅，刚想一饮而尽，不承想，一阵风似的，童麒岫跛着腿冲进他坦，一步迈到九岁红身边，伸手夺过九岁红手里的精美酒盅，将那酒盅里的酒一饮而尽。

童麒岫突如其来的举动，使九岁红猝不及防地后退了一步。那个前来赐酒的"整脸子"太监和宫女也着实吓了一跳，胳膊上搭着拂尘的"整脸子"太监一拉宫女的衣袖，二人迅即转身急步走出他坦，消失在园子里的黑暗中。

台子对面不远处的梨树暗影里，庄亲王走进侍卫围坐的圈子里，躬身向两宫回话。真是怕什么来什么,四个班子唱戏,居然闹出两个御制《青石山》。两宫垂询,庄亲王不敢有所隐瞒,只得据实回奏,连说奴才失职。

慈禧有些动怒,责怪庄亲王,原本打算着和东宫微行前来梨园观京城四大傀儡戏班子打擂台戏,一是追思先帝同治,二是借机老礼儿吃肉与民同乐,再看些民间的玩意儿,这可倒好,升平署把宫里的这一套搬来了这里,早知道宫里宫外一个样,我们姐儿俩还出来做什么?

李莲英安顿好三义班的事情,转身出了三义班的他坦,抽身向回急走,半路上被从后面赶上来的尚二丑叫住了。

灯影里看去,尚二丑简直是手足无措:"李大总管,这下可褶子了,压轴戏金麟班还有一出《金钱豹》等着上场,不知因为了什么,两宫太后赏给南昆名旦九岁红的赐酒倒叫班主童麒岫给喝了,哪知童麒岫喝完这赐酒,立马儿口吐鲜血,当场倒地,眼看着是不行了。"

李莲英一皱眉:"二丑,你在这儿胡说什么哪,此次两宫微行,鸦没雀冻,不欲人知,又哪来的什么太后赐酒。什么人去的?咱家怎么不知道还有这回子事儿?"

李莲英嘴上说着,脚下并不慢,立即掉头往回走,他要去金麟班的他坦看个究竟。尚二丑紧紧跟在李莲英身后,李莲英停住脚步,吩咐尚二丑:"咱俩就别卖一个搭一个了,二丑啊,快去将这个情况告知现在两宫御前的庄亲王爷。"

李莲英打发走了尚二丑,急步走进金麟班的他坦,看见童麒岫仰靠在戏箱旁,嘴角挂着黑红的血丝,明显是中了剧毒,奄奄一息,眼见着是不行了。阿玉在用手帕为童麒岫擦去嘴角上不断从喉咙里涌出的黑血,此外似乎再也无可作为。

九岁红含泪注视着童麒岫,一切尽在不言中。

金麟班回来寻找班主的人见状,不禁低声啜泣起来。

李莲英进来慌忙中三言两语问明了情况，铁青着脸对金麟班的人说："事情已经发生，现在万不可惊了驾。两宫太后微行出宫，仪驾都没有带，是个隐秘的举动，为的就是今晚与民同乐。两宫就是要赏些个什么，也不能够明说是两宫太后赏的呀，这里面怕是有什么蹊跷。再者说，今儿个凡是宫里出来的，都是一水儿的常服，刚才过来端盘子赐酒的太监和宫女又是从哪里来的？"

阿玉抬起头，争辩说："那谁知道，反正就是你们宫里的人，那个公公的胳膊上还搭着柄拂尘呢。"

尚二丑三步并作两步走到两宫御前，看见梨树前面的暗影里，王爷正在跟两宫回话，隐隐听见太后正在说着什么有关大台宫戏的事情。忽然看见王爷又跪了下去，想来是太后的责难越来越重了。

尚二丑真的着了急，金麟班那边出了事，戏码接不上，王爷在两宫御前见起又下不来。尚二丑兀自伸长脖子睁大了眼睛紧盯着那片暗影里御前的情形，忽然觉得有一只手在拽他的衣衫，耳旁响起一个既熟悉又陌生的声音："尚二叔，尚二叔。"

尚二丑扭头一看，是一个半大的小乞丐模样的孩子，借助灯影再仔细一看，尚二丑吃惊之余仍没忘记自己的身份，倒退一步利索地给这个孩子请了一个安，低声说道："尚二丑请九龄儿格格安。"

九路车一把拉起尚二丑，急问："我阿玛怎么回事？"

尚二丑说："回格格话，眼下园子那边儿是出了点儿事儿，一时半会儿也说不清楚，奴才这不是也正着急呢。"

九路车未等尚二丑的话说完，大步向梨树前面的那片暗影走过去。九路车面前忽然站起三四个身着常服的御前侍卫，毫无声息一下子夹持住九路车。

九路车踢蹬着双脚，大声喊着："东娘娘救我，西娘娘救我！"

梨树前的暗影里，坐在绣墩上的慈禧听见九路车"西娘娘救我"的呼叫声，一个愣神，站在慈禧身旁的荣寿大公主说："哎呀，太后，听着声儿像是九龄儿格格回来了。"

东边的慈安也是听出了九龄格格的声音，满脸讶异，慈安向一侧摆了一下手，示意侍卫们放九路车过来。

慈禧沉着脸对庄亲王说："九龄儿回府来了，大台宫戏的事儿回头再说。"

九路车径直走过来，顺势跪在她阿玛的身旁，给两宫太后行了大礼。

慈安笑着说："你们爷儿俩快起来说话儿。"

庄亲王和九路车谢恩后站了起来。慈安看见九路车这一身装束，"扑哧"一声笑了出来，

"九龄儿，几年没见，都成大姑娘了。东娘娘问你，偌大个王府你不待，你这是上哪儿要饭去了？"

慈禧佯装嗔怒，话语里却带着关爱："九龄儿，你东娘娘问得对，这几年你都是上哪儿去啦？没把你阿玛给急死！"

九路车莞尔一笑，说："回东娘娘和西娘娘的话，刚才听府里戏提调尚二丑说，东娘娘和西娘娘微行来府里，就是想看看民间的玩意儿与民同乐。这不是，九龄儿为了孝敬两宫娘娘，特意去民间学了几年傀儡戏的老祖宗扁担戏来，趁着今儿个两宫娘娘来府里看傀儡戏打擂台，九龄儿赶着赶着就回来了。"

慈禧看见站在面前的庄亲王府的九龄格格亭亭玉立，俨然是大姑娘的模样，非常喜欢，叫过尚二丑，吩咐那四个班子的傀儡戏延后，两宫要先看看九龄格格嘴里说的傀儡戏的老祖宗扁担戏。

园子里乱了一会儿，此刻安静下来，临时搭建的傀儡戏台，检场的已经将耍手围子撤开，露出在场地上已经打开支起的扁担戏的家巴什儿。

九路车借来了老七头儿的担子，凭借自己素日与七爷扁担戏的朝夕相处的记忆，手脚并用连唱带踩锣鼓钹、有板有眼地模仿起老七头儿唱的扁担戏《高祖还乡》。

园子里的孩子们叫好声不断。两宫看得也是津津有味，频频点头称是。

慈禧颇有感触地说："就这么一个走街串巷的玩意儿还真是有意思，就更不要说那大台宫戏了，难怪那前儿皇帝钻天觅缝地想看这傀儡戏。"

慈安也是深有同感："这个九龄儿，不顾身份在外面学了这玩意儿回来，看见她阿玛挨说，心疼她阿玛，却想了这么一个主意，还有这么一番说辞，为她阿玛转圜，倒也真是难为这孩子了。"

慈安说着话儿，突感不适，吓坏了身旁的侍女和太监，也吓坏了庄亲王及此次随行暗中护驾的众位大臣。大家一阵忙乱，随即两宫太后在御前侍卫的簇拥下，悄悄离开了庄亲王府。

临时搭建的傀儡戏台的场地上，庄亲王府九龄格格的打炮戏仍在进行中。

园子边上不显眼的一处梨树下，坐着老七头儿和杜三娘，二人一边儿吃肉喝着烧刀子一边儿说着话儿。

杜三娘看了一眼傀儡戏台子场地里九路车正在演唱着的扁担戏《高祖还乡》，问老七头儿："看样子你七爷早就知道这个京城小九爷的身份，为何一直到方才九路车过来找你借扁担戏的挑儿，你才说破？"

"旗人家的孩子玩儿心大，但玩儿性都不长。"老七头儿微微一笑，"原想着她跟着这担子后头走走，用不了多久，没了兴趣，也就归家了，谁知她是真喜欢这傀儡子。原想说破，可这时间一长，后来想想还是不说破为好，何况这九路车是有如此的家世。"

杜三娘两只手拍在一起，一副恍然大悟的神情，说："难怪几年前在什刹海第一次见九路车的时候,她手里捧着'驴打滚',说京城里的两个七爷她都认得,当时以为是小孩子在胡说八道,哪知却是真的,什刹海有你这个七爷,还有太平街醇亲王府的七爷,论起来,醇亲王爷是她的七叔。"杜三娘说完自我解嘲地笑了起来,最后还是有点不甘心地问老七头儿,"你七爷再有能耐,也有见不到的地方,恐怕九路车原是庄亲王府里的格格你就不知道。"

"三娘,话可不是这个说法。"老七头儿喝了一大口烧刀子,用袖口抹抹嘴,"九路车是哪个王府的孩子不知道,但老七头儿见她的第一眼,就知道九路车必是哪个亲王府跑出来玩耍的孩子。"

杜三娘问:"何以见得?"

"这个简单——"老七头儿抬手指了指自己前额,"九路车头上一直戴着一顶实地纱的帽子,那帽正处可是镶了一块帽正?"

"没错,好像就是一块石头,反正不是翡翠的片子。"

"那是一块玺灵石,阳光下那玺灵石会变色,大清例律,那玺灵石平常百姓家不得擅用,只有亲王品秩的帽正处才能镶此石头。所以呀,老七头儿从第一眼看见九路车起,就知道她是从亲王府跑出来的孩子,头上戴的一准儿是她阿玛的帽子。还有一宗事儿,那九路车跟着担子上街串胡同赶庙会,孩子嘻嘻哈哈不经意,在老七头儿的担子附近,若即若离、不远不近的总有几个人缀着,孩子没看出来,咱自然不能说破……"

杜三娘真的明白过来了,抢着说:"那一准儿是王府派出来的侍卫,无论你这挑儿走到哪儿,那几个人一准儿就跟到哪儿,都是在护卫那孩子。"

第七十二章

金麟班在庄亲王府梨园承应擂台戏，班主童麒岫以身殉情，破了有人设计要毒死九岁红的局，以死偿还了亏欠九岁红的一笔孽缘债。九岁红则深感于衷，莫名所以。

管班陆麒铖遂令金麟班停戏辍演，以示哀悼，一起为班主童麒岫治丧。

金麟班老宅里继掌班师娘凌雪嫣过世之后，再次搭起白色灵棚。金麟班四方告哀，前来吊唁祭奠者络绎不绝。放牛陈和高月美向众人谈起与童麒岫相处的往事，众人听后，唏嘘不已。

几天来，索万青携子童麟熹跪谢拜送、应酬作答，忙得是晕头转向。明天就要发送了，当晚守灵的是童麟熹和陆盼儿二人。

看看天色已是后半夜，几天来的劳累和悲伤，童麟熹终于支撑不住瘫倒在祭桌一侧的拜垫上竟然昏昏睡去。陆盼儿跪在另一侧的拜垫上，也是强睁着双眼，用劲儿撑住就要歪倒的身体。

这时，从门外忽然刮进一阵风来，灵桌上粗如儿臂的素蜡被这阵轻风搅动，烛苗不停地抖动。陆盼儿真想睁开眼睛看清楚跪在灵桌前身穿一身缟素啜泣的人是谁。无奈自己心里明白，眼皮就是不听使唤，自己想扑过去认认人，可身子困乏得就是没法动弹，陆盼儿不甘心就这样睡过去，嘴里还嗫嚅着轻声问道："是麟儿哥哥回家来了吗？"

金麟班班主童麒岫的后事总算是料理完毕。

老宅三进院中上房，房内陈设依旧。夜晚灯下，大家围坐正在商量金麟班以后的事情。

查万响说："班主去世，依照规矩童麟熹作为二少班主应该留在金麟班。"

陆麒铖和古麒凤从旁也极力挽留。

"响爷，话可不是这么说的。"索万青仿佛铁了心一般，坚决不允，"熹子从小我就没打算让他入傀儡戏这一行，师傅的骨血正根儿是麒麟儿，因病夭折那是后来的事儿。还有一宗，金麟班历代相传的掌班信物天璇玑师娘辞世前虽有托付，无奈又不翼而飞，这一切岂不是天意？再有熹子他爹虽说是班主，实际上是螟蛉之子，如今人已不在，更不要说什么嫡传不嫡传了。要依我说，师弟陆麒铖正可担起金麟班门户之责。"

索万青说到这里，站起身，众人知道多说无益，只得随索万青来到院中。索万青站在院中环顾老宅四周，可以看出她内心还是有着一种深深的依恋。

"霞衣新寡，所幸金麟班尚还有她存身之处。"索万青安顿众人，"我带儿子回娘家，无非就是课子学戏。"

索万青最后好言安抚过门不久的霞衣几句体己话，又让童麟熹规规矩矩跪下给查万响、陆麒铖夫妇及门里所有的师长辈们叩头辞别，然后，头也不回地带儿子童麟熹走出了童家老宅。

端午节京城四大傀儡戏班子在庄亲王府打擂台戏，结果台下发生的事情远远超出了所有人的意料。其中，两班同时承应御制本《青石山》，闹了一场大乌龙；金麟班班主童麒岫替九岁红饮鸩身亡；王府九龄格格只身为两宫太后演唱走街串巷的扁担戏；东太后微恙，两宫匆匆回銮；顺天府发下海捕文书，缉拿在庄亲王府假冒两宫赐毒酒给九岁红的那个太监和宫女。

几天来，鄂多林台是大为恼火，简直是坐卧不宁，而且是越想越生气，只得再约凌子丙，自然又约在胭脂胡同的莳花馆。

那一日，鄂多林台听从了凌子丙的釜底抽薪之计，而后回到车王府，避过叔父，亲自挑选了一名府内干练的太监和一名伺候叔父书房的侍女，妄图利用四大傀儡戏班子在庄亲王府打擂台戏的时机，钻两宫微行、不便对外张扬的空子，打一记隔山炮，以两宫赐酒为名，瞒天过海先毒死九岁红，再谋夺曲本，这样一来重阳节的两府"榜争"，车王府必定未"轧"先赢，真是一举两得。可万万没有想到金麟班班主童麒岫当了这个替死鬼。鄂多林台只觉得这气没地方出，你童麒岫愿意死没人拦着，却搅了爷的好事。

正在气恼自己无计可施之时，奉召而来的凌子丙，嘿然一笑又献一策，对九岁红既然不能"智取"，那也只好"力敌"。九岁红的命门软肋还是她的那个关门弟子，眼下这些事儿虽然说不准金麟班与醇亲王府到底有多大的干系，只要能如此如此，必可事半功倍，再者说，最后还有奥援大总管李莲英可向太后进言。

鄂多林台听后重又转忧为喜，许与凌子丙，倘若此次成功，他也必能让叔父去把宫廷供奉给三义班要来。

大佛寺的京城小九爷一夜之间变身庄亲王府的格格，大佛寺里欢腾了起来。

当九路车仍穿着平素的化装装束走进大佛寺的时候，杆子头扑满山带领大佛寺内无论男女老幼，黑压压跪了一片齐齐给九路车请安。众人请安过后,簇拥着九路车进了接引殿,众人不改口,仍称格格小九爷。

九路车一抖手,自袖中抽出一张银票,交给杆子头扑满山,要他安排人手去置办酒肉菜肴,她今晚要在大佛寺犒赏众弟兄。大佛寺再次欢腾起来。

九路车招手叫过油葫芦,要他安排几个得力小兄弟,需如此如此,要这般这般,去做一件极隐秘的事情。

这几日闲了下来,庄亲王爷重重犒赏了海拉尔及这几年在暗处保护格格的府里侍卫,对阖府上下都知道格格每晚回府睡觉、天亮即走,只是瞒着他一人而已的"过失",并未责难。格格在两宫御前回护自己,又肯回府,足见父女情深。

庄亲王爷高兴之余思虑却又多了一重,此次在梨园,四大傀儡戏班子打擂台戏,死了一个班主童麒岫不说,是谁竟敢如此大胆趁着夜色来庄亲王府假称两宫口谕并赐毒酒?虽说没有证据,但是庄亲王爷第一个想到的人却是车王府的贝子鄂多林台。

说起来,庄亲王的心里也有些许的憋闷。在梨园的御前,西边儿陡然间问起了大台宫戏一事,虽说并未较真章,可那话里话外听起来让人也很不受用。庄亲王无奈也只有实话实说。一部大台宫戏,两个傀儡,自打承旨起已然弄了将有八年的光景,好容易寻来木植,"返阳"后做成了木刻坯子,谁又能想到在这雕刻上竟连内务府高手也毫无办法。亏得女儿跑出来给自己打了个圆场,西边儿这才停止了追问。

思来想去,还是要顾眼前的事儿,庄亲王叫来了自己的儿子载洎,问起了鄂多林台最近的一些情形,并叮嘱载洎如若再跟鄂多林台那些人混在一起时,要多留意鄂多林台的举止言谈。

京城里远近八方赶来什刹海杜三娘茶店棚子底下看老七头儿扁担戏

的人见天儿的仍是围得里三层外三层。

麒麟儿和那书香来看杜三娘。为童麒岫的死,麒麟儿心中很是悲伤。杜三娘正在劝慰麒麟儿,九龄格格一身往日九路车的装束走了进来,麒麟儿和那书香却一反往常,照规矩给九龄格格请安,慌的九龄格格赶忙将他二人拽了起来。杜三娘催促麒麟儿和那书香当即改口叫了师姐。

那书香想起九龄格格曾经说过的话,磨着九龄格格带她去见皇上。九龄格格好言安慰那书香说:"皇上现在还小,有些事做不得主,耐心再等上几年,皇上亲了政,你家平冤昭雪的事儿,皇上也就一句话。"

大家谈起往日,气氛变得热烈起来。庄亲王府梨园四大傀儡戏班子打擂台戏,九龄格格为给阿玛解围现身御前,情急之下,借用老七头儿扁担戏的挑儿,给两宫演了一场耍呜丢丢,谁知两宫看得很是喜欢,也知道了九龄格格的师傅叫老七头儿。

九龄格格跟老七头儿说:"两宫还说哪天让师傅进宫去承应呢。"

杜三娘忙对九龄格格说:"哪天你师傅真要进宫去承应,我一定也要跟了去。"

夜色昏黑,伸手不见五指。

西山樱桃沟通往金麟班家族墓地的山道上,窦五乐独自一人扛着锹镐,手里提着气死风手照,脚下磕磕绊绊,气喘吁吁地走进金麟班家族墓地。

远处传来苦恶鸟的啁啾声,一声接一声,声音短促而凄厉。

窦五乐浑身一激灵,仍然鼓足胆气走到最后面一座小小的坟茔前,提起手照,在手照的光亮里确认是童麟飞的坟茔无误,窦五乐开始刨坟开棺。

鄂多林台、凌子丙和窦五乐合计商议的结果就是只有刨坟开棺才能最后确认麒麟儿是真死还是假死，解开了这个扣，一切的一切都不在话下，真相就要大白于天下，贝子爷赏赐的富贵就在眼前。正如凌子丙说的那样，童麒岫该死，天底下的好事又怎能全让他一人占尽。霞衣虽说已是寡妇，窦五乐并不嫌弃。窦五乐也曾婉拒贝子爷要给他说一房媳妇的好意。心里惦记着霞衣，手上加快了动作，坟小土浅，窦五乐没用半个时辰将土翻出，随即露出了棺木。

窦五乐提着手照，打开了棺木，果不其然是一具空棺，棺内只有一身衣服，原来真是一副衣冠冢。

"果不出三老板和贝子爷所料，这真是一副衣冠冢。"窦五乐见状大喜，不由得自言自语起来，嘴里嘟囔的话还未说完，耳旁突然响起了一声苦恶鸟短促而凄厉的啁啾声，心中不由一颤，猛然感到脑后遭到一记重击，都没有来得及回头看一下，便脸朝下直接扑倒在棺材里。

紧接着，棺木的盖子再次被人合上，棺材四边重新有人用木签将棺材盖钉死。窦五乐自己带来的锹镐再次派上了用场，四周的坟土又重新被人填回到坑内。只见四五条黑影手脚并用地在忙活，听到有人讥讽地说："金麟班的人葬在金麟班的墓地里，死得也算是地方。"

夤夜，一顶来自养蜂夹道的刑部官轿悄悄停在了集雅班总寓门口。
九岁红从前来接她的人口中得知，大贝勒载澂的身体看样子不大好了。狱丞祖福寿几次要派人去请御医和去恭亲王府禀告实情，无奈均被载澂所制止。他深知恭亲王父子赌气闹家务，这大贝勒载澂脾气骄纵，竟至要以性命相搏与他阿玛见结果。如在恭亲王府内，自然与他人不相干，可如今在这里万一有个好歹，岂不是"城门失火殃及池鱼"？别无他法，惶急中想到了九岁红在大贝勒载澂这件事上或可转圜化解，只得派人前来。

九岁红夤夜如约而至，祖福寿自然喜出望外。载澂看见九岁红进来，自然是避猫鼠见了猫，开始有说有笑起来。祖福寿见事有转机，自掏腰包，连夜叫人送来一桌酒席以备夜宵。

大家在谈笑，九岁红猛然记起上次请大郎中关杏林来"火房"为载澂诊脉，临走时关杏林所说的一番话，颇有些禅机的味道。又想到童麒岫饮鸩殉情，救了自己，经此一事，九岁红萌生退意，金断觿决，不再有所顾虑，下定了一生的决心。

折腾了一夜，天色微明。见大贝勒微醺睡下，九岁红离开时，对狱丞祖福寿低声说着什么，再三表示请他不必担心。祖福寿对九岁红以后的一应安排则连连点头表示赞许。

九岁红就要离开京城回南了。

集雅班最后给精忠庙交回了"题名牌"，班子里的人去留自便。

九岁红携阿玉来琉璃厂看望郭万里并辞行。宾主落座，九岁红说起最近发生的事情，告诉郭万里自己准备回南，并带载澂一同回南"天养"。

郭万里听后并未显得惊讶，而是好像早就知道这一切，起身捧出那只有锁无钥的匣子意欲奉还，哪知九岁红仍然坚持放在彝鼎阁。

郭万里说："粟老板，要知道这世上是一把钥匙开一把锁，既然这只匣子上面的锁匙已丢，怕是再也打不开它，硬要砸开，岂不是暴殄天物？就这样原封不动地放着，里面是个什么物件儿，谁也不知道，说不定倒是当初做这匣子的人的原意呢，就是让它打不开，就是让你猜。"

阿玉嘴快，接着说："郭大掌柜一定猜到里面是什么物件了。"

"倒要请教。"郭万里说，"阿玉姑娘何以得知在下已猜到里面是什么物件儿？"

阿玉笑着说："当年扑买解罢园，怕银两不够用，阿玉和小姐来彝鼎阁商借三万金，郭掌柜当时说了什么，难道都已不记得了？"

郭万里颔首不语，似乎已经承认有这么一回事儿。

"郭掌柜，这匣子里到底是个什么物件儿？"阿玉不舍，追问郭万里。

郭万里放下手里京八寸的旱烟袋，用手指蘸着杯子里的茶水，在桌子上画了一把折扇扇面。告诉九岁红说："这匣子里的物件儿就是当年大贝勒载澂要找的，不问价钱只看东西的前朝万历青花穿花龙扇形蛐蛐罐。"

阿玉和九岁红有些惊异，相互目语，作不得声。

精通于旁门左道疑难杂物的郭万里从在昆山粟宅后园的敞轩谈起，寥寥数语的"盘道"，对这只匣子里面的物件儿给予了毋庸置疑的肯定。

养蜂夹道"火房"内，恭亲王嫡福晋在柳朝晋等人陪同下来看望自己的儿子载澂。

嫡福晋随身带来了四只大箱笼的行囊。嫡福晋告诉儿子："你此次随粟老板回南'天养'，两宫可是准了的，你阿玛也只得同意。那天回府后，你阿玛闹腾了一个晚上，言明父子今生永不相见。其实阖府上下都知道，王爷说的是气话，只因两宫出面，你阿玛是一点儿辙都没有，说两句狠话，为自己找补些面子罢了。"

九岁红回南，打点行装，安排一切未了事宜，唯有师门遗愿一事尚未完成阿公临终时的嘱托，心中复又踌躇，难以决断。与阿玉和靳伯商量，看来这件事情只能托付给关门弟子麒麟儿来达成，但仍要假以时日。更使九岁红放心不下的是麒麟儿年龄尚小，在升平署箫韶九成班学戏做官学生，是吃着朝廷钱粮的人，去留哪能轻易随便。再说麒麟儿还有一层不能为外人道的身世忌讳，况又肩负金麟班东山再起之责，形格势禁，委实不能将他带在身边。

九岁红思来想去,心中实难割舍,听阿玉与靳伯说起麒麟儿在隆福寺栏杆殿前与那个老七头儿邂逅的种种情形,心中豁然开朗,自己回南。在京城麒麟儿虽有金麟班照拂,但江湖上人心险恶,防不胜防,将麒麟儿托付给这个老七头儿也未尝不可。用阿玉的话说,麒麟儿那一声"大师傅"可不是白叫的。

事情思虑周全后,九岁红携阿玉、靳伯径直来到朝阳门外东岳庙,特来造访关门弟子麒麟儿的大师傅老七头儿。九岁红一进山门,照例吩咐阿玉先上香又付了齐醮的钱。

东岳庙后面祖师爷殿一侧偏院,九岁红拜会了麒麟儿口中的大师傅老七头儿。没有想到的是麒麟儿正在这里学习木雕,麒麟儿系着粗布围裙,坐在矮凳上,满头满手沾着木屑,脚下全是木植残料。

曲六如为客人奉茶,九岁红语重心长再三嘱托,老七头儿不便细说个中情由,既然人家前来托付,必是看得起自己。

老七头儿郑重其事,一诺无辞。

在与老七头儿的交谈中,九岁红心中暗暗惊异,难道这一切都是有其命数?尤其像老七头儿所说,雕刻傀儡那也要看麒麟儿他自己的造化。

第七十三章

九岁红带着麒麟儿夤夜来到老宅,查万响、陆麒铖夫妇添灯置酒款待。大家知道九岁红一定是有重要的事情要交代。

九岁红郑重说出自己已经到了该回南的时候,并准备效仿本门师尊卞玉柔,不诘曲以媚俗,不偃蹇而凌尊,飡松饵术,栖息烟霞。

九岁红吩咐阿玉捧来阿公临终前托付的那只素蓝布包裹着的木匣。

这是一只不见任何雕饰,四围棱角处却也看不见榫卯的长方形的匣子。匣子浑如一体,墨黑油润,木匣的色泽在灯下微微泛着紫光。木匣沉甸甸很是有些压手。匣子底部中间的位置有一个浅浅的不规则锯齿状的圆形凹槽,就是开启这只匣子的锁孔。集雅班的后人只知道师尊卞玉柔出走时留下来的就是这只打不开的空匣子,还有匣子外面的半部曲本《双麟记》。

那时正值朝代鼎革之际,八旗铁骑横踏江北,江南一片风雨飘摇。南明时局危如累卵,秦淮河畔却是日日笙歌,夜夜燕舞。

秦淮河畔八大名妓色艺双绝,名闻遐迩。卞玉京位居八艳之首。江南士子、文人墨客纷纷慕名而来。此其中,江左三大家之一的吴梅村与卞玉京一见钟情,才子佳人,相互多有诗词歌赋,唱和往来。

清军入关,定都北京。顺治二年,摄政王多尔衮为加强统治,决定汉人"留发不留头,留头不留发"。一时间闹得是鸡飞狗跳,民怨盈涂。金麟班第八代天祖童方正血气方刚,听说南边朝廷尚存,遂在京城就地遣散了班子,带着金麟班镇班之宝,南下避难。时值冬日,一路风尘,饥寒交迫,刚刚走到江苏太仓地界,便病倒在客栈里。恰逢吴梅村进客栈会见朋友,得知童方正境遇,无意间又看见童方正随身携带已经残破的曲本《双麟记》,略一浏览,便对曲本大加赞赏,遂盛邀童方正来府上暂住,同时要将《双麟记》誊录修补。

冬去春来,就在吴梅村的家宴堂会上,童方正为众人搬演了《双麟记》中的一折戏,主角人物傀儡金麟童和玉麟锦亮相,惊艳全场。为此,吴梅村为《双麟记》赋《金人捧露盘》词一首:

> 记当年,曾供奉,旧霓裳。叹茂陵、遗事凄凉。酒旗戏鼓,买花簪帽一春狂。绿杨池馆,逢高会、身在他乡。　喜新词,初填就,无限恨,断人肠。为知音、仔细商量。偷声减字,画堂高烛弄丝簧。夜深风月,催檀板、顾曲周郎。

就是在这次家宴堂会上,童方正结识了卞玉京的妹妹,南昆集雅班班主卞玉柔。谁知二人一见倾心,再无分开的道理。卞玉柔为曲本中男女主人公悲欢离合凄婉的故事所感,便将这个曲本向童方正讨了来,放在枕边。吴梅村得知此事后,一力襄赞。

谁知就在这时,朝廷再次敦促吴梅村北上。吴梅村不得已北上仕清,成为"贰臣"。这在青楼女子卞玉京眼中已是一钱不值,婚嫁更无从谈起,遂与吴梅村渐渐疏远。

童方正决意趁此时机跟从吴梅村返京,重起金麟班。他答应卞玉柔,不与朝廷打交道。到了京城后,吴梅村做了国子监祭酒。卞玉柔住进童家老宅,准备做新娘。童方正决定成亲当天在金麟班场子里以《双麟记》做起班的打炮戏。

任是谁也没有想到的事情发生了。

就在成亲的前几日，金麟班接教坊司知会，为顺治帝迎董鄂妃进宫，进西苑翔鸾阁承应。童方正想重振金麟班，遂决定推迟婚期，并以镇班大戏《双麟记》进宫承应。卞玉柔力劝童方正回戏，但童方正不愿失去这个千载难逢的机会。进宫承应后的第二天，卞玉柔带着玉麟锦和《双麟记》的半部曲本不辞而别。这以后，童方正只得以剩下的一只傀儡金麟童，唱半本残戏。

事后，吴梅村与童方正对卞氏姐妹的作为这才有所憬悟，吴梅村尤甚，彻底明白了卞玉京对自己的无情实是由于自己屈节仕清所致。童方正自卞玉柔走后，自怨自艾，虽然挣得大台宫戏的名头，吃上了俸米，可内心的苦楚委实不能对人言，每每夜不能寐。

此后，童方正除却为了生计演傀儡戏，便闷头复刻补作佚失的祖师爷的手泽玉麟锦，然而终其一生却未能达成。临终前对人对事并无一句遗言，口中只是喃喃自语："玉麟锦……玉麟锦……"。

九岁红语调平静，娓娓道来。查万响及陆麒铖夫妇听罢霍然而惊，面面相觑。此时众人如梦初醒，方知远在江南的集雅班与京城的金麟班果真有一段很深的渊源，从而也得知了金麟班祖师爷遗传留下来的两只傀儡的其中一只玉麟锦佚失的真正缘由。

至此，古麒凤得以明白掌班师娘凌雪嫣临终前所说——《金人捧露盘》，两截人唱隔江歌，叹茂陵、遗事凄凉。说的就是天祖童方正的逸事和这只被卞玉柔带走的祖师爷遗泽玉麟锦，还有那半部曲本。

九岁红说阿公把她许亲与童麒岫，原想着是在成婚的当晚将这只匣子作为陪嫁送还给金麟班，却未料到安德海偷梁换柱，行不义之举。后来又得知金麟班被抄检，即使拿出一只匣子，也于事无补。归还解翠园时曾与师姐古麒凤有过约定的话，也是想看看以后的事情如何发展。

九岁红谈及师门遗愿，就是要与金麟班重操傀儡，南北合套，"酒旗戏鼓"再唱一曲《双麟记》。九岁红说今晚她是代祖师尊正式将这只匣子交还给金麟班。只可惜物去匣空，待金麟班有朝一日复作玉麟锦。

　　古麒风深深叹息，言及复作，又是谈何容易？就连另一只傀儡金麟童也已毁于六十年前喀喇河屯行宫的一场大火之中。虽说是镇班之宝，现如今金麟班的这一代人对于那两只人物傀儡却是听说过没见过，纵有千般技艺，就复作雕刻来说，实在是不知从何入手。

　　查万响和陆麒铖夫妇再次陷入更深的困惑，因为从来就未听掌班师娘提起过还有什么半部曲本之事。

　　古麒风突然惊呼，掌班师娘临终前托付后事，就是要告诉她还有半部曲本，可归于金麟班的那半部曲本又在何处？那时掌班师娘还将天璇玑亲手挂在了麒麟儿的脖子上，叮嘱她待孩子长大后告诉他这个东西须臾不得离身，据此推想应当是开启匣子的钥匙。后来麒麟儿为了逃生假死躺在停床上时，挂在他脖子上的天璇玑竟然不翼而飞。

　　查万响、陆麒铖夫妇怀着敬畏之心仔细端详着祖师爷留下的这只匣子。忽然，古麒风似乎想到了什么，急步走进里屋，将那只紫檀木拜匣捧了出来。两只木匣并排放在了一起，虽说形状大小尺寸一样，可无论怎么看，也绝对不能称其为一对。

　　祖师爷江湖人称"鬼斧神工活木头"，自然是技艺精绝。遗留下来的两只镇班傀儡，匣子也应是两只一模一样的才合常理。九岁红拿来还给金麟班的这只匣子必定是真的，是祖师爷的手泽无疑，那么这只紫檀木拜匣想必就是假的，里面傀儡的残肢自然也是为了遮人耳目所作。由此想来金麟童仍存于世。可那只真正的金麟童连偶带匣子又在什么地方？是否和那半部曲本藏在一起？

　　掌班师娘凌雪嫣临终前方方面面的事情都已叮嘱安顿，唯独存世的金麟童在什么地方却只字未提，难道是师娘忘了叮嘱，抑或大限将至，还未来得及细说？

古麒凤突然掩面啜泣起来，直到现在，古麒凤才彻底明白了掌班师娘凌雪嫣披肝沥胆为了百年老班金麟班的传承，一直在守护祖师爷的手泽，如此心思缜密，洞烛先机。想到此处，古麒凤突然又破涕为笑，高兴地说："金麟童还在，当年喀喇河屯行宫烧毁的一定不是金麟童！"

既然认定金麟童依然存世，那么话题自然又回到复刻补作上来。众人又谈起即使重新复刻补作可以完成，但所需阴沉木还要糜费时日再去寻找。陆麒铖含笑告诉大家，他和门钉寻找阴沉木返京时，心中一直惦记师娘嘱托，原想有朝一日，金麟班必要补作这只傀儡，没有用料岂不是白说，所以回升平署销差前，趁着夜色将另一段木植偷埋在掌班师娘凌雪嫣墓前。

麒麟儿将匣子抱在怀中，答应师傅将来一定要学会傀儡雕刻，补作一只玉麟锦，完成师门遗愿。

九岁红站起身，将麒麟儿揽在怀中，不由得啜泣起来。心中不忍割舍却偏要割舍，人活于世间，死别固然没有办法，其实生离有时又何尝是人能左右的？

麒麟儿就要回升平署了，师徒也就在此话过，麒麟儿含泪给师傅磕下头去。

阿玉送麒麟儿到老宅大门口，悄悄地再三叮咛："麒麟儿，如果在京城受委屈不愿意待了，也不要再管什么师门遗愿，你就到昆山玉峰山下来寻师傅和你的阿玉姐！记下了没有？"

麒麟儿点点头，分别在即，阿玉含泪上前将麒麟儿紧紧抱在身前。

最近几天金麟班的人都有点儿慌了神，窦五乐说不见就不见了，找遍了所有窦五乐有可能去的地方，就是不见一丝踪迹。这可急坏了陆麒铖夫妇，古麒凤带着门钉去了一趟大佛寺，拜托京城小九爷的那帮子乞丐弟兄们一定帮忙寻找。油葫芦拍着胸脯满口答应，劝慰古麒凤万万不要着急。

鄂多林台和凌子丙都很纳闷,这个窦五乐难道凭空消失了?事情似乎变得越来越蹊跷,这只能说明让窦五乐去暗中查访的这件事,看来是正确的。

鄂多林台真的有些坐不住了。九岁红携载澂回南"天养",鄂多林台突然觉得自己下手晚了,以致与茅洁溪的"合璧本"失之交臂。

九岁红携载澂乘船南下,回归故里,寄兴于山水,忘情于江湖。一想到这些,凌子丙的气真是不打一处来,更是觉得自己简直是一钱不值。其实在他内心深处总感觉与窦五乐是同病相怜,他有时是看不起窦五乐,狠狠责骂他为了一个女人,反裘负薪,整日不知所措。其实他在责骂窦五乐时就是在责骂自己,可有时他又很可怜窦五乐,他可怜窦五乐时也就是在心疼自己。

就在胭脂胡同的莳花馆,凌子丙把自己的一些想法借着酒劲儿一股脑地告诉了鄂多林台,并发下毒誓,他要不遗余力地掐住九岁红的命门,解开九岁红关门弟子的身世之谜,也就抓住了金麟班的软肋,到时不怕金麟班不乖乖交出金麟童。

东宫太后慈安崩逝,孝期百日,按例遵祖制"八音遏密",宫廷内外整肃森然。升平署进宫伺候戏等活动自然也就停止了。

庄亲王知道,依着"西边儿"的脾气秉性,一俟哀期过后,内廷肯定立马就要传戏。鉴于此,庄亲王吩咐排戏之事不得马虎,仍然暗中照常进行。

果不出庄亲王所料,长春宫总管李莲英过来升平署,传西佛爷口谕:"如戏不排练,自然生疏,酌量教演,不必动响器,俱要低声。"

百日之内,麒麟儿是戏不能唱,毓庆宫那边教皇上的锣鼓也不能打。

孙福喜动了心思，眼看着给麒麟儿"捏骨缝儿"的三出开蒙戏都已教完，趁着孝期百日，要准备给麒麟儿"说"第一出戏《挑滑车》。这可是武生的重头戏，南昆北昆都有此剧。麒麟儿一心要学的"靠旗扫地"的绝招身段也正是在这出戏里。

孙福喜要给麒麟儿"说"《挑滑车》，主要是考虑到麒麟儿有着很深厚的昆曲功底，加之昆腔师傅九岁红自小就给他灌注的幼功。戏中除有繁难的"起霸""走边""枪花""摔岔""僵尸"外，还要边舞边唱昆剧曲牌。

重华宫普天同庆本家班公事房前，地上仍铺一方紫红氍毹，摞起很高的旗把箱。麒麟儿要按师爷所说，在旗把箱上练扎靠"下高"、扎靠"鹞子翻身"、扎靠"劈叉（即两腿劈开成'一'字形的技艺）"，还有扎靠翻"高台蛮子"等动作。

师爷孙福喜叫麒麟儿扎上靠，穿上厚底靴，拿着枪，从摞起很高的旗把箱上往下翻。看见麒麟儿畏畏缩缩，孙福喜一下火了，拿起枪就"抄"。麒麟儿吓得浑身发抖，一骨碌爬上刀把箱，闭上眼睛，猛地一使劲儿，不想跳下来时却腾了空，"扑通"一下坐在了地上。

麒麟儿怕师爷的枪落在头上，赶紧又爬上旗把箱，一闭眼、一撒手，翻了下来。孙福喜佯作嗔怒，指点着麒麟儿说："属驴的，拉着不动打着走，这师爷没'抄'你，你也照样翻下来了不是？练功就得有这股子劲儿，要想学'靠旗扫地'就得玩儿命练，得把劲头儿'拿'住了！记住'喘丫（指演员在剧烈的舞台表演中控制自己的呼吸）'和'软岔（两腿劈开成"一"字形，表示马力不支而倒下，指演员在剧烈的舞台表演中控制自己腰部的力量）'，还有腰里要有股子弹绷劲儿，这大武生讲究的就是'手不沾地'。"

宫里的靠衣系用金银五彩锦线缝制，靠衣精美，色彩斑斓亮丽，实非民间那些戏班子所作行头可比。麒麟儿听从师爷所说，咬紧牙关，在旗把箱上爬上翻下，一遍一遍练习扎着大靠的各种动作。大靠扎在身上，想着戏中人物高宠的勇武，麒麟儿那扎着靠衣的"鹞子翻身"快捷迅猛，戛然站住，又稳如泰山纤毫不动。

麒麟儿的"鹞子翻身"再次腾空翻转起来，虎虎生风，背后靠旗猎猎作响。精美的靠衣在空中被撑得浑圆，有如一轮疾转如飞的色彩斑斓的风轮，远远望去，煞是晃眼好看。

白驹过隙，时光荏苒。日复一日刻苦的练功，年复一年咬紧牙关的苦熬，麒麟儿在不知不觉中长大。

第七十四章

毓庆宫教习谙达麒麟儿走了进来。

十八岁的麒麟儿如今已长成一个美少年。长眉秀目，神情疏朗，穿着升平署官学生的服制，走起路带着一股角儿的范儿。

麒麟儿约好今天该给皇上教授鼓艺，在重华宫孙师爷那边儿下了功课，心里惦记着皇上昨日选秀之事，所以赶紧过来表示祝贺。绕过惇本殿，远远看见杜之锡和寇连起向他招手。麒麟儿走近，杜之锡和寇连起你一言我一语地争相告诉麒麟儿，万岁爷心里不高兴，正在殿里独坐生闷气呢。

麒麟儿问其原因。杜之锡说："万岁爷大婚，昨日选秀，万岁爷原想把玉如意递给后排的江西巡抚德馨的小女儿，谁知老佛爷在后面咳嗽了一声，万岁爷不知怎的，手一哆嗦，反而将那玉如意给了站在第一排的那个叫静芬的秀女。"

麒麟儿："静芬？哪家的闺女？"

寇连起忙说："贵爷，您在宫里头不能说闺女，得说千金，那静芬就是桂公爷府上的千金，闺名叫小喜子。"

杜之锡说："后来是老佛爷叫荣寿大公主将那对红绣花荷包递给了万岁爷，万岁爷分给了长叙家的两个女儿，一后二妃就这么定下来啦！"

像站在旁边的还有凤秀家的、志颜家的、德馨家的两闺女,拢共四名上面各赏了大卷四疋,衣面一件,就都给撩了牌子。"

寇连起不无可惜地说:"论模样江西巡抚德馨家的那两个女儿长得俊,可惜没这命。"

杜之锡又说:"前两天,听老佛爷身边的春苓子说,万岁爷的这桩婚事,还是东佛爷在世时,由东佛爷做主给拴的婚,那个小喜子比咱万岁爷大三岁呢。"

寇连起一副好为人师的腔调:"坊间里常说'女大三抱金砖',你别一口一个小喜子,万岁爷再不待见,她也是正宫,小心以后听见了掌你的嘴。"

麒麟儿一见他俩快打起来了,赶紧劝阻:"得得,你俩都少说一句不就没事儿了,再争竞,不也是白搭?"

杜之锡和寇连起让麒麟儿赶紧想个办法,为皇上排解烦忧。

走进毓庆宫,麒麟儿看见皇上坐在那里,正在写着什么,麒麟儿抢步上前请安。

载湉看见麒麟儿进来,似乎高兴了一些,放下手中毛笔,从书案后面站了起来。

十八岁的载湉,眉清目秀,气质温润,一派尊贵,丰标不凡。稍加留意,便会发觉,少年天子的神情每每流露出一丝忧郁,十几年的宫廷生活,严苛的宫规,潜移默化影响并熏陶着载湉。

麒麟儿灵机一动,想到了就像师傅们给自己说戏一样,现在他要给皇上说说戏曲掌故。麒麟儿一口气说了"伍葑""林冲""石秀""赵云""高宠"五个戏曲人物。寇连起很有眼力见儿地随手又将翁师傅落在书案上的一把折扇塞进麒麟儿手里,麒麟儿手里攥着折扇,就像手里的刀把子或是大枪,一边说一边还带出身段及招式,连说带比画,活脱脱胜似茶馆说书人。麒麟儿给载湉讲了五个人物各有其属于自己的英雄气概，也各有其所处的无奈的境地。载湉觉得麒麟儿讲述的与他读过的书大有相通之处。

君臣说着话儿，载湉让麒麟儿浏览自己刚刚写得的一篇御制文：必先有爱民之心，而后有忧民之意，爱之深，故忧之切，忧之切，故一民饥，曰我饥之，一民寒，曰我寒之。

那书香带溪玥到什刹海茶店子来看望杜三娘。

如今的那书香和溪玥都已经出落成人见人爱的大姑娘了。两个女孩子叽叽嘎嘎地说笑个不停，杜三娘看在眼里，喜在心头。老七头儿在前面演完一场扁担戏走到后面来，歇歇手脚，喝口茶水润润嗓子。

那书香告诉干娘和老七头儿，她和溪玥明天就要去颐和园那边的升平署准备伺候太后的驻园，今天特来和干娘话别。听掌事的说那边的园子很大很漂亮。

老七头儿问起了麒麟儿，溪玥倒是先抢着说："整天看不见他人影儿，只知道跟宫里头本家班的孙掌事在学戏。"

那书香嘟着小嘴说："贵如现在当上了皇上的教戏谙达，怕是把咱们都给忘了。"

杜三娘又问起那书香和麒麟儿的婚事，那书香说麒麟儿答应她等皇上下旨为她父母冤案平反昭雪后，再谈和她成亲的事情。

那书香告诉干娘，师傅姜玉瑛手握乾坤圈的《乾元山》她现在终于唱成了。

说到戏上，杜三娘和干闺女提起，再过几日，正阳门外天乐园上演义务戏，为的是收集更多捐款，开风气之先，允许女宾进戏园子听戏，定规下女宾和男宾分开坐，男宾坐一楼，女宾坐二楼。

溪玥听后很觉新奇，有些羡慕地说："来京城这么多年，外面的戏园子是什么样儿我还没见过呢，眼下允许女宾进戏园子了，想想就一定很有趣,可惜明天就要过颐和园那边儿的升平署了,不然我也要进戏园子当一回女宾。"

那书香问杜三娘:"干娘,义务戏都是些什么戏码呀?"

"别的戏码倒也没有什么稀奇。"杜三娘回答说,"最近一个艺名叫桐花丹的男旦红遍京城,听说义务戏最后一场还是灯儿戏,唱大轴的就是这个桐花丹,戏码是《红梅阁》。"

杜三娘一边给大家置酒安排点心,一边继续唠叨着说道:"这个桐花丹跷功了得,上跷后学那鬼魂的步法,飘忽转腾,那身段真是行云流水,那天去看了他的一场《阴阳河》,肩挑着垂穗的八棱水桶,踩跷走'花梆子'步,不但越走越快,讲究的是桶中的烛光不晃,下垂的丝穗不动。听人说,有一天与丑儿对演,眼波流动,弄得那丑儿啊都忘了词儿。"

那书香说:"可惜啦,是个男身。"

溪玥说:"干娘,您是不知道,可惜宫里头的戏不让在外面唱,如果那书香的《乾元山》在京城戏园子唱出来,外边的人准保都得看傻了。"

太平街。金麟班老宅。陆盼儿今天回家来是给母亲古麒凤祝寿。

陆盼儿如今也已长成一个大姑娘,看眉眼儿既像父亲又像母亲,背后一根大辫子,长身玉立,举止言谈倒像是个假小子。陆盼儿在荷包巷学刺绣已有经年,业已出徒。每次回家,照例先去东跨院祖师堂给各位祖师爷的牌位上炷香,一定也不会忘记在麒麟儿哥哥牌位前焚香一炷。

眼下用老百姓的话说年景不好,古麒凤倒也随和,节俭惯了的她主张大家坐在一起吃顿饭乐和乐和是个意思就行。贺寿当天金麟班歇业,堂会不办,外人不请,免去很多应酬。

老宅院子里摆开几桌酒席,门钉夫妇掌总,门里门外一切操持妥帖。众人一齐举杯祝酒。

陆盼儿取出一件为给母亲贺寿刺绣的古麒凤"耍红娘傀儡图"的绣品，众人争相传看，夸赞陆盼儿的技艺颇有乃师之风。

看着这幅绣品"耍红娘傀儡图"，古麒凤想起了远在南边儿的九岁红。

吃过晚饭，陆盼儿要回荷包巷，临走那前儿，古麒凤拉着闺女的手，和陆盼儿谈起她的终身大事，试探地问起陆盼儿是不是很喜欢童麟熹。陆盼儿大方地告诉母亲，童麟熹也喜欢她，好像他母亲大奶奶索万青却是很不愿意。

陆盼儿走了，古麒凤一夜辗转反侧，没有睡好，她知道自己是在思念麒麟儿了。

侵早，古麒凤起身打开房门，低头一看，台阶上规规矩矩放有一只长方形木盒，古麒凤心里一沉，抬眼望望四周，院内一切静悄悄。古麒凤满腹狐疑将盒子拿进屋里，急忙叫醒陆麒铖。夫妇二人小心翼翼打开盒子，里面竟是一尊惟妙惟肖的古麒凤"耍红娘傀儡"的立姿木刻雕像。雕像撷取了古麒凤作为耍手手握命杆，舞动手中傀儡红娘正在转身的一瞬间，傀儡红娘的行套裙裾飘飘，衣衫褶皱纤毫毕现，动感十足。

古麒凤捧着精美的木刻雕像，看着麒麟儿木刻技艺如此精进，想到麒麟儿为避人耳目，伏身升平署学戏，仍没忘记自己的寿辰，应该是在夜深人静时分将这份寿礼悄悄放在阶前，以示不忘自己对他的养育之恩。

古麒凤想至此，喜极而泣。

义务戏在天乐园已经演了几天，今天是最后一场灯儿戏，大轴子戏码是桐花丹的《红梅阁》。放眼看过去，一街筒子的人，熙熙攘攘。前来听戏的女宾多于男宾。

戏园子前面，彩灯高悬，人头攒动，道路两侧，捧角儿的戏迷们在光影中拥挤呼喊着，等着角儿的到来，一睹角儿扮戏前的风采。

索家班前来上戏的两辆小鞍车和一顶软轿分开人群停在了戏园子的牌楼底下，童麟熹低头钻出轿来，还未等站稳，戏迷们"呼啦啦"一下追逐围拥了过来。

戏园子前等候多时的戏迷们开始争先恐后地向前涌动，一时秩序大乱。

跟包的围护着童麟熹快步走进戏园子。

崔玉贵身穿常服带着惠霖恩、武青羊、凌子丙几人走进戏园子。刚刚走进一楼前厅，武青羊扭头看见正在走向二楼女宾座位的索万青、索万红姐儿俩，就追了过去。索万红让姐姐先进包厢，自己则在楼梯拐角处和武青羊说几句悄悄话。

二人见面，分外亲热，索万红对童麟熹能有今天的成色大是感激武青羊，武青羊涎皮赖脸地用话撩拨索万红，问索万红要怎样感谢他，索万红投怀送抱有些忸怩地说："怎样谢都行，听师兄的。"武青羊听罢心花怒放。

二人在楼梯转角处调情说笑，约定私会的地方，然后匆匆分手。不承想这一切都被藏身在暗处的凌子丙一一看在眼里又听个正着。

戏台上文武场动了响器，桐花丹一登台，池子里掌声顿起，俨然就是一个挑帘红的名角儿出场。

桂公府的德恒、德祺两兄弟脑后拖着大辫子，穿着京师昆明湖水操内外学堂的挺括的藏青色海军制服今晚也来听戏，哥儿俩顾盼自雄，旁若无人地坐在池子前面。哥儿俩傻乎乎地就桐花丹到底是男的还是女的争竞起来，最后商定待下了戏去后台一窥究竟。

今晚陆盼儿和绣庄的两个师姐妹三人一同来看桐花丹的《红梅阁》。

下了戏，陆盼儿心中想着童麟熹，带着一份欣喜的期盼来到后台，无巧不巧地撞见了也来后台看究竟的桂公府那哥儿俩。德恒看见陆盼儿，错愕间竟认出了陆盼儿就是多年前隆福寺"拉大片"箱柜前的那个小姑娘，便有意纠缠，上来就要动手动脚。陆盼儿和绣庄师姐妹快步躲进后台，德恒哥儿俩大剌剌一直追进后台扮戏房。

扮戏房内，童麟熹正在卸头面，想起当年被掌嘴受屈辱之事，不由得怒火中烧，依仗自己已经是个角儿，当然挺身出面维护陆盼儿。

武青羊适时赶到，一看竟是桂公府二位大爷，今非昔比，武青羊先自矮了一截，攥着的拳头松开了，怒向变成赔笑。桂公府的德恒、德祺不依不饶仍要难为童麟熹，非要做童麟熹的"老斗"。

崔玉贵来后台看望童麟熹，并给童麟熹准备了礼物，原想进一步拉拢示好童麟熹。不想碰见一场纠纷，随即上来劝解，虽不便亮明身份，但因熟知宫内的规矩，又向那哥儿俩大谈特谈北洋水师官兵就要前来颐和园参加阅兵的事情，继而搬出京师昆明湖水操内外学堂条规，连蒙带吓地哄走了桂公府那哥儿俩，化解了这场冲突。

"若在宫里头唱戏，何苦受这冤枉气！"童麟熹愤懑不平，恨恨地说。

童麟熹无心说，崔玉贵却有心听，含混其词地安慰童麟熹："童老板，来日方长，太后六十的'万寿庆典'上，咱家一定让童老板唱到老佛爷跟前去。"

第七十五章

　　由闽西至京城，几近万里之遥，蔺双宫一行人走进了汀州会馆。第二天一大早，蔺双宫携女儿蔺小蚕径直来到了解罘园。场子里正在带人排练的陆麒铖看见有人进来，问明来意，吃惊之余，一面将蔺双宫父女俩让至后台，奉茶说话，一面将口信传递给了泉石淙。晚饭后，泉石淙步履匆匆赶到汀州会馆。

　　夜晚灯下，师兄弟相隔半生才得相见，抱头痛哭后自然是欢喜无限。二人相互述说两地各自的境况，蔺双宫叫过闺女蔺小蚕拜见大师伯。

　　泉石淙见到少班主蔺双宫，详细问询了师傅临终时的情形，告诉蔺双宫南国一派的镇班之宝悬丝双人不但找到，而且经他手已将其修复，现在升平署存放。他从三义班出来转投升平署箫韶九成班，就是为了看护这镇班之宝，再有就是要完成师傅当年的嘱托，看一眼摸一摸在木偶江湖中风传百年的绝世孤品——北派杖头傀儡金麟童。

　　蔺双宫问起大台宫戏及金麟童，泉石淙不敢隐瞒，将箫韶九成班木刻作里的情形如实讲给少班主蔺双宫，升平署对复雕金麟童从上到下一筹莫展。

　　蔺双宫向泉石淙说起老班主直至临终前都没有想明白的一件事情，

就是嘉庆二十一年，在喀喇河屯行宫着大火的那天夜里，就在圣旨尚未宣读完的时候，何以金麟班堆放傀儡砌末的东配房竟然起了大火，所有傀儡砌末箱笼一把火烧得精光。事后明知道是金麟班欺瞒朝廷掩人耳目的伎俩，可金麟班又是怎么知道圣旨里面要说的是什么？起火的时候竟然拿捏得这般准确，如此看来，那个金麟童确为金麟班所藏匿。

蔺双宫耐不住性子去想，也根本不用去想，既然已经来到京城，又知道了镇班之宝的下落，岂能空手而归？

蔺双宫虎目圆睁，打算在京城地面上用自家悬丝傀儡与北方的杖头傀儡唱对台戏。并且出言不讳，话锋直指金麟班，倘若悬丝傀儡胜出，金麟班则要交出金麟童一观。

按照梨园行的行规，外来的戏班要唱戏须"报庙"，"报庙"须具保。

泉石淙陪同少班主蔺双宫来拜三义班副庙首的码头。

蔺双宫的到来，正中凌氏三兄弟下怀。凌子甲当即置酒款待，蔺双宫感谢三义班多年来对师兄泉石淙的照拂，谈论起金麟童，两下里大有相见恨晚之感。三义班具保一事自然不在话下。席间，蔺双宫与师兄泉石淙二人突然起身离座，向凌氏三兄弟抱拳施礼，恳请副庙首凌子甲向升平署庄亲王爷求情，赐还南国一派的镇班之宝悬丝双人。

凌子甲满口答应，蔺双宫再次拜谢，感激涕零。酒席吃到很晚，双方尽欢而散。

"大哥，咱们出面替蔺双宫讲情讨还悬丝双人，王爷真的能给这个面子？"送走了蔺双宫，凌子乙问老大凌子甲。

"老大不过就是一说，送个空头人情罢了。"凌子丙讥笑二哥太实诚，"那悬丝双人可是同治爷钦点让放回园子的物件儿，这种事儿见了王爷还是少提为佳，免得挨那狗屁呲。"

翌日。蔺双宫在凌子丙的陪同下来精忠庙"报庙"，三义班出面具保。

蔺双宫虽为人耿直,快人快语,却是粗中有细。与凌氏三兄弟一席间的喝酒谈话,便将京城事情的原委摸了个八九不离十。他虽无意掺和三义班和金麟班两家的恩怨,但自己的父亲临终前始终未能如愿、抱憾终生的眼神却深深印刻在心里。他此次携班北上寻觅多年未通音讯的师兄,其实也是有要替父偿还心愿的打算。

转过天来,养足了精神,蔺双宫好整以暇携小女蔺小蚕、身后跟着班子里的两个人,提着闽西地方土产作为礼品,要正式登门拜会金麟班。

走进太平街,蔺双宫怀着难以言喻的复杂心情,举起手敲开了金麟班老宅的大门。

金麟班众人与蔺双宫郑重见礼。查万响居中,陆麒铖夫妇、门钉夫妇作陪。

落座奉茶,蔺双宫开门见山,道明来意。约略从嘉庆二十一年两个班子的前代师尊邂逅喀喇河屯行宫谈起,说到此行来京城为偿父愿的孝心,还请金麟班看在已故傀儡行前辈师尊的分上,一观金麟童。

查万响语气平静地告诉蔺双宫,非是金麟班小气,当年在喀喇河屯行宫金麟童早已付之一炬,眼下登门索看,实是强人所难。古麒凤使人捧出拜匣。蔺双宫依旧不信,心中之气难平,一副杀妻求将的决心,起身拱手抱拳,扬言要在京城天桥的地界儿里摆台子与金麟班打一场擂台戏。

南国一派演戏从不登堂入室、不唱堂会,台子哪里搭哪里撤,"傀儡调"哪里唱哪里散。听说京城有个叫天桥的热闹地界儿,是老百姓聚齐消遣的地方,茶棚酒肆、买卖小吃、戏法杂耍唱大鼓书的,很是热闹。既然看不见金麟童,那就悬丝对杖头,看看是南方悬丝傀儡厉害还是北方杖头傀儡横空一世。

凌氏三兄弟仍在什刹海的会贤堂设饭局宴请李莲英，自然又给长春宫大总管上了一道会贤堂的招牌菜——烛苗煨熊掌。

大家边吃边谈，凌子丙将南国一派悬丝傀儡班进京来寻金麟班讨看金麟童一事说与大总管李莲英。

杯觥交错，酒酣耳热之际，凌子丙起身特意走到雅间门口向外左右张望了一下，表示下面要说的话不便为外人道。凌子丙鬼鬼祟祟的举动，引起了李莲英的好奇。

凌子丙走回座位上，向着李莲英探过身去，压低了声音说："车王府的贝子鄂多林台已经察觉醇亲王府与金麟班似乎有着某种不为人知的牵连勾结。"

"这里面有什么说头吗？"

"李大总管，当年金麟班的少班主是和皇上同年同月同日落生的……"

"啊？"李莲英大吃一惊。

"那少班主在四岁上得暴病死了。"

"噢……死啦。"李莲英泄气地说了一句，显然，凌子丙的回答没有达到李莲英心里预期的结果。

"听说，醇亲王府还送了一大笔奠银。平常百姓家死了一个孩子，还值得王府去送奠银，这里面恐怕是有些文章。"

"欸，瞧这话儿说的，偌大的一个王府和一个傀儡戏班子能有什么瓜葛牵连，不过就是住在一条街上罢了。"

"贝子鄂多林台怀疑升平署箫韶九成班的那个贵如就是得暴病死的那个孩子。"

"啊？"李莲英再次吃惊地瞪大了眼睛。

晨雾弥漫。长春宫普天同庆本家班为皇太后明年上徽号的庆典，清早起来，就在宁寿宫畅音阁的戏台上开始了连台本戏《昭代箫韶》紧张的排演。

临时抓官差前来垫戏的太监旦角儿，演得很不到位，副掌事崔玉贵心里大是恼火，正在急得曝牙花子，宁寿宫戏提调管事太监双齐无意间说起，要是将宫外头眼下唱得正红的旦角儿桐花丹调进宫来，这戏可就大好了。

双齐的一句话，提醒了崔玉贵，他狠狠扇了自己一下小嘴巴，嘟囔着怎么自己倒把这正经事儿给忘了。崔玉贵招手将双齐叫到跟前，吩咐由他出面去跟升平署庄亲王爷面禀，抽调外头学的桐花丹进宫帮戏。

晨雾在慢慢消散……

九路车在长春宫给太后规规矩矩请过安后，与太后攀谈了起来。她告诉太后阿玛就要给她找婆家，还说哪天要"递牌子"进宫请太后的旨意，让太后给指门婚事。

九路车不愿意再惹阿玛不高兴，大眼睛一转，事缓则圆，在这件事上拿个弯子，想了一个主意，现在眼下不是兴出洋西学，她就和阿玛商量出洋去看看，可庄亲王压根儿就不同意。

九路车这次进宫谒见太后，就是想请西娘娘做主，准她留洋去西学。

"九龄儿，西娘娘真得说说你啦。"慈禧一听，故意绷紧面容，"二十大几的姑娘了，还没玩够，也该收收心了，再不出门子就真的出不去了。"

九路车撒娇地说："额娘去世得早，九龄儿这些年全凭西娘娘和东娘娘的疼爱与怙恃，现而今，东娘娘驾鹤西去，九龄儿就只有西娘娘护着了。"

慈禧听后很是有些动情，沉吟了一下，抬起头："李莲英，明天就去庄亲王府传我的话儿,准九龄格格出洋西学两年,拨帑银千两,并准许回来后再论婚嫁。"

九路车当即行大礼谢恩。

这时,站在慈禧身旁的四格格想为她阿玛求一幅皇上的字,慈禧高兴地对李莲英说:"那天和翁师傅说起皇帝的功课,翁师傅还提到最近皇帝的字写的是大有进境,好,那咱们就去毓庆宫看看皇帝的功课去。"

慈禧说完,李莲英前导,一行人朝着毓庆宫而来。

毓庆宫的正星门,担负警戒瞭望的寇连起被升起的太阳晒得暖洋洋的,正自舒服地靠在门洞内骑在门槛上眯缝着眼睛半打着瞌睡,忽然好像感觉到了什么,猛地睁开眼,不得了了,大总管李莲英就站在自己面前,正在狠狠地盯着自己。

李莲英身后不远处站着太后及一大群随从伺候太后的人。

寇连起脑子一片空白,都没敢站起身,顺势趴在地上向着太后一个劲儿地磕头,嘴里不停地重复着:"奴才该死,奴才该死。"

李莲英用脚踢了一下寇连起:"你个猴崽子,不好好当差,在这儿晒太阳偷懒儿睡觉哪?"

慈禧让寇连起起来回话。

寇连起面如死灰,战战兢兢地站了起来。回去报信是来不及了,只有如实回话。

听着毓庆宫内隐隐传来的单皮鼓鼓声,还未等慈禧见问,寇连起说:"奴才该死,不知道主子驾到,原在这里是看着翁师傅什么时候过来,好跑进去报个信儿,没想到犯困就迷瞪着了。"

慈禧奇怪:"毓庆宫是皇帝念书的地方,放瞭哨防着翁同龢什么呀?"

慈禧一句诘问,反倒点醒了寇连起,灵机一动,想到了拯救眼前危厄的一句关键的话，寇连起做害怕欲哭状，说："奴才回太后的话，万岁爷其实也没干别的，就是有时读书读困了，让教戏谙达过来教万岁爷唱段戏，打通鼓。"

"这毓庆宫里什么时候有了教戏谙达？"慈禧冷冷地问道。

寇连起偷觑太后脸色已经变得没有了笑模样，赶紧用哭腔委委屈屈地说："奴才回太后话，万岁爷想孝顺太后。问过奴才们，怎样做才能孝顺太后，奴才和小锡子都觉得万岁爷要是能打鼓或是能唱戏，太后一准儿会高兴。小锡子说他原先伺候先帝爷，先帝爷就会唱戏，常常唱给两宫太后听，两宫太后很是高兴。这不是，万岁爷为了孝顺太后，这才封了贵如一个教戏谙达，没事儿了闲下来，打打鼓、学学戏。奴才没去长春宫及时回话儿，是奴才觉得万岁爷一片纯孝，想等什么时候万岁爷学成了，唱给太后听，给太后一个想不到的乐子。"

寇连起连片子嘴不停歇地说着，偷窥慈禧，见太后的脸色已渐渐平缓下来。寇连起惊出一身冷汗，兵行险着，心知要紧的关头已经过去，看来这条小命是保住了。

慈禧依然冷冷地说道："果真如你小起子说的皇帝真有那一片孝心，学戏是为了孝顺。眼下皇帝也亲政了，自己做主封谁做皇帝的教戏谙达也不为过。就是不知道你说的是哪个宫里的贵如？"

寇连起说："奴才回太后的话，就是跟长春宫本家班孙掌事学戏的原在箫韶九成班唱武生的那个贵如。"

慈禧环顾左右，说："唔，是有这么一回子事儿，原是怕孙福喜把他身上的那些好玩意儿带到棺材里去，就叫他找个人传下去。没想到今儿个就碰上了。走，那咱们就看看老孙头儿教得怎么样。"慈禧说着转头用探询的目光望向李莲英，"小李子，你跟我回的那件事儿，说跟皇帝好像有什么瓜葛的那个孩子是不是也叫贵如呀？"

李莲英小声说："回主子话，奴才也说不准是不是就是那个贵

641

如。"

慈禧让寇连起不得声张,率先径直向后面第四进院落毓庆宫走去。

慈禧身后跟着一大帮子人,没有人敢吭一声、喘一口粗气。

转过惇本殿就到了毓庆宫的院子。

鼓声越来越近,听得出一个人嘴里念着类似"锣鼓经"的"鼓套子",鼓声和着"鼓套子"的节奏一起一落。

毓庆宫廊下,载湉坐在鼓架后面,手里拿着鼓箭子,两臂抱圆,按着麒麟儿嘴里发出的"鼓套子"的节奏,准确地敲击在鼓心或是鼓帮。

麒麟儿站在阶下一侧,面朝西,等于在侧面背对着皇上。他闭着双眼,一只腿支撑站立,一只腿向上直直立起,纹丝不动,嘴里还给皇上念着"鼓套子"。

慈禧率先走进毓庆宫院子,身后跟着一行人。

杜之锡手里端着斟好了满满两盅盖碗茶的茶盘子正从配殿茶水房里出来,猛可里抬头一看,竟是太后鸦没雀冻地走了过来,身后跟着一大帮子人,个个敛气屏声,在正星门放瞭哨的寇连起在一侧跟着,一副垂头丧气的模样。杜之锡不看则已,这一看不啻是雷击当头,魂飞天外,杜之锡哆嗦着赶紧放下手中端着的茶盘子,给太后伏地叩头,高声地给太后请安道吉祥,意在给里面的万岁爷报信儿。

杜之锡给太后叩头请安早已惊动了廊子下面练习击鼓的载湉和麒麟儿。

慈禧抬头看着面前院子里跪着的麒麟儿和低头侧身站立的载湉,正要说话,突然,小太监寇连起不管不顾冲到载湉跟前,跪着禀告:"奴才回万岁爷的话,是奴才该死,奴才没有当好差,偷懒打瞌睡,太后驾到奴才没有来得及进来回禀。万岁爷封教戏谙达想偷偷学好戏孝顺太后的秘密看来是瞒不住了。奴才该死,奴才都跟太后交代了。"

跪在地上给太后行大礼的麒麟儿和站在那里的载湉当然明白寇连起

642

的用意。

慈禧挥挥手:"都起来说话。"

杜之锡和寇连起赶忙从殿里搬出一把太师椅,请太后坐在廊下。

慈禧端详着站在阶下不远处的麒麟儿,长眉秀目,看身材架势是个角儿的材料,心里已经有了几分欢喜,可这面上却不能流露出来。只因前日听李莲英所说万岁爷进宫前还是住在潜龙邸时,当街傀儡戏金麟班里有一个孩子与万岁爷不知有什么关联瓜葛,四五岁上突得暴病身亡,为此,醇亲王府还送了一大笔奠银。平常百姓家死了一个孩子,还值得王府去送奠银,这里面恐怕是有些文章。如按李莲英打听到的宫外流言,眼下这个贵如就是当年金麟班假死的那个孩子,可那个孩子和皇帝之间到底又有什么瓜葛呢?

慈禧冷冷地询问起来,麒麟儿神情沉静回禀太后,他的爷爷和醇亲王府内总管祁慧茼原是一个村的邻居,为了逃荒活命,特请祁慧茼代为疏通举荐进升平署学了戏。

站在慈禧身后的九路车看着站在阶下从容应对的麒麟儿,莞尔一笑,大眼睛一转,出主意说:"西娘娘不妨让顺天府尹李朝仪带人去西山樱桃沟金麟班家族墓地,开棺验看,有无尸骨,岂不是真假立判,如果确如李大总管所说,那定是一具空棺。"

慈禧一听九路车所言不错,吩咐李莲英即刻传旨顺天府,命府尹李朝仪带人会同升平署及金麟班的人速去西山樱桃沟金麟班墓地开棺验看,立等复旨。

慈禧再问麒麟儿,麒麟儿回奏,先是跟姜玉瑛师傅学戏,后来师傅因伤去世,再拜在师爷孙福喜门下学戏,此生决不辜负师傅姜玉瑛临终期许。

麒麟儿提起师傅姜玉瑛,泪水在眼眶里打转。慈禧想起姜玉瑛,也是一阵唏嘘。

慈禧打住话头，转脸吩咐李莲英，去宁寿宫传本家班准备戏，副掌事崔玉贵穿厚底、扎硬靠，过半个时辰，她要在畅音阁看崔玉贵和贵如的《挑滑车》，只看"挑车"一折。一样的戏码两人各演一场，看看孙福喜教的这个手把徒孙戏唱得如何。

宫内旨意到了醇亲王府的北府。

宝翰堂大书房内，病中的醇亲王爷在祁慧芇的搀扶下跪在拜垫上接旨。传旨太监传完旨，祁慧芇打赏给传旨太监，接过赏钱的传旨太监面对当年声震内务府九堂的老前辈哪敢隐瞒，未等祁慧芇发问，尽自己所知，把宫内的情形说了一个仔细。

俟传旨太监走后，醇亲王爷战战兢兢起身坐在太师椅里，问祁慧芇这可如何是好？

祁慧芇嘱咐王爷面见太后时，一定要实话实说。只是万岁爷和那个孩子是同一时辰降生的话千万千万不能说，只说同年同月同日生便可，再说那孩子也已经死了。至于问到奠银还有那具棺木一事，王爷不妨承认，自打府里阿哥承嗣大统，怕有非分之想之人从中作祟，只有行此一策，对金麟班来说也只有认命，谁让那孩子生不逢时呢。既然是醇亲王府让那孩子得病而死，醇亲王府自然要有抚恤之心，赏下些银两。

祁慧芇一席话，说得王爷是转忧为喜。

西山樱桃沟，金麟班家族墓地。顺天府尹李朝仪、升平署笔帖式陈登科、精忠庙管事秦二奎、几个衙役还有仵作扛着镐头铁锹在陆麒铖和门钉的引领下，来到了墓地。

众人攀山已是累得气喘吁吁，李朝仪伸手进怀掏出打簧表揿开表壳看了一下时间，又抬头看看日影，催促衙役们赶快动手，连声说长春宫立等复旨。

童麟飞的棺木已被打开,众人齐齐围上来争相观看,棺木里确实盛殓着一副白骨、散乱的发辫和腐烂的衣衫。李朝仪命随来的仵作将骨殖、发辫和衣衫各取一些装殓入匣,带回复旨。

宁寿宫。畅音阁大戏台。文武场锣鼓震天响。

当一个身扎大靠、大额子、厚底儿、手提大枪的美少年站在台子上亮相的一刹那,一种强大的气场作势令坐在阅是楼内观戏的慈禧大为叹赏:"唔,真不赖,看这架势还真有。"

麒麟儿"起霸"凝重大气,时而静气如山,时而动若脱兔,腿抬得高,站得稳,膀子、云手拉得圆,脸上表情威严庄重,俨然一副王爷派头儿。

戏台上,"挑车"一折进入尾声,高宠蹦起来的"劈叉"高过桌子,两腿前后撕成一字,马跌人惊的效果令人拍案叫绝;"喘丫""软岔"的动作过后,麒麟儿终于亮出了绝活"靠旗扫地",腰劲儿弹性十足,简直让人目瞪口呆。只见他盔头不摇不晃,尽量靠脖梃儿拿着劲儿,直到最后一挑,方始抱枪倒下的一刹那才让盔头落地。麒麟儿的武生身段让宁寿宫听戏的所有人看到了一个英雄末路的高王爷,而非一个丢盔弃甲的蠢武把子。

站在后台只卸了盔头还未脱下靠衣的崔玉贵隔着帘子缝偷窥台上麒麟儿的"挑车",直气得咬牙切齿,一跺脚,恨恨地转身离开。

宫里头看戏规矩大,讲究的是太后不喊"好儿",谁也不能吭声。麒麟儿唱完,站在台上向对面坐在阅是楼里观戏的太后躬身致意。慈禧尚沉浸在刚才的剧情中,为麒麟儿精湛的技艺所倾倒迷醉,仍在回味刚才的情景,宁寿宫大院子以致出现了短暂的沉寂。戏台内外所有人不知所以,也只有面面相觑,用眼睛相互询问着不知发生了什么事情。

就连站在台子上的麒麟儿也蒙了,不知道自己是不是什么地方唱砸了。

慈禧身后站着的四格格用手捅了捅九路车，九路车会意，凑近太后耳朵边儿，悄声提醒："西娘娘，那个贵如唱得好呀还是不好呀？"

一句话提醒了慈禧，慈禧慢慢站起身，吩咐李莲英："传旨升平署，赏贵如四品顶戴。"

麒麟儿跳下戏台过来叩头谢赏，慈禧让春苓子再去取一只羊脂玉的扳指要赐给麒麟儿。

九路车连忙伸手阻拦："西娘娘，顺天府查验墓地的人还没有回来复旨，万一那里是只空棺，贵如岂不是难逃一死？"

慈禧略一沉吟："不用你们惦记，此一时彼一时，那时自有那时的定夺。"

李莲英进来禀告："醇亲王爷奉召而至，现在宁寿宫外'递牌子'请起。"

第七十六章

凌子丙约了天桥魁华戏园子老板金富仍在天桥王八茶馆福海居见面。

这次是两张银票摆在金富面前，金富有了上次来自大佛寺的教训，此次显得乖巧许多，看着银票，并没有急于要拿的意思。金富如此举动，着实令凌子丙奇怪。

金富谈虎色变，说起了那年儿子被大佛寺那帮小乞丐拐走的经历，不得已去给金麟班赔罪。提起这事儿，尚心有余悸："凌老板，虽说后来大佛寺那帮小要饭的把我儿子给送回来了，可我这口气咽不下不是，打发几个人在后面踪着他们，兹要出了天桥地界儿，就放手收拾那几个臭要饭的……"

"做得对，那后来呢？"

"别提啦，咱这玩儿鹰的倒让鹰给啄了眼，我打发去的那几个人还没等出了天桥地界儿，反倒让缀在更后面的大佛寺的人给暴打了一顿。"

凌子丙不以为意，附在金富耳旁，低声说着什么，金富边听边点头，不由自主地将放在桌面上的银票紧紧地抓在了手里。

大佛寺乞丐油葫芦穿戴齐整，身后仍然跟着几个小兄弟径直来到太平仓庄亲王府对面的影壁前，海拉尔一眼望见，知道大佛寺有事了，哪敢怠慢，急忙吩咐人进去通报格格。

油葫芦率身后跟来的四个小兄弟齐齐蹲身给海拉尔请安，一口一个海大叔，叫得海拉尔心里甭提有多舒坦。看着已长成大小伙子模样的油葫芦，海拉尔顺手从身上摸出了几块散碎银两塞进他手里，客气地说："知道你们都是格格的兄弟，只是王府规矩大，没辙不是，这要是你们海大叔的家，一定请你们小哥儿几个进家去坐坐。"

九路车穿常服从府中急步走来。老海往回走，格格跟老海交代："看样子是有什么事情，快去预备车马，就候在府门前听招呼。"

油葫芦及身后跟来的四个小兄弟齐齐蹲身给格格请安，九路车知道没有急事油葫芦是不会贸然前来的，催促油葫芦有事快说。

油葫芦将数日前汀州南国一派悬丝傀儡戏班一行十数人上京登门寻访金麟班索看金麟童，在落脚的汀州会馆宴请精忠庙庙首及京城三大傀儡戏班的班主，还抬出一面黑不溜秋的堂鼓，扬言要在天桥搭戏棚子与金麟班唱对台戏的事情一股脑讲给九路车听，最后告诉九路车大佛寺的所有弟兄凛遵格格归府告别大佛寺时的吩咐，凡与金麟班有关事宜，都要上心维护，不得迟缓延慢。于是乎，眼下已经撒下人去，将天桥一带全都布下了眼线。昨日，眼线回报，看见京城三义班三班主凌子丙与天桥魁华园老板金富在天桥王八茶馆喝过茶。

九路车大眼睛一转，计上心来，悄声吩咐油葫芦一番。油葫芦点头称是，带人离去。

庄亲王府的马拉铜轴大鞍车早已候在府门前，九路车一步跳了上去，马车随即跑了起来，直奔朝阳门东岳庙。

庄亲王府大鞍车稳稳地停在东岳庙前，九路车跳下车来，径直走进庙中。

东岳庙祖师殿偏院，老七头儿正在练把式，曲六如怡然自得地坐在一旁啜着茶。

曲六如猛回头看见九路车已经坐在茶桌边，立即隔着桌子伸手向九路车索要齐醮钱。九路车倒也习以为常，立即掏出一把散碎银子放在桌面上。曲六如收起银两并未起身，嘴里嘟囔着："老道给格格请安，格格吉祥。"

老七头儿收了练功架势，走回到茶桌旁，九路车起身为师傅斟茶，向师傅和曲六如说起了悬丝傀儡南国一派上京来与金麟班较真儿的事情，在汀州会馆还抬出一面鼓来，扬言要在天桥画锅撂地儿搭戏棚子，与金麟班唱对台傀儡戏一较高低。

老七头儿问："是一面什么鼓？"

九路车歪着头略想了想说："听油葫芦说那面鼓黑不溜秋的。"

"一个只是听说压根儿连影儿都没见过的金麟童，直弄得一个百年老班简直是每况愈下，上至朝廷下至民间傀儡戏班子，人人觊觎，个个眼红。现下金麟班镇班的戏码儿近没有，万一在天桥撂地儿比试输了，这百年老班的名声就算彻底没有了。"曲六如很为金麟班担心，对老七头儿说，"要叫老道说啊，干脆，你老七头儿不妨替金麟班出头去会一会南国一派的悬丝傀儡。"

老七头儿摇头不语，似乎在思索着什么。

九路车说："你个牛鼻子老道净出馊主意，天桥撂地儿唱对台戏，京城梨园行老少爷们儿一准儿少不了去人，我师傅就是一个走街串巷唱扁担戏的，想那金麟班的人一准儿也不愿意，唱对台戏，找一个耍鸣丢丢的出来。万一再让别人指认出来，这对台戏还没比就算输了。"

老七头儿忽然抬起头，招手叫九路车过来。老七头儿附耳九路车悄悄说了一句话，其实不过三个字。继而，老七头儿高声嘱咐九路车：

"晚上务必跑一趟太平街金麟班老宅，去了以后，只要把这句话告诉金麟班，金麟班与南国一派天桥撂地儿唱对台戏至少不会落了下风，其余皆看天意。还有一宗，你要记住，金麟班若追问此话从何而来，万不可对人言。"

老七头儿一番举动，曲六如大是好奇，急急追问是一句什么话。哪知老七头儿却一本正经地对曲六如说："道兄，不是兄弟不告诉你，实在是天机不可泄露。"

吃晚饭的时候，从鲜鱼口的场子里带回了大佛寺油葫芦亲自送来的口信儿，此次金麟班在天桥画锅撂地儿，请尽管前去，无人再敢骚扰捣乱，确保无虞。

夜晚灯下，众人齐聚查万响屋内，正在商量天桥画锅撂地儿与南国一派搭棚子唱对台戏的事情。镇班的两出戏码如今已无人能唱，平日里卖场子的戏码又都是大路货，半个月后就要见真章，此次的对台戏大有人为刀俎我为鱼肉之忧。

众人想到南国一派班主蔺双宫拜访时的一言一行，可知人家是有备而来，大有一种不达目的誓不罢休的气势。悬丝傀儡远在南方沿海，虽是都在傀儡一行，异地相距万里，说起来毕竟还是隔膜生疏，不知人家唱什么戏文，文武场是不是和北方的一样，只知道那边和京城不同的是专有一种"傀儡调"。

众人正在七嘴八舌，莫衷一是，外面大门响起了剥啄敲门声，霞衣霞锦同去开门。

举手肃客，让进九路车，众人起身齐齐给九龄格格请安道吉祥。九路车道明来意："只为与南国一派悬丝傀儡唱对台戏一事，送一句话过来，余下不便叨扰，说完即走。"

屋内一刹那沉寂下来，众人目光齐集九路车的身上，看得九路车反而有些腼腆起来。九路车告诉大家:"咳,说是一句话,其实就是三个字——"

"什么字?"陆麒铖问道。

"四声猿。"一句话三个字。送话的人来得突兀,送来的话又没头没脑,上不着天下不着地的让人无法琢磨。沉寂有顷,九路车向众人拱手作别。陆麒铖向九路车表示很是感念大佛寺众位兄弟,处处维护金麟班。

这时,查万响眼睛一亮,突然一拍大腿,高声说道:"有了,有了,响爷真的是老了,怎么就没有想到呢,这句话别看只有三个字,金麟班有救了。"

道儿南的天桥杂吧地上热闹中似乎又有了新花样儿。

桥西的一大片地儿,升平署管理精忠庙事务衙门派人来廓出了一块四四方方的地场,紧接着又看见有人拉来一车车的黄土垫平场子,在这片廓出的场子的北边儿还搭起了一个一人多高五丈来宽的看台。

逛天桥的人们吵吵着只知道要有戏看了,是南边儿上来的悬丝傀儡要和京城的杖头傀儡一较高下。消息一传十十传百,虽然还没有到约定比试的那一天,见天来看热闹瞅动静的人却是越来越多。

到了两班约定比试的前一天,一大早童麟熹坐着大鞍车就赶到荷包巷,接上陆盼儿,直奔道儿南天桥而来。在车上,童麟熹告诉陆盼儿,索家班已经接到升平署管理精忠庙事务衙门的知会,为太后明年上徽号事,他明天就要进宫去帮场,跟长春宫的本家班一起排演御制连台本戏《昭代箫韶》。

陆盼儿打心眼儿里替童麟熹高兴,现在终于要唱到太后跟前儿去了。

童麟熹对进宫唱戏自有一番憧憬,他要在太后面前唱成大角儿,要为索家班为姥爷挣下个大场子，省得索家班与别的班子一起掺和一个场子，姥爷再受气。

陆盼儿说起金麟班眼下的状况，担心金麟班镇班的两出大戏如今无人能唱，百年老班的名望将毁于一旦，认为童麟熹应该与金麟班休戚与共，代金麟班"钻筒子"坐"关防"。

童麟熹却不屑一顾，只说今天来就是为了陪陆盼儿来看南国一派的悬丝傀儡戏，也为的陆盼儿可以亲眼看看南国悬丝傀儡的行头。再者说，自己从小学的是皮黄，傀儡一行已是生疏，即使"钻筒子"坐"关防"，和杖头耍手也从未配过戏，上场肯定合不上榫卯，抱不成"一棵菜"。

陆盼儿莞尔，有些撒娇地说你是唱旦角儿的，到时再看，如若不行，为挽颓势，你"钻筒子"和我娘唱《红佳期》。童麟熹为讨陆盼儿高兴，也就勉强答应下来。在车上又谈起嫁娶之事，童麟熹不顾娘亲的反对，盟誓般地说今生娶定了陆盼儿。

二人坐在车上，车子不时颠簸，陆盼儿紧挨着童麟熹在说话，使他觉得近在耳旁的陆盼儿吹气如兰，而陆盼儿那少女特有的体香又不时撩拨着童麟熹的嗅觉，他不由得心神荡漾起来。

两小无猜，儿时的光景，想起来总是令人留恋。谈起小时候的事情，童麟熹问陆盼儿，当年在老宅，陆盼儿脖子上挂着的长命锁为什么不给他看，难道就因为是响爷赠给的缘故？陆盼儿没有想到的是这件事竟让童麟熹一直耿耿于怀。陆盼儿飞红了脸颊，抿着嘴唇想一想，索性抬起头，告诉童麟熹，等到成亲那天入了洞房一定给他看，并告诉童麟熹，她要用"平金打籽"的京绣技法为童麟熹做一身行头。

在天桥廓出来的场子刚刚铺平的第二天，南国一派悬丝傀儡班就来到这里，众人七手八脚坐东西向开始搭建演出悬丝傀儡戏的轻台子"八卦棚"。

八卦棚的台面离地约有五尺高，被悬空架起。台面长宽各两丈余，方方正正。台子四角，各竖一根高出台面九尺余的立柱，顶部用十根竹竿系扎成八卦图形。

垫场招徕看客的闽南乐器"叮叮当当"地响了起来，悬丝傀儡戏棚子一侧水牌也已支了出来。南国一派的打炮戏是闽西闽南的经典剧目《钟馗醉酒》。

蔺双宫命人抬上一只南国梨园戏曲文武场上必用的鼓，鼓有支架，两面蒙皮，鼓身漆黑描金，看上去倒也是个老物件。此鼓形状与京城梨园行所用堂鼓别无二致。

周围聚集着越来越多前来看稀奇瞧热闹的逛天桥的人们。众人指指点点，感到新奇不已。

这是唱对台戏。金麟班台子前面霎时也围起了一帮逛天桥的看客。有那性子急的在台前纷纷叫喊催促着金麟班今儿个上的是什么戏码，水牌怎么还不推出来？

人群中夹杂着有人要看《红佳期》《金钱豹》的喊叫声。

突然南国一派悬丝傀儡那边的八卦棚里文武场齐奏，先声夺人，给金麟班来了一个下马威。

戏一开始，钟馗走过来，看到桌子上有一瓶酒和一只酒杯，钟馗端起酒倒进杯子，使人竟分辨不出那是傀儡还是人在往杯中斟酒。

又一位丑角儿傀儡登场了。那傀儡脸上的表情、在台子上的一招一式，分明是个喜怒哀乐皆有的活生生的人。傀儡五官设计很有个性，仅头部与身躯的提线就有十根；头发被处理成了"宝盖头"、眉毛画着两只蜻蜓、眼鼻区涂抹了白色花纹，眼睛珠子、下巴颏儿都可以转动；招风兔耳、大蒜鼻头，丑得很夸张，丑得很可爱，不知道，它算不算是梨园行中的另类丑角。

一场戏演下来，因是"傀儡调"，北方人自然听不懂，但是娴熟精准的操线手法，使悬丝傀儡的一举一动竟如真人一般，精湛绝妙的演出，博得台下阵阵的喝彩声。

站在悬丝傀儡台子下面看戏的童麟熹和陆盼儿知道这场悬丝傀儡戏已告一段落，陆盼儿拉着童麟熹转到金麟班搭建的台子的后面，钻进作为后台的帐篷。

看见童麟熹和陆盼儿来大家都很高兴。正在做着演出准备的古麒凤先向童麟熹问询了他娘索万青近日安好，转头又埋怨起女儿不在荷包巷师门里好好做活计，却带着童麟熹到处瞎跑。

陆盼儿说她来就是要看看南国一派悬丝傀儡行头的制作针法。打算今儿个散戏后去对面戏棚子里拜晤一下南国一派的班子，亲手摸一摸悬丝傀儡身上的行头的针脚。

门钉对童麟熹也是十分喜爱，看情形以后说不准就是小师兄家的姑爷，凑趣地说少班主今儿个来要不要登台唱一段，为咱们金麟班掠阵助威。哪知童麟熹却一本正经地告诉门师叔，他今儿个来就是陪陆盼儿妹妹来看傀儡戏，明天他就要进宫去给太后唱戏了，八九不离十的以后也就是吃俸米的官家的人了，这种玩笑话以后请门师叔再不要提起。

坐在帐篷角落里正在用手掌搓揉南堂鼓鼓面的查万响看见童麟熹得意忘形的样子，心里很是不舒服。抬眼看着门钉有些尴尬的神情，查万响心中大是不忍，想到门钉跟在陆麒铖的屁股后面，为了金麟班出生入死。当年走时一副见人就笑圆嘟嘟的脸，如今也已变成胡子拉碴两腮深陷的尖下颏儿。查万响不由得板起面孔，教训了童麟熹几句。童麟熹看着在小时候也曾抱过自己的门师叔，很不情愿地勉强说了几句道歉的话后，转身走出了金麟班的帐篷。

陆盼儿追了出来，耿直的脾气像极她娘，开口埋怨童麟熹："你真不该对班子里的那些老人儿如此说话，这些老人儿对金麟班真的是掏心掏肺，出生入死，没有一句埋怨的话。尤其是门师叔，称你为少班主，那是对你爹的一份尊崇。"

童麟熹置若罔闻，为了自己的面子，一气之下，独自离开了天桥。

夕阳西下，热闹了一天的天桥杂吧地渐渐安静下来。陆盼儿在古麒凤的陪同下，到对面悬丝傀儡戏棚子这边拜会南国一派班子里的人。

散了戏正要回汀州会馆歇息的蔺双宫和闺女蔺小蚕还有班子里的人倒也大大方方接待了她们母女俩。当蔺小蚕得知陆盼儿来此的目的时，很高兴地向陆盼儿介绍起悬丝傀儡的行头五色袍、五色甲，还有官星衣等等，种类繁多，不一而足。

戏棚子后台营帐另一侧，蔺双宫和古麒凤谈起了往事，也知道古麒凤夫妇现下和师兄泉石淙都在升平署遵旨复做杖头傀儡金麟童。只是不管古麒凤如何和颜悦色地解释镇班之宝金麟童已不存世这件事，无奈蔺双宫就是不信。

起风了，天桥杂吧地上远近一片昏黑。

夜色朦胧中，两个蒙面身穿黑色夜行衣的人影俯身蹑足接近了南国一派悬丝傀儡戏棚子后面的营帐，只见一个黑影提起手里的火油桶将桶里的火油泼洒在营帐上，另一个黑影摸索出一盒"洋取灯儿"，"嚓"的一声划着后，两手拢成圈儿护住火苗儿，点燃了浸过火油的营帐，"呼啦"一声，浸过火油的营帐霎时间燃烧起来。

火光照亮了周围，就在这时，营帐周围仿佛是从地下忽然钻出十几个人影来，迅疾地将两个放火的黑衣人擒获并按在地上，另一些黑影急速地将火扑灭。周围的火把点亮了，火光中，大佛寺乞丐油葫芦大步走了过来。

营帐里守夜看戏棚子的南国一派班子里的人惊醒后冲了过来。看见这一切，连忙拱手抱拳表示谢意。油葫芦也拱手抱拳，郑重地说："要谢就谢金麟班！"

油葫芦上前伸手扯下擒获在手的两个放火黑衣人的面罩，吩咐其他大佛寺跟来的弟兄："先押去汀州会馆，看蔺双宫班主如何发落，天亮再送顺天府衙门说话。"

凌子丙在天快亮时被金富家的老管家玉祥砸门叫了起来。

玉祥告诉凌子丙，放火的人被逮住了，现已押在汀州会馆，天一亮就要送顺天府衙门。凌子丙一听嫁祸的事情败露，情急之下，顾不得埋怨金富做事太不牢靠，稍稍稳住心神，连向赶到正阳门外长巷的汀州会馆。

汀州会馆大院子。两名放火之人被反剪双手捆缚结实跪在地上，面前是盛着用来放火的火油油桶。周围站着看守的南国一派班子里的人。班主蔺双宫坐在院中的椅子上，眼睛紧盯着大门外面，好像知道凌子丙一定会来似的。

凌子丙在来会馆的路上，已经想好了应对之策。此时天色将明。

凌子丙下了车，从容镇定地走进会馆。用眼一扫这阵势，哈哈一笑，居然冲着蔺双宫双手抱拳一礼，嘴里连声说道："蔺班主，莫怪兄弟来迟，这件事儿确是兄弟指使，原想着要在背后助南国一派一臂之力，嫁祸金麟班。事发，金麟班必不敢见官，然后迫使金麟班交出金麟童。没想到，金麟班早有防范，可见金麟班还是心虚。"

蔺双宫虎目圆睁，倏然起身，沉声说道："三班主赶来圆这场子，想必说的是真心话，蔺某信了。看在初来京城，承蒙三义班招待并为南国一派班子具保的分上，这件事到此为止，不再计较。"

蔺双宫说完，示意手下放人。

凌子丙倒也坦然，似乎一切都在他意料之中，再次抱拳："请蔺班主借步屋内有话要请教。"

主客落座，蔺双宫表示此次上京，本意为寻找失散多年未有音讯的师兄，再有就是秉承家父遗愿向金麟班索看金麟童，既然金麟班已言明金麟童早在嘉庆朝毁于大火，南国一派也只有作罢。至于在天桥杂吧地与金麟班比试上下一较高低之事，纯属同门切磋技艺，更无他意。说到三义班与金麟班有什么恩怨，蔺双宫和师兄泉石淙无意掺和，万望三义班三位班主见谅。接下来，蔺双宫请三老板上复精忠庙庙首："凌老板，能否再为南国一派求情，请庄亲王爷赏还镇班之宝悬丝双人，实不相瞒，南国一派明天在天桥与金麟班相互切磋技艺，然后择日就要搭乘福州府回南的商船返回汀州了。山高水长，再来实非易事。"

凌子丙满口答应："蔺班主放心，家兄就是精忠庙副庙首，一般来讲，家兄说话，王爷那边还都给面子。兄弟不是不帮忙，只是请蔺班主不要抱太大希望，同治先帝爷对这悬丝双人是曾有严旨，责令升平署归置收拾好后送回园子里去。"

蔺双宫听后默然不语。

过午时分，蔺双宫携师兄泉石淙再次拜晤金麟班。蔺双宫此次前来，大有与金麟班修好之意。感谢昨夜场子里阻止被人放火之事，金麟班众人方知是大佛寺乞丐所为。

陆麒铖夫妇只说当年金麟班的少班主曾与大佛寺京城小九爷有交情，没想到，这么多年过去了，大佛寺那一众乞丐对金麟班一如既往地仍然是照拂有加。其余事却也不便说破，好在凌子丙嫁祸之计未能得逞。

蔺双宫提醒金麟班众人对三义班要多些防范之心。最后谈起南国一派镇班之宝悬丝双人，陆麒铖摇着头说："贵班主的师兄也在升平署箫韶九成班伺候差事，那庄亲王爷言出法随，是个不太好说话的人。"

蔺双宫不无遗憾地说："看来此次携镇班之宝回汀州的打算是没有

指望了。"

查万响安慰蔺双宫："蔺班主，来日方长，容日后慢慢再想办法，好在蔺班主的师兄还在这里。"

众人送蔺双宫出来，蔺双宫再三表示："明日唱的对台戏是真正的南北两班的技艺切磋，是悬丝傀儡和杖头傀儡的一次阖家欢聚。"

"老神在在"，戾气尽消，一片祥和。

第七十七章

在天桥，为的金麟班和陆盼儿拌了几句嘴，童麟熹赌气回了家。

第二天，童麟熹奉召来到升平署，立即被让进西官廨而不是公事房。

苏拉进来奉茶，悄然退去。陈登科陪同在座，老陈告诉童麟熹："请稍候片刻，升平署正在为童老板赶制腰牌和门照。"

此刻，童麟熹已经感觉到不同以往，从升平署官员对待自己毕恭毕敬的言语上就已感觉到什么是角儿了。

进了宫，走在去往普天同庆本家班的长街上，童麟熹很是兴奋，一路上东看看西望望，满眼都是画栋雕梁的殿宇和红色的宫墙，金黄色的琉璃瓦殿顶反射着刺目的光。

童麟熹一路走来，对接他进宫走在前面引路的小太监全顺儿不停地问这问那，引路全顺儿显得有些不耐烦，弦外有音地说："赶明儿在这宫里待的时候长了，童老板自己个儿的就什么都明白啦。"

到了重华宫，迈进重华门，童麟熹看见由崇敬殿的拐角处走过来一个人，身姿挺拔，神秀气清。前面引路的全顺儿急趋前一步给对面来的人请了一个安："全顺儿给贵大人请安。"

对面走过来的人面含微笑，一步上前扶起小太监："全顺儿小爷，以后再不可这样。"然后略对童麟熹客气地点了一下头,便步履轻盈地与童麟熹擦肩而过。

尽管是冷不丁的一个碰面,童麟熹打从心眼儿里觉得与那个人已经相识很久,他把这种奇妙的感觉说给小太监全顺儿听,可在什么地方见过,却又是真的想不起来。

这次未等童麟熹问及,小太监全顺儿站定了脚步,看着走出重华宫的麒麟儿的背影,不无钦羡地对童麟熹说:"刚才过去的那个人就是万岁爷的教习谙达贵如,前几日在宁寿宫畅音阁的台子上,扮高宠,穿厚底、扎大靠,那叫一个'飘帅脆',一场'挑车'唱下来,愣把'冒上'的崔副掌事给'挑'了。"

童麟熹的心思还在刚才与自己擦肩而过的那个人身上,随口应了一句,转过话题:"全顺儿,我问你,皇上的教戏谙达,难道也是由宫里本家班拔擢上来的?"

小太监全顺儿对童麟熹毫不客气地直呼自己的名字心里很不得劲儿,白愣了童麟熹一眼:"你是问贵如贵大人吧?"

"怎么,还不能问了吗?"

"贵大人是升平署箫韶九成班的官学生,后来让咱本家班正掌事孙福喜给看上了,叫过来就由孙掌事给'说戏'。这不是,眼下成了万岁爷的教戏谙达。贵大人戏唱得好,是六场通透,昆乱不挡,在宫里已是大武生第一人了,一折《挑滑车》看得太后那高兴的劲儿就甭提了,当场就赏封了一个四品的顶戴,不过……"

"不过什么?"

"依着咱顺儿爷看啊,却是得罪了崔副掌事,虽说眼下崔副掌事拿贵大人没辙,底下的人可都替贵大人提搂着心哪。这老话儿说得好,'不怕贼偷就怕贼惦记',说不定什么时候人家给你下绊子背后捅刀子,你是防不胜防。那贵大人整日里就知道唱戏,心思全在戏上头,不能说贵大人没心眼儿,可往别的地方他不会使。"全顺儿说到这里,咽了口唾沫,用话捎带到童麟熹,"刚才童老板也是见着了,那贵大人在宫里头啊,无论见着谁都是爷长爷短的客气,别的不说,好人缘。"

小太监全顺儿话里话外一口一个崔副掌事,童麟熹突然明白了什么,从身上摸出一大块银子塞进引路小太监全顺儿的手里,有意套些近乎:"顺儿爷,在下是外学,进宫来帮场子,可也不是一天两天就能交代差事的,普天同庆本家班子里百多号的人事,请顺儿爷以后多多指教,免得在下不小心,还不知道就得罪了人,保不准儿得吃暗亏。"

小太监全顺儿在长春宫本家班里司"茶水"一职,身份地位还在"挑帘"和"检场"之下。刚才那一会子从神武门处接到童麟熹带往重华宫,一路上童麟熹有些托大看不起人的神情语气很是让全顺儿反感,所以一路上全顺儿也不很情愿地没好没歹敷衍童麟熹。此刻看到童麟熹一副委曲求全的模样,又是送银子又是递软话地央求,心中那点气也就消了。全顺儿袖起银子,告诉童麟熹:"虽说正掌事是孙福喜,可那孙掌事是屁事儿也不管,普天同庆本家班真正掌事的还是崔玉贵。"

全顺儿又上哪里去知道,童麟熹就是崔副掌事崔玉贵知会升平署点了名给要来的。

最后,小太监全顺儿告诫童麟熹:"万岁爷那边是国事大于天,太后这边是戏大于天。戏只要在太后跟前唱得好,天大的荣华富贵那也只是太后一句话。就说刚才碰见的万岁爷的教戏谙达贵大人,宁寿宫畅音阁一场戏下来,就挣了个四品顶戴。"

长春宫本家班副掌事崔玉贵在公事房为迎接童麟熹的到来,置酒款待。

四下里作陪的太监们在崔玉贵授意下,净拣一些动听仰慕的词语恭维童麟熹,气氛很是融洽。崔玉贵看着童麟熹,脸上表露出非常喜爱的神色,顺便又从自己的手腕子上褪下了一件正宗白奇楠手串,送给了童麟熹。

童麟熹因唱旦角儿之故不能饮酒,崔玉贵听之任之也不强劝。

看看天色已晚,崔玉贵使眼色,厨房给众人端上来一些点心和汤羹。宁寿宫畅音阁戏提调管事太监双齐起身,从厨房太监端着的托盘里捧起一碗汤羹放在童麟熹面前,意态殷勤地说:"童老板,这是宫里时令宴的膳汤,名为罐煨山鸡丝燕窝,是崔副掌事特意吩咐过的,叫御膳房的人做好送来的,这道汤养嗓子,您是角儿,就为做来请您尝尝。"

低头看着乳白色的汤汁里漂泛着绣花针粗细的黄黄的鸡丝,香气诱人,听着周围太监让人很是受用的奉承话,童麟熹心中高兴,又听说是宫里御膳用的汤,不疑有他,遂端起那碗汤羹,稀里呼噜喝个干净。童麟熹刚刚放下汤羹碗,便觉眼皮发沉头发蒙,还想对副掌事崔玉贵说些什么,还未及张口,竟头一歪,睡倒在桌面上。

双齐挥手示意另外几个太监扶持着架起童麟熹,其中一个太监已将童麟熹背在了背上。崔玉贵提醒那几个太监:"带上童麟熹出宫的腰牌和门照,用车直接送地安门外方砖胡同刘家。"

这当口,双齐对崔玉贵说:"听内务府说今年地安门外方砖胡同的'小刀刘'家供奉的名额已够了数,南长街会计司胡同的毕五,他家的额数还差着呢。"

崔玉贵说:"那就送去毕五家,告诉老毕,给咱家好好做,千万别给碰伤喽。"

双齐还是有些担心,凑近崔玉贵,小声说着:"崔爷,小的担心这事儿多少有点儿悬的乎,毕竟是人命关天,是不是在岁数上稍稍大了点儿?"

崔玉贵轻描淡写地说:"这才十七八,也没有什么大不了的,长春宫的李大总管三十一岁上净身进的宫,现在不是比谁都欢实?"

双齐不再说什么，转身带人走出公事房，刚迈出门槛儿，却又转回身说出了另外一层顾虑："崔爷，倘若日后索家班找来升平署，升平署过来要人，咱这边儿可怎么答对？"

"净说那用不着的。"崔玉贵一声冷笑，"紫禁城城墙那么高，他索家班进不来。告诉索家班不然就去顺天府状告太后。说起升平署，可比咱们还明白呢，这里戏比天大。就说是调进来帮场，可也不是一天两天能完事儿的呀，在宫里要不是和咱们一样的人，这秽乱宫中的罪名可是谁也担不起。再者说，这孩子不是也整天价吵吵着要进宫来唱戏不是？这下好啦，咱家成全他，以后就踏踏实实地在宫里住着，想什么时候唱就什么时候唱。"

天桥杂吧地上，是悬丝傀儡与杖头傀儡唱对台戏的地场。

东西两个台子居中的看台上，坐满了前来观戏的升平署管理精忠庙事务衙门的人。

南国一派悬丝傀儡班八卦棚戏台子下面，人头攒动，黑压压一片看客。

台子上，从左到右站着一长排被丝线悬挂着的十二个身着湖绿色长衫的傀儡少女，每只傀儡身高两尺有余。傀儡做工极尽能巧，面貌栩栩如生。每个少女傀儡的左手和右手都握着南音四宝。在这一排少女傀儡的前面，坐着一个背对观众在敲鼓的傀儡鼓手。傀儡鼓手面前的鼓架上放着一只鼓帮黑底描金的南音鼓，敲鼓的傀儡鼓手坐在板凳上，傀儡鼓手一只左脚被悬丝吊起压在鼓面上。这就是闽南具有悠久历史的著名响器"压脚鼓"。

南国一派悬丝傀儡班正在演出班子里镇班傀儡戏《春雨杏花满汀州》，是传统南鼓"压脚鼓"和南音四宝的合奏。

"压脚鼓"鼓的声韵敦厚沉稳，不像其他剧种或清脆爽朗或淋漓酣畅，它是那样含蓄沉实，引而不发的态势给人以某种期待，最有魅力之处是它的轻柔抹点，那么黏稠，好像能粘贴在你的心尖上，流淌在血液中。这在极大程度上不是渲染，而是还魂般把一脉古韵焕然复归，使人听起来，似在深远处，却又峥嵘不露。

傀儡鼓手把悬丝吊着的左脚放在鼓面上，用以调整鼓声音调的高低快慢；演师靠悬丝扯动来表现傀儡鼓手演奏的熟练动作。

"压脚鼓"鼓声阵阵，悬丝吊着的那只脚在鼓面上不断移动，"压脚"抵在鼓面上的面积大，剩下的敲击面积就小，声音就高，反之，就低，把脚挪开，就只有鼓的本色声音了。悬丝吊着傀儡鼓手手里攥着的鼓箭子，随着音韵节奏在鼓面上疾速翻飞击打。悬丝傀儡演师技高绝伦，操线精妙，甚至能使傀儡鼓手敲出上下滑音来。

一曲传统南鼓和南音四宝的合奏《春雨杏花满汀州》刚刚演奏完毕，台下连续的喝彩叫好声此起彼伏。

就在这时，对面金麟班推出水牌，上面纵行书写几个大字：四声猿之狂鼓史。

场地上的喝彩叫好声继而转变为纷纷攘攘的议论声，百年老班金麟班的戏码京城里的人耳熟能详，尤以《红佳期》《金钱豹》两出镇班戏码最为脍炙人口。可是这《四声猿》是什么戏码？《狂鼓史》也是第一次听说。

场地上黑压压的人群里议论声、好奇猜测声顿起。有人虽不明戏路却知其用意，大声说，这才是打擂的戏码，出奇方能制胜。也有人说今儿逛天桥算是没白来，头回听鼓对鼓的戏。

坐在场地居中看台上的人们也开始交头接耳。

凌氏三兄弟吃惊地瞪大了眼睛，大感意外。精忠庙庙首杨小轩心中暗自钦佩，不由得跟坐在身旁的放牛陈、高月美连连点头称赞："金麟班好一个百年老班，真正是名不虚传，这久负盛名且又失传的老戏码居然还能拿得出手,飙戏飙到这份儿上,真正是深不可测!"

《狂鼓史》此一折戏重在击鼓。在台子正中的围挡后面,齐着边沿儿用高架子已经架起一面大红花盆鼓。围挡后面的"关防"处,查万响"钻筒子"连人带鼓坐在那里。

《狂鼓史》系明朝徐渭所著《四声猿》四折戏之一——祢衡被曹操所杀,含冤九泉,于报对期(中国有三界之说,天上、人间、地狱。根据传说,人死后灵魂会被送到阴曹地府,接受审判后被判定轮回到不同的世界中。这一时期则被称为报对期)满即将升天之时,五殿阎罗天子殿前判官主持正义,召出祢衡与曹操的阴魂,重演旧日骂座的情状,一洗祢衡生前的耻辱,使被颠倒的是非重新颠倒过来,是一借古讽今之作。昆曲称《阴骂曹》。此折戏成于明万历年间,一因年深日远,二因剧中对鼓艺要求甚高,久而久之,渐渐湮没在岁月的长河中,竟至失传,遂成梨园绝响。

半月前,南国一派悬丝傀儡班抵京甫定,即要单挑金麟班。金麟班得九路车深夜送来的口信儿,"一语惊醒梦中人"。

查万响年轻时就已学得一手南堂鼓,记起当年就是因为给朋友帮场,一把琴、一只南堂鼓成就了自己的打炮戏。更主要的是查万响当年挥尽家财学艺,鼓艺师傅给他开蒙的曲目恰是《四声猿》四折戏之一的《狂鼓史》一折,用响爷的话说,冥冥之中,自有天定。

九路车走后,金麟班不敢怠慢,连天累夜地开始炮制一应人物傀儡并演练走台。顾不得去想庄亲王府的九龄格格从何得知这《四声猿》的曲目,更无暇追问这口信儿又是从何而来。

眼下在围挡后面,戏已开场。陆麒铖舞动杖头傀儡祢衡,按剧情穿插活动于其他众多杖头傀儡人物之中。

《狂鼓史》这折戏格调是激越的,最精彩之处在于鼓。鼓点的节奏变化,击鼓的力度、技法以及与文武场的配合都很上讲究,也正是通过鼓声来传达祢衡内心的情绪。查万响的"鼓套子",设计得颇为俏皮,很是贴合昆曲的气质,三通鼓居然打出五套花。

当鼓声响起时,场地上围观的人群突然安静了下来。陆麒铖操控着杖头傀儡祢衡,与查万响"钻筒子"的"鼓套子"配合得严丝合缝,傀儡的操控几近出神入化,使人看不出是陆麒铖手中的杖头傀儡祢衡在敲,还是下面"关防者"在击鼓。

正阳门外鲜鱼口,长巷内汀州会馆。

南国一派悬丝傀儡班就要搭乘福州府南下的商船返回闽西。泉石淙匆匆赶来送行。蔺双宫再次央求师兄泉石淙跟班子一同南返。泉石淙执意不肯,他要在升平署箫韶九成班木刻作等到大台宫戏水落石出的那一天,亲眼看见复刻金麟童的完成,以飨师傅遗愿。另外,镇班之宝悬丝双人尚在升平署,事情还有可为之处,他要和金麟班共同设法将南国一派的镇班之宝复归汀州。

泉石淙告诉少班主,他得知三义班根本没替南国一派悬丝傀儡班向庄亲王爷陈情后,即刻跑去央求正掌事边冷堂,不想边冷堂前日已去喀喇河屯行宫给养父边涧秋上祭年香,三五日内根本无法返回。泉石淙劝师兄暂等数日后再定行止。

蔺双宫说即使等到边冷堂归来,那王爷肯不肯赏还不一定,班子里的营生要紧。随后又不无遗憾地说,此次进京,真正见识了北派杖头傀儡的技艺,对悬丝傀儡也是大有进益,自古鱼与熊掌不可兼得,此次未能将镇班之宝悬丝双人迎回,心中实有不甘,好在师兄尚留京城,以后可相机行事。

师兄弟正在话别,蔺小蚕跑进屋来报说,金麟班查万响和陆师兄夫妇赶来送行。

蔺双宫和泉石淙迎出,两下里见面又是一番亲热的惜别。双方正在说话间，蔺小蚕却又跑进来说会馆外面来了一帮乞丐，就是那晚替咱们捉住放火的那两个家伙的那帮子人。

众人再次迎出，油葫芦带领大佛寺的人抬着南国一派镇班之宝悬丝双人的两只髹漆箱子已经进到了院子里。

手抚久已暌违拳念殊殷的两只髹漆箱子中的镇班之宝，蔺双宫大喜过望，一副踟躇不安的样子，简直不相信自己的眼睛。如今却由大佛寺的乞丐还给了南国一派傀儡班。此事大起大落，峰回路转，真是让人匪夷所思。泉石淙则热泪盈眶，急问油葫芦到底是怎么一回事？

油葫芦并未言及其他，只是像上次在天桥捉住放火人的那时候一样，简短地说要谢就谢金麟班，庄亲王府的九龄儿格格和金麟班少班主是一个师傅。说完率众离去。

蔺双宫深感于衷，此时真的不知说些什么才好。率南国一派班子里的人跪下就要叩头，查万响出手拦阻。蔺双宫连声说道："大恩不言谢，金麟班江湖仁义！"

第七十八章

慈禧驻园，折腾了几天，总算安顿下来。载湉孝行，自然要送"亲爸爸"到园子。

眼看着将太后安置在乐寿堂一切妥帖后，载湉带着随侍太监杜之锡刚刚回到玉澜堂自己住的地方，就见另一随侍太监寇连起跪倒在院子里，看见皇上进来，随即磕下头去。

载湉不明所以，叫寇连起起来说话，寇连起并未起身，带着哭腔断断续续地告诉皇上："奴才回万岁爷的话，刚才城里北府打发人过来送信儿在东宫门，奴才出去接的信儿，是醇亲王爷看情形不大好。奴才该死，奴才一着急，就告诉送信儿的……万岁爷回头就过北府来看王爷……哪知前来送信儿的戈什哈一听，还没等奴才问了别的，高兴地翻身上马就回去了。"

杜之锡上前一把揪起寇连起，举手做出要掌嘴寇连起的模样，同时还对寇连起使劲地挤眼睛做暗示："你个不知死的奴才，狗胆包天，竟然敢替万岁爷做主。"

寇连起假做求饶状，仍是操着哭腔："奴才该死，可父子天性，奴才知道万岁爷没有一天不惦记着府里，所以一着急，就替万岁爷回了一句话儿，奴才想总不能让北府巴儿巴儿来送信儿的人空跑一趟，去跟王爷回万岁爷正忙着逛园子呢，没工夫回来。"

载湉一下子慌了神儿，不知如何是好，吩咐二人进来说话。载湉说完率先走进玉澜堂正殿。杜之锡和寇连起随后跟了进来。

载湉打算去乐寿堂告诉太后，请懿旨即刻回北府去探望。

杜之锡和寇连起一听，这次是俩人一起跪下劝阻皇上，你一言我一语，出自肺腑。

"自打万岁爷四岁上登了大宝，万岁爷再回过一次王府吗？"

"为的是什么万岁爷应当不是不明白！"

"万岁爷如果不让乐寿堂那边儿知道，兴许还能回去看一眼王爷，如果乐寿堂那边儿知道了，发下一句话，哪有皇上看望臣下的，万岁爷就什么都甭想了。"

"万岁爷就是想回去看望王爷，也得另想法子。"寇连起凑近皇上身旁说，"太后今儿个刚进园子，正在高兴头儿上，有什么事儿万岁爷自己办，可别搅了太后的兴致。奴才倒是有个主意，依奴才看应该这么办。"

寇连起在载湉身旁跟皇上咬起耳朵来。

载湉听罢，沉吟不语，踌躇于殿内，俄顷，抬起头来大声吩咐寇连起："传在颐和园升平署的教戏谙达贵如速来见朕。"

夕阳奄奄落下山去，昆明湖潋滟潋滟的波光失了颜色，玉泉山上矗立的玉峰塔已成剪影。

万寿山脚下，昆明湖畔长廊里，两个前导的小太监各举着一盏照路的灯笼，身后跟着长春宫总管李莲英，三人向玉澜堂走来。

上大夜前，李莲英遵慈禧吩咐，前来查看载湉住进玉澜堂的动静。

站在玉澜堂门前放瞭哨的杜之锡远远看见有灯笼的光影越来越近，立即返身跑进玉澜堂。

李莲英刚刚走近玉澜堂,已经隐约听见单皮鼓鼓声。只见小太监杜之锡从院内迎了出来,杜之锡蹲身给李莲英请过安后,压低了声音说:"万岁爷今儿个进园子,兴致特别好,眼下正在自己个儿打鼓呢,小的这就去通传一声,就说大总管来了。"

杜之锡说完,转身就要进去通传,李莲英并未讲话,留下同来的两个小太监在门外,只是一把拽住杜之锡的胳膊,与杜之锡一同走进玉澜堂院中。耳畔听着单皮鼓鼓声,抬眼看见玉澜堂的正殿窗子上映出万岁爷正在打单皮鼓的身影,李莲英撒开攥着杜之锡胳膊的手,低声说:"小锡子,回头记着通禀万岁爷,就说长春宫奴才李莲英过来请万岁爷的安,万岁爷吉祥。"

李莲英说完,头也不回地走出了玉澜堂。

下弦月,星光晦暗。

什刹海的后海,醇亲王府北府。贪夜中后海河沿儿响起急促的马蹄声。载湉青衣小帽和随侍小太监寇连起二人纵马从海淀一路奔袭直驱京城醇亲王府北府门前。

载湉与寇连起滚鞍下马,载湉大步跑上台阶。

王府门前早已有人等候多时,将那喷着响鼻、气咻咻的两匹马收住缰绳。寇连起小声叮嘱府里的人,这两匹马来自自得园御马圈,赶快带去马号饮水添喂精细料,等会儿还要往回赶路。

偌大的王府,内外不见一点儿火星光亮,一切都是悄无声息。

王府大门内外所有的人知是皇上驾到,在祁慧茑带领下,全都伏身在地叩见皇上。载湉相隔这么多年才得以回府,即使回到原来的太平街潜龙邸想来也应有隔膜之感,更遑论这是新的府邸。载湉站在府门处反倒愣住了,一时不知所措。此时油然而生的竟是自己四岁进宫的那天晚上,嬷嬷麻婴姑牵着自己的手,站在养心殿门口的那种心境。那时的养心殿高大空旷、清寂冷漠,里面一个家人也没有。现在抬眼向里望进去,黝黑夜色中的庭院深邃幽暗,里面却有自己朝思暮想的亲人们。就在这慌悚的刹那间,祁慧芮站起身,弯腰在前引载湉绕过银安殿,直奔后寝殿王爷卧榻处而来。

侵早,天光不甚明亮。

紫禁城内轻烟薄雾,远近景物看上去影影绰绰。宫里所属"净军"的太监们在长街上忙碌着往"净车"上倒马桶洗马桶,远处还有"净军"的太监们并行排着队挥动手中长把扫帚正在扫街。

重华宫后面一长溜普天同庆本家班所在地的尽里头的一间官廨,崔玉贵在拂晓的熟睡中被双齐紧急唤醒,崔玉贵一翻身溜下炕来,顾不得穿好衣服,披着长衫,趿拉着鞋子三步并作两步直奔宁寿宫。身后双齐的大呼小叫,同时也惊动了普天同庆班子里其他的人,众人跟在崔玉贵后面,也急急赶往宁寿宫。

宁寿宫内畅音阁为祝暇太后六十万寿正在进行重新修葺粉刷,戏台周围搭满了高高的脚手架子。畅音阁上下三重檐分福禄寿三层戏台,台顶卷棚歇山式。

崔玉贵风风火火一头扎进宁寿宫的院子,只见寿台前面已经高高搭起的脚手架前有几个当值刚下了大夜的太监正在仰着脖子往上看,嘴里还在说三道四。

"你还不知道吧。"一个太监说,"这就是刚净过身的外学里头的名旦桐花丹,看样子心里头的那道坎还没过。"

另一个说:"干吗非要进宫唱戏,就算是宫里的行头金贵外边没法比,可也不能穿一辈子不是?"

还有一个接着话茬儿说:"净说那废话,他要真愿意,天没亮呢就起来站在福台的翘檐上往四下里看风景哪?"

畅音阁大戏台最上面一层的福台，向外翘出的飞檐上站着刚刚净过身的名旦童麟熹。童麟熹一身缟素，面色惨白，紧闭双目，脑后没有结辫的长长的散发被晨风吹动得愈显凌乱。

可以想见，顺着脚手架能攀爬到这种地方，不用说一定是万念俱灰，了无生趣寻死的人。

畅音阁大戏台太高了，童麟熹又是站在三层翘檐上，崔玉贵一直退到对面阅是楼拐角的地方，总算可以和上面相互都能看见了。

崔玉贵拼命向后仰着脑袋，向上喊着，声音已经变得有些凄厉："小熹子，师傅求你了，决不可轻生，你一闭眼跳下来倒是没事儿了，耽误了伺候太后的戏，索家班的人想死可就没你这般容易啦。"

隆福寺庙会。百货麇集，人潮涌动。

栏杆殿一侧，小吃摊布棚子下面，武青羊按约定来此私会索万红。刚刚坐下，就见不远处索万红面带惶急之色，匆匆走来。

"师兄，熹子进宫帮场子，这一绷子都有一个多月了，这孩子也真是的，也不说托人捎个口信儿出来，不知道家里都在惦记着呢，该不会出了什么事儿？"索万红还未坐稳，便着急地向武青羊似乎在求证着什么，"师兄不是和长春宫本家班的崔副掌事很熟，敫个空儿去问问清楚，这几天可是把大姐急得够呛。"

武青羊满不在乎大包大揽地说："这回该着咱熹子露大脸，本家班就缺这么一个旦角儿，宫里为太后的六十万寿，在排太后的御制皮黄连台本戏《昭代箫韶》，这出连台本戏连天地唱下来就得半个月，再说排戏'串贯'，免不了还要'择毛'挑毛病，唱唱停停，停停唱唱，响排、彩排的看样子排下来至少也得三个月，不用着急，回头师兄就去跟那崔玉贵言语一声，安排一下，让你们姐妹俩进宫去探班。"

看着武青羊坐在板凳上一副气定神闲的样子，索万红的焦虑也一下子消失得无影无踪。

武青羊环顾左右,凑近索万红,诡秘一笑,要带索万红去看一个地方。

索万红心知肚明,却装出一副扭扭捏捏很不情愿的样子,尽管嘴上说着不愿意,可脚下却随着师兄武青羊走出了熙熙攘攘的隆福寺。

武青羊、索万红老情人见面,只贪欢愉,哪还顾得其他,未曾提防"螳螂捕蝉黄雀在后",凌子丙隐身在人群中,远远地缀在身后,偷窥着二人的行径。

沿革升平署坐落在颐和园的东墙外,匾挂"颐和升平"。这里是由南北纵向连接的四合院及三合院组成的建筑群落,与颐和园内即将落成的德和园大戏台遥遥相望。

这里的第一个院落是步军统领衙门,第二个院落是内务府档房,第三个院落就是颐和园沿革升平署处理日常事务的公事房。从这个院落往北众多的房屋则是太后驻园时升平署承应戏的伶人所住官廨,并分前署与后署,是内头学教习的场所。

太后驻园,那书香和溪玥及班子里的人天天都要在园子里的听鹂馆伺候太后听戏。

这天从园子里承应戏下来刚刚回到住处,副掌事惠霖恩便亲自跑来知会那书香和溪玥,说一辆马车现在门前候着,接那书香和溪玥回城里升平署。那书香不知何事,惠霖恩板起面孔,正色说道:"王爷吩咐下来的差事谁敢瞎问,你俩坐车回升平署就知道了。"

二人坐上马车,一路上心里犯着嘀咕。

天傍黑时,车子进了城,根本没有要去升平署的意思,却转道直接奔了大佛寺。二人跳下车,油葫芦在大佛寺山门前早已等候多时。

油葫芦将那书香和溪玥让进后面的接引殿。殿内钵碗粗细的红烛高照，一长溜儿粗木桌子，上面摆满了酒菜。

庄亲王府的九龄格格过两天就要从天津坐海船西学留洋去了，今晚在大佛寺，京城小九爷和众弟兄话别，就要离开自己曾经厮混了几年还有与那书香最初相识的地方。说起来，确是让人惆怅不已。

麒麟儿、那书香和溪玥先后在大殿前的月台上为九路车和大佛寺一众乞丐唱了折子戏的堂会，戏码段子自然是精彩的。这时，外面的小乞丐进来报说，庄亲王府派来接格格的几名戈什哈已经候在庙门外了。

九路车起身，众人送至庙门口。

九路车临上车前，告诉那书香，她出洋前要去和皇上辞行，现在皇上亲政了，为那书香双亲昭雪平冤的事情终于可以办了，明日要带那书香一同去见皇上。

"小师弟。"九路车从身上拿出那把从不离身的带木鞘的解手刀，交到师弟麒麟儿手上，"就算留个念想吧！"

这把刀小巧灵动，连鞘带把儿通体乌黑，鞘上插着一双镶银的乌木筷子，刀把头上安有一颗鬼脸菩提珠，拔出刀来，刀片儿薄如蝉翼，微微颤动，出鞘时"嗡铮"之声似有似无。

麒麟儿默默地接过那把小刀，揣进了怀里。

看着麒麟儿，刹那间，九路车忆起麒麟儿出生时，她拿着这把小刀正在和师傅老七头儿在城墙上吃肉。那一晚，满天的焰火中夹杂着声声脆响，"炸炮子时刺烟花"的爆竹四下里迸发激射的光影好似缤纷落英，映红了太平湖水，照亮了太平街。那是京城里的老字号鞭炮庄子吉庆堂有名的"双响"，故老相传是有讲究的。果真，就在那一时刻里，太平街上同时诞下了两个男孩儿。

第七十九章

午时刚过,长春宫大总管李莲英坐轿从颐和园就赶到了升平署。

庄亲王在西官廨跪接太后懿旨——一切点景俱暂停办。

李莲英上前扶起庄亲王。

庄亲王并非做作,是真的不明白:"太后六十万寿这么大的一个日子,正是应该热热闹闹地大肆庆祝,为何将点景停办?"

李莲英多少有些沮丧地说:"王爷,实不相瞒,还不是礼部侍郎李文田瞎搅局,纠集了各部一些官员联名上奏'请停点景',说什么朝鲜战事吃紧、倭寇逼近国门。后来太后想想也是,所以打发奴才跑来告诉王爷,对外招人耳目说闲话的那些景点,譬如从紫禁城直到颐和园沿途的点景全给裁撤下来。"

庄亲王问:"难道那宫里头的点景也都要裁撤?"

"宫里的点景要再裁撤了,那干脆就什么都别办了。"李莲英压低声音凑近庄亲王透出一些信儿来,"西苑蕉园门、宫里头锡庆门的彩殿不能动,北长街上的点景一律不准撤。奴才这就还要去宫里内务府打招呼,西边儿对上徽号和此次六十万寿的万寿庆典尤为上心,早在几年前就已开始谋划修园子,西边儿一直嫌听鹂馆里头的戏台小,赶在六十万寿九九节庆之前盖个大个儿的戏楼,说话就要完工,戏楼起名德和园。"

"要完工啦?"庄亲王逢迎地说,"倒要进去看看,听说是在仁寿殿的西北边儿。"

"这次碍于群臣上的联名折子,裁撤了从宫内到颐和园沿途的点景,对下边儿也就算有了交代。太后说了,点景撤归撤,承应的戏码可是一出也不能少,虽说眼下国事有些不大顺遂,毕竟人力可为。这话啊得两头儿说,可太后这六旬万寿的日子,错过去就再也补不回来了不是?"李莲英不住声地说着。

庄亲王早已是心领神会地连声称是。

李莲英临上轿前,叮嘱庄亲王:"太后嘱咐箫韶九成班务要排一出傀儡戏《天雷报》,万寿节要承应给万岁爷看。还有就是太后曾听桂公爷说起过外头学里金麟班的傀儡戏《金钱豹》很是好看,上次在王爷的梨园因孝贞太后圣躬不豫,急速还宫,还没看着。奴才以为这次早早预备下来没大错,太后还让奴才问问升平署大台宫戏的差事儿,现而今有些着落了没有?"

"请李总管务必在太后面前多多美言,就说升平署正在抓紧办着呐!"

打发走了大内总管李莲英,庄亲王走出西官廨独自来到西院箫韶九成班木刻作,众人万万没有想到庄亲王爷竟然亲自过来木刻作,蹲身齐齐给王爷请安。庄亲王心烦意乱地挥挥手,叫大家起来说话。

苏拉奉茶。庄亲王靠着大案子堵着横头一屁股坐下,也招手让众人坐下才好说话。

庄亲王告诉大家,长春宫大总管李莲英宣完懿旨刚走。太后又追问起大台宫戏一事。接下来还有两档极重要的承应差事,太后上徽号和太后六十万寿的万寿庆典。庄亲王接着又谈起那年在庄亲王府梨园两宫微行观戏的时候,西边儿就曾催问过大台宫戏一事,当时的庄亲王竟无言以对，只能据实陈奏。看脸色，西边儿是老大的一个不愿意。幸亏当时格格回府，一声"东娘娘"、一声"西娘娘"，叫得两宫心软，总算为自己解了围。

边冷堂此时也只有向庄亲王爷据实回禀，那阴沉木确实很难侍弄，无论他自己如何小心，一旦刻到即将成形的傀儡眉骨处，必定滑刀。这段"返阳"后的阴沉木，用油锯制成胚料后，屡刻屡毁，如今剩下的坯料已经不多。

在座的陆麒铖夫妇听到这里，耸然动容，夫妇二人至此才得知，即使是边冷堂亲自操刀雕刻阴沉木，同样也在眉骨处滑刀。陆麒铖夫妇向庄亲王爷说明，金麟班几代嫡传也都是犯在这一处的毛病，究其原因，任是谁也说不清楚。

庄亲王不由得追问道："凡用阴沉木刻，至眉骨处必定滑刀？"

陆麒铖夫妇连连点头。大家面面相觑，真正令人大惑不解。

泉石淙对于雕刻，更是不敢染指，还说应当上炷香拜一拜神灵，或许管用。只是神灵众多却又不能瞎拜，问他拜祭哪个神灵，他吭哧瘪肚地偏偏又说不出来。

庄亲王爷真正是不得要领，看着满墙上挂着的各色傀儡，徒增烦恼，无奈中站起身走回西官廨。边冷堂随即离座送王爷离开木刻作。庄亲王刚刚走回西官廨，翰林院派人送来了一封大大的书简。

这就是庄亲王安顿翰林院词臣和升平署曲本编撰们共同会商参详金麟班已故掌班师娘凌雪嫣那几句临终遗言，现在看来是有了下文。

拆开信封，书简里面详细写明了关于"两截人唱隔江歌"的语意和隐喻，注有《金人捧露盘》是词牌名，自古历朝历代都有填词，此处结合前句"两截人唱隔江歌"的隐喻，"隔江歌""隔江"应指江南、江北而言；而"歌"则是指一出戏码。推断这出戏码演出的时间当在顺治八年左右。也就是吴梅村奉召进京入国子监任祭酒一职之前发生的事情。

边冷堂接过庄亲王递过来的书简,略一浏览,如坠五里云中,一个耍傀儡戏的金麟班又如何与前明的吴梅村有着什么牵连?真是令人匪夷所思!不过"叹茂陵、遗事凄凉"句,一定是有着一件不愿为外人道的事情。

庄亲王亦深有同感。

边冷堂似乎又想到些什么,吴梅村作《金人捧露盘》一词应在顺治朝重又出仕之前,词中表明确有一个曲本正在搬演,以前他也曾略有耳闻,见著文章记载的几乎全是明末的"贰臣"钱谦益之流的文人墨客,还有死不仕清的冒辟疆对这首词中所说的曲本演出后的一些诗文唱和,可具体说到梓行方面却是未见任何的记述。以往吴梅村所写曲本均有梓行,为何唯独词中所说的这个曲本没有刊刻?眼下说起来自然是不得而知。莫非这个曲本就是金麟班顺治朝进西苑承应之曲本大台宫戏?因是金麟班自家曲本,故未梓行,可是这个曲本又与吴梅村有何关系,竟至于吴梅村为此曲本作词?

此时的庄亲王自然想得宽泛,朝代鼎革,我朝方兴未艾,前朝旧臣写的曲本自然全是"碍语",哪个不想要脑袋了,敢坐文字狱?自然没有人敢给吴梅村行那梓行之事。难怪太后手里的那页嘉庆朝折子夹片上嘉庆先帝爷下旨"大台宫戏永不叙演"。

庄亲王面有犯难之色。边冷堂明白,庄亲王是不知道怎样去和太后回奏,难道真的要在大清的紫禁城里搬演明朝的戏码曲本?

边冷堂起身安慰庄亲王爷,鼓励多于怂恿:"择日还请王爷'递牌子'请起,据实回奏,请太后嘉纳,大台宫戏不看也罢,现在也是明白了金麟班至死也不愿意提及大台宫戏的缘由了。"

庄亲王说:"大台宫戏一事,若能赶在太后六十万寿承应,岂不是锦上添花。"

边冷堂顺杆儿爬,立即劝说道:"王爷,若太后肯嘉纳用平常木植替代阴沉木雕刻傀儡,说起来无论如何也比用阴沉木复作金麟童来得容易。"

"是呀,是呀。"庄亲王满面愁容,"那个曲本和金麟班的大师兄也不知找到没有,四川巡抚衙门和刑部的海捕文书算起来都张贴了好几年了吧?"

事不宜迟,庄亲王硬着头皮第二天便早早赶到颐和园,先去了颐和园的沿革升平署巡视一番,挨到了时辰,宫门口"递牌子"请起。

多年来,就为大台宫戏这么一个差事,直让庄亲王夜不安枕、食不甘味。

在乐寿堂虽说是以"家礼"见起,庄亲王心里仍是底气不足,只得向慈禧如实陈奏,也将边冷堂的话转述给太后,意在请太后宽宥一二。

"边冷堂见得是,在大清的紫禁城里搬演前朝的曲本也确实是有违祖制,再招物议,京城里那些御史言官正愁无事可干。"慈禧沉吟有顷,偏又不甘心,把话重重地说与庄亲王听,"大台宫戏一定要原汁原味,要将那大台宫戏的曲本查访得实,拿在园子里的德和园大戏楼里搬演。"

庄亲王唯唯诺诺再次承旨出了乐寿堂,无心贪看园中湖光山色,匆匆低头而返。

什刹海的后海。醇亲王府北府。

府内宝翰堂大书房。醇亲王嫡福晋和侧福晋正在和内总管祁慧苘商量事情。

祁慧苘准备告老出府。

自打搬离太平街潜龙邸迁府到后海,没过几年醇亲王爷又薨,一晃三年过去了，府内需要祁慧茜照料看顾的事情太多，里里外外，来来往往，最近一段日子，眼看着王府里诸事平顺，祁慧茜动了离去的念头。

此刻，祁慧茜就把自己的想法告诉了二位福晋。

嫡福晋看着近来又老迈了些许的祁慧茜，心头泛起酸楚，极力挽留："老祁啊，以后对府中琐事不必亲力亲为，只要动动嘴，让下面的人去张罗就行啦。"

祁慧茜婉拒坚辞："回福晋的话，奴才离去后可让松九升任府内总管。奴才也已经安顿好松九，府内真有办不开想不明白的事情，还可以去找奴才商量，其实奴才休致养老的地方离王府也不太远。"

侧福晋问："老祁啊，养老是不是也在那个什么城西边儿的恩济庄子上？"

祁慧茜摇摇头："奴才不去恩济庄，奴才要到妙峰山大觉寺去做住持。"

大觉寺是西山著名的古寺，该寺始建于辽代，坐西朝东，是辽金古刹面东朝日的典型建筑。大觉寺为金章宗时的西山八大水院之一的清水院。

嫡福晋和侧福晋担心祁慧茜去了就做住持，大觉寺那里的和尚能否见容于他。

侧福晋一本正经地问道："老祁，你出府就到大觉寺去做住持，那边儿的和尚能愿意吗？"

祁慧茜坦然说道："奴才请二位福晋不用担心，奴才手里有遗诏，俟奴才告老时，'原品休致'任选西山寺庙去做住持，这是当年文宗显先帝爷赴热河木兰秋狝临走时答应奴才的。"

二位福晋大吃一惊，听祁慧茜说话的口气很大，不由得对站在对面躬身答话的祁慧茜重新审视起来。这才发觉祁慧茜的穿戴已然不是往日在王府的装束，头上居然是四品的涅蓝顶戴，脚蹬高勒靴子，身穿紫红色江崖海水的花衣，一副御前伴君的模样，臂弯处只差斜搭着一柄拂尘了。

二位福晋相互目语，尽管事情来得突然，却是再明白不过了。

侧福晋想一想，心有余悸地说："老祁，你是真人不露相啊。"

祁慧芮说："回两位福晋的话，自打咸丰十年，先帝爷木兰秋狝时算起，奴才进醇亲王府当差已有三十四年，虽上衔先帝爷谕旨，但下负王爷重托全府身家性命，阖府上下没拿奴才当作外人，奴才深感于衷，所幸尚不辱命。王爷仙逝，奴才寻思，也到该走的时候了。"

祁慧芮眼瞅着二位福晋惊魂甫定的样子，一屈膝跪了下来，轻声说："清水院西边就是王爷陵寝香水院，奴才想着住在清水院，可以时常去王爷陵寝祭扫。"

嫡福晋回想西山八院之一的香水院，寺内多有古树名木。这是王爷生前在蔚秀园养病时，有一次到西山响堂闲逛看中的地方。

侧福晋转而高兴地说："只要以后还能见着老祁就行，这府里你想要什么，现在就和嫡福晋说，无有不允。"

祁慧芮说："奴才只想要王爷曾经手书的一幅字'隔尘入胜'。"

夤夜，一乘皂顶全黑的小轿再一次悄无声息地直接抬进庄亲王府的大门。

小轿抬至西花厅滴水檐前，身披一裹圆黑罩袍的人从轿内闪身走进西花厅。

庄亲王府管家照例亲自奉茶，这次所不同的是王爷穿常服已在等候客人的到来。

除下斗篷，祁慧芮露出大内四品太监服饰，庄亲王爷抬眼看见祁慧芮头戴四品涅蓝顶戴，脚蹬高勒靴子，身穿紫红色江崖海水的花衣，也是倍感意外。继而心中一凛，品秩如此之高、伺候皇上的太监，居然被下分王府当差，一定负有某种王命。

祁慧苪落座，告诉王爷他是特来辞行，意欲在西山大觉寺作终老之计。依照当年文宗显皇帝谕旨，俟告老时"原品休致"，任选西山寺庙去做住持。

庄亲王这才知道先帝爷咸丰木兰秋狝时，因不放心留在京城的两个弟弟，遂派养心殿他信任的太监祁慧苪和褚香河以裁汰养心殿伺候差事人员为借口，对外再以内务府九堂名义下分到醇亲王府和恭亲王府去做总管，其实是身负监视醇、恭两亲王府所有举动的使命。

祁慧苪从袖中摸出一个小小的长圆形竹筒，递给庄亲王爷。

庄亲王满腹狐疑地接过竹筒旋开筒帽，从里面抽出一个小小的纸卷，纸卷已经有些泛黄，府内管家及时送上带有玻璃罩的灯盏。庄亲王小心翼翼地展开纸卷，只见上面一行娟秀的楷笔小字："里扇儿"的钧鉴，为几辈复刻事，不得不行此下策，白璧青蝇，自有分说。幸天不灭童家，万望保全此子，苍天造化，弟妹凌雪嫣泣血稽首再拜，九泉之下，亦可瞑目。

庄亲王看完纸卷后将纸卷放回竹筒内，抬起头来："还请老哥哥教我，此子是谁？"

祁慧苪向庄亲王讲述了自己与金麟班的一段渊源。咸丰四年，京畿大雪。祁慧苪的弟弟进京寻兄报丧，路过天桥被大雪掩埋，幸得金麟班班主童德栿带人救回，将养痊愈，祁家兄弟得以团聚。祁慧苪感念童德栿善举，自此与金麟班结下了一段不解之缘。

雕作傀儡一行世代传承，不仅仅是在技艺上的教授，更主要的是在血缘之上骨子里带来的一种天分的苛求，这种与生俱来的天分虽说局限在嫡亲世代相传的血缘之中，却又因人而异，隔代或相隔几代获此人才亦不得而知。天道不测，造化弄人，傀儡一行的鼻祖三千年前的偃师直到金麟班始祖江湖人称"鬼斧神工活木头"的童春秋，这都是逾百年才出的一个奇才。金麟班历经数代,血脉相传,无奈嫡亲所出之人,资质平平。到了童德枏这一代掌班师娘凌雪嫣为自己不能生育,不得已,则另辟蹊径,设计做局让自己的丈夫童家第十二代嫡亲传人童德枏与女徒弟媾合,得以产下一子,为求一滴真正血脉,希冀带来那种骨子里的天分。

祁慧茵最后告诉庄亲王:"当年醇亲王府保送进伶童班的伶童贵如实是金麟班第十三代嫡亲传人,因横跨童家麒、麟两辈分,被逼无奈,出来学戏求生。王爷的差事大台宫戏最后成与否,以奴才看来,必是要着落在此子身上。"

庄亲王听后默然无语。

第八十章

颐和园,东宫门前有一座三间四柱七楼式彩绘过街大牌楼。

这座木牌楼,额枋彩绘为最高等级的和玺彩画,每根立柱的前后各斜插一根戗柱。牌楼正面嵌匾额"涵虚",背面嵌匾额"罨秀",皆为乾隆手书。

一乘皂顶小轿在牌楼前缓缓停下,压轿后,从轿中走出行动有些迟缓的祁慧苘。

守卫园子的护军侍卫们一拥而上,刚要上来盘问,祁慧苘从腰间摸出一块银制腰牌,迎面一晃,只见左右围上来的护军侍卫齐刷刷倒退一步恭恭敬敬掸袖屈膝打千。

祁慧苘环顾着宫门前的南北朝房,挥挥手让轿子退去,自己步履蹒跚地向宫门走去。

在园内乐寿堂,慈禧屏退了连李莲英在内的所有人,只将春苓子留在身旁。

慈禧坐在宝座上,祁慧苘一身宫内太监四品服饰的花衣,涅蓝顶戴,在给慈禧行庭参大礼。

慈禧和颜悦色,显得颇为动情,叫祁慧苘起来说话。

祁慧苘站起身,再次躬身谢恩。然后从身上摸出那块当年咸丰先帝爷面授机宜后亲手颁给他的银制腰牌。春苓子双手接过,交到太后手中。

这枚银腰牌尺寸和形制与宫内木制腰牌大相径庭。银腰牌形制为手掌大小长方形,最上面连接着半圆形的镂花云头,云头中间有一小孔,是为携带方便用来穿皮绳的。银制腰牌一面镌刻姓名,另一面则镌刻着持牌者的品秩等级。

清宫中大都为木制腰牌,为内务府统一制作发给。唯有银制腰牌是宫内御前侍卫所特有,持牌者均是皇上身边的人,属天子近臣,最得皇上信任。纵观有清一代,御前侍卫简放外省三品以上大员者不乏其人。故满人八旗子弟争当御前侍卫,做天子近臣,视此途为进身之阶。御前侍卫分一至五等。

银制腰牌持有者即使在宫内也不常见,银腰牌持有者,往往品秩不高,但权力极大。难怪刚才祁慧荫在园子大宫门涵虚牌楼前亮出银腰牌,那些护军侍卫齐刷刷给祁慧荫屈膝打千请安。

慈禧让春苓子为祁慧荫搬来绣墩,坐下好说话。

慈禧看着手里的那块银腰牌,不免有些睹物伤情,因是想到了先帝爷咸丰之故。慈禧就像跟久别重逢的家人聊家常一样,告诉祁慧荫,咸丰先帝爷也忒小心了,人家六爷的额娘静太妃从小把他带大,让六爷在京里与洋人周旋,可他还防着六爷,临去热河"巡狩"前,埋下了这一招,又怕六爷多心,让你陪绑褚香河去了七爷府。

春苓子送过来一只镶着螺钿的黑漆盒子,盒子里已经放有一块与祁慧荫一模一样的银腰牌,上面镌刻着名字:褚香河。

慈禧告诉祁慧荫,今年春上,在六爷府里的褚香河因病过世了。临走前几天,自己拖着病身子进宫缴还了腰牌,要给他些银两安家,他不要,说奴才在恭亲王府告老休致,王爷也要赏他银子,也未拿,还说请太后放心,奴才到了那边,还要接茬去伺候先帝爷。

颐和园大宫门前，拜辞了太后的祁慧苪对送他出园子的李莲英说："咱们这一行要想做得长久，只有一个法则，'侍上以敬，待下以宽'。"

李莲英心领神会，跪下给前辈祁慧苪行了叩拜大礼。

胭脂胡同。莳花馆。

鄂多林台向凌子丙又谈起金麟班的大台宫戏，听载洎说庄亲王爷已经探知金麟班的大台宫戏曲本的来龙去脉。金麟班的这个曲本极有可能就是进西苑承应的大台宫戏的曲本，也就是吴梅村的手写誊录遗泽本。虽说曲本写的是什么还不清楚，听叔父车王爷讲，金麟班手里的这个曲本如果真是吴梅村手写誊录的遗泽本，那可也是另外半座王府的价钱。

凌子丙一副打死不相信的样子。鄂多林台倒也有些耐心地说，前朝吴梅村和他的曲本，见著记载的几乎全是"贰臣"钱谦益之流的文人墨客关于这出戏演出后的诗文唱和，有关梓行一事更未见有任何记载，想想如果真是前朝旧臣写的曲本，谁敢行梓行之事，谁又敢进西苑去唱给顺治爷听，最后带着九族去坐文字狱？

凌子丙眼睛放光，如此看来金麟班手里的这个曲本极有可能就是吴梅村手写誊录的遗泽本。

鄂多林台别有深意地说："边冷堂边大人还有一句话更是耐人寻味，远在京城的一个傀儡戏班怎么会和吴梅村有着牵连？"

鄂多林台和凌子丙各怀鬼胎又低声密谋起来。

夜晚灯下，副掌事惠霖恩在所住升平署西院的官廨里，置酒款待武青羊，有话要说。

酒至半酣，武青羊再三催问，不得已，副掌事惠霖恩先是大骂师弟崔玉贵，后以实情相告武青羊，童麟熹现在宫中的境遇，做了普天同庆本家班副掌事崔玉贵的手把徒弟。

武青羊听罢，如遭雷击，愤然起身，要去找崔玉贵拼命。

惠霖恩软硬兼施，晓以利害。武青羊慢慢平复了心绪，最终还是沮丧地垂头坐了下来。

就在这时，屏风后面隔间的房门打开，崔玉贵涎着脸皮走了出来，矮颠颠地抱拳向武青羊说着好话，并许以诸多好处，惠霖恩从中斡旋。武青羊知道了皇上的教戏谙达贵如是童麟熹以后在宫中的劲敌，为了童麟熹以后在宫中的荣华富贵，最终武青羊答应帮助崔玉贵除去这只拦路虎。

消息终于传了出来，外头学梨园行名旦桐花丹一夕间变成了长春宫普天同庆本家班的台柱子熹公公。索家班一时间不知如何应对，索万青寻死觅活，陆盼儿也哭得跟个泪人儿似的。

金麟班众人齐来索家班探望，陆麒铖夫妇临走时，留下霞衣、霞锦看顾大奶奶索万青。

离开索家班，门钉去了正阳门外鲜鱼口看场子，陆麒铖夫妇回到老宅。

深夜灯下，陆麒铖夫妇与查万响坐下商量，童麟熹进宫帮场，被骗净身成了太监，金麟班眼看着后继无人，大师兄慕麒涵背班跺脚一走二十多年了，生死不知，音讯皆无。是时候召回麒麟儿，将金麟班与麒麟儿有关的前尘往事和盘托出，让麒麟儿认祖归班。

查万响担心麒麟儿已经是升平署内三学的官学生，想回金麟班，升平署又怎会放人，庄亲王爷就是一个难过的关口。古麒凤似乎对此并不担心，告诉查万响，醇亲王府的"里扇儿的"到时自会保全麒麟儿。至此，古麒凤才将掌班师娘凌雪嫣于弥留之际，悄悄塞进她手掌心里一张字条务必传给醇亲王府"里扇儿的"的事情讲了出来。

古麒凤重又提起镇班之宝金麟童，如若召回麒麟儿，肯定要给金麟班少班主一个交代。掌班师娘凌雪嫣过世前为什么没有交代金麟童到底藏在何处？

陆麒铖福至心灵，突然想到，镇班之宝金麟童会不会就在大师兄慕麒涵的手里？之所以大师兄慕麒涵一走二十多年没有音讯，正是为了祖师爷手泽，避开京城梨园行的纷争倾轧。

查万响连连点头，吉光片羽，雪泥鸿爪，正是推想的佐证。

但是大师兄慕麒涵究竟身在何处，这二十多年来京城地界儿发生的事情大师兄又怎能知道，还有三义班那哥儿仨仍在眈眈逐逐金麟童。万一哪天大师兄慕麒涵带着金麟童蒙憧不知地一头闯了回来，那该如何是好？

升平署。议事厅。

庄亲王坐在案子后面宽大的圈椅里，看着下面坐在两侧的梨园行内外学的掌事班主，沉下脸，声色俱厉告诫众人："太后的六十万寿九九节庆硬磕硬的是个大日子，外学各班主给本王记住听好，此次承应的戏码，各班自己去想辙，承应戏码务求要新。倘若再有要揣摩上意者，交通宫中，抠弄出曲本，妄图希荣固宠，一经查出，重责不贷。"

养心殿首领太监范长禄，背主求财，交通宫外，已被乱棍打死，殷鉴不远。

最后，庄亲王提高嗓音："箫韶九成班排演皮黄腔傀儡戏《天雷报》，全堂人物傀儡雕作务要精细。金麟班仍旧承应戏码《金钱豹》，此次再不得搪塞推诿。"

夤夜。太平街。金麟班老宅。麒麟儿从颐和园沿革升平署赶了回来。

东跨院。金麟班供奉历代祖师爷宗嗣牌位家祭的地方，祖师堂内帷幔深垂。

查万响及金麟班众人齐集在此，一片肃穆。

麒麟儿跪在拜垫上，神情庄重，给师祖们叩下头去。

少小离家老大回。麒麟儿五岁离家避祸，二十四岁堪堪归来。行完祭祖礼，众人回到堂屋，亲人团聚，喜极而泣。麒麟儿问起陆盼儿。

霞衣说："绣庄接了内务府外包的一大单绣品活计，太后六十万寿颐和园里面的桌布椅帔及各殿里的帷帐。绣庄赶工，什么时候回来可是说不好，太后六十万寿，少班主在园子里承应戏码，陆盼儿进园子安置绣品，你们哥儿俩兴许就在园子里见面可也说不准。"

霞锦说："这回可好了，赶明儿个陆盼儿终于可以见到她常念叨的麟儿哥哥了。"

古麒凤突然向麒麟儿问起他小时候在隆福寺庙会大师傅给他刻的玩偶头一事。

麒麟儿告诉姑姑，那颗玩偶头他初进升平署当天夜里，怕被人识破身份，就给放在升平署西院里的那根高高的旗杆上的旗斗里了，回头抽空取下来拿给姑姑看。又谈起太后六十万寿承应的事情。首先想到的就是镇班大戏《金钱豹》。

众人知道因为大台宫戏一事，庄亲王爷有意刁难，眼下离太后万寿承应大约还有三个月的时间，门钉霍然起身，阵前请命，自己原是跟了二师兄童麒岫就《金钱豹》一戏也曾练过几天，当初看着下高翻着好玩儿，豹精手里的精钢叉舞动起来金光闪闪，很是威风。但平心而论，也仅仅是学得皮毛而已。现在抓紧练功，到时承应，下高三张龙书案，想来把握还是有的。

陆麒铖则表示，太后懂戏，异常挑剔，到时"偷油"，恐反遭褒贬。不然干脆去求王爷收回成命。

古麒凤忽然记起当年金麟班在桂公府承应堂会，二师兄因功力未逮，伤腿之时蒙大佛寺九路车及时送来医治腿伤的药，保住了性命。事后有一次二师兄说当时他携偶就在下高蹬离龙书案那一瞬间，清清楚楚听到台子下面有一个声音在提点他注意，可惜等自己悟出来时，已跌在地上，腿断偶残。

　　查万响点点头说，童麒岫下高蹬离龙书案那一瞬间，有人在台下提点他注意，那个声音查万响也听得清清楚楚。

　　古麒凤肯定地说："一定要找到这个人，这个人会唱《金钱豹》。"

　　查万响拉过麒麟儿，灯光下仔细端详起来，看见麒麟儿出落得一表人才，心中甚慰。

　　众人又说起掌班师娘凌雪嫣临终时，麒麟儿尚在襁褓中，凌雪嫣特意叮嘱即刻拜师，为此，霞衣送过拜垫，扶响爷上坐，古麒凤抱着襁褓中的麒麟儿替孩子行的拜师礼的事情。查万响高兴起来，要考较一下麒麟儿，让霞衣取过"江南遗叟"琴，交到麒麟儿手上。又亲自将放在墙角处的南堂鼓搬了过来。

　　查万响端坐鼓后，两臂抱圆，拿起了鼓箭子。查万响一脸庄重，微微闭上双目，沉下一口气，突然鼓声响了，鼓声沉凝，声声敲击心底。麒麟儿挽弓操起琴来，师徒合奏一曲《夜深沉》，曲调激昂雄浑，众人凝目倾听。

　　突然，鼓声戛然而止，查万响低头剧烈咳嗽起来，急用绢帕捂住不断咳嗽的嘴巴，将另一只手抬起，示意麒麟儿接续刚才中断的地方将曲子拉完。

　　麒麟儿坐在方凳上，继续挽弓操琴，《夜深沉》再度响起，缺了鼓声，琴曲曲调愈显沉郁，婉转低回。

　　查万响停止了咳嗽，自己似乎感觉到了什么，趁着众人不注意，偷偷张开攥紧绢帕的手，低头一看，绢帕中，因剧烈咳嗽胸口震动而吐出的一汪鲜血。

武青羊在崔玉贵的安排下，进宫在普天同庆本家班公事房与童麟熹会面。出乎武青羊的意料，净身后的童麟熹看上去很是平静，一身毛蓝粗布长衫，除了面颊略显苍白与消瘦，说起话来倒也一如既往，给人整个的感觉就仿佛是大病初愈。

二人落座，话不太多，似乎没话可说。

武青羊面童麟熹，心下凄然，也只能说些"以后在宫里只有自己照顾自己"之类根本不顶任何屁用的废话，力所能及的是请童麟熹放心，外面自有他和索万红会尽力照顾他娘亲索万青。

最后童麟熹站起身，向外走去时回头对武青羊说："师叔，让娘和姥爷放心，索家班的演出场子，熹子一定会想办法。"

武青羊看着童麟熹步履踉跄、飘忽不定的身影消失在影壁后面，心绪坏到了极点。

一路上想着索万红，武青羊心情郁闷，悻悻然从宫里出来。

武青羊步履蹒跚地回到自己在地安门外杏花天胡同的住处——两进的小院规规整整，这是武青羊为和索万红私会而置下的一处院落。

武青羊刚想躺下来直直腰伸伸腿儿，忽然听见了虽不急促但是很重的敲门声。

武青羊很是奇怪，他在这里置办下小院，原就是为的和索万红私会之用，一切很是隐秘，平日里和邻居街坊也绝无往来，就是为了避人耳目，少招闲言碎语。

外面仍在敲门，一声接一声显得很是执着，似乎认定了里面有人。

武青羊思索着，磨磨蹭蹭地走去开门，就在他拉开门闩的一瞬间，还寄希望于外面敲门者是走错了地方找错人。当武青羊打开院门的时候，他惊愕地愣在了那里。

一路上，凌子丙只字未提索万红的事情。武青羊昏昏沉沉被凌子丙带到了胭脂胡同的莳花馆。贝子爷鄂多林台将一只鳄鱼皮的长方形盒子放在武青羊面前，武青羊迟迟疑疑地慢慢打开盒子，里面是一只西洋手铳。

西洋火器，制造华丽，握把上嵌珠镶玉。

鄂多林台告诉武青羊，火药已经填实，只有一次发射机会，倘若打不中，再填充火药，对方早已逃脱，所以要一击而中，与对方越接近越好。

麒麟儿瞅个空子从升平署西院那根旗杆上的旗斗里取回了当年在隆福寺庙会上，老七头儿初见自己时赠予的玩偶头像。

古麒凤手掌心里托着这只玩偶头像，举在自己的眼前。这只玩偶头像五官酷似麒麟儿，可以看出，刀法娴熟，简洁洗练，寥寥几刀，五形三骨，神态毕现。古麒凤心下惊疑，这京城真个是藏龙卧虎的地界儿，居然有如此刻功之人，简直和大师兄的手艺不相上下。

古麒凤想至此，动了要会一会老七头儿的念头。

陆麒铖夫妇在麒麟儿的带领下，亲来东岳庙拜访老七头儿。

岱宗殿前，曲六如一点儿不客气收了麒麟儿给的齐醮的香火钱后，告诉麒麟儿和陆麒铖夫妇，河北涉县有人捎信来，杜三娘家的祖坟被大水冲毁了，杜三娘央告老七头儿跟她回老家偏城镇圣寺驼村去重修祖坟，行色匆忙，走时也未顾得说上几句话，何时回来，不得而知。

陆麒铖夫妇和麒麟儿只得怏怏而返。陆麒铖夫妇刚刚回了老宅，陆盼儿脚跟脚地进了门。

夜晚灯下，母女相对垂泪，陆盼儿告诉娘亲，明儿个进园子送绣品，就是拼了性命，也要找见童麟熹，哪怕就是看上一眼，她要告诉童麟熹，她会一直在宫外等他。

古麒凤看着自己的闺女，一股悲凉自心底升起，事到如今，已然不是几句劝解的话语便能了事的。直到陆麒铖和查万响进了屋，打个岔，告诉陆盼儿，你麒麟儿哥哥前日已经认祖归班回家来了，这才让陆盼儿转忧为喜。

陆盼儿急着问起事情的缘由，古麒凤给陆盼儿讲述了事情的始末根由。

第八十一章

秋风中落叶飘零，昆明湖水波荡漾。

慈禧六十万寿九九节庆，颐和园内大肆张灯结彩。粉饰一新的长廊，每个廊柱间悬挂着一盏明角宫灯，放眼望去，大红的明角宫灯沿着廊子排满昆明湖畔。

园子里人来人往，有宫女太监在忙活节庆时的差事，陆陆续续有官员进园子前来等着聚齐后给太后贺寿，还有被赏戏的官员及眷属们在太监引领下走进德和园。

新落成的德和园大戏台，雕栋画椽，富丽堂皇。来往进出的宫里人三三两两。此时，两侧观戏廊子前来被赏戏的官员及其眷属，三三两两正在上着人。戏台上，垫场戏已经开场，台上正在"削萝卜头子（京剧中的武打表演程式之一。一方主将立于台中，另一方众将士走大圆场，一个一个地在他面前走过，他连续削、打这些将士的头部或背部，故称削萝卜头子）"，皮黄的文武场面上锣鼓点一阵紧似一阵，好不热闹。

陆盼儿手捧一摞绣品，从容自若地走进德和园。

梨园世家子弟，从小就熟悉戏台的前后路径，陆盼儿为找寻童麟熹，径直走进德和园大戏台旁边的扮戏楼。楼内到处堆放着准备上场用的砌末，楼内光线不甚明亮。

前面一个身影在晃动,在逐间偷窥两侧扮戏格子里的情形,看样子是在寻找什么人。陆盼儿隐身在砌末后面,终于看清那个身影,原来是升平署教习武青羊。

德和园内一个小太监从外面走了过来,隐身在砌末后面的陆盼儿屏住了呼吸。那个走过去的小太监,却被武青羊唤住,只见武青羊低声和那个小太监嘀咕着什么。

武青羊的鬼祟行为引起了陆盼儿的注意,她决定悄悄尾随,看看武青羊到底要干什么。

由于东边德和园大戏楼的启用,听鹂馆这里的戏台和院落便被安排成傀儡戏的承应场所。院子小,距离近,更适宜观看傀儡戏。

万寿节庆戏提调管事太监站在院子里尖起嗓子告诉箫韶九成班和其他外学傀儡班:"太后在宁寿宫巳时接受皇上和群臣拜贺后,午时一刻出的宫,眼下銮驾正在路上,大约在申时进园子,酉时时分太后与皇上驾临听鹂馆听戏。"

听鹂馆临时辟给金麟班的扮戏房内,万寿节庆戏提调管事太监沉着脸进来再次叮嘱,告诉金麟班众人:"戏码已经报上去了,金麟班的《金钱豹》唱压轴,太后钦点,码四张龙书案,大轴子是箫韶九成班的《天雷报》。"

坐在里间椅子上勾完脸的"豹精"门钉,正准备戴上"大蓬头",听见外间提调管事太监报说《金钱豹》要码四张龙书案,不知怎的,一条腿忽然抖动起来,居然不听使唤。霞锦急忙叫过掌班师兄陆麒铖。

梨园行进宫承应过戏的伶人都知道,给太后承应戏,来不得一星半点儿的马虎。太后非但懂戏,有时连砌末行头还都挑毛病,听戏时更是对照着安殿本,毫厘错不得。

陆麒铖看着有些吓坏了的门钉,别无他法,只有好言安慰。

霞锦和查万响也在旁劝解,金麟班眼下同样面临生死关头,四张龙书案的"下高",只能翻好,不能"砸挂"。陆麒铖为门钉打气,讲起他们当年去川西打箭炉寻找阴沉木的艰险经历,与眼下比较起来又算得了什么!

德和园的扮戏楼内,最里面一间扮戏格子,麒麟儿刚刚换上金绣花的团花彩裤,帘子被撩起,一名德和园的小太监探进头来告诉麒麟儿:"贵大人,扮戏楼外面有沿革升平署的人找您有事儿要说。"

小太监说完,头一缩,撂下帘子,转身溜走了。

麒麟儿应了一声,走出扮戏格子。扮戏楼内光线昏暗,麒麟儿走在楼道里,已经能够看见前面扮戏楼门口的光亮了。就在这时,在他身后,相距两三步远近的地方,武青羊鬼魅似的从隐身的砌末后面转了出来,伸手举起了火铳,对准了麒麟儿的后心,扣动了扳机。火铳自膛口喷出一片白色烟雾,一声不太大的闷响。麒麟儿惊觉,倏然转过身来,在火铳的烟雾弥漫中,麒麟儿看见陆盼儿正在倒下,手中的绣品扬起继而纷纷飘落在地上。

麒麟儿上前双手将陆盼儿抱在怀中,顾不得其他,慢慢将陆盼儿缓缓放在地上,周围绣品片片落下。

在火铳发射后弥漫的烟雾中,武青羊瞪大了惊恐的眼睛,他想不明白就在这间不容发的一刹那,这个女孩儿究竟是从何处走了出来,用身体挡住了这一枪?

武青羊发疯似的用脚狠狠踢了一下身旁的砌末,拔脚向外跑了出去。

陆盼儿被麒麟儿抱在怀中,脸上露出了平静的微笑,吃力地用手从胸前衣襟里掏出那只长命锁,颤抖着指尖按开了锁盖,取出藏在长命锁内的天璇玑,放在麒麟儿的手里。

陆盼儿喘息着,低声絮语:"我一直就知道麟儿哥哥没有死。这个长命锁,是响爷爷给的。那年,熹子哥想看,我都没给他看,因为听娘说过,这是掌班师奶传给麟儿哥哥的,是班子里顶顶重要的一个物件儿。"

此时的麒麟儿五内俱焚,无言以对陆盼儿,偏在这时喉咙嘶哑着说不出话,也只有紧紧将陆盼儿搂在怀中。

陆盼儿喘息着,用微弱的声音说出生命中最后的几句话:"天璇玑是开祖师爷遗泽匣子的锁钥,我回老宅时趁娘不注意,打开过,给尚未'出世'的玉麟锦用'平金打籽'手法做的锦线汉服行头已经放在那只匣子里了。陆盼儿是金麟班的人,也要尽点心。"

两名身穿黄马褂的侍卫急步走近,在不远处给麒麟儿请安后并大声回禀:"请贵大人示下,行刺者已然拿获,请大人发落。"

麒麟儿抬头对那两名侍卫喊着:"快去请御医,快去听鹂馆,请外学傀儡班金麟班掌班夫妇立即来此。"

听鹂馆内金麟班扮戏房。

突然,精忠庙管事秦二奎一脚踏进门来,身后跟着一名身穿黄马褂的侍卫和颐和园总管大臣文丰,放牛陈和高月美则站在院子廊下探头探脑。

金麟班众人不知何事,秦二奎急得语不成句。那侍卫一步上前,非常客气地抱拳当胸:"教习谙达贵大人示下,请金麟班掌班夫妇速去德和园。"

此时,秦二奎结结巴巴地说:"陆掌班,外面绣庄一个绣女进园子送绣品,在德和园里的扮戏楼里被刺客误伤了性命……有人认得,是您的闺女陆盼儿。"

古麒风一阵晕眩,陆麒铖上前一把扶住,古麒风强打起精神,安顿查万响和众人,千万不要因此事受影响,事已至此,只怪陆盼儿福小命薄。他们夫妇二人跟去给孩子料理后事，班子这里就托付给查万响了。

查万响喉头哽咽答应着，劝慰陆麒铖夫妇千万节哀。

陆麒铖夫妇二人相互搀扶着，随侍卫而去。

颐和园总管大臣文丰站在院子里大声告诫秦二奎："今儿个是什么日子口儿，诸位都明白，不用本官多说，德和园那边的事情自有人料理清楚，这里还是按规矩等着承应戏码。"

扮戏房内，看着陆麒铖夫妇脚步匆忙跟着侍卫和官员急急而去，查万响忽然猛烈咳嗽起来。他赶紧用绢帕捂住了嘴巴。霞锦和霞衣见状有些着慌，又是为查万响抚背又是递茶水过来。

慈禧万寿正日子，园子里却死了人，而且还是在德和园大戏楼，太后最最钟爱之地。众人皆明白此事的分量，不用叮嘱，谁有几个脑袋敢胡说。

园子里苏拉来报，太后的銮驾已经过了海淀镇。

文丰有些慌张，但为人还算厚道，又看在麒麟儿是皇上教戏谙达的面子上，紧急从园子里拨过来一辆骡车，随即吩咐手下苏拉将陆盼儿的遗体悄悄从北宫门运出园子，避开东宫门外就要过来的太后銮驾，绕道返回城里。

麒麟儿送至北宫门口，总算劝慰住哭泣的陆麒铖夫妇，答应马上去听鹂馆照应班子里的人。

临上车前，陆麒铖还念念不忘酉时以后金麟班承应的戏码《金钱豹》，惦记门钉怯场，实不知万一门钉演砸后金麟班将何以善其后。看着坐在车上紧紧搂抱着余温尚存的陆盼儿身体的古麒凤，麒麟儿请陆麒铖夫妇放心回去料理陆盼儿的后事，这里有他自会相机行事。

送走了陆麒铖夫妇及运送陆盼儿遗体的骡车，麒麟儿心中无限怅然，真正琢磨不透，武青羊何以对他如此怨恚以致行刺，非要置他于死地而后快?

这时,园子里一名小苏拉急急迎面跑来,看见麒麟儿,气喘吁吁地打千后,站起身告诉麒麟儿:"园子东门外沿革升平署有人找,请贵大人速去。"

麒麟儿一听拔脚就走,突然又慢下脚步,心想今天算是跟沿革升平署摽上了,刚才在扮戏楼内一击未中,难道还要接茬儿再来?旁边小苏拉一个劲儿地催促贵大人快走,麒麟儿猛地站住,转身当胸一把揪住小苏拉衣领,沉声喝问:"是什么人找,还要速去?"

小苏拉吓傻了,结结巴巴地喘着粗气:"是一个挑着耍呜丢丢担子的白胡子老头。"

麒麟儿一听,松开手,很是不好意思地对小苏拉说:"小兄弟,对不起,回头请你喝酒。"

麒麟儿撒腿顺着园子里的甬道,向着东门外沿革升平署跑去,身形一闪一闪掩映在树丛中,转瞬消失在山石林木间。

第八十二章

京城八月天，万里晴空。

又是一个响晴薄日，天上没有一丝的风。

天颐轩茶楼，上下两层，彩绘门窗。看得出，门脸是重新装修过的，房檐椽头下曾经挂着的刻有"毛尖""雨前""雀舌""大方"等茶叶名称的吊着红布条穗的木板招牌，如今已经不见。为了招揽生意，代之而用的却是在彩绘房檐椽头下安装了四盏眼下时兴的带有花玻璃灯罩的大个电灯泡。

天热，茶楼的花棱窗扇打了起来，向外支着，坐在茶座中，街景一览无余。

掌柜曾盼背冲门口，正在指挥伙计吕正来将水牌架子放在店堂大门口显眼的地方，水牌架子两面依旧贴着洒金地儿的大红纸，纵行竖写，一笔端正乾隆广格体，字大形方，红纸黑字赫然入目——

义勇胜强万寿无疆茶水不扰酒饭自扛
四执交场一应俱全天颐彩唱特请五城弟子随意消遣

曾盼站在店堂门口，左右环顾，正要转身进去，眼见放牛陈和高月美相偕走来，掌柜曾盼赶忙上前招呼，拱手为礼，举手肃客。

双方寒暄着，曾盼将陈、高二位班主让进二楼雅间，招呼伙计上茶。

落座后，陈、高二位班主重又与曾盼攀谈起来，放牛陈和高月美一阵唏嘘，当年就在这间雅座，四大傀儡戏班班主品茗，第一次听九岁红清唱《红娘》，恰逢楼下大贝勒载澂搅局，金麟班班主童麒岫临危救美。现在想起九岁红唱的一曲《红娘》，余韵犹存，直如是昨日刚刚发生的事情。

喝着香茶，放牛陈不由得又感慨起来："想当年名满京城的天颐轩茶楼，如今变成了彩唱票房，名票汇集，四九城的算起来也是首屈一指，就是梨园行里提起，也要高看一眼。"

曾盼一副有苦难言的神情："二位老板千万不可拿小的开涮，说起来，小的是有违祖训，对不起曾家的列祖列宗。这些年市面上不景气，自打戊戌年在菜市口朝廷砍了要变法的六个人的脑袋，这变乱一茬接一茬就没消停过，谁还有心思坐下来喝茶？倒是这几年，自打太后和皇上'西狩'回銮，从宫里头向着外边儿，皮黄盛行起来，老幼皆爱，妇孺皆知。尤以这帮皇亲贵胄更是趋之若鹜，争相仿效，'下海'丢不起人，好两口的还得唱出来不是？过去天颐轩是素面清唱，品茗聆戏，眼下是各家各府上自带行头和'跟包'，耗财买脸，拼的一个讲究，就连小的这票房里备下的'官中行头'，也就是给那些不知名的票友往往在前面唱开锣戏，或是给那些配角儿，像那什么院子、旗牌还有龙套、丫头那些人使用。说白了，小的不过还算是有眼力见儿，给诸位票友提供一个过戏瘾的场所。"

高月美素来是见人下菜碟，奉承曾盼："识时务者为俊杰也，曾掌柜的茶楼改票房，掌柜的生意经念得好。"

曾盼谦逊地说："哪里哪里，小的承蒙过去的老主顾赏脸，好戏的票友抬举,天颐轩也亏得有袁三爷给撑着门面哪……"

放牛陈打断曾盼说的话:"掌柜的,听说您这天颐轩里有个唱《八阳》的袁三爷,唱的那是独一份儿,压了京城梨园行,这袁三爷是个什么来路?"

"哎哟喂,陈老板,您这精忠庙的副庙首真的不知道?"曾盼脸上现出深深疑惑的神情,"说实话,小的也真是不大清楚。就是这位袁三爷,每次一来,老妈子跟包带丫鬟啰里啰唆一大帮子人,不咋呼,全让在门外候着,自己个儿进来和大家该聊聊该唱唱,唱完就走,当着本主儿的面儿,小的不能上去直眉瞪眼地问人家府上是哪儿,祖上是做什么的,压根儿就没有那规矩不是?时间一长也就不问了。原本也想着跟在外面候着的那些仆从去扫听扫听,可也不能够,那些个仆从站在那儿,都跟桩子似的,正眼都不带瞅人的。"

高月美感到很新奇:"掌柜的,那位袁三爷多大岁数?"

"看眉眼挺清秀的一个人,中等身材,也就二十啷当岁……反正不过三十。"曾盼说着,似乎突然想起了什么,"哎,今儿个二位老板不问,小的还真是想不起来,记得有一次那位袁三爷突然问小的,京城里傀儡戏还有几个班子在唱,问小的与金麟班是不是很熟……"

放牛陈警觉地问道:"掌柜的,他跟您打听金麟班?"

曾盼不置可否地点了点头。

高月美酸不溜丢地说:"得,又一个惦记金麟童的?"

曾盼又想起了什么,道:"哦,后来袁三爷还问小的,那个南昆名旦九岁红眼下在什么地方。小的知道袁三爷是听这里的票友说起以前的事情,没事儿闲嘎嘎牙,也就没再理会。"

当年京城四大傀儡戏班子,如今只剩三班,不承想倒应了凌子甲自己说过的话。

甲午年太后六十万寿，凌氏三兄弟牵连进德和园扮戏楼火铳杀人一案。三义班梨园行除籍，抄家封场子发配宁古塔。

车王府贝子鄂多林台亦因其案，褫夺爵位，遣返喀尔喀蒙古土谢图汗部，无旨不得进京。

曾盼一声叹息，告诉二位班主："后来还听说凌家大奶奶一路上不堪忍受凄苦凌辱，死在了去往宁古塔的途中。三班主凌子丙的发妻索万红就在抄家的当晚悬梁自尽了。"

放牛陈恨恨地说："索家班借助宫内熹公公的力量，将三义班的场子谋夺独占。如今这位熹公公在宫里唱戏唱得很红，在太后面前说话也很打腰，前不久在普天同庆本家班子里已然升了正掌事，倒把那副掌事崔玉贵压低了一头。"

放牛陈和高月美坐在金麟班解罣园的场子里，在等管班陆麒铖的到来。

这些年来，每当一走进金麟班的场子，放牛陈就不由得勾起内心一阵阵的隐痛。他想得到这个场子简直都要想疯了。三义班出了事，自己本可以捡个"大洋落"，不想熹公公利用宫中的权势，轻而易举地就为索家班挣得了偌大的一个场子，如今自己不过是吃了一杯残羹剩饭喝了一碗冷汤，顶替三义班做了精忠庙副庙首。

今天过来就是要知会金麟班，为老太后七十万寿，这大台宫戏务必要进宫承应。升平署小庄亲王爷发下话来，金麟班倘若耽误了差事，重责不饶，梨园除籍，杖责后一体轰出京城。

自打庚子年升平署庄亲王爷病逝之后，虽说朝廷已不再讲究什么世袭罔替，但恩旨擢载洎袭爵，顶了庄亲王的开缺，任升平署总裁，人称小庄亲王。丁忧期间，素服治事。

有其父必有其子，这小庄亲王比老庄亲王在世时更有过之而无不及,极尽揣摩上意、阿谀奉承之能事。此次升平署再唱大台宫戏承应御前,并非载洎心血来潮,实是眼见自己的阿玛三十年来为了这出大台宫戏惴惴不安,食不甘味,夜不安席,日子没有一天好过,竟至郁闷不已,抱恨而终。

自甲午年后,变乱不断。庚子年,八国联军进了北京,那些洋人没有一个开眼的,竟连宫里那些制作精美华丽的头面和行头也要抢,大内箫韶九成班掌事边冷堂就是为了护着那些头面行头死在了洋人枪下。临死前还留下一句话:"等'西狩'的两宫回銮,太后传戏,伺候戏的角儿可是没的扮了。"

箫韶九成班群龙无首,不等裁撤自然散了摊子。

班子里的伶人大都遣散回家,只有几个官学生被留用在升平署,似乎有关大台宫戏这件事也就不了了之。

眼下又逢太后七十万寿,载洎觉得自己秉轴持钧,倘若重提承应大台宫戏一事,不仅仅是锦上添花,更是切中肯綮,正好搔到太后的痒处。

陈登科提醒小庄亲王爷,眼下国事纷乱,升平署实有粉饰太平之责。

太后七十万寿,戏码一定要精,太后懂戏,轻易蒙混不得,想当年老王爷在世时,奉懿旨参详复作大台宫戏,懿旨中一句"原汁原味",苦了老王爷三十年。小王爷如若重开大台宫戏,以不声张为好,先在下面妥帖完成,俟明年太后七十万寿,于漱芳斋一举承应,这才能收意外之惊喜之功效。

不过载洎到底年轻,比他阿玛活泛得多。傀儡一行,关键在演,还有在唱腔上说话,傀儡是阴沉木还是其他木植,似乎没有那么当紧,只要行头漂亮,再说太后看戏又不会走到跟前儿去看。载洎知道他阿玛当年手里握有一个箫韶九成班，同、光两朝，居然还未完成。当年也曾听车王府的贝子鄂多林台说起过，只这大台宫戏的曲本就值半座王府。此刻，陈登科一番话倒也不无道理，载洎决定采纳。

载洎坐在升平署议事厅他阿玛曾坐过的宽大的圈椅里，阴沉着脸对精忠庙正副庙首昐咐："阴沉木不阴沉木的此次无关宏旨，本王就是要看大台宫戏！"

放牛陈就升平署要重开承应大台宫戏一事，知会了掌班陆麒铖。

陆麒铖满脸委屈，诉说不得已的苦衷。老王爷在世时也是默许的，不是不奉差，实因雕作阴沉木傀儡五官成形后。走刀至眉骨处，必定滑刀，就连内务府油木作一等一的高手箫韶九成班掌事边冷堂都无能为力，后来老王爷亲到颐和园乐寿堂去陈情回奏，记得太后虽未嘉纳应许，但也不再过问，慢慢地这件事就这样废弛懈怠了下来。

放牛陈当然知道，升平署老庄亲王爷三十年来为了大台宫戏日子没有一天好过；自己则是为了解罘园金麟班的这个场子，日子也是没有一天舒心过，往后日子还长，如此算来，又岂止三十年？

放牛陈早料到陆麒铖必有这样一番说辞，毫不理会，临走时打足了官腔，告诫陆麒铖，不可托大，小庄亲王爷可不比他的老子，此次法外有恩，阴沉木不阴沉木的无关宏旨。金麟班此次应差小心为是。

金麟班老宅。

陆麒铖夫妇、门钉夫妇还有霞衣五人在灯下商议今天副庙首放牛陈亲自过来场子知会升平署要重排大台宫戏一事，准备进宫承应太后七十万寿。此次虽说阴沉木已无关宏旨，可手里只有九岁红临走时留下的半部曲本，剩下的那半部曲本根本无从寻觅。门钉无可奈何地说："实在不行，看看能不能从上半部曲本中拆出一折折子戏。"

霞锦担心班主麒麟儿跟升平署南下为宫中承应太后七十万寿戏码《连营寨》去置办行头，何时归来不得而知。大台宫戏一事眼下卷土重来，听副庙首放牛陈打着官腔的调调，明摆着是"项庄舞剑"。

霞衣又说起："昨天什刹海茶店子的杜三娘替她兄弟过来场子这边问班主什么时候回来，我知道是皇上那边打发人来问，也不敢说旁的，只说快回来了。"

古麒凤说："这一定是皇上想他的教习谙达了。自古皇上是一国之君，不能有朋友，历朝历代也没听说过哪个皇上和谁是朋友。唯独咱这光绪朝，可下有一个和皇上同一个时辰出生自小又是在同一条街上长大的发小儿，真是难得。说起来，还是皇上可怜，一个戊戌变法，忤逆了太后的心思，倒把自己个儿给圈禁在瀛台了，外人不准见，皇上呢可也不准出来。那瀛台四面环水，一座瀛台桥禁军把守，等闲不准人进。皇上也只有在巴掌大的一块地上转磨磨，时间一长，好人也得给憋闷坏了。"

若要来瀛台见皇上，过瀛台桥拾级而上，经翔鸾阁，入涵元门。正中朝南是涵元殿。

皇上就住在涵元殿。

往南一片蓼渚芦汀的湿地，隔水与宝月楼相望。

自打戊戌年，载湉一国之君，含恨甲午战败，以变祖宗之法，富国强民，遂明定国是，一纸诏书废了六部九卿，瞬间朝廷内外大翻天。此举着实吓坏了慈禧，索性把载湉囚禁在这近似孤岛的四面环水的瀛台，与外界隔绝。

五年来，瀛台岛上不变的波光树色，最能困人。载湉终日无所事事，只能看闲云入窗牖，听清露滴梧桐。如果再用跟随了皇上几十年的随侍太监杜之锡后来见到教戏谙达麒麟儿时的话说，万岁爷是容颜憔悴，若有重忧。自从"西狩"回銮，被太后圈禁瀛台，再未看见万岁爷片刻开怀或哪怕有偶尔一次的玩笑。谨言慎行，唯恐大祸随时及身。万岁爷除了有时陪伴太后临朝理政之外，并未见有任何作为。珍主儿殁了，看来万岁爷的心也跟着死了。

今日皇上朝政回来，杜之锡和寇连起商量，再过半月就将是万岁爷三十三岁万寿，他要把万岁爷挂在瀛台"寝宫"墙上的一件破破烂烂的小褂拿去让内务府清洗打理，不想却被寇连起阻止，寇连起摇头晃脑地学着载湉曾经说过这段话的腔调："这件小褂乃朕之自陕至京数月不换之小褂，与朕患难相依，故要留为纪念。"

瀛台桥上。麒麟儿背着套着琴套的"江南遗叟"琴，身后跟着两名苏拉抬着南堂鼓，走了过来。当值的禁军认得是皇上的教戏谙达，之前又有大总管李莲英的默许："如果是万岁爷的教戏谙达要进瀛台，可放行，那是来给万岁爷解闷儿的。"

涵元门前，杜之锡和寇连起看见麒麟儿背着胡琴身后跟着两名禁军抬着鼓向这边走来。

杜之锡、寇连起高兴得蹦了起来，俩人连忙跑过来，迎接皇上的教戏谙达，先给麒麟儿请过安后，杜之锡和寇连起从禁军手里接过南堂鼓，伴在麒麟儿身旁，三人说笑着向涵元殿走来。

俩人争先恐后地一口一个贵大人说起了这几个月来万岁爷的情形。

"贵大人，岁爷真的有些想您啦！最近升平署几次差人要给万岁爷送响器过来，万岁爷都懒得打，整天就知道看着水面发呆。"寇连起小声告诉麒麟儿，"万岁爷最近身体大是不如从前了，回头您得了空儿，好好劝劝万岁爷多保养龙体。"

杜之锡抢过话来说："前日去金麟班找您过来看皇上，其实李大总管是知道的，让咱遮绺子就说出去到什刹海看老姐。"

涵元殿前，麒麟儿一如往日的臣子见皇上，行庭参大礼。

载湉赶紧叫起来说话。载湉告诉麒麟儿，他现在再不用看折子了，有的是时间和他这个教习谙达学戏了。

　　麒麟儿从身上掏出一袋煮鸡蛋，和皇上两个人像小时候第一次在漱芳斋相见那样，笑着看着对方，香甜地吃了起来。

　　载湉问起麒麟儿此次随升平署南下为太后七十万寿承应戏置办行头，都是些什么戏码，花费多少。麒麟儿无奈，只得告诉皇上，江南三织造按图例制作行头，拢共花费五十多万两帑银。至于戏码，整本的和折子戏都有，戏码很杂，记不清楚了。

　　麒麟儿心中何尝不知是什么戏码，当着皇上的面，却又无法告知真相。皇上对外是皇上，是一国之君。可在宫里，谁都知道，太后与皇上既是母子亦是君臣。唯其如此，皇上才走到今天的地步，贵为一国之君，实为阶下囚徒。国是与国事，看来也只有希冀后世来人的评说了。

　　此次升平署下江南，就是为了一出完整的全本大戏《连营寨》，制作费用总价约在五十二万两白银之多。江南三处织造日夜赶工，皮黄戏《连营寨》的盔面行头、砌末四箱从里到外，由上至下，一水儿的白色，说白了就是一部"丧戏"。

　　杜之锡和寇连起自然不知个中缘由。说起了再过些天就是万岁爷的三十三岁寿辰，在瀛台要为皇上好好承应一堂戏码。杜之锡从旁递过来升平署今早送进来的戏单，交到麒麟儿手里，要他帮助万岁爷点戏，到时升平署好去准备，届时承应。

　　载湉对麒麟儿说："朕想看傀儡戏，想看金麟班的大台宫戏。"

　　夕阳的余晖笼罩着瀛台，粼粼波光，一片胭脂色。

　　载湉说此刻太平湖那边儿的水面也应该是胭脂色。二人从太平街太平湖的潜龙邸说起往事，着实令人唏嘘不已。看着眼前的湖光山色，载湉提议琴鼓合奏一段，君无戏言。

杜之锡和寇连起为万岁爷搬来了麒麟儿为皇上带来了南堂鼓。

涵元殿前，载湉坐在南堂鼓架子的后面，两臂抱圆，手举鼓箭子。

麒麟儿坐在皇上的侧面，挽弓操琴。君臣准备合奏一曲《夜深沉》。

合奏开始，曲子由三段南堂鼓开头，继以胡琴奏出颤音，立时紧扣人心。曲子按照引子、慢、中、快的结构展开，全曲波澜壮阔，张弛有度，跌宕有秩。琴声时而昂扬激愤，时而幽怨低回；鼓声则时而迟缓徐徐，时而急骤迅捷。可以从鼓声和胡琴声中聆听并想象出一幅英雄气短、壮士断腕以明志的悲怆画面。

此情此景，不免让人潸然泪下，感叹时不利兮奈若何！

这是中国历史上不见经传旷世仅有的一次，虽不能称震古烁今，但也绝对是脍炙人口的一段传奇。大清皇帝载湉与他一生中唯一的朋友麒麟儿的倾心合奏，在古老的紫禁城畔，在那四面环水的瀛台之中。

涵元殿前，华夏民族的两大传统乐器，碰撞融合，进行了一次恣意汪洋的合奏，双方各自夹带裹挟着自己未竟的愿景，人曲合一。

夕阳衔山。载湉与麒麟儿激情演奏的身影浸染在血色余晖中；雄浑千钧的鼓声，隽永醇厚的曲调，缭绕回荡在太液池上。

第八十三章

正阳门外。人来人往，热闹繁华。

鲜鱼口内解廌园，金麟班演出场子前的单牌楼自上而下、一左一右垂挂起两面大红的条幅，上面用粗大针脚绷着大个儿的用黄颜色布匹裁出的纵行竖写的大字，字形粗犷——

祝嘏圣寿特开灯场童真一心愿多福疆

一弯新月，远近景物沉浸在朦胧的夜色中。

远远望去，南海太液池中一只滑脱了缆绳的小船在顺水漂浮，这只小船随波慢慢漂向南岸金鳌玉蝀桥。

站在瀛台桥上巡夜当值的几位禁军高举起灯笼，睁大了眼睛也只能影影绰绰看见太液池中有只小船在顺水漂浮，当值的禁军认定是小船滑脱了船缆，所以顺水漂离了岸边。

禁军放下灯笼，几个人嘴里嘟囔着明儿个还得让内务府划船去把这只小船再给拽回来。

小船看似在随波漂浮，渐渐靠近中海一侧的金鳌玉蝀桥的岸边。踩过一段软沓沓的长满荷叶梗的泥地，翻过汉白玉的石栏杆就算出了瀛台。

夜色迷蒙中，远远望去，一行四个人影踩着半干的泥地，翻越金鳌玉蛛桥尽西边儿的汉白玉石栏杆，来到了外面。

眼看着万岁爷三十三岁的万寿就要到了，那日在瀛台，涵元殿前与教戏谙达击鼓过后，近来几天，载湉渐渐变得高兴起来，早晨又恢复了念英文的习惯。虽然不时有些头痛和发热，载湉倒也满不在乎，传了御医来诊脉，竟连御医也说皇上六脉平和，无甚大病。

今日傍晚，麒麟儿再次来到瀛台。

麒麟儿看着涵元门外粼粼波光，远近一片苍茫。

麒麟儿对着皇上说出了自己的布置："金麟班为皇上万寿承应了一堂傀儡戏，现在就请皇上微行移驾正阳门外解罘园，与民同乐！"

暮色四合，皇上起驾了。

杜之锡和寇连起在小船底下泅水推船，载湉和麒麟儿伏身船舱内，就这样蒙混过巡夜当值的禁军。四人翻过金鳌玉蛛桥的尽西头儿的汉白玉栏杆，紧走几步，就在"玉蛛"牌楼下面，坐上了麒麟儿早就安排在那里的一辆大鞍车。前面拽着缰绳压马的是金麟班的耍手门钉。

四人径直来到了正阳门外，在声色光影中，载湉走进了场子。

解罘园金麟班的傀儡戏场子，台下池子里又是满座。载湉在麒麟儿引领下坐进了二楼预先安排下的包厢座位。载湉低头注视着一楼正在等待看戏的自己的子民。

戏台上幕布后面和场子周围的灯光渐次暗了下来，预示着就要开锣唱戏。令人怀旧的儿时的戏码，令人回味的唱腔，不时引发阵阵喝彩喊好声夹杂着幼童稚嫩的叫声。载湉仿佛很是熟悉地不动声色地看着傀儡戏，他觉得很是新鲜，内心很有感触，这些戏码在他来说，竟然都是第一次看到。如果不进宫当皇上，这些戏码他早就应该看到并熟知它们。

两个时辰过去了，载湉随着散场的人群在杜之锡和寇连起左右护持下走出场子，载湉刚要迈步走下台阶，不知哪位眼尖的在灯影里认出了正要步下台阶的居然是当今皇上，有人喊了一声："哎呀，是皇上，皇上吉祥！"

远近左右"呼啦啦"一片衣衫窸窣声，金麟班场子前面，解罘园牌坊下，跪倒了一大片大清朝光绪皇帝的子民。载湉动容，简直有些手足无措，激动得莫可名状。

金鳌玉蝀桥西的"玉蝀"牌楼下，一辆大鞍车载着皇上重又回到两个时辰前上车的地方。载湉在杜之锡和寇连起扶持下刚刚走下车来，忽然在四周围早已等候在黑影里的十几个禁军一齐跪下给皇上请安。

载湉着实吓了一跳。

紧接着灯笼一齐被点亮，禁军们高举着灯笼。

灯影里，长春宫总管李莲英惶急地走了过来。他利索地跪地给载湉请安，李莲英嘴里还不停地说着："奴才该死，是奴才惊了万岁爷的驾。"

当晚，在金鳌玉蝀桥西，李莲英"接驾"后将万岁爷送回了瀛台。不等天亮，桥西一侧加起了高栅栏，瀛台内所有船只被连夜凿沉。这件事总要有人去做替罪羊。寇连起自告奋勇去为万岁爷顶缸，大有一种"士为知己者死"的豪迈劲头。

被禁军抓走时，寇连起跪下给万岁爷叩了一个头。自此，寇连起再也没有回到瀛台。

后来的事情是杜之锡听说以后，悄悄告诉万岁爷的。太后怒责寇连起，因当年寇连起就是太后指派到皇上身边监视载湉举动并随时报告的小太监，一晃三十年过去了，人届中年的寇连起，与载湉朝夕相处，伴君形影不离，早已对万岁爷产生了一种感情，尤其自戊戌变法以后，寇连起对万岁爷更是有了一种新的认识。

寇连起在金鳌玉蛛桥西被带走的第二天，就在翊坤宫的院子里，面对太后，替万岁爷打抱不平，陈情太后："万岁爷在瀛台之苦，不是苦在圈禁，而是苦在身为一国之君，再不能有所作为。"

寇连起曾在毓庆宫因一句话救过自己还有教戏谙达麒麟儿的性命；在翊坤宫也因为自己的最后一句话，断送了自己的性命。

载湉三十三岁九九万寿节庆的前两天，微行正阳门外鲜鱼口内金麟班解罘园场子，观看了一场应属儿时戏码的专场傀儡戏。戏散时，有眼尖者，认出是万岁爷，百姓当即磕头谒见皇上，事后听说跪满了一条街。载湉微行与民同乐一事自然上不得皇帝的起居注。这件事自然成了史学家笔下所谓的"删笔"，后人自然更是无从查考。

慈禧严旨——瀛台严禁出入。升平署官学生毓庆宫教戏谙达贵如，着摘去顶戴花翎，免去毓庆宫教戏谙达一职。

李莲英又特意过瀛台来传太后的口谕："念在宫里伺候戏时好的分上，慎刑司杖责二十，发出宫去，升平署永不叙用。"

麒麟儿在慎刑司签押房领杖二十。

麒麟儿忍着屁股火烧火燎般的疼痛，一瘸一拐地走出了神武门，他甚至连头都没有回一下，便向西径直走到金鳌玉蛛桥上，向着瀛台，规规矩矩给皇上叩了三个头。

麒麟儿给皇上叩完头，费力地站起身，抬手叫了一辆跑过桥面的涂着黄漆的人力车，麒麟儿侧歪着身子坐进车厢，告诉车夫他要去城南太平街。

第八十四章

太平街，金麟班老宅。

一进院子查万响所居屋内。此时的查万响平静地躺在炕上，一动不动。那把套着琴套的"江南遗叟"琴静静地放在他的身旁。

查万响高寿，将近百岁的人，大限将至，无疾而终是喜丧。所以众人并未表现出那种极度的恐慌与悲伤。陆麒铖夫妇、门钉夫妇都守候在查万响炕头前。

查万响目光突然变得有些迷离，他眯缝起眼睛，似乎在极力思索着什么。

古麒凤看出意思，有些着急地询问："是不是还有什么话要嘱托？"

查万响沉静了一下，似乎在凝聚身体里的最后一点儿力量，缓缓讲述了一件事情。

十年前，太后六十万寿那天在颐和园的听鹂馆，金麟班准备酉时以后承应钦点的戏码《金钱豹》，不想申时前后，陆盼儿却在东边德和园里出了事，陆麒铖夫妇悲痛欲绝急去料理女儿后事。听鹂馆这边只得留下查万响掌班。陆盼儿出事，牵一发而动全身，对金麟班的人来说，无异于雪上加霜。

金麟班扮戏房内，"豹精"门钉本来一听码高四张龙书案，不由得先自腿软，及至听说从小看着长大的陆盼儿，活泼泼水灵灵的一个大姑娘，说殁就殁，一时气急攻心，竟至昏厥。

听见响动，查万响和霞锦等人冲进里间屋一看，紧急施救，将两只衣箱拼接在一起，让门钉暂且躺下，眼看着门钉是上不了台面了。此刻的查万响，急得是死的心都有。天无绝人之路，老话还真不是胡说，就在这时，麒麟儿和一位脸上戴着"豹精"傀儡面具的人走了进来。

来人脸上戴的那张傀儡面具做得十分精美，脸膛贴金，脑门上勾豹头形花纹，面颊上勾金钱图形，是一种复杂的花脸，用以表示戏中"豹精"的凶猛。令查万响奇怪的是，来人戴的面具居然和金麟班的杖头傀儡"豹精"的勾脸一模一样。

承应戏的时辰就要到了，时间所剩不多，彼此顾不得寒暄。麒麟儿告诉众人，这位就是请来帮场子的，让众人快去准备。查万响心中不禁一动，便也不再多说。

大家都出去准备开戏前的活计。麒麟儿去前面最后一次验看砌末山形片子和龙书案是否搭得结实。

查万响假意有事出去，绕到扮戏房后面，从后面锦支窗的缝隙向里面偷窥。只见戴着傀儡面具的那人，扶起昏睡中的门钉，熟练地将门钉身上的行头褪了下来，自己穿上，戴好大蓬头。装束停当，转身看了一圈室内，从挂架上取下杖头傀儡"豹精"，拿在手里略微整理了一下傀儡大蓬头两边的发绺，然后熟门熟路径直走到三只刀把箱跟前，毫不犹豫打开其中一只刀把箱箱盖，直接取出了"豹精"手上用的那把湛亮的精钢叉。那人将钢叉插进杖头傀儡"豹精"的手里，将手伸进傀儡行头，左手握住"命杆"托起傀儡，右手食拇指捻动"手扦子"。那人掂了掂杖头傀儡，顺手操纵傀儡的右手挽了一个花势，钢叉飞舞，闪出一片毫光。

听鹂馆金麟班扮戏房后面锦支窗外，向里偷窥的查万响暗自点头，似有什么已经默识在心。

古麒凤对响爷说，事后班子里的人都知道是麒麟儿带进来帮场子的那个人，成全了金麟班承应《金钱豹》一戏，而且码高五张龙书案，抛起杖头傀儡"豹精"后，在龙书案上"铁门槛"下高接"云里翻"，着地后接"抢背"站起伸手接住落下的傀儡"豹精"，与杖头傀儡"豹精"同时亮相。这一整套把子惊险异常。太后看得大为高兴，重重打赏了金麟班。

查万响平静地说："你们知道那个人是谁？"

古麒凤告诉响爷："麟儿说了，来帮场的那人就是他从小在隆福寺认下的那位大师傅，住在朝阳门外东岳庙的耍鸣丢丢的老七头儿。"

金麟班进颐和园听鹂馆承应。老七头儿从杜三娘的老家偏城镇回来后，听曲老道说麒麟儿带人找过他，不知何事，所以急忙赶来园子这边来寻麒麟儿，正好赶上了听鹂馆救场金麟班。事情巧得不能再巧，就像榫卯相接，严丝合缝。

查万响似乎又在思索什么，闭上了眼睛。

麒麟儿刚刚推开太平街金麟班老宅的大门，就看见倒座房前一进的院子里众人聚在一起，引颈在向查万响屋里静静地望着，似乎又是在等候着什么。

霞衣看见麒麟儿一瘸一拐的模样，来不及细问，便将班主搀扶到响爷屋里。

霞衣急切地告诉响爷："少班主回来了。"

查万响脖颈似乎已经发硬，不能转动，他只轻轻"嗯"了一声算作回答。

麒麟儿扑到炕头前，大声告诉响爷他已从宫里回家来了，顶戴摘了,皇上的教戏谙达太后也给免了。

查万响睁开双眼,眸子尚能转动。他目不转睛地看着麒麟儿,一字一句地叮嘱,该到闭关刻东西的时候了,别忘了金麟班掌班师娘的嘱托,还有集雅班师门遗愿。按当年掌班师娘的吩咐,这把"江南遗叟"琴,也到交给麒麟儿的时候了。

麒麟儿和众人连连点头答应,让响爷放心。

古麒凤俯身查万响,轻声问:"响爷还有什么未了心事?"

查万响喘着气断断续续地说:"我要走了,没有等到大师兄回来,你们一定要把大师兄找回来。响爷告诉你们,那个老七头儿应该就是你们的大师兄慕麒涵。十年前,听鹂馆救场时,三只刀把箱,他居然知道那把精钢叉放在哪只刀把箱里,直接就给取了出来。"

古麒凤也觉得事情可疑处颇多,事后她和陆麒铖也曾几次去过朝阳门外东岳庙,欲当面答谢老七头儿在颐和园听鹂馆救场之事,可那老七头儿一直避而不见,让麒麟儿传话说,那是小事一桩。

陆麒铖说《金钱豹》一戏是金麟班镇班大戏,纵观京城梨园行,码高五张龙书案,当年只有大师兄慕麒涵唱得了。朝阳门外东岳庙的老七头儿如果就是大师兄慕麒涵,他心里还是因为当年那件事,背班出走,至今不愿与大家相认,心里这道坎儿,换作是谁,也是很难迈过去的。

查万响说:"那老七头儿是不是你们的大师兄,慕麒涵能不能重回金麟班,务必要让麒麟儿闭关复刻出玉麟锦,一定拿去给他看,到时自然会见分晓。"

响爷临终最后一句话,说的时候气息微弱,几近耳语,但在金麟班众人听来却有如黄钟大吕般震响:"金麟班该起班了!"

金麟班的老掌班、京城梨园行文武场面上当行头牌查万响寿终正寝,白喜事足足忙活了半个多月。

金麟班班主麒麟儿掌总,在西山樱桃沟金麟班家族墓地料理完查万响的后事,陆麒铖将那段埋藏许久的用黑毛毡包裹得严严实实的阴沉木带回了老宅。

回到老宅,陆麒铖顾不得休息,要和麒麟儿商量一件极为重要的事情,那就是如何给这段阴沉木"返阳"。

灯下打开紧紧包裹的黑毛毡,居然是一段"返阳"后的齐整漂亮的木植呈现在众人的眼前。木植其色深绿,纹如织锦。

陆麒铖当即惊呆了。

众人相互目语,都是不相信的样子。

麒麟儿从椅子上慢慢站起身,走过来蹲下身仔细审视,伸出手摩挲着木植,一股沁凉直透掌心。麒麟儿沉声说道:"这段阴沉木和给升平署返阳的那段一模一样。"

古麒凤大声说:"是师兄所为,师兄就是老七头儿,老七头儿就是大师兄!"

金麟班的人遵照响爷临终嘱托,在班主麒麟儿闭关雕刻傀儡期间严守门户。

老宅三进院子的东跨院作为麒麟儿的"关房"。依照金麟班祖上规矩,雕刻傀儡闭关三月零三天。

麒麟儿闭关期间,那书香和溪玥来过几次。那书香的到来,古麒凤、霞衣、霞锦自然是以家里人看待。大家谈到那书香与麒麟儿的婚事,那书香腼腆地低下头。

那书香和溪玥与大家谈起升平署,谈起宫里的事情。尤其霞锦特别在意地详细问了熹公公的近况。溪玥告诉大家,听说普天同庆班正掌事熹公公有一次命副掌事崔玉贵为太后演出《伐子都》,不知怎么搞的,那崔玉贵竟然喝了酒,从码高的龙书案上下高时摔断了腿,戏是唱不了了，后来还是熹公公张罗着送崔玉贵去了恩济庄休致养老。

  金麟班老宅，二进院中摆下了好几桌大圆桌面的酒席，大红的椅帔，大红的桌布。满桌的盛馔佳肴，却不见一个人影。

  原来金麟班的所有人全部聚集在三进院子东跨院月亮门前，大家静静伫立着默不作声，等待班主麒麟儿出关的时刻。

  东跨院内金麟班祖师堂内，麒麟儿面容沉静，跪在拜垫上，焚香礼拜。

  麒麟儿一脸倦容，站起身，更见清癯消瘦。闭关三个月，他手里的刻具琢磨着众多傀儡，同时也在琢磨着他的身体。

  麒麟儿上完香，捧起放在祖师堂前供桌上的由师傅九岁红赠还的那只祖师爷的遗泽匣子，步履沉稳地向东跨院月亮门走去。他知道，门外大家都在等他。

第八十五章

月华似水。东岳庙祖师殿一侧的偏院,满院树影婆娑。

窗纸上映出老七头儿和曲六如正在灯下小酌的身影。灯苗忽然抖动了几下,曲六如侧耳窗外,小声说:"外面来人了。"

曲六如说着,起身打开屋门走了出去。

屋外,麒麟儿手里抱着祖师爷的遗泽匣子,陆麒铖夫妇、门钉夫妇、霞衣还有班子里其他人全都静静地站在院子里。

曲六如故做惊慌状,反而倒退了一步,退进了屋内。老七头儿有些奇怪,不由得起身步出屋外看个究竟。

麒麟儿看见师傅出来,率先跪了下去,随即金麟班所有人随班主都跪了下去。

事已至此,倘若再要扭捏掩饰,岂是大丈夫作为?

老七头儿忽然仰天一声长啸,这是梨园行讲究的上乘的一声风雷音的长啸,喊出了一个男子汉忍别人所不能忍,受别人所不能受,当年就为了掌班师娘跪地的一声恳请,为了一个百年傀儡老班的传承,为了木偶江湖中一种传奇的重托,硬生生打碎牙齿和着血泪吞进自己的肚里。

老七头儿一声风雷音的长啸,震人心魄。啸声甫止,只见老七头儿倏然转身,用手在长满胡须的脸上囫囵一抹,老七头儿瞬间不见,变成一个双目精光四射、铁骨铮铮的中年汉子。

古麒凤首先冲上来抱住大师兄，金麟班的人围住大师兄，众人都不禁啜泣起来。曲六如略尽地主之谊，将大家让至屋内。灯光下，大家相互注目，喜不自胜。

麒麟儿将祖师爷遗泽匣子放在案子上。古麒凤上前解开包裹着的素蓝布包袱皮，告诉大师兄："这是麟儿闭关三个月复刻出的玉麟锦，麟儿说大师傅给阴沉木'返阳'，大师傅看第一眼。今天出关时竟然真的没让班子里的任何人看。"

素蓝布包袱被慢慢打开了，露出祖师爷的遗泽匣子，灯光下，匣子泛着乌黑的光泽。

麒麟儿从脖颈上抽出挂着的天璇玑，在匣底一按，放平匣子，匣盖无声地滑开，一只阴沉木雕刻的玉麟锦栩栩如生，浑身金光闪闪，套着陆盼儿用"平金打籽"绣做成的汉服行头静静地躺在匣中。

古麒凤双手伸进匣内，轻轻将玉麟锦取出的一瞬间，不由得热泪盈眶，惊异地叫了一声："师姐！"

麒麟儿听见这一声呼唤，浑身一震。

慕麒涵从师妹古麒凤手中接过玉麟锦，仔细端详，也是不由得轻声说着："是麒煛，是师妹！"

古麒凤回身拉过麒麟儿，将麒麟儿搂在怀中："孩子，你见到了你娘。"

麒麟儿没有哭出声，脸上滚淌着热泪。

突然，麒麟儿跪了下来，给慕麒涵叩了一个头，已是泣不成声："听凤儿姑姑说，我娘临走时说过一句话，'叹茂陵、遗事凄凉'，麟儿现在明白这句话的意思了，在此替娘给您磕头，这么多年，真是苦了师傅了。"

慕麒涵上前一把扶起麒麟儿。

陆麒铖擦了擦自己湿润的双眼:"师兄,兄弟去川西打箭炉寻找阴沉木,临行前,掌班师娘还特意嘱咐一定要去青城山,寻到大师兄,将大师兄带回来。哪知道师兄就在朝阳门外东岳庙蛰伏。"

古麒凤快人快语,接着陆麒铖的话茬儿说:"难怪师娘临终前说她一生中只做错一件事,就是对不起你们的大师兄。师兄,师娘临终前好像还有一件顶重要的事情却是没有交代……"

慕麒涵未等小师妹古麒凤说完,转过身去走到山墙柱础边上,一弯腰将扁担戏的挑儿担在肩上,走近几步放下在众人面前,众人不明所以,齐齐注目。

扁担中间肩膀着力吃劲的一截儿地方,密密实实缠裹着杂色的烂布条子;扁担一头担的是木架外框框住的脚踏锣鼓钹整个文武场的家巴什儿,框架中间一只粗腰筒形老牛皮双面高堂鼓,鼓漆早已脱落,鼓帮处处已见皴裂,一看也是一件年深日久的老物件,另一头担着一只高帮大箩筐,满盛着幕布和自制的随时可卖的"耍货儿"的小偶。高帮大箩筐这一头的扁担梢上还挑着一只大红色的四掌高脚凳。

曲六如颇有眼力见儿地举灯站在慕麒涵身旁。

慕麒涵不慌不忙举双手将那只粗腰筒形老牛皮双面高堂鼓从架子中间取了出来,要过麒麟儿手中的天璇玑,用天璇玑外环的齿尖猛地划过鼓面,老牛皮鼓面瞬间崩开,慕麒涵探进双手,从中取出了一只匣子。

众人惊呼。

慕麒涵将这只匣子和带来的那只匣子并排放在一起。两只匣子一模一样,如出一辙。

金麟班鼻祖祖师爷童春秋的一对遗泽匣子历经坎坷,终于并排放在了一起,灯光下透出幽幽的墨色光泽。

大师兄慕麒涵取出的这只匣子就要打开了,众人屏住呼吸,殿内空气凝结了。匣盖慢慢滑开,木偶江湖风闻百年的绝世孤品金麟童终于呈现在众人眼前。

金麟童周身金光闪闪，出自阴沉木之故。傀儡身披近似明光甲的一种甲胄，束发金冠。甲胄形状为大叶龙鳞甲，肩吞处龙口紧裹。想来金麟童便是因此而得名。

傀儡甲胄胸前圆护上刻有两纵行大篆字：见日之光，天下大明。傀儡身长二尺七寸，全身甲胄是在整块阴沉木上层层雕出，奇妙处是外人看起来整套铠甲是后穿上去的。

有清已降，大兴文字狱，金麟童便是因了甲胄胸前圆护上的两句话，雪藏至今。正如掌班师娘凌雪嫣曾经说过的话："象齿焚身，怀璧其罪，天之苍苍，正色何色？"众人由衷感叹，师娘凌雪嫣用心之苦，机谋之深，又岂是常人可比！

众人惊诧造化弄人，想起响爷常说的那句话，冥冥之中，自有天定。感叹麒麟儿自落生从未见过双亲，闭关复刻玉麟锦，居然刻出娘亲的面貌，栩栩如生，惟妙惟肖。

金麟班众人小心翼翼传看鼻祖祖师爷遗泽金麟童，在一旁不识闲儿的曲六如忽然发现匣中还有一个布包，连忙招呼慕麒涵及众人。慕麒涵直到此次有了麒麟儿的天璇玑才得以打开匣子看见传世金麟童，更不知匣内还有其他物件。

慕麒涵打开布包，里面包着被剪断分开的半部曲本，半部曲本下面还有一方绢帕。

古麒风十分小心地展开绢帕，绢帕居然是一幅人物傀儡的面部绣像，绣像针法细密，绢帕右上边角处用金线绣着三个字"玉麟锦"，绣像绢帕的左下边角处用红锦线同样也绣着三个字"卞玉柔"。

众人又是一声惊呼，绢帕上的绣像人物居然和出自麒麟儿之手的玉麟锦一模一样。冥冥之中，自有神助。

传奇之中，信便是真，不信便是假。

古麒凤认定卞玉柔一定就是九岁红集雅师门中的祖师尊。

看着这方绢帕，古麒凤记起了九岁红回南临走时有关她的师门祖师尊的讲述，也印证了集雅班祖师尊与金麟班第八代传人天祖童方正的一段情缘。

看着布包里剪断分开的下半部曲本，古麒凤说，九岁红回南时为偿师门遗愿留下了上半部曲本。眼下两个半部曲本重合一处，终于可以得偿所愿，"酒旗戏鼓"，重操傀儡，南北合套，再唱一曲。从而了却集雅祖师尊与金麟班八代祖师爷的一段未了情缘。说到南北合套，北曲好说，这南曲眼下谁人会唱？只可惜九岁红已经回南不在京城。

古麒凤话音刚落，从一开始就在旁边紧跟着看热闹，为大家掌灯瞎掺和的老道曲六如突然说了一句话："不过就是一出戏，南北合套地唱，又有何难，老道来给'安腔'便是！"

曲六如一句话，在别人听来只是惊疑倒还不觉怎样，可对于"老七头儿"来说，却是不小的震动。慕麒涵为班子里的传承行人所不能之事，忍辱负重，弘毅致远，可称得上是老江湖。这么多年来在东岳庙与老道曲六如朝夕相处，只知此人是当年南府裁撤遣散并奉迁祖师爷来东岳庙的一个净过身的南府太监，料理日常香火且多贪财，不想今日说出话来，口气如此之大。

慕麒涵走上前来，有如第一次与曲六如见面，郑重向老道施以一礼，从身上摸出一大块银两交到曲六如手上，诚心诚意说道："这是一点齐醮的香火钱，不成敬意，在下京城傀儡戏金麟班慕麒涵，请道长教我。"

曲六如收起银两，哈哈大笑，告诉大家："老道就是箫韶九成班掌事边冷堂一直要找的当年南府裁撤下来的百调伶人。"

慕麒涵猛然记起，有一次顽皮的九路车说到南府的那个肚子宽、人称戏篓子的百调伶人也不知死了没有的时候，当时，这个曲六如是一脑门子老大的不愿意。

  慕麒涵离开东岳庙,搬回金麟班老宅去住了。东岳庙成了曲六如教授傀儡戏金麟班南北合套《双麟记》的地场。当然,金麟班又怎能少了曲六如齐醮的香火钱。

第八十六章

有一句老话儿，八月十五云遮月，正月十五雪打灯。

正月十五这天，雪是从晚暮响开始下的，初时看着不大，雪花稀稀落落，赶着还不到半个时辰，那漫天的雪花便洋洋洒洒越下越厚了。

正阳门外。鲜鱼口老字号买卖一条街，各家店铺打发出来人手，路上的雪即时扫开了，家家铺面前的红灯笼挂了起来，雪上映着灯笼里的红光，煞是好看。

金麟班场子前面的牌坊上一边儿一个应景似的挂起了大个的羊皮铁口的红灯笼。

正月十五元宵节，傀儡戏金麟班有一场灯儿戏《双麟记》。池子里的座儿早在年前就已卖完。四九城一票难求。

抬头看天，雪越下越大。场外驻足听蹭儿的人是越站越多，站满在挂着大红灯笼的单牌楼的下面。满池满座儿的大台宫戏《双麟记》，声电光影，盛况空前。

金麟班上演了一场大台宫戏《双麟记》，麒麟儿代师傅九岁红了却了师门遗愿。

正月十六，京城里各衙门开印署理公事。

升平署小庄亲王爷载洎坐在西官廨听精忠庙正副庙首盛赞金麟班上演的大台宫戏《双麟记》。又因赴胭脂胡同莳花馆之约，昨晚上没去解罘园看戏，心下正自懊恼，听罢副庙首放牛陈出的主意，转头询问陈登科，陈登科也向王爷建议可以进宫承应了。

载洎决定金麟班将《双麟记》一戏的男女两个主角儿傀儡送升平署，无论那两只人物傀儡金麟童与玉麟锦是不是阴沉木复刻的，也要先呈给太后观赏，好歹对已经作古的阿玛有个交代。嗣后，在太后七十万寿九九节庆，金麟班再进漱芳斋承应大台宫戏。

第二天，副庙首放牛陈和陈登科带升平署管理精忠庙事务衙门的差役，风风火火地来到正阳门外鲜鱼口内解罘园。场子的大门虚掩着，众人推门进来，迎面一张案子上，放着金麟班的"题名牌"。陈登科猛醒，大叫一声："不好，看样子金麟班已经离开了京城。"

"跑了和尚跑不了庙。"放牛陈得意地坐在池子里的座儿上说。随即又将陈登科按坐在椅子里，低声和陈登科商量起来："这个场子由万鸿班接管，场子里的座儿钱与升平署五五分成。"

深冬。什刹海的风凛冽刺骨。杜三娘的茶店子已经关板好久没有经营了。

三娘的兄弟杜之锡就在中秋节的那天晚上，眼见皇上病势垂危，临终前就想吃一口小时候吃过的"搓条饽饽"，杜之锡冒死凫水再次翻过金鳌玉蝀桥的桥栏杆，跑去正阳门外正明斋饽饽铺去买"搓条饽饽"。

杜之锡回来时将"搓条饽饽"用油纸包裹了好几层，脱下长衫又裹在油纸包的外面，然后光着身子，头顶着"搓条饽饽"，趁夜色凫水再度泅回涵元殿，不承想一条腿被太液池中水草所缠绕，挣脱无果，最终葬身太液池中。

杜三娘没有哭，只是收了什刹海岸边的茶店子。她要把兄弟的尸首送回老家，然后转道青城山去寻"老七头儿"。

什刹海。寒风从宽阔的冰面上刮过，卷起一片白色的薄雾。

会贤堂的临水楼阁，站在二楼雅间的窗前，近处岸边堆积着枯枝败叶，不时被风吹散；抬眼望去，远处的一切景物都是灰蒙蒙的不甚清晰。

李莲英带着摘了缨子绷着白布的顶戴，离开窗前，坐回到大圆桌那里，环顾一下四周，白桌布、白椅帔、白帷幔，雪白的四壁，一堂素雅。国丧期间，更何况是两宫脚跟脚地相继驾崩。

圆桌中间放着一只热气腾腾的一品锅。掌柜的带着伙计，毕恭毕敬给大总管李莲英送上了一道会贤堂招牌菜，这也是李大总管最爱吃的烛苗煨熊掌。这道菜可是李莲英派人十五天前预约的。

掌柜的奇怪李大总管今儿个出来一个长随都没有带，下面也没有看见有暖轿伺候。虽说离宫里不太远，想着兴许就是自己走来的。可又不敢问，掌柜的多少有些二意思思外带发蒙。

掌柜的亲自给大总管倒上酒，李莲英眼皮不眨，端坐不动，突然问起掌柜的："什么时候回家？"

掌柜的吓了一跳，壮着胆子回答说："回大总管的话，小的买卖在这儿，这不是还得伺候您用饭，不能急着回家。"

李莲英不再说话，挥挥手，意思是让掌柜的退下。掌柜的又说："大总管您慢慢用，有事再吩咐小的。"

李莲英怔怔地瞪眼看着对面的白墙，嘴里嘟囔着："你不回家，本大总管要回家了。万岁爷崩了，太后崩了。咱家算是没地儿去了，太后崩前还跟咱家念叨说：'万岁爷崩了，他还没地儿呢。'可说呢，太后光顾自己个儿有地儿了。"

掌柜的看着李大总管今儿个一上来就有些神神道道，愣是没敢再多言语，摆摆手，带着伙计轻手轻脚地下了楼。

掌柜的在一楼迎往送来的应酬主顾，很是忙了一阵子，约莫过了半个时辰，没有听见二楼李大总管再有什么吩咐，不觉有些奇怪，重又带着伙计轻手轻脚地上楼来照看。

这一看，可是吓得掌柜魂飞魄散，只见权倾朝野的长春宫大总管李莲英歪头将脸枕在桌面上，仿佛睡着了一样，双手下垂。掌柜半个时辰前临下楼时给大总管斟的那杯酒被李莲英碰倒在桌面上，杯中酒已淌干，顺着桌子流在地板上，汪在李莲英脚边。李莲英头上的那道名菜烛苗煨熊掌，竟然是连碰都未曾碰过。

尾 声

初春。易县。清西陵。

大雾弥漫。永宁山下金龙峪中的崇陵静静地待伏在雾霭中时隐时现。

空旷的周围不见一个人影,大雾中传来清晰的马蹄声。

渐渐近了,一辆马车上拉了十八棵罗汉松的幼树。

马车车辕上坐着赶马车的麒麟儿。麒麟儿要把这十八棵罗汉松幼树栽种在崇陵明楼前祭台左右,寓意"十八罗汉",替他护卫着他的这位朋友。

大雾中,崇陵牌楼门前,站着一个侵早就出来拾粪的老头儿。

雾气中,双方看得影影绰绰。

麒麟儿跳下车辕,这才看清楚,对面拾粪的是个老头儿,肩挎粪箕子的"鼻子梁",手拄牧羊铲,头上戴着没有缨子的顶戴,身上穿着早已麻花的打着补丁的官袍,打补丁官袍胸前缀着正二品的补子,脚下一双开了口的官靴。

果不其然,麒麟儿在这里见到了近年来传闻中的"回首君门,葵藿之心未死"的为光绪帝守陵的宣统皇帝的老师"毓庆宫行走"梁鼎芬梁大人。

就在这天清早,光绪朝毓庆宫的教戏谙达与宣统朝毓庆宫的授读相见于光绪墓前西陵道上。

六年前,麒麟儿率金麟班在京城为偿师门遗愿,正月十五大雪纷飞之夜在正阳门外鲜鱼口内解罘园演出了一场灯儿戏大台宫戏《双麟记》,同时亮出江湖风闻百年绝世孤品金麟童。当天夜里,金麟班收拾起早已准备好的行囊,踏雪连夜潜出京城,再次避祸远走边地。

大台宫戏《双麟记》遂成绝响。

宣统三年,升平署裁撤。消息传来,麒麟儿一刻都没有等,率班从青城山回到京城,要重振百年金麟班。

崇陵明楼前祭台左右,十八棵罗汉松幼树,在晨风中挺立。

雾气渐渐散开,阳光投射进来。站在崇陵宝顶附近,肩扛粪箕子的梁鼎芬凭高俯视着崇陵周围已经栽种下的松柏树,顺脚下在陵寝四周向外平铺开去,一片新绿。

目送着种完"十八罗汉"松的麒麟儿驾马车渐渐消失在远处的一片绿色中,梁鼎芬心情愉悦地念出了一句昆腔《千忠戮·惨睹》中的韵白:"大师趱路!"

谁知梁鼎芬自言自语式的一句韵白,早已消失在视野中远去的麒麟儿仿佛就在身旁听见一样,四围响起了麒麟儿紧接着这句韵白的清唱,旷野回声:

"收拾起大地山河一担装,四大皆空相。历尽了渺渺程途,漠漠平林,垒垒高山,滚滚长江……"

2021年10月12日杀青于北京亦庄亦谐斋

后 记

  2013年，为作电影剧本《木偶江湖》，曾就教于丁汝芹先生，关于中国北方杖头木偶（杖头傀儡）在明清两代宫廷里的演出情形。2015年，看见报纸上报道有关大台宫戏的研讨会在圆明园举行，作为专家丁汝芹先生与会。在这之后不久，便觉得应该为大台宫戏写个故事，这也许就算作是写这部小说《大台宫戏》的缘起吧。

  中国木偶（傀儡）一艺历经三千年绵延。清入关后，承续明朝宫内演出全盘衣钵，傀儡演出也在其中，明时呼为"托吼"，亦称"过锦"。

  道、咸以后，清王朝突然出现了短暂的中兴时期。同治年间，清王朝虽处内忧外患，但在国力上确实出现了回光返照的迹象，故史称"同治中兴"。

  这一时期，是中国昆曲向皮黄（京剧）的转型衍变期；这一时期，也是中国木偶（傀儡）从制作到演出的鼎盛期。中国傀儡在历史上的演出是和戏曲紧密相关的，换言之，中国北方的杖头傀儡的演出和真正的舞台演出别无二致，所不同的是舞台上的角儿换成了由人操纵的木偶。而木偶（傀儡）的制作却又远远超出了戏曲的范畴。

  老北京人都知道过去京城里有四大京剧戏班子，鲜为人知的是过去京城里还有四大傀儡（木偶）戏班子。

老北京傀儡戏班子表演的是杖头傀儡，由"耍手"在傀儡所穿行头的后面托举操纵看似与真人相仿的木偶，可由操纵者自己演唱，也可由他人在幕后一隅进行配唱，行话"钻筒子"，配唱者所在位置称为"关防"。当年前来傀儡戏班子"钻筒子"为傀儡配唱的坐"关防"者，不乏梨园行里的各大名角儿。有趣的是，一些八旗子弟，为过戏瘾，又碍于抛头露面，只得倒找钱给傀儡戏班子，以求能"钻筒子"，坐"关防"。

这种杖头傀儡戏在宫廷演出的最高形式即是大台宫戏。

凡音之起，由人心生也。人心之动，物使之然也。感于物而动，故形于声。声相应，故生变，变成方，谓之音。比音而乐之，及干戚羽旄，谓之乐。（《礼记·乐记》）

中国戏曲伴随着唐宋风韵的黄钟大吕抑或低吟浅唱，沿着南戏、元杂剧的历史轨迹一路走来；加之传统文化的熏染，使中国戏曲的表现生活，运用了一种"取其意而弃其形"的方式，中国式绘画写意的简约与空灵，致使舞台上有了忠孝节义、悲欢离合；有了长歌当哭，长袖善舞；有了无花木之春色，无波涛之江河，处处体现着戏曲不同于其他艺术门类的自身的诗一般的艺术美。

中国的史学家历来对清光绪帝一生早有定评，对光绪帝一生影响至深的有四人，醇亲王奕譞、帝师翁同龢、大太监李莲英、窃国大盗袁世凯。殊不知，小说里却写了第五人，关于这第五人的出现，并非史学家治学研究不精，亦非学术探讨不专，只因这第五人来自坊间，布衣白丁，一介百姓——北方杖头木偶的一代宗师"杖头神"。

光绪帝的一生是性格的悲剧，因此被后人和史学家称为"傀儡皇帝"。那么一个傀儡皇帝和一个表演傀儡戏雕作傀儡的人相遇了，那将会是怎样的一个故事？

"迷失"于历史的真实与戏剧性情节的真实之中，最终得出的结论是：有关"资治"的历史被留下来，那与"资治"所谓无关的历史呢？这大概就是传统史学中大有名堂的"删笔"。

剩下来需要作者去做的就是去寻找史书中的"删笔"，历史里缺失记载的那一页。找到那个在"历史的时空中应该发生却没有发生的事"。这自然而然地牵涉到一种认知，从而也产生了一种方法论。

忽略历史的真实，进而寻找事件发生当时的历史、文化、风俗等情况，渐次还原出故事的"本来面目"，将历史严丝合缝地重新还原于虚构部分（在那个时代背景下必然会发生却又没有发生的事），务求在典章规制、风土人情、习俗文化上都还原真实，就好像是人类在同一座城市中在同一时空里的各自的活动。

关于"杖头神"麒麟儿，世人只知其雕作木偶技艺已臻化境，鬼斧神工；操纵托偶表演，如影随形；唱念做打无一不精，文武场面昆乱不挡，六场通透。"江湖问路不问心"，万里江湖路，一月照千江，是他一生真实写照。

在那个中国国力羸弱、备受外国列强欺辱的年代，"杖头神"走了，最终要去什么地方，无从得知……他担着中国最古老的扁担戏的担子，担着中国傀儡戏的祖师爷，消失在风雪迷茫中……

据考，此后"杖头神"便带着传世的傀儡金麟童失去踪迹，留下一个让人猜不透的谜。

制作木偶（傀儡）的技艺因此而断代，这一技艺传承戛然中止。

百多年过去了，中国木偶戏至今传承下来的杖头木偶、提线木偶、布袋木偶，奠定了中国木偶三大流派的基础，从而形成了中华民族文化的肌理。尽管这样，当今木偶这一艺术表现形式，尚还需要人的操纵。

相传木能通神，所以人们把木雕作成人形，用以表达情感，表达内心最美好的愿景。

有人说，金麟童仍存于世……也终将会重现。那么，今天的木偶或许会是另外一种样子，至少摆脱了人的操纵，也许那些木雕的人形不再被人称为傀儡。

与时代文艺出版社的合作，在我文学艺术创作历程中具有里程碑一样重要的意义！

在这里，我要感谢出版社给予我的小说出版的机会，更要感谢我的编辑李荣崟先生对这部小说的赏识和为小说出版所做的工作。

感谢北京十三副甲国际影视文化发展有限公司的策划、制片人刘佳老师，她对小说中的人物设置与情节方面给予了重要的意见和中肯的建议。

三年来，笔耕不辍。现在小说就要梓行面世了。再次感谢时代文艺出版社，给予我的一种感奋的心情体验。

填词一首，以慰小说主人公。调寄《满江红·沧溟一色》：

沧溟一色，禁街霜、毓庆宫冷。《夜深沉》、大台宫戏，江湖心量。击鼓涵元西陵路，琴倚雕栏心香炷。待与你、重把盏共祝，上心处。　　瀛台血，崇陵墓。酒还酹，荧灯孤。耍傀儡，唱一曲《千忠戮》。收拾起大地山河，诏定国是风激鹜。此一去、万里江山赴，天涯驻。

2021年11月于北京香山枫叶正红时